Der Autor
Stefan Bouxsein wurde 1969 in Franfurt/Main geboren.
Studium der Verfahrenstechnik und des Wirtschaftsingenieurwesens an der FH Frankfurt.
Seit 2000 als Dipl.-Wirtschafts-Ing. bei einem Frankfurter Unternehmen beschäftigt.

Bisher erschienene Romane:
Das falsche Paradies, Traumwelt Verlag 2006
Die verlorene Vergangenheit, Traumwelt Verlag 2007
Die böse Begierde, Traumwelt Verlag 2008

Stefan Bouxsein

Die kalte Braut

Kriminalroman

traumwelt

Inh. Stefan Bouxsein

Johanna-Kirchner-Strasse 20
D-60488 Frankfurt/Main

Internet: www.Traumwelt-Verlag.de
E-Mail: info@Traumwelt-Verlag.de

Lektorat:
Stefanie Reimann

Gestaltung, Satz und Typographie:
Nuilani | Design und Kommunikation, Ralf Heller

ISBN 978-3-939362-03-6
1. Auflage

1

Es ist ein wunderschöner, sonniger Wintertag. Keine Wolke bedeckt den strahlend blauen Himmel. Ich bin allein und genieße die Aussicht hoch oben auf der Spitze des Gletschers. Schnee und Eis bedecken die Landschaft, so weit das Auge reicht. Es ist kalt, sehr kalt. Ich trage nur ein weißes Brautkleid, aber ich spüre die Kälte nicht. Ich genieße sie. Ich stelle mich auf meine Skier und beginne mit der Abfahrt. Im schnellen Tempo jage ich den Gletscher hinunter. Ich bin eins mit dem Eis. Alles ist weiß, mein Brautkleid, der Schnee und das Eis. Schnell und wendig umfahre ich alle Hindernisse und spüre diese Euphorie in mir aufsteigen. Ich fühle mich unverwundbar. Niemand kann mich aufhalten.

Doch plötzlich, ich bin schon ein ganzes Stück hinabgefahren, gesellt sich ein anderer Skifahrer zu mir. Ich ignoriere ihn und fahre konsequent meine Spur. Doch er bleibt dicht neben mir. Wir kommen an einem Tableau an und halten inne. Ich betrachte ihn mir nun genauer. Er sieht sehr nett aus. Mir wird warm. Es entwickelt sich ein Gespräch zwischen uns. Er scheint gar nicht zu bemerken, dass ich nur mein weißes Brautkleid trage. Wir lernen uns kennen und erstaunt stelle ich fest, dass ich ihn mag. Die Sonne glitzert im weißen Pulverschnee und ich spüre, wie er allmählich schmilzt. Wir lachen gemeinsam und fahren noch ein Stück zusammen den Berg hinunter. Dabei wird mir immer wärmer. Nach einer weiteren kurzen Abfahrt halten wir wieder an. Dann fasse ich einen Entschluss. Ich reiße mir das Brautkleid vom Leib und stehe nackt vor ihm im Schnee. Die Sonne scheint auf meine Haut und ich spüre so etwas wie Liebe. Er betrachtet mich verwundert, mustert mich von Kopf bis Fuß. Plötzlich dreht er sich um und fährt weiter den Berg hinab. Er lässt mich nackt im Schnee stehen und sucht sich seinen eigenen Weg. Ich schaue ihm hinterher und beginne zu frieren. Zum ersten Mal spüre ich die Kälte. Sie durchdringt mich bis auf die Knochen.

„Wissen Sie, was das Komische an diesem Traum war?"

Siebels saß am Krankenbett von Sabine Lehmann und schüttelte verneinend den Kopf.

„Es war die Kälte. Sie konnte mir nichts anhaben. Ich war immun gegen die tiefen Temperaturen. Erst als er ohne mich weitergefahren war, spürte ich auf einmal diese Kälte. Auch wenn ich aufwache, fühle ich mich, als würde ich in einem Eisschrank sitzen. Obwohl ich genau weiß, dass es nur ein Traum war. Ein immer wiederkehrender Traum. Einer von so vielen. Ich habe noch nie jemandem von diesen Träumen erzählt. Sie sind der Erste. Möchten Sie auch die anderen Träume hören?"

Siebels nickte stumm, aber Sabine Lehmann schlief vor seinen Augen ein.

Der Arzt wollte sie für eine Woche zur Beobachtung im Krankenhaus behalten. Nach der ersten Untersuchung hatte er ihr eine völlige Erschöpfung bescheinigt. Siebels stand auf und verließ das Krankenzimmer. Draußen vor der Tür saß ein Beamter in Uniform. Nun würde die Polizei für die ganze Woche einen Beamten vor dem Krankenzimmer von Sabine Lehmann postieren müssen. Siebels war eigentlich nur gekommen, um ein Geständnis von dieser entkräfteten Frau entgegenzunehmen. Das Geständnis, dass sie eine Mörderin war. Nun ging er mit leeren Händen und dem komischen Gefühl, der erste Mensch zu sein, der von ihren Träumen erfuhr.

2

Montag, 02. Februar 2009, 18.05 Uhr

Siebels saß müde am Schreibtisch und tippte seinen Bericht in den PC. Vom Krankenhaus war er direkt ins Präsidium gefahren. Irgendwie hatte er das Gefühl, dass er den Traum von Sabine Lehmann so detailgetreu wie möglich niederschreiben musste.

Staatsanwalt Jensen hatte ihm am Tag zuvor die Ermittlungen zu dem Fall übertragen. Till, Siebels jüngerer Teamkollege, lag mit Grippe im Bett und Siebels war Anfang des Jahres dazu verdonnert worden, seine exorbitant hohe Anzahl von Überstunden abzubauen. Da war so ein klarer Fall wie der von Sabine Lehmann genau das Richtige für das dezimierte erfolgreiche Duo der Frankfurter Mordkommission, hatte Jensen am Tatort erläutert.

Der Tatort war die Wohnung von Sabine Lehmann. Die 34-jährige hatte selbst die Polizei gerufen, bevor sie die Überdosis Schlaftabletten zu sich nahm. Dass die Polizei vor ihrem Tod eintraf, war weibliches Kalkül, hatte Jensen spekuliert. Sven Müller war der Lebenspartner von Sabine Lehmann. Sein Tod war eingetreten, bevor der Anruf bei der Polizei einging. Auf seinem Schädel hatte die mutmaßliche Täterin Sabine Lehmann eine leere Weinflasche zertrümmert. Die Obduktion stand noch aus, aber der Gerichtsmediziner Pauli hatte wenig Zweifel an Todesursache und Tathergang.

Doch Siebels zweifelte daran, nachdem er den Traum von der Skifahrt abgetippt hatte, sich zurücklehnte und eine Zigarette anzündete. Er hatte keinen Grund zum Zweifeln. Jedenfalls keinen vernünftigen. Nur dieses vage Gefühl, dass da noch mehr war, im Fall Sabine Lehmann.

Charly kam fröhlich pfeifend in Siebels Büro gelaufen. „Hat sie gestanden?“, fragte er mehr beiläufig und setzte sich auf den Stuhl des grippeerkrankten Till.

„Nein“, seufzte Siebels.

„Sie streitet es ab?“

„Nein. Sie träumt merkwürdige Dinge.“ Siebels druckte seinen Bericht aus und reichte ihn Charly hinüber. Charly wiederum händigte Siebels einen kleinen Stapel Papier aus. Es handelte sich um die Ergebnisse seiner heutigen Bemühungen im Fall Lehmann. Charly unterstützte Siebels und Till bei Bedarf mit Hintergrundrecherchen und fütterte die beiden mit Informationen, die er mit viel Fleiß und nicht immer legalen Mitteln zusammentrug. Der Computerfreak war offiziell EDV-Spezialist bei der Frankfurter Polizei.

Siebels überflog die Papiere von Charly und zog dabei tief an seiner Zigarette. Das Mordopfer Sven Müller war 32 Jahre alt, als freier Journalist und Buchautor tätig und Träger der Blutgruppe 0.

„Die Blutgruppe hat hier nix zu suchen, die gehört in den Obduktionsbericht", rügte Siebels seinen Kollegen.

„Nackiges Skifahren gehört hier aber auch nicht rein, das gehört bestenfalls in den Bericht des Psychologen", konterte Charly. „Außerdem wollte der frischgebackene Vater doch schon längst mit dem Rauchen aufgehört haben, oder?"

„Habe heute schon fünf Mal damit aufgehört", erklärte Siebels und schaute wieder in Charlys Papiere. Sabine Lehmann arbeitete seit vier Jahren als selbstständige Consultant und war Partnerin bei Paulsen und Partner.

„Muss das nicht Consultine heißen?", erkundigte sich Siebels und drückte seine Zigarette im Aschenbecher aus.

„Wenn schon, dann Consultess. Das ist schließlich ein renommierter Job."

„Was genau hat sie denn so Renommiertes getan? Was ist eigentlich eine selbstständige Partnerin?"

„Paulsen und Partner ist eine der renommiertesten Gesellschaften der Branche. Exakt heißt der Laden Paulsen und Partner UVI-Consulting. U steht für Unternehmensberatung, V für Vermögensberatung und I für Immobilienberatung. Herr Paulsen hat die Gesellschaft 1996 gegründet und nach dem Franchisesystem aufgebaut. Jeder Partner ist Franchisenehmer, also rechtlich selbstständig, aber eingebunden in ein vorgegebenes Konzept. McDonald's funktioniert zum Beispiel auch so."

„Und das Opfer, Sven Müller, hast du über den auch schon was rausgefunden?"

„Aber klar. Der war freier Journalist und Buchautor. Meistens schrieb er über brisante Themen aus Wirtschaft und Politik. Enthüllungsautor wurde er auch genannt. Hat unter anderem für den Spiegel, Stern und Focus geschrieben. Den Korruptionsfall bei der Marburger Baubehörde hat er vor drei Jahren aufgedeckt und letztes Jahr war er verantwortlich für den ruhmlosen Abgang von Staatssekretär Meier wegen der illegalen Waffenlieferungen nach Aserbaidschan."

„Hat er auch aktuell an einem brisanten Thema recherchiert?"

„Das weiß ich nicht. Bevor so etwas publik wird, halten sich Journalisten ja gern bedeckt, verständlicherweise."

„Klingt logisch. Und wenn es was aktuell Brisantes geben sollte, werden wir das am ehesten auf seinem Computer finden."

„Wir?"

„Ich sagte doch: Computer. Das ist dein Hoheitsgebiet. Du weißt schon, Passwort knacken und so. Morgen früh fahren wir in seine Wohnung. Und die Wohnung von Sabine Lehmann schauen wir uns bei Gelegenheit auch noch an. Das war gestern mit der Spurensicherung alles so hektisch. Den Tatort betrachten wir uns noch mal in Ruhe."

„Wir?"

„Keine Sorge, die hat bestimmt auch einen Computer."

„Jensen hat aber was von Geständnis und Fall abgeschlossen erzählt, wenn ich richtig informiert bin."

„Sie hat aber nicht gestanden, sondern geträumt."

„Das ist natürlich ein Argument."

„Dann treffen wir uns morgen früh um zehn Uhr in der Wohnung von Sven Müller. Wo ist die eigentlich?"

„In der Ginnheimer Landstraße 112. Eigentumswohnung."

Siebels notierte sich die Adresse und verabschiedete sich von Charly.

Till saß vor der Kloschüssel und röhrte wie ein Hirsch. Aber der erhoffte Schleimausstoß hielt sich in Grenzen. Stattdessen flossen ihm vor Anstrengung die Tränen über die Wangen. Seine Bronchien fühlten sich wie zugeteert an und dieser Teer erwies sich als absolut resistent gegen die schleimlösende Medizin, die Johanna ihm seit zwei Tagen einflößte. Er gab auf und schleppte sich erschöpft in sein Bett zurück. Er schloss die Augen und überlegte sich, wer ihm diesen Virus übertragen hatte. Im Revier hatten in der letzten Woche fast alle geschnieft und gehustet. Aber nur er war so erbärmlich und kraftlos vor der Kloschüssel gelandet. Er tippte auf Staatsanwalt Jensen. Jensen hatte sich für drei Tage krankgemeldet. Dann führte ihn sein erster Weg ins Büro von Siebels und Till. Der Virus hatte ihn dermaßen niedergestreckt, das konnte nur von Jensen gekommen sein. Till sann auf Rache, als Johanna, seine Freundin und derzeitige Pflegerin, ins Zimmer kam.

„Na, geht es besser?"

„Ebola", krächzte Till.

„Ebola?"

„Ja, der Virus. Kannst du den besorgen? Im Reagenzglas?"

„Lass mich mal Fieber messen."

„Nein, Fieber ist vorbei."

„Aber du fantasierst doch."

„Ich muss mich rächen. An Jensen. Der hat mich angesteckt. Er hat den Virus in unser Büro geschleppt." Till hustete beim Krächzen. „Ich kippe ihm den Ebolavirus in seinen Kaffee. Auge um Auge, Virus um Virus."

„Aha. Ob das im Kaffee funktioniert, glaube ich aber nicht. Ebolaviren übertragen sich bei direktem Körperkontakt oder über Kontakt mit Körperausscheidungen infizierter Personen. Die findest du aber bestenfalls in Afrika."

„Dann fahre ich halt nach Afrika." Till schloss die Augen und schlief ein.

Dienstag, 03. Februar 2009, 10.00 Uhr

Siebels öffnete die Tür der Wohnung mit dem Schlüssel des Opfers. Gefolgt von Charly betrachtete er sich kurz die Räume. Er stellte sich vor, wie Sven Müller das letzte Mal in seinem Leben diese Zimmer genutzt hatte. Wie er seine Wohnung verließ, ohne einen Gedanken daran zu verschwenden, dass er sie nie wieder betreten würde, dass stattdessen zwei Beamte der Mordkommission in seine Intimsphäre eindringen würden.

„Da steht ja das gute Stück", stellte Charly fest und ging in das Zimmer. Zweifelsohne ein Arbeitszimmer, vollgestopft mit Aktenordnern. Im Faxgerät lag ein Papier. Siebels nahm es heraus, während Charly den Rechner hochfuhr.

„Die Kopie einer Todesanzeige", stellte Siebels mit dem Blatt in der Hand fest. „Detlev Wurmbach, geboren am 5. Dezember 1973, gestorben am 6. Januar 2005."

„Zum Glück habe ich ein Entschlüsselungsprogramm dabei, der Rechner ist gut geschützt", murmelte Charly vor sich hin.

„Das Fax ist vom Sonntag. Warum bekommt Müller an seinem Todestag eine vier Jahre alte Todesanzeige gefaxt?"

„Vielleicht hat es was mit seinen Recherchen zu tun? Wenn ich die Kiste hier gekapert habe, suche ich mal nach Wurmbach-Dateien. Wer ist denn der Absender?"

„Steht nicht drauf, nur die Faxnummer als Kennung. Aber das bekommen wir bestimmt schnell raus." Siebels nahm ein leeres Blatt Papier vom Schreibtisch, schrieb etwas darauf und faxte es an den Absender der Todesanzeige.

„Was machst du denn da?", wollte Charly wissen.

„Kontakt aufnehmen. Ich habe meine Handynummer notiert und um dringenden Rückruf gebeten."

„Gute Idee. Jetzt bin ich richtig neugierig, wer sich da meldet."

„Ich auch. Ich schaue mich mal in den anderen Zimmern um." Siebels ging in die Küche. In der Spüle stand noch benutztes Geschirr und auf dem Küchentisch eine halb volle Weinflasche und ein Weinglas. Im Kühlschrank herrschte gähnende Leere. Siebels fragte sich, warum Müller nicht mit seiner Freundin Sabine Lehmann zusammengezogen war, und ging ins Schlafzimmer. Ein ungemachtes schmales Bett und bergeweise schmutzige Wäsche erwarteten ihn dort. An der Wand über dem Bett hing ein gerahmtes Foto. Sven Müller und Sabine Lehmann unter Palmen.

„Ich bin drin", rief Charly vom Arbeitszimmer aus. Als Siebels hinter Charly stand, hatte der schon sein nächstes Erfolgserlebnis vorzuweisen. „Schau mal hier. Er hat über diesen Wurmbach ein kleines Exposé angelegt. Detlev Wurmbach, Diplom-Volkswirt, nach seinem Studium im Juni 2000 von Paulsen und Partner angeheuert. Sechsmonatiges Partnerprogramm absolviert. Im März 2001 eigenständiges Büro eröffnet. Seminarbesuche durchgehend von 2001 bis 2004. Stetig steigende Umsätze mit dem Beratungsbüro. Selbstmord im Januar 2005. Hinterließ Schulden von knapp 200.000 Euro."

Siebels pfiff leise durch die Zähne. „Ziemlich hohe Schulden für einen jungen aufstrebenden Berater."

„Vielleicht war das der Grund für seinen Selbstmord?"

„Sieht jedenfalls so aus, als hätte Sven Müller auch an anderen Partnern von Paulsen ein reges Interesse gehabt."

„Ein Bi-Sexueller, der auf Paulsens Partner steht? Bizarr, bizarr."

„Blödmann. Jedenfalls ist der Fall um einiges interessanter, als es Jensen sich vorgestellt hat."

Plötzlich schrie ein Baby. „Was ist das denn?", fragte Charly entsetzt. „Hier muss noch ein Baby in der Wohnung sein." Kaum hatte er den Satz hektisch ausgesprochen, verstummte er kopfschüttelnd. Siebels hatte sein Handy aus der Tasche gezogen und nahm das eingehende Gespräch entgegen. Am Gesprächsverlauf erkannte Charly, dass es sich bei dem Anrufer um den Absender der Todesanzeige handeln musste. Siebels verabredete sich mit ihm für 18.00 Uhr in einer Kneipe an der Bockenheimer Warte.

„Nun erzähl schon", drängte Charly, als Siebels das Gespräch beendet hatte.

„Andreas Wurmbach, der ältere Bruder von Paulsens verstorbenem Partner. Er wurde von Müller vor zwei Wochen kontaktiert. Mehr wollte er am Telefon nicht erzählen."

„Und ich soll jetzt alles über Paulsen und Partner rausfinden, richtig?"

„Charly? Seit wann kannst du Gedanken lesen?"

„Bei deinen Gedanken ist das ganz einfach. Dachte ich jedenfalls, bis ich eben deinen neuen Klingelton gehört habe. Das nächtliche Geschrei von deinem Kleinen genügt dir wohl nicht?"

„Das war die Idee von Sabine. Sie meinte, ich würde mich auf diese Weise schneller daran gewöhnen, wenn der Kleine mitten in der Nacht losbrüllt."

„Aha. Und? Funktioniert es?"

„Wenn er nachts losbrüllt, suche ich jetzt erst mein Handy und dann sein Fläschchen. Ich bin also besänftigt, wenn der Kleine schreit, weil es dann kein nächtlicher Anruf von Jensen ist."

„Psychologisch sehr gut durchdacht", feixte Charly.

„Meine psychologischen Kenntnisse probiere ich jetzt in der Praxis aus. Ich fahre ins Krankenhaus zu Sabine Lehmann. Vielleicht kann sie mir zu diesem Wurmbach etwas erzählen."

3

Sabine Lehmann lag regungslos in ihrem Krankenbett und starrte an die Decke. Ein Polizeibeamter saß vor der Zimmertür und langweilte sich bei der Bewachung der mutmaßlichen Mörderin.

„Guten Tag, Frau Lehmann", begrüßte Siebels die Verdächtige höflich.

„Ja, es ist ein guter Tag", antwortete sie und lächelte versonnen. „Ein ruhiger und friedlicher Tag. Schön, dass Sie mich wieder besuchen kommen."

„Möchten Sie mir etwas erzählen?"

„Was denn?" Sabine Lehmann schaute Siebels erstaunt an. Siebels schaute nicht weniger erstaunt zurück.

„Können Sie sich an Ihr letztes Treffen mit Sven Müller erinnern?"

„Ich kann mich nur an meine Träume erinnern. Alles andere ist wie ausgelöscht. Haben Sie über meinen Traum nachgedacht?"

„Ich habe ihn sogar aufgeschrieben, damit ich nichts vergesse."

„Das ist gut", seufzte Sabine Lehmann.

„Kannten Sie einen Herrn Wurmbach? Detlev Wurmbach?"

„Der ist tot."

„Sie kannten ihn also? Wissen Sie, wie er sich das Leben genommen hat?"

„Vielleicht hat er auch so komische Träume gehabt?"

Siebels wurde langsam ärgerlich. „Frau Lehmann, Sie stehen unter dem Verdacht, Ihren Lebensgefährten Sven Müller getötet zu haben. Sven Müller hat sich für den Selbstmord von Detlev Wurmbach interessiert. Herr Wurmbach war wie Sie ein Partner von Paulsen. Sie sollten mir langsam was erzählen."

„Ja, ich erzähle Ihnen am besten meinen Wüstentraum. Der ist sehr merkwürdig."

Bevor Siebels etwas erwidern konnte, legte Sabine Lehmann los.

Der goldene Wüstensand glitzert in der hochstehenden Sonne. So weit das Auge reicht, ist nur der feine glänzende Sand zu sehen, aufgetürmt zu erhabenen Dünen. Er brennt unter meinen nackten Füßen, doch ich spüre keinen Schmerz. Zielstrebig laufe ich durch die Wüste, immer der Sonne entgegen. Bekleidet bin ich mit einem weißen Brautkleid. Sein Weiß ist trotz meines Wüstenmarsches so rein und klar wie das Blau des wolkenlosen Himmels. Ich bin schon seit Stunden unterwegs, ohne einen Tropfen Wasser, ohne einem Menschen begegnet zu sein, ohne Rast und ohne Kompass. Ich schaue nicht nach links und nicht nach rechts, mein Blick geht starr geradeaus, immer auf die nächste Düne gerichtet. Endlich, nach unzähligen überquerten Dünen, erblicke ich einen Menschen. Ich stehe auf der Spitze des Sandberges und atme erleichtert durch, bevor ich die Düne wieder herabsteige. Unten sitzt eine alte Frau in einem Schaukelstuhl und wippt bedächtig im Sand. Als ich vor ihr zum Stehen komme, mustert sie mich von Kopf bis Fuß. Ihre schwarze Haut ist von der Sonne gegerbt. „Da bist du ja endlich“, spricht sie mich vorwurfsvoll an. „Hier ist die Grenze, bist du bereit?“ Ich nicke selbstsicher und betrachte mir die unsichtbare Grenze. Auf beiden Seiten der Grenze gibt es nur Sand. Die alte Frau greift nach einer Kiste und gibt sie mir. „Beeile dich“, sagt sie. „Die Sonne geht bald unter.“ Ohne zu antworten, laufe ich mit der schweren Kiste weiter. Als ich drei weitere Dünen überquert habe, erkenne ich in der Ferne aufgewirbelten Sand. Die Sonne steht schon tief. Das Gefährt, das den Sand aufwirbelt, bewegt sich in meine Richtung. Ohne zu zögern, setze ich die Kiste in den Sand, öffne sie und baue die darin enthaltenen Stangen und Rohre in kürzester Zeit zusammen. Der Wagen ist nur noch wenige Hundert Meter von mir entfernt. Ich kann ihn mit bloßem Auge erkennen. Es ist ein weißer Jeep. Auf der Seite steht in großen schwarzen Buchstaben „UN“ geschrieben. Zwei Männer sitzen in dem Jeep. Sie wurden geschickt, um den Frieden zu bringen. Ich bin gekommen, um sie in die Hölle zu schicken. Mit schnellen Bewegungen lade ich den Flugkörper in das Panzerabwehr-Raketensystem. Kurz danach spüre ich den Rückstoß und höre den lauten Knall. Mein Auftrag ist erfüllt. Ein tosender Feuerball folgt der lauten Explosion. Der Jeep hat sich in Rauch und Asche verwandelt. Die Sonne senkt sich langsam hinter den Dünen. Das tobende Feuer erhellt die friedliche Dämmerung. In der Wüste wird es kälter und ich mache mich auf den Rückweg. Ich muss wieder auf die andere Seite der Grenze.

Zurück im Büro tippte Siebels auch diesen Traum aus dem Gedächtnis ab. Er druckte die Datei aus und heftete sie in eine Aktenmappe. „Die Träume der Sabine Lehmann“, schrieb er auf den Aktendeckel. Siebels zündete sich eine Zigarette an und dachte nach. Handelte es sich bei den zwei Männern in dem abgeschossenen UN-Jeep um Müller und Wurmbach? Waren die Träume der Sabine Lehmann ein verschlüsseltes Geständnis? Warum trug sie immer ein weißes Brautkleid? In beiden Fällen ging es unpassender gar nicht mehr. Siebels befürchtete, dass sich die Akte „Träume der Sabine Lehmann“ in den nächsten Tagen noch füllen würde. Mit dem unguten Gefühl, einen ziemlich verzwickten Fall auf dem Tisch zu haben, rief er bei Till an.

„Krüger“, meldete sich Till und hustete anschließend so lange in den Hörer, bis er glaubte, sein Zwerchfell platzen zu hören.

„Klingst ja schon fast wieder gesund“, machte Siebels ihm Mut. „Eigentlich hatte ich gehofft, dass du morgen wieder auf der Matte stehst.“

„Halt dich von Jensen fern“, flüsterte Till.

„Das würde ich ja gerne, geht aber nicht, wir haben einen neuen Fall.“

„Vergiss den Fall, Jensen ist gefährlich. Er verbreitet den Virus.“

„Jetzt wohl nicht mehr, jetzt hast du ihn doch. Sieh zu, dass du ihn wieder los wirst. Ich brauche dich.“

„Willst du ihn haben? Kein Problem, ich komme und bringe ihn dir mit.“ Das Flüstern von Till ging erst in ein Krächzen und dann wieder in einen bellenden Husten über.

„Nix da, ich habe ein Baby daheim. Trink heiße Milch mit Honig, nimm deine Medizin und lasse dich hier erst wieder blikken, wenn du fit bist. Es warten ein paar verrückte Träume auf dich, von einer Mordverdächtigen.“

„Ohne mich bist du bei so was aufgeschmissen, ich weiß.

Morgen schone ich mich noch, am Donnerstag bin ich bestimmt wieder einsatzbereit."

„Ohne dich klappt das auch noch ein paar Tage länger, kurier dich aus und dann kannst du hier wieder Gas geben. Charly ist schon voll drin im Fall. Gute Besserung." Siebels beendete das Gespräch und verließ das Präsidium. Bevor er sich mit Andreas Wurmbach traf, wollte er noch einen Abstecher bei Herrn Paulsen machen.

Joachim Paulsen führte seine Geschäfte in einer repräsentativen Villa in der Frauenlobstraße in Bockenheim, nicht weit von dem mit Wurmbach verabredeten Treffpunkt. Siebels fuhr langsam durch das ruhige Stadtviertel, exotische Länder hatten hier ihre Botschaften untergebracht und international agierende Anwälte ihre Kanzleien. Ein Jogger kam zwischen den Villen aus dem dahinterliegenden Grüneburgpark gelaufen, ein zotteliger Hund folgte ihm. Siebels parkte den Wagen am Straßenrand vor der Paulsen-Villa und rauchte noch eine Zigarette, bevor er sich dem Anwesen näherte. Beim Rauchen zählte er die Videokameras, die unauffällig an dem Gebäude angebracht waren. Drei Stück konnte er ausmachen, war sich aber nicht sicher, ob er alle entdeckt hatte. Langsam näherte er sich dem Grundstück, trat seine Zigarette aus und klingelte am Eingangstor.

„Sie wünschen?", meldete sich eine Frauenstimme durch die Sprechanlage.

„Mein Name ist Siebels, Kriminalpolizei Frankfurt. Ich möchte zu Herrn Paulsen."

„In welcher Angelegenheit?"

„Das sage ich dann dem Herrn Paulsen, wenn es recht ist."

„Warten Sie bitte einen Moment."

Siebels wartete und nahm sich vor, sich auf keinen Fall hier abschütteln oder vertrösten zu lassen. Aber das brauchte er auch nicht, mit einem Summen öffnete sich das Tor. Am Eingang der Villa erwartete ihn die Frau. Sie trug ein elegantes schwarzes Kostüm, eine ordentliche Schicht Make-up und Schuhe, die zum Laufen mehr als ungeeignet waren.

„Ich bin die persönliche Assistentin von Herrn Paulsen, Astrid Lotz ist mein Name", stellte sich die Hausdame vor und bat Siebels, ihr zu folgen. Trotz der High Heels lief sie recht sicher durch einen marmorgefliesten Gang und öffnete eine Tür zu einem kleinen Raum. „Gedulden Sie sich bitte noch einen Moment, nehmen Sie Platz. Herr Paulsen kommt sofort zu Ihnen. Darf ich Ihnen etwas anbieten? Kaffee, Tee?"

„Einen Tee bitte, wenn es keine Umstände macht."

„Aber natürlich. Geben Sie mir Ihre Jacke, ich hänge sie an die Garderobe."

Astrid Lotz verschwand mit der Jacke von Siebels und Siebels betrachtete sich den Wandschmuck in dem kleinen holzgetäfelten Warteraum. An den Wänden hingen gerahmte Fotos, die allesamt einen Mann in den Fünfzigern zeigten. Paulsen beim Händeschütteln mit dem Altkanzler, Paulsen im Smoking vor der Alten Oper, Paulsen mit der Oberbürgermeisterin bei dem ersten Spatenstich für ein neues Einkaufszentrum, Paulsen in der Paulskirche. Paulsen lächelte auf jedem Foto siegessicher und erfolgsverwöhnt, sein volles weißes Haar stets im Kontrast zu seiner gebräunten Haut.

Siebels hörte erst die Absätze auf dem Marmor, dann sah er Frau Lotz mit dem Tee an der Türschwelle.

„Kommen Sie, Herr Paulsen hat jetzt ein paar Minuten Zeit. Den Tee bringe ich in sein Arbeitszimmer." Siebels folgte den klackernden Schritten und stellte verwundert fest, dass sich Frauen in solchen Schuhen nicht nur vorwärts bewegen, sondern dabei auch noch ein Tablett mit zwei Teetassen balancieren und die Tür zum Zimmer ihres Chefs öffnen konnten. Im Chefzimmer verstummten die hohen Absätze dann aber auf dickem Teppich.

Paulsen saß hinter einem überdimensionalen Schreibtisch aus poliertem Mahagoni und sah aus wie auf den Fotos. Siebels reichte ihm die Hand und stellte sich als Hauptkommissar bei der Mordkommission vor.

„Vielen Dank, Astrid. Kümmern Sie sich bitte noch um das Bankett heute Abend", ignorierte Paulsen zunächst seinen Besucher und schaute verträumt dem leicht hüftbewegenden Gang seiner Assistentin hinterher, bis die Tür von außen geschlossen wurde.

Paulsen reichte seinem Besucher die Hand. „Was verschlägt denn die Mordkommission zu mir, muss ich mir Sorgen machen?"

Siebels wollte gerade etwas darauf entgegnen, doch ein plötzliches lautes Babygeschrei aus der Innentasche seines Sakkos verhinderte das. Der neugierige Blick von Paulsen verwandelte sich in einen verdutzten. Hastig zog Siebels sein Handy aus der Tasche und nahm das Gespräch an. „Ach du bist es, ja, im Moment ist es gerade ungünstig. Was? Ähm, Windeln, ja, kein Problem, bringe ich mit. Ich melde mich nachher noch mal." Mit leicht errötetem Kopf schaltete Siebels sein Handy aus.

„Interessanter Klingelton", bemerkte Paulsen.

„Ja", fasste Siebels sich kurz. „Entschuldigen Sie die Unterbrechung, der Grund meines Besuches heißt Sabine Lehmann."

„Frau Lehmann? Ist ihr etwas zugestoßen?" Paulsen gab sich besorgt.

„Wie man es nimmt. Sie steht unter Mordverdacht."

„Frau Lehmann? Aber das ist doch absurd. Wen soll sie denn umgebracht haben?"

„Ihren Lebensgefährten."

„Hm, ich wusste gar nicht, dass es einen gibt. Aber das geht mich ja auch nichts an. Wie sicher ist denn Ihr Verdacht?"

„Ziemlich sicher. Können Sie mir etwas über Ihre Mitarbeiterin erzählen?"

Paulsen kratzte sich nachdenklich am Kinn. „Sie ist sehr fleißig und zielorientiert. Wenn ich mich recht erinnere, hat sie vor vier Jahren angefangen, für meine Organisation zu arbeiten. Sie kam direkt von der Universität, mit einem Prädikatsexamen in Jura."

Siebels dachte an Detlev Wurmbach, der 2005 Selbstmord begangen hatte. Wenn Sabine Lehmann vor vier Jahren bei Paulsen eingestiegen war, konnte sie die Nachfolgerin von Wurmbach gewesen sein. Jedenfalls kannte sie ihn, zumindest wusste sie, dass er sich das Leben genommen hatte.

„Können Sie mir ein wenig über die Tätigkeit von Frau Lehmann als Partnerin von Paulsen und Partner erzählen?"

„Ich weiß zwar nicht, wie Ihnen das bei Ihren Ermittlungen weiterhelfen soll, aber ich kann Ihnen natürlich einen Überblick geben. Mein Unternehmen hat sich auf die Beratung von vermögenden Mandanten spezialisiert. Das können Privatleute sein, das können aber auch Unternehmen oder Kommunen sein. UVI-Consulting bedeutet Unternehmensberatung,

Vermögensberatung, Immobilienberatung. Als Berater steht mir eine Vielzahl von hoch qualifizierten Leuten zur Seite. Jeder von ihnen arbeitet als mein Partner, aber auf selbstständiger Basis. Damit das einheitlich funktioniert, habe ich ein System entwikkelt, an das sich alle Partner strikt halten müssen. Ich suche mir nur junge Leute, die direkt von der Universität kommen und einen sehr guten Abschluss im Gepäck haben. Wer mein Partner sein will, verpflichtet sich vertraglich, sich ständig weiterzubilden. Dazu habe ich in Kronberg ein eigenes Seminarzentrum. Ein Neueinsteiger muss sich zunächst ein halbes Jahr bewähren. Wenn wir uns danach auf eine weitere Zusammenarbeit einigen, kommt es zu einer Partnerschaft. Sabine Lehmann hat das alles so durchlaufen und ich war stets zufrieden mit ihr."

„Wie viele solcher Partner gibt es denn?"

„Es werden ständig mehr. Mein System hat sich als sehr erfolgreich erwiesen. Zurzeit habe ich etwa 80 Partner. Zwei Drittel davon in Deutschland, die anderen in Österreich und in der Schweiz."

„Und die kommen alle regelmäßig nach Kronberg zur Weiterbildung?"

„Ja, dazu sind sie verpflichtet. Natürlich nicht alle auf einmal. Es gibt viele verschiedene Seminare. Allein wegen der sich ständig ändernden Gesetzgebung zum Beispiel im Aktien- oder Steuerrecht werden kontinuierlich neue Seminarinhalte erarbeitet und an meine Partner vermittelt."

Siebels verspürte die Lust auf eine Zigarette und schaute sich nach einem Aschenbecher um. Als er keinen entdeckte, versuchte er sich wieder auf sein Gespräch zu konzentrieren. Irgendwie kam ihm die ganze Geschichte nicht ganz koscher vor mit dem Partnerprogramm.

„Sind diese Seminare kostenpflichtig für Ihre Partner?"

Paulsen schaute Siebels erst einen Moment an, bevor er Antwort gab.

„Ja, das sind sie. Aber sie sind für die Partner eine gute Investition. Mit dem vermittelten Wissen können sie ein Vielfaches verdienen. Was viel kostet, ist auch viel wert. Das wissen meine Partner sehr gut."

Siebels dachte an Wurmbach und an die 200 000 Euro Schulden, die er hinterlassen hatte. Aber heute wollte er den Namen Wurmbach Paulsen gegenüber noch nicht erwähnen.

„Gibt es auch Partner, die aus dem Vertrag mit Ihnen wieder aussteigen?", fragte Siebels nach und erntete einen misstrauischen Blick von Paulsen.

„Selbst das hat es schon gegeben. Aber nur in Ausnahmefällen. Eine Partnerin ist ausgeschieden, weil sie an Krebs erkrankt ist, ein anderer war der Meinung, für den Rest seines Lebens genug Geld verdient zu haben."

Der muss die teuren Seminare geschwänzt haben, dachte sich Siebels und schaute auf die Uhr. Es war Zeit sich zu verabschieden, wenn er pünktlich zu dem Treffen mit dem Bruder des verstorbenen Partners Detlev Wurmbach kommen wollte.

„Eine letzte Frage noch. Sie führen doch sicher so eine Art Liste, ein Ranking, über die Leistungsbilanz Ihrer Partner?"

„Selbstverständlich", antwortete Paulsen mit kaltem Blick.

„Wo ist denn Frau Lehmann auf dieser Liste platziert?"

„Einen Moment, ich schaue mal nach." Paulsen wandte sich seinem Rechner zu, klickte zwei Mal mit der Maus und drehte sich dann wieder zu Siebels. „Frau Lehmann befindet sich im oberen Drittel. Und das, obwohl sie keine großen Fische an Land gezogen hat."

„Dafür hat sie dann um so mehr kleine Fische im Netz?"

„Ziemlich viele, ja."

„Vielen Dank für Ihre Zeit, falls es erforderlich sein sollte, melde ich mich wieder bei Ihnen", beendete Siebels das Gespräch.

„Ich muss mich wohl um Ersatz für die Mandanten von Frau Lehmann bemühen. Ich würde es begrüßen, wenn Sie mich informieren, sobald die Schuld oder Unschuld von Frau Lehmann bewiesen ist."

„Sie hören von mir. Auf Wiedersehen."

4

Von der Frauenlobstraße zur Bockenheimer Warte waren es auch zu Fuß nur ein paar Minuten. Siebels hatte den Wagen vor der Paulsen-Villa stehen lassen und auf dem Weg noch eine Zigarette geraucht. Dr. Flotte hieß die Kneipe und das schon, solange Siebels denken konnte. Er hatte noch fünf Minuten Zeit, die nutzte er, um das verunglückte Gespräch mit Sabine nachzuholen.

„Hi, ich bin es. Das war vorhin leider sehr ungünstig, jetzt kann ich reden."

„Jetzt bin ich am Wickeln, sehr ungünstig. Wir brauchen Windeln."

„Schon wieder? Wie kann so ein kleines Stück Mensch nur so massenhaft Windeln vollscheißen?"

„Das frage ich mich auch manchmal, ist halt ein echter kleiner Siebels."

„Aha. Na dann. Also Windeln. Sonst noch was?"

„Babyöl, Chips, Waschmittel und Nutella."

„Was ein Durcheinander, wer soll sich das denn merken?"

„Soll ich dran bleiben, bis du alles im Einkaufswagen hast?"

„Ich stehe gerade vor einer Kneipe und treffe gleich einen Zeugen. Danach geht's dann zum Shoppen."

„Kneipe? Jetzt noch? Du bist Familienvater und musst dringend dein Leben neu organisieren. Und ich muss jetzt Schluss machen, sonst wird das nix mit der Wickelei hier."

„Ich organisiere jetzt erst mal einen schönen Platz in der Kneipe, bis dann. Wickel heil."

Kaum hatte Siebels das Gespräch beendet, kam ein Mann um die Ecke gelaufen, blieb vor dem Eingang zum Dr. Flotte stehen und schaute unschlüssig auf seine Uhr.

„Herr Wurmbach?"

„Ja, das bin ich. Und Sie sind von der Polizei?"

„Ja, wir haben miteinander gesprochen. Kommen Sie, gehen wir rein, hier draußen wird es kalt."

In der Kneipe saßen ein paar Leute am Tresen, freie Plätze gab es noch genügend. Siebels ging zu einem Tisch am Fenster und betrachtete sich die Eintracht-Wappen an den Wänden. Hier sollte er mit Charly mal ein Bier trinken gehen, wenn die Eintracht spielte, dachte er und setzte sich. Im Moment spielten hier aber nur zwei Eintrachtfans, keinen Fußball, sondern Dart.

„Ich komme gerade von Herrn Paulsen", eröffnete Siebels das Gespräch.

„Ein erfolgreicher Mann", sagte Wurmbach mit zynischem Ton und nahm sich die Getränkekarte zur Hand. Andreas Wurmbach war Mitte vierzig, trug einen Ehering und Markenklamotten von Joop. Als der Kellner kam, bestellte er einen Rotwein. Siebels entschied sich für eine Cola.

„Darf ich fragen, was Sie beruflich machen?"

„Ich bin Zahnarzt und habe eine eigene Praxis im Westend. Aber jetzt erzählen Sie mir doch einmal, wie Sie an mein Fax gekommen sind. Ich bin nämlich etwas verwirrt diesbezüglich."

Siebels erzählte Wurmbach vom Mordfall Sven Müller, von dessen Lebensgefährtin und Paulsen-Partnerin Sabine Lehmann und von seinem Besuch in der Wohnung des ermordeten Müller.

„Aha, ich verstehe. Gegen Paulsen liegt also gar nichts vor?"

„Nein, aber seitdem ich die Todesanzeige Ihres Bruders in der Hand hatte, spukt der Name Paulsen in meinem Kopf herum. Haben Sie Herrn Paulsen etwas vorzuwerfen?"

„Den Tod meines Bruders."

„Soweit ich weiß, hat Ihr Bruder Selbstmord begangen."

„Ja, aber dafür gab es Gründe. Mein Bruder war immer sehr ehrgeizig gewesen. Aber er war auch labil und sensibel. Er hat dem Druck nicht standgehalten, dem er als Partner von Paulsen ausgesetzt war."

„Dann hätte er sich einen anderen Job suchen müssen. Wenn er bei Paulsen war, muss er einen hervorragenden Universitätsabschluss gehabt haben."

„Ja, er hat Betriebswirtschaft studiert und mit Prädikat abgeschlossen. Aber bei Paulsen war das nur die Eintrittskarte in die Hölle."

Siebels musterte den Zahnarzt und wusste nicht recht, was er von ihm halten sollte. „Warum haben Sie Müller die Todesanzeige gefaxt?"

Der Kellner brachte Rotwein und Cola. Wurmbach nippte an seinem Glas, bevor er antwortete. „Müller war Journalist und recherchierte über Paulsen und Partner. Paulsen und seine Leute haben den Consultingmarkt in den letzten Jahren ziemlich aggressiv aufgemischt. Aber es gab und gibt kaum Informationen darüber. Die Wirtschaftspresse schweigt sich aus und die Konkurrenz schläft anscheinend."

Siebels trank einen Schluck Cola und suchte nach sinnvollen Fragen.

„Hat Müller nur eine Scheinpartnerschaft mit Sabine Lehmann geführt, um an Informationen zu kommen?"

„Das weiß ich nicht. Ich hätte eher gedacht, er hat erst Frau Lehmann kennen gelernt und ist dann auf die Idee gekommen, bei Paulsen zu recherchieren."

Siebels schob sich diesen Gedanken in eine seiner Gehirnschubladen. Das war eine Nuss, die Charly knacken sollte. „Wie kam es zum Kontakt zwischen Ihnen und Müller?", wollte Siebels wissen.

Wurmbach nippte wieder an seinem Wein. „Müller rief mich eines Tages in meiner Praxis an. Er suchte gezielt nach ehemaligen Paulsen-Partnern und war dabei auf meinen Bruder gestoßen. Obwohl es mittlerweile doch ziemlich viele Partner von Paulsen gibt, hatte Müller wohl große Schwierigkeiten, Ansprechpartner zu finden."

„Wann hat dieser Anruf stattgefunden?"

„Das war vor etwa vier Wochen."

„Ihr Bruder hat einen Berg Schulden hinterlassen. Steht das im Zusammenhang mit seiner Partnerschaft?"

Wurmbach nickte. „Detlev besuchte regelmäßig diese Seminare und die kosteten einen Haufen Geld. Pro Monat benötigte er etwa zweitausend Euro dafür. Er trug nur teure Maßanzüge, besaß eine Eigentumswohnung in bester Frankfurter Lage und fuhr Porsche."

„Wenn er auf großem Fuß lebte, können Sie das aber nicht Paulsen in die Schuhe schieben", gab Siebels zu bedenken.

„Das ist Standard, wenn man Partner bei Paulsen wird. Das bekommt man gleich beim ersten Seminar eingetrichtert. Erfolg ist sichtbar. Und wer Paulsens Partner ist, der hat Erfolg. Detlev wollte keinen Porsche. Aber fast alle Partner von Paulsen fahren einen. Die kaufen ihn alle beim gleichen Händler und Paulsen bekommt für jeden verkauften Porsche eine Provision. Nach dem zweiten Seminar hatte Detlev schließlich auch seinen 911er. Und mir wollte er dann auch einen schmackhaft machen."

Siebels zog eine weitere Schublade in seinem Gehirn auf und legte zwei Aufgaben darin ab. Prüfen, ob Sabine Lehmann einen Porsche besaß und wenn ja, Kontakt mit dem Autoverkäufer aufnehmen.

„Wie waren denn die Einnahmen Ihres Bruders? Gab es überhaupt Chancen, die Ausgaben zu decken?"

„Er verdiente in der Tat viel Geld. Aber dafür musste er auch 24 Stunden am Tag ackern. Paulsen hat ein System entwickelt, in dem seine Lakaien nicht mehr zur Ruhe kommen. Sie müssen immer neue Mandanten akquirieren, die bestehende Kundschaft pflegen, sich weiterbilden, Geld ausgeben und mehr Geld verdienen. Es ist ein Teufelskreislauf, aus dem es kein Entrinnen gibt."

„Gab es einen bestimmten Auslöser für den Freitod Ihres Bruders?"

Wurmbach zuckte mit den Schultern. „Wie gesagt, er war emotional instabil. Obwohl er sehr intelligent und erfolgreich war, plagten ihn Selbstzweifel. Er war sich nie gut genug. Und für Paulsens Ansprüche konnte er nie gut genug sein. Ich nehme an, er hat sich die Messlatte für seine Arbeit immer höher gesetzt, bis er an sich selbst scheitern musste."

„Wissen Sie, ob er seltsame Träume hatte?"

„Seltsame Träume?"

Siebels war die Idee spontan gekommen. Vielleicht gab es ein Aufputschmittel oder eine leistungssteigernde Droge, die unter Paulsens Partnern beliebt war. Mit seltsamen Träumen als Nebenwirkung. Der eine brachte sich selbst um, die andere ihren Lebenspartner. Wer weiß, was Paulsens Partner sonst noch für Leichen im Keller hatten. Siebels steckte das Stichwort Drogen in eine neue Schublade und trank seine Cola aus. Für heute hatte er genug Schubladen mit offenen Fragen gefüllt. Jetzt musste er sich um die Windeln kümmern.

Mittwoch, 04. Februar 2009

„Guten Morgen, Frau Lehmann. Wie geht es Ihnen? Sie sehen ja schon viel besser aus!"

„Guten Morgen. Wie war noch gleich Ihr Name?"

„Siebels. Steffen Siebels." Siebels nahm sich einen Stuhl und stellte ihn neben das Krankenbett. „Der Arzt sagt, Sie erholen sich langsam."

„Vor meiner Tür sitzt ein Polizist. Warum?"

„Der passt auf, dass Sie nicht weglaufen." Siebels lächelte sie an. „Oder wegfahren. Wo steht eigentlich Ihr Porsche?"

„In der Garage." Sabine Lehmann drehte ihren Kopf zu Siebels. „Oder nicht? Wurde er etwa gestohlen?"

„Nein, er steht bestimmt noch an seinem Platz. Aber ich kann es ja später überprüfen. Was für eine Farbe hat er denn?"

„Dunkelblau."

„War bestimmt teuer, das gute Stück."

„Legt sich vor allem schön in die Kurven, das gute Stück." Sabine Lehmann lächelte verschmitzt. „Ich habe auf Sie gewartet. Ich möchte Ihnen den Traum von den Alten erzählen."

„Frau Lehmann, wir müssen uns jetzt mal über Ihre letzten Stunden mit Sven Müller unterhalten."

Sabine Lehmann sank ins Kopfkissen zurück und erzählte unbeeindruckt von dem Traum.

Vergnügt schlendere ich in der lauen Sommernacht mit nackten Füßen über den warmen Asphalt. Ich trage mein weißes Brautkleid und eine kleine weiße Lacktasche hängt lässig über meiner Schulter. In meiner Hand halte ich einen großen Schlüsselring und die vielen Schlüssel daran begleiten mich leise klirrend durch die Nacht. Nach wenigen Metern erreiche ich den Bus. Es ist ein gewöhnlicher Reisebus. An meinem Schlüsselbund finde ich den richtigen Schlüssel, ich steige ein und fahre los. Gut gelaunt lenke ich den Bus durch die Stadt und pfeife dabei ein schönes Lied. Nach der zweiten Strophe bin ich schon vor dem richtigen Haus und parke den Bus davor. „Altenheim" steht in großen Buchstaben auf der Pforte. Es ist Punkt Mitternacht, ich bin pünktlich. Ich nehme meinen Schlüsselbund, suche den richtigen Schlüssel und öffne das Tor zum Heim. Drinnen ist es stockfinster, die Alten schlafen schon alle. Ich gehe direkt in die große Küche, mache Licht und stelle zwölf Gläser auf den Tisch. Ich fülle sie mit Wasser und nehme das Röhrchen mit dem Pulver aus meiner kleinen weißen Lackhandtasche. In jedes Glas Wasser fülle ich ein wenig von dem Pulver. Dann gehe ich zu der Glocke, die im großen Saal von der Decke hängt, und fange an zu bimmeln. Das ohrenbetäubende Glockenspiel treibt die Alten in kürzester Zeit aus den Betten. Nach und nach kommen sie schlaftrunken aus ihren Zimmern die Treppe herunter geschlürft. Die Damen in Nachthemden und die Herren im Pyjama. In meinem weißen Brautkleid erwarte ich die Herrschaften in der Küche, wo die zwölf Gläser Wasser in einer Linie auf dem Tisch stehen. Als die verschlafenen Alten sich alle in der Küche versammelt haben, zähle ich durch. Es sind zwölf. „Austrinken", rufe ich laut und deute sicherheitshalber auch mit meinem rechten Zeigefinger auf die Gläser. Die Alten nähern sich mit tappenden Schritten dem Tisch. Kurz darauf haben alle ihr Glas Wasser artig ausgetrunken. „Mitkommen", befehle ich dann und laufe hinaus. Die Alten folgen mir im Gänsemarsch und besteigen mühsam den Bus. Als sie alle sitzen, fahre ich los. Die Alten sind benommen, das Pulver hat gewirkt. Fröhlich pfeife ich wieder ein kleines Liedchen, bis ich das Ziel nach wenigen Minuten erreicht habe. Ich öffne die Bustüren. „Aussteigen", rufe ich den Alten zu. Dann stehe ich mit ihnen vor dem großen Tor. Es ist der Eingang zum Zoo. An meinem Schlüsselbund finde ich den passenden Schlüssel. Es ist Vollmond und im Schein des Mondes folgen mir die Alten in den Tierpark. Vor dem Löwengehege machen wir den ersten Halt. Ich öffne das Tor und deute auf zwei Alte. Wilhelm und Trude sollen den Anfang machen. Die beiden trotten in das Gehege, sie halten sich an der Hand. Eine ganze Weile passiert gar nichts. Dann plötzlich kommt ein Löwe und nimmt sie ins Visier. Ich schließe das Gehege wieder. Kurz darauf lassen sich zwei weitere Löwen blicken. Als sie noch drei Meter von Wilhelm und Trude entfernt sind, springt der erste Löwe mit einem mächtigen Satz auf Wilhelm. Kurz darauf stürzen sich die anderen beiden auf Trude.

Ich ziehe mit den zehn verbliebenen Alten weiter zum nächsten Gehege. Die Tiger verbringen die Nacht im Käfig. Es gibt zwei Käfige. In den einen schicke ich Alfons, in den anderen Mathilde. Die Tiger ergreifen ihre Opfer viel schneller als zuvor die Löwen. Die übrigen acht Alten folgen mir wieder, jetzt geht es zu den Eisbären. Hier lasse ich Herbert und Marta zurück. Die zwei Eisbären spielen vergnügt mit den zwei Alten. Mit ihren mächtigen Tatzen hauen sie in die verschrumpelten Körper, bald sind sie nicht mehr zu erkennen. Gemeinsam mit noch sechs Alten schlendere ich unbeschwert ins Terrarium. Josef und Hilde schicke ich sogleich in die Schlangenfarm, wo sich die schwarze Mamba vom nächtlichen Besuch anscheinend bedroht fühlt. Den tödlichen Biss der knapp vier Meter langen Schlange bekommt Josef zu spüren. Um Hilde kümmern sich zwei Vipern, sie sind etwas kürzer als die Mamba, aber ihre Bisse nicht weniger giftig. Die restlichen vier Alten folgen mir zum nächsten Zwischenstopp. Im Affengehege schicke ich Ludwig und Christa zu den Gorillas. Ich muss die müden Affen erst mit Steinwürfen wecken, damit sie die Eindringlinge zur Kenntnis nehmen. Die pflanzenfressenden Gorillas begutachten die zwei Alten und schleppen sie dann weg. Kurz darauf plumpst Ludwig vom Kletterbaum herunter und bleibt unten liegen. Die Gorillas schleppen den reglosen Körper aber wieder hoch auf ihren Baum. Von Christa ist nichts mehr zu sehen. Jetzt habe ich nur noch zwei Alte zu entsorgen. Sepp und Frida schicke ich in den See. Die beiden verharren am Ufer und wollen nicht recht weiter. „Das Wasser ist flach und schön warm", mache ich ihnen Mut und dränge die beiden voran. Zögerlich tippeln sie in den See hinein. Als ihnen das Wasser bis an die Knie reicht, raschelt es am gegenüberliegenden Ufer. Die Krokodile gleiten ins Wasser und schnappen sich die letzten beiden Alten. Ich schließe wieder alle Türen und Gehege im Zoo und auch das Haupttor und fahre mit dem Bus zurück zum Altenheim. Dort hänge ich ein Schild an die Tür. Geschlossen.

„Wo bleibt denn das schriftliche Geständnis von dieser Frau Lehmann?" Staatsanwalt Jensen kam gerade in dem Augenblick zur Tür herein, als Siebels den Traum von den Alten in seine Akte abheftete.

„Das fragen Sie besser Frau Lehmann. Sie denkt im Traum nicht daran, ein Geständnis abzulegen."

„Nein? Streitet Sie es etwa ab?"

„Sie streitet es auch nicht ab. Sie spricht nicht über den Tathergang."

„Über was spricht sie dann?"

„Über ihre Träume. Hier ist die Akte."

Ein Piepton machte Siebels darauf aufmerksam, dass eine E-Mail eingegangen war. Es war der Bericht der Spurensicherung zum Fall Sven Müller. Während Jensen in der Traumakte blätterte, überflog Siebels den Bericht.

„Will die für unzurechnungsfähig gehalten werden?" Jensen knallte Siebels die Akte auf den Tisch. „Nicht mit mir. Mit diesem Blödsinn hier verlängert sie ihre Haftstrafe nur um ein paar Jahre."

„Ich bin mir nicht sicher, ob die Tat so abgelaufen ist, wie es den Anschein hat", gab Siebels seine Bedenken preis. „Im Bericht der Spurensicherung steht, dass es auf den Scherben der Weinflasche nur Fingerabdrücke von Sven Müller gegeben hat. Ich glaube kaum, dass sie Handschuhe angezogen hat, bevor sie ihm mit der Flasche den Schädel zertrümmert hat."

„Glauben Sie etwa, der Müller hat sich die Flasche selbst auf dem Kopf zertrümmert? Das ist doch Quatsch. Sie wird die Scherben vom Flaschenhals nach der Tat mit einem Handtuch abgewischt haben. So einfach ist das. Machen Sie mal ordentlich Druck bei der Dame, dann wird sie schon weich. Was macht eigentlich Kollege Krüger?"

„Der leidet noch unter einem hartnäckigen Virus. Morgen wollte er mal reinschauen."

„Sie wissen Bescheid, schließen Sie den Fall ab und bauen Sie Ihre Überstunden ab. Ich muss dann mal weiter."

Kaum hatte Jensen das Büro verlassen, kam Charly herein.

„Hi Charly."

„Hi. Mir ist gerade Jensen über den Weg gelaufen, der murmelte ziemlich verärgert was von nackig Skifahren vor sich hin."

„Ich habe ihm gerade die Traumakte gezeigt. Zum Glück hat er nur den ersten Traum gelesen."

„Gibt's einen neuen?"

„Ja, der Traum von den Alten. Hier, lies selbst. Ich gehe derweil Kaffee holen. Magst du auch einen?" Charly war schon tief in der Traumakte versunken und nickte nur geistesabwesend.

Als Siebels mit zwei Bechern Kaffee zurückkam, schlug sich Charly feixend mit der Hand auf sein Knie. „Willst du Sabine tatsächlich heiraten? Frauen im Brautkleid sind zu allem fähig, hier steht es schwarz auf weiß."

Siebels verdrehte die Augen und berichtete Charly von seinen Gesprächen mit Paulsen und Wurmbach.

„Du bist ja schon wieder tief am Graben und buddelst bestimmt noch viel Dreck aus. Aber meinst du wirklich, dass es da einen Zusammenhang zu deinem Fall gibt?"

„Ich weiß es nicht", gestand Siebels ratlos. „Ich bin schon am Überlegen, ob ich Till undercover als Partner bei Paulsen einschleusen soll."

„Du scheinst wirklich verzweifelt und ratlos zu sein."

„Hack nicht so auf dem armen Till rum, selbst der lernt aus Fehlern."

„Bist du sicher?"

„Nicht wirklich."

Die beiden spielten auf den letzten Fall an, bei dem Till als selbsternannter Undercoveragent im Bett einer Verdächtigen gelandet war.

„Selbst wenn wir ihm eine wasserdichte Legende als Top-Uniabsolvent verschaffen, wird er als Consultant nicht lange bestehen können. Wahrscheinlich blamiert er sich schon beim ersten Gespräch mit Paulsen", gab Charly zu bedenken. „Ich habe da eine bessere Idee. Wir machen ihn zum Kunden von einem von Paulsens Partnern."

„Charly, das gefällt mir. Manchmal hast du wirklich gute Ideen. Bist du eigentlich schon mal im Dr. Flotte gewesen?"

„Da trinke ich manchmal ein Bier, wenn die Eintracht spielt."

„Nimmst du mich mal mit?"

„Klar, da machen wir demnächst mal einen gepflegten Männerabend."

„Fein. Dann bräuchte ich bis morgen eine Liste von den

Partnern, damit wir den richtigen für Till aussuchen können."

„Dann sollte ich mich wohl auf die weiblichen beschränken?"

„Ach was, mit Till und Johanna läuft es doch prima zurzeit. Nach der Geschichte mit der Schneider ist er richtig solide geworden. Jetzt fahren wir erst mal zur Wohnung von Frau Lehmann, vielleicht finden wir auf ihrem Computer ja schon die nötigen Informationen zu den Partnern."

Sabine Lehmann bewohnte eine Eigentumswohnung in einem Neubau der Bornheimer Landwehr. Fünf Zimmer, Küche, Bad, Garage. Siebels löste das Polizeisiegel an der Wohnungstür und trat ein. Charly folgte ihm, suchte ohne Umschweife nach dem Computer und fand ihn im Arbeitszimmer. Regale voll mit Aktenordnern und Fachbüchern zeugten davon, dass Sabine Lehmann viel gearbeitet hatte. Siebels schritt nachdenklich durch die restlichen lichtdurchfluteten Zimmer. Designermöbelstücke im Wohnzimmer, viel Edelstahl in der Küche, kaum etwas Persönliches in der ganzen Wohnung. Er ging zu Charly ins Arbeitszimmer und schaute sich den Inhalt der Aktenordner an, während Charly leise summend den PC hochfuhr. Alles war penibel geordnet. Siebels verschaffte sich einen Überblick über die Mandanten von Sabine Lehmann. Zahnärzte, Chirurgen, Allgemeinmediziner mit eigenen Praxen und viele Krankenhausärzte machten den Großteil ihrer Kundschaft aus. Auf diese Klientel schien sie sich spezialisiert zu haben. Wahrscheinlich wurde sie innerhalb dieser Gruppen weiterempfohlen. Viele kleine Fische, wie Paulsen sich ausgedrückt hatte. Sabine Lehmann hatte ordentlich Buch geführt. Persönliche Daten standen jeweils auf dem Mandanten-Deckblatt. Dahinter folgte ein kurzes Dossier über deren Vermögensverhältnisse und eine entsprechende Einteilung in die Kategorien A, B und C. A-Kandidaten wurden bevorzugt behandelt, Mitglieder der B-Gruppe wurden regelmäßig kontaktiert. Die C-Gruppe zählte die meisten Mitglieder, zu diesen hatte Sabine Lehmann anscheinend nur losen Kontakt und wenig Geschäftsverbindungen. Diese Gruppe stellte das Reservoir, aus dem die A- und B-Gruppe weiter gefüttert werden musste. Fast alle Mandanten aus der A- und der B-Gruppe hatten einen Vermerk, wann und mit welcher Transaktion sie in der Gruppenhierarchie aufgestiegen waren. Meist handelte es sich um steuerbegünstigte Immobiliengeschäfte. In der lukrativen Unternehmensberatung schien Sabine Lehmann wenig Glück gehabt zu haben. Mehrere Aktenordner dokumentierten ihre Anstrengungen, in diesem Metier Fuß zu fassen. Anschreiben an Unternehmer, Telefonnotizen und Hintergrundrecherchen über Unternehmen aus verschiedenen Branchen zeugten von ihren Aktivitäten.

„Ich hab sie", murmelte Charly.

Siebels stellte den Aktenordner zurück ins Regal.

„Wen?"

„Na, die Liste mit den Partnern. Anfang Januar hat Paulsen eine E-Mail an seine Leute geschickt. Im Anhang das Ranking mit den Umsatzzahlen aus dem letzten Jahr. 78 Partner aus Deutschland sind aufgeführt. Der erfolgreichste heißt Lukas Krombach und kommt aus München. 85 Millionen Euro Umsatz hat er erwirtschaftet."

„So viel? Wie hat er das denn gemacht?"

Charly schob den Mauszeiger über die Exceltabelle auf den eingegebenen Wert. Ein Informationsfeld öffnete sich.

„Das ist wohl ein Auszug von seiner Kundschaft", mutmaßte Charly.

„BMW, FC Bayern, Allianz", las Siebels leise vor. „Davon konnte Frau Lehmann nur träumen."

„Die träumt aber doch von ganz anderen Dingen", feixte Charly.

„Wo steht sie denn auf dem Ranking?", wollte Siebels wissen.

Charly scrollte die Liste nach unten und fand sie auf Platz 69.

„Laut Paulsen steht sie viel besser da", bemerkte Siebels nachdenklich.

„Immerhin hat sie 3,5 Millionen gemacht."

„Sind bei ihr auch die Highlights eingetragen?"

Charly schob den Mauszeiger wieder auf das Umsatzfeld.

„Fraport" war die einzige eingetragene Information.

„Komisch. Vom Flughafen habe ich gar keine Unterlagen in ihren Ordnern gesehen."

„Ich schaue nachher noch, ob ich dazu etwas auf dem Rechner finde. Jetzt suchen wir erst mal nach einer netten Partnerin für Till, oder?"

Charly sortierte die Liste alphabetisch nach den Niederlassungen der Partner. In Frankfurt waren neben Sabine Lehmann noch vier weitere Consultants aktiv. Jeremy Boyle, Peter Bockelmann, Silvia Förster und Nadine Busch. Jeremy Boyle führte den Frankfurter Umsatz mit 16 Millionen Euro an. Zu seinen Kunden gehörten die Deutsche Bank, die Stadt Frankfurt und die Frankfurter Allgemeine Zeitung. Silvia Förster lag mit acht Millionen genau zwischen Jeremy Boyle und Sabine Lehmann. Nadine Busch kam auf knapp sieben Millionen. Peter Bockelmann brachte 150.000 Euro auf die Waage und war damit auf einem der hintersten Plätze in der Liste gelandet.

„Silvia oder Nadine?", fragte Charly schelmisch.

„Ich bin für Jeremy."

„Der ist zu gut, der gibt sich mit Till nicht ab."

„Dann halt Bockelmann."

„Der ist zu schlecht, der fliegt bei Paulsen bestimmt bald raus."

„Dann besorge mir mehr Informationen zu den zwei Damen", seufzte Siebels.

„Wird erledigt. Morgen früh hast du die Vita der Damen auf deinem Schreibtisch."

„Okay. Aber noch ist in dieser Angelegenheit das letzte Wort nicht gesprochen."

„Mache dir mal keine Sorgen um Till und nimm mein Geschwätz nicht so ernst. Till macht einen guten Job, das weißt du doch besser als ich."

„Der soll erst mal wieder gesund werden", beendete Siebels das Thema und widmete sich den Schubladen des Schreibtisches, auf dem der Computer stand. Er wühlte darin herum und fand schließlich, was er gesucht hatte. Den Fahrzeugbrief von Sabine Lehmanns Porsche und den Kaufvertrag von dem Porsche-Händler. „Ein 911er Carrera mit 385 PS, der macht in der Spitze 297 km/h."

„Was hat er gekostet?", fragte Charly neugierig.

„102.000 Euro. Aber Frau Lehmann bekam Rabatt. Sie hat nur 95.000 bezahlt. 30.000 hat sie angezahlt, der Rest läuft über eine Finanzierung. Pro Monat 5.000 Euro."

„Die Kiste steht unten in der Garage?"

„Ja, das hat Frau Lehmann gesagt. Wir können ja mal runter

gehen und uns das gute Stück anschauen."

„Nur anschauen? Der Schlüssel kann doch auch nicht weit sein." Charly stand auf und verließ das Arbeitszimmer. Siebels schaute ihm kopfschüttelnd hinterher.

„Hier liegt er ja", rief Charly aus dem Schlafzimmer. „Und da ist sogar noch einer, von einem Volvo."

„Das dürfte der Schlüssel von Müllers Wagen sein", mutmaßte Siebels. „Na komm, Charly, dann gehen wir mal Porsche gukken."

Im Untergeschoss des Hauses lag die Sammelgarage mit Stellplätzen für etwa zwanzig Wagen. Der blaue Porsche stand gut sichtbar in der Mitte. Genau daneben der Volvo. Charlys Fingerspitzen streichelten den glänzenden Lack des Porsches.

„Wie fühlt er sich an?", wollte Siebels wissen.

„Heiß. Und er spricht mit mir. Fahr mich, flüstert er mir zu, fahr mich doch endlich."

„Hast du als Kind keine Carrera-Bahn gehabt?"

„Ich habe sie immer noch", gab Charly stolz zu und entriegelte mit einem Knopfdruck auf der Fernbedienung den Wagen. „Ich öffne jetzt die Tür zum Heiligtum", flüsterte Charly. Zwei Sekunden später saß er auf dem ledernen Fahrersitz und streichelte das Lenkrad. Siebels ließ den frischverliebten Charly bei seiner neuen Liebe und widmete sich dem Volvo. Auf dem Rücksitz lag eine Leinentasche. Darin fand Siebels einen Aktenordner. „Fraport" stand in der Handschrift von Sabine Lehmann auf dem Ordnerrücken. Siebels wollte den Ordner gerade aufschlagen, als das kraftvolle Motorengeräusch des Porsche erklang. Charly drückte strahlend auf das Gaspedal und verursachte einen ohrenbetäubenden Lärm. Siebels nahm den Ordner, schloss den Volvo wieder ab und öffnete verärgert die Beifahrertür vom Porsche.

„Spinnst du?"

„Setz dich rein", frohlockte Charly.

Kaum saß Siebels neben Charly, legte der den ersten Gang ein und ließ den Porsche losrollen.

„Das machst du nicht", flehte Siebels.

„Bist du schon mal so ein Auto gefahren?", fragte Charly grinsend.

„Nein. Und ich will so ein Auto auch gar nicht fahren."

Charly lenkte den Porsche vor die Lichtschranke der Ausfahrt. Langsam öffnete sich das Rolltor.

„Nur eine Runde um den Block. Das gehört zur polizeilichen Ermittlung."

Bevor Siebels etwas erwidern konnte, fuhr Charly die Auffahrt hoch. Mit quietschenden Reifen bog er in die Straße ein und ließ den PS-starken Motor aufheulen. Siebels schaute erschrocken auf den Tacho. Charly lenkte den Porsche mit Tempo 80 durch die enge Straße. Dann bremste er scharf, bog ab und gab wieder Gas. Charly fuhr über die Berger Straße und bog an deren Ende auf den City-Ring ab. Mit waghalsigen Spurwechseln überholte er die anderen Autos im fließenden Verkehr. An der Alten Oper stoppte er an der roten Ampel und grinste Siebels an. „Geiles Fahrgefühl, oder?"

Hinter dem Porsche heulte ein Martinshorn auf. Auf dem Dach des grün-silbernen Wagens drehte sich nicht nur das Blaulicht. „Polizeikontrolle" leuchtete in roten Buchstaben auf dem schmalen Display zwischen dem jetzt lautlosen Blaulicht.

„So eine Scheiße", fluchte Charly.

Siebels ließ das Seitenfenster herunter und wartete auf die Polizisten. Als der eine Beamte neben dem Porsche stand, zückte Siebels seinen Dienstausweis.

„Wir befinden uns im Einsatz."

„In einem Porsche?", fragte der Beamte staunend.

„In einem Porsche", bestätigte Siebels und schaute den Beamten tadelnd an. Der nickte dann auch dienstbeflissen und ging mit seinem Kollegen zurück zu seinem Einsatzfahrzeug.

„Der geplante Abend im Dr. Flotte geht auf mich", bot Charly kleinlaut an.

„Das sehe ich auch so. Jetzt fahr mal gleich weiter in die Hanauer Landstraße. Da ist der Porsche-Händler. Mit dem will ich noch reden."

„Wie jetzt? Mit der Kiste hier?"

„Klar, da kommt es jetzt auch nicht mehr drauf an. Auf dem Rückweg kannst du ja mal fünf Liter tanken."

Charly nickte verwirrt und gab Gas.

Siebels würdigte die auf Hochglanz polierten Sportwagen in dem Verkaufsraum mit keinem Blick, sondern lief schnurstracks zu der jungen Dame am Informationsschalter. Charly blieb gleich beim ersten Cabrio hängen und bekam wieder Lust auf Streicheleinheiten. Sanft strichen seine Fingerspitzen über den roten Lack des Flitzers. Erst als Siebels nach ihm rief, trennte er sich schweren Herzens von dem Objekt seiner Begierde. Charly folgte Siebels und Siebels folgte der jungen Frau in das Büro des Chefs.

Der Chef hieß Udo Meier und bot seinen Besuchern einen Platz und einen Kaffee an.

„Sie suchen nach einem geeigneten Sportwagen?", fragte er lächelnd und zeigte dabei eine makellos weiße Zahnreihe.

„Wir interessieren uns für Ihre Kundschaft", brachte Siebels es ohne Umschweife auf den Punkt. Das charmante Lächeln seines Gegenüber erstarb schlagartig.

Siebels hielt ihm seinen Ausweis vor die Nase. „Kriminalpolizei. Wir ermitteln in einem Mordfall, in dem eine Kundin von Ihnen verwickelt ist."

„Wie kann ich Ihnen da behilflich sein?", fragte Udo Meier unsicher.

„Es geht um Frau Sabine Lehmann. Kennen Sie sie?"

Meier zupfte nervös an seinen mit dem Porsche-Emblem verzierten Manschetten.

„Ähm. Ja, natürlich kenne ich Frau Lehmann. Sie hat vor einiger Zeit einen Wagen bei mir gekauft."

„Ich habe den Kaufvertrag gesehen. Sie bekam etwa 7.000 Euro Rabatt. Gab es dafür einen besonderen Grund?"

Meier fuhr sich mit der Hand nervös durch sein dichtes schwarzes Haar. „Da müsste ich mal nachsehen."

„Bitte", forderte Siebels ihn auf.

Meier nickte unentschlossen und wendete sich dann seinem Computer zu. Charly bewunderte die Autorität, mit der Siebels hier auftrat.

„Ja, hier habe ich den Vorgang", murmelte Meier und nickte wie zur Selbstbestätigung seinen Monitor an. „Frau Lehmann kam auf besondere Empfehlung. Daher die guten Konditionen."

„Wie lange arbeiten Sie denn schon mit Herrn Paulsen zusammen?", fragte Siebels provokant.

„Was wollen Sie eigentlich wirklich wissen?", fragte Meier resignierend.

„Wie lange Sie mit Herrn Paulsen schon zusammenarbeiten", wiederholte Siebels monoton seine Frage.

„Nun, wir arbeiten nicht direkt zusammen. Herr Paulsen vermittelt mir ab und an mal einen Kunden. Das ist alles."

„Wie hoch ist dabei die Provision für Herrn Paulsen?"

„Ich kann mir wirklich nicht vorstellen, dass diese Information für Ihre Ermittlungen interessant sein könnte. Um was geht es eigentlich? Es wurde jemand ermordet? Doch nicht etwa Herr Paulsen?"

„Nein, nein. Da machen Sie sich mal keine Sorgen. Der Lebenspartner von Frau Lehmann wurde ermordet."

„Den kenne ich aber nicht. Was hat das alles zu bedeuten? Was habe ich damit zu tun?"

„Wahrscheinlich nichts. Wir interessieren uns routinehalber für das Umfeld von Frau Lehmann. Und da sie ihren Lebensunterhalt als Partnerin von Herrn Paulsen verdient, haben wir entdeckt, dass alle Partner von Paulsen einen Porsche von Meier fahren. Das fanden wir ein wenig sonderbar."

Meier lächelte jetzt wieder und ließ seine weißen Zähne kurz aufblitzen. „Herr Paulsen legt viel Wert auf Corporate Identity. Das Auto ist nur ein Teil seiner umfassenden Philosophie. Alle seine Partner sind sich unheimlich ähnlich. Manchmal glaube ich, er klont sie." Meier lächelte dabei sein schönstes Verkäuferlächeln.

„Gab es schon mal Probleme bei der Ratenzahlung bei einem dieser Partner?", wollte Siebels wissen.

„Nein. Nie. Herr Paulsen ist ein Garant für die Zuverlässigkeit dieser Kundengruppe."

„Das macht sich dann sicherlich auch in seiner Provision bemerkbar?", versuchte Siebels dieses Thema noch einmal aufzugreifen.

„Es ist eine Win-win-Situation", gab Meier diplomatisch zu, ohne weitere Details preiszugeben.

„Was macht ein Partner eigentlich, wenn er lieber einen Mercedes statt Porsche fahren möchte?"

Meier hob theatralisch seine Hände in die Luft. „Manche Polizisten in Hessen würden vielleicht lieber im BMW als im Opel Streife fahren. Die müssen sich dann entscheiden. Entweder in

Hessen bleiben und Opel fahren oder sich nach Bayern versetzen lassen. Ich denke, wegen dem Dienstfahrzeug hat sich noch kein Polizist versetzen lassen. Oder?"

„Interessanter Vergleich", nickte Siebels. Er hatte genug erfahren und verabschiedete sich von Udo Meier.

Charly tankte pflichtbewusst fünf Liter Super und lenkte den Porsche dann in manierlichem Tempo in Richtung Garage. „Ist der Deal zwischen Paulsen und Meier eigentlich strafrechtlich relevant?", erkundigte er sich auf der entspannten Rückfahrt.

„Das musst du unseren Staatsanwalt fragen. Aber wenn Jensen spitzkriegt, dass wir die Lehmann in Ruhe träumen lassen und dafür Paulsen auf die Füße treten, dann springt der im Karree. Ich wüsste jedenfalls nicht, gegen welches Gesetz die beiden damit verstoßen."

„Wenn Nötigung zum Porschefahren nicht strafbar ist, brauchst du dir wegen meiner Spritztour hier auch keine Vorwürfe machen", schlussfolgerte Charly.

„Herr im Himmel, ich habe nur einen Wunsch, gib mir Till zurück", flehte Siebels mit gefalteten Händen.

„Amen." Charly ließ den Porsche in die Garage rollen und grinste breit, als er den Motor abstellte. „Jede Wette, dass Till eine Beule in das gute Stück gefahren hätte."

„Till hätte das gute Stück überhaupt nicht gefahren. Und wir vergessen unseren kleinen Ausflug und die letzten zwei Stunden am besten. Kapiert? Ich muss jetzt los zu Frau und Kind."

„Dann kann ich die Dossiers über Paulsens Consultinen gar nicht mehr erstellen", jammerte Charly.

„Warum nicht?"

„Der Auftrag von dir ist noch keine zwei Stunden alt und demnach mit im Vergessen verschwunden."

„Hiermit erteile ich dir den Auftrag noch mal", grinste Siebels und verließ mit der Fraport-Akte aus Müllers Volvo seinen gut gelaunten Kollegen.

5

Donnerstag, 05. Februar 2009

Der behandelnde Arzt hatte den ausgewerteten Drogentest von Sabine Lehmann vor sich liegen. „Geringfügige Spuren von Kokain, sonst keine Auffälligkeiten", fasste er kurz für Siebels zusammen. „Die Patientin hat sich soweit erholt, wir haben eigentlich keinen Grund mehr, sie noch länger bei uns zu behalten."

„Dann wird sie sich in der Untersuchungshaft weiter erholen können", seufzte Siebels.

„Sie macht so einen harmlosen Eindruck und ist immer freundlich zum Personal. Ich kann mir gar nicht vorstellen, dass diese Frau einen Mann erschlagen haben soll."

„Leider hat sie sich bis jetzt dazu nicht geäußert. Wenn Sie hier raus ist und in der Haftanstalt sitzt, werde ich sie härter anpacken müssen."

„Lassen Sie sie für heute noch hier. Ich habe ihre Medikation weiter verringert. Falls sie durch die verabreichten Medikamente beeinträchtigt war, sollte sich ihr Zustand diesbezüglich spätestens bis morgen wieder normalisiert haben."

„Gut", willigte Siebels ein. „Dann gehe ich mal zu ihr."

Sabine Lehmann sah tatsächlich gut erholt aus. Die Tage der Ruhe zeigten Wirkung.

„Guten Morgen, Herr Hauptkommissar."

Siebels hatte ein Diktiergerät in seiner Jackentasche. Unauffällig betätigte er den Aufnahmeknopf. „Guten Morgen, Frau Lehmann. Wie geht es Ihnen?"

„Ich langweile mich."

„Der Zustand könnte noch ein paar Jahre andauern. Allerdings nicht in so einem komfortablen Zimmer und mit so freundlichem Personal."

„Wollen Sie mich ins Gefängnis stecken?"

„Spätestens morgen. Es sei denn, Sie haben mir etwas zu erzählen, das mich davon abhält."

Sabine Lehmann ließ ihren Kopf zurück ins Kissen sinken und starrte stumm mit ausdruckslosen Augen gegen die Zimmerdecke.

„Frau Lehmann. Sprechen Sie mit mir. Erzählen Sie mir, was passiert ist. Zwischen einem kaltblütigen Mord, einem Totschlag im Affekt oder einem Unfall mit Todesfolge liegen viele Jahre Gefängnis. Wenn Sie nicht bald reden, blüht Ihnen die Höchststrafe."

„Ja", murmelte Sabine Lehmann. „Die Höchststrafe. Vielleicht habe ich die schon abgesessen. Oder besser gesagt: Abgelebt."

Siebels betrachtete sich hilflos die reglose Gestalt unter der weißen Bettdecke. Glatte lange Haare umrahmten das traurige Gesicht.

„Trauern Sie um Herrn Müller?", fragte Siebels behutsam.

„Ich bin eine Massenmörderin."

„Frau Lehmann, jetzt reden Sie nicht solchen Unsinn."

„Es ist kein Unsinn. Ich habe nicht nur die Alten getötet. Ich habe auch die Spieler umgebracht."

„Frau Lehmann, das sind Träume. Herr Müller ist aber tatsächlich tot. Mausetot. Erschlagen in Ihrer Küche."

„Den Traum von den Spielern kennen Sie ja noch gar nicht. Aber das macht nichts, dann erzähle ich ihn jetzt."

Die Arena ist bis auf den letzten Platz besetzt. 60.000 Menschen sitzen in dem ovalen Stadion und erfreuen sich an dem Spiel. Es ist das Endspiel. Seit Wochen fieberten die Massen darauf hin.

Als ich eingeritten komme, läuft das Spiel schon seit zwanzig Minuten. Es steht noch 0:0. Ich trage mein weißes Brautkleid und sitze mit erhobenem Haupt auf meinem Rappen. Die Zügel halte ich straff gezogen in der Hand. Das Maschinengewehr habe ich auf meinem Rücken geschultert. Der Rappe tänzelt temperamentvoll durch den Haupteingang der Arena. Überall liegen leere Pappbecher herum. Ich lasse den muskulösen Rappen in den Trab übergehen. Die Geräuschkulisse der jubelnden Massen dringt immer deutlicher an mein Ohr. Ich lenke den Rappen direkt in die Arena. Die Polizisten und Ordnungskräfte winken mich durch. Vor mir liegt der grüne Rasen. Die Spieler sind ganz auf ihr Spiel konzentriert. Die eine Mannschaft trägt rote Trikots, die andere grüne. Mein weißes Brautkleid bildet einen schönen Kontrast zu dem tiefen Schwarz meines Hengstes. Ich treibe ihn im Galopp auf das Spielfeld und klemme mir das Maschinengewehr unter den Arm. Der Ball fliegt gerade durch die Luft, als ich die erste Salve Munition auf den Schiedsrichter schieße. Ein letzter Pfiff aus seiner Trillerpfeife, dann fällt er um und bleibt auf dem Anstoßpunkt liegen. Der Rappe galoppiert elegant um die verdutzten Spieler herum. Ich richte mein Maschinengewehr auf die Abwehrspieler mit den roten Trikots. Das Knattern meines Maschinengewehres übertönt die jubelnden Schreie der Zuschauer. Zwei Spieler fallen um, drei andere versuchen über die Bande zu entkommen. Aber dort stehen die Ordner und treiben sie zurück auf den Rasen. Mein Rappe wiehert und galoppiert buckelnd über das Spielfeld. Es ist nicht einfach, auf diesem wilden Pferd zielsicher zu schießen. Die nächste Salve erwischt ein paar Spieler mit grünen Trikots. Der Jubel auf den Rängen wird lauter. Ich ramme meine Fersen in den Bauch des Rappen und jage auf den Torwart zu. Das Maschinengewehr knattert und rattert und der Torwart bricht so durchlöchert wie das Netz seines Tores auf dem Rasen zusammen. Die Massen auf den Rängen wollen auch den anderen Torwart fallen sehen. Ich suche ihn auf dem Rasen und finde ihn am anderen Ende des Spielfeldes. Im Oval der Arena begleitet mich die La-Ola-Welle der begeisterten Fans. Mein Brautkleid weht im Wind, mein Maschinengewehr feuert und Blitze zucken aus der Mündung. Auf dem Weg zum verbliebenen Torwart erschieße ich weitere Spieler beider Mannschaften. Der stinkende Schweiß in ihren Trikots vermischt sich mit frischem Blut. Der Torwart rennt angsterfüllt über das Spielfeld und springt über die Leichen seiner Mitspieler. Ich ziele dicht hinter seine Fersen. Eine Kugel nach der anderen bohrt sich zwischen seinen fliehenden Füßen in den Rasen. Ich reite schießend hinter ihm her, treibe ihn direkt in sein Tor. Als er sich dort in den Maschen des Netzes verfängt, durchsiebe ich ihn wie zuvor seinen Kollegen aus der anderen Mannschaft. Auf der Anzeigentafel erscheint ein 9:9. Zwei Spieler aus jedem Team sind noch am Leben. Sie wollen fliehen, doch meine Kugeln sind schneller. Endlich ist das Spiel vorbei. 11:11 steht auf der Anzeige. Die Zuschauer begleiten mich mit stehenden Ovationen auf meiner Ehrenrunde durch die Arena.

Auf dem Weg vom Krankenhaus ins Präsidium dachte Siebels unentwegt an den Traum von der Arena. Er stellte sich vor, wie die Mannschaft der Eintracht von Sabine Lehmann abgeknallt wurde. In ihrem Traum hatte sie den Trainer vergessen, dachte er und lächelte gequält. Als er das Büro betrat, fand er Till mit einem dicken Schal umwickelt an seinem Schreibtisch sitzen. Tief versunken in der Traumakte.

„Na, Kollege. Wieder im Dienst?"

„Ja. Ich lese mich gerade in den neuen Fall ein. Ein ausgerottetes Altenheim hatten wir ja auch noch nicht." Die Stimme von Till klang noch heißer, aber er konnte schon ganze Sätze sprechen, ohne von Hustenanfällen heimgesucht zu werden.

„Jetzt kommen noch zwei niedergemetzelte Fußballmannschaften hinzu." Siebels stellte seinem Kollegen das Diktiergerät vor die Nase. „Das kannst du gleich mal abschreiben, dann bist du auf dem Laufenden."

„Eigentlich habe ich mich zum Ermitteln hergeschleppt, nicht zum Abtippen."

„Wenn du damit fertig bist, bringe ich dich auf den neuesten Stand. Von da aus kannst du dann weiter ermitteln. Bis jetzt hat Charly dich hervorragend vertreten."

„Charly? Mich vertreten? Dann müsste der Fall aber schon gelöst sein." Till wollte den letzten Satz besonders betonen, brachte ihn aber nur mühsam heraus, weil der Hustenreiz ihn doch wieder in seine Schranken wies. Mit einem Bonbon versuchte er seinen rauen Hals zu besänftigen.

„Stecke mich bloß nicht an mit deinem elenden Virus."

„Apropos, wo ist Jensen? Den muss ich anstecken."

„Jetzt halt die Klappe, schone deine Stimme und leg los. Ich muss mich jetzt erst mal um eine Zelle für Sabine Lehmann kümmern. Die verlegen wir morgen vom Krankenhaus in die Untersuchungshaft."

Till hätte gern widersprochen, spürte aber schon wieder seinen Hustenreiz. Er ließ stattdessen das Diktiergerät laufen und gab stumm den Arena-Traum in die Tastatur ein. Siebels telefonierte in der Zeit mit Staatsanwalt Jensen und besprach mit ihm die Details über die Einlieferung von Sabine Lehmann in das Untersuchungsgefängnis. Als das geklärt war, wurde Jensen plötzlich ärgerlich. „Sagen Sie mal, Herr Siebels, was treiben Sie da eigentlich?"

„Wie meinen Sie das?"

„Ich meine Ihren Auftritt bei Herrn Paulsen. Der Mann hat hervorragende Beziehungen und wird wohl kaum den Müller erschlagen haben."

„Ich mache meine Arbeit, Herr Jensen. Und der Fall stinkt."

„Der Fall stinkt? Warum stinkt der Fall? Weil Ihnen Typen wie Paulsen stinken? Mensch, Siebels, machen Sie sich das Leben nicht so schwer, besorgen Sie ein Geständnis von der Lehmann und schließen Sie die Akte."

„Ich werde mein Bestes tun", kam die zähneknirschende Antwort. Jensen beendete daraufhin das Gespräch.

Siebels zündete sich eine Zigarette an und blies ärgerlich den Rauch aus. Nach seinem ersten Zug bekam Till einen fürchterlichen Hustenanfall. „Willst du mich umbringen? Mach die Kippe aus."

„Dich und dein Leiden habe ich ganz vergessen", entschuldigte sich Siebels und ging zum Rauchen in ein Raucherzimmer am anderen Ende des Flures. Als er wiederkam, hatte Till den Traum abgetippt und einen Ausdruck in die Traumakte geheftet. Siebels gab ihm eine Kurzfassung von seinen Gesprächen mit Wurmbach, Paulsen und Meier. Die Fahrt mit dem Porsche ließ er dabei unerwähnt.

„Warum reißt sie sich im ersten Traum eigentlich ihr Brautkleid vom Leib? In den folgenden Träumen trägt sie es wieder. Gibt es eine Reihenfolge in den Träumen?", fragte Till, der mit seinen Gedanken wieder bei der Traumakte war.

„Gute Frage. Keine Ahnung."

„Frag sie doch mal, vor dir scheint sie ja keine Geheimnisse zu haben."

„Das mach ich. Gleich morgen, wenn sie in der U-Haft sitzt."

„Und wie geht es jetzt weiter?", fragte Till.

„Wenn du wieder richtig fit bist, könntest du undercover

aktiv werden."

Till hob den Kopf und schaute neugierig seinen Kollegen an. „Sprich weiter, du hast meine vollste Aufmerksamkeit."

Siebels berichtete von dem Plan, den er mit Charly ausgetüftelt hatte. „Im Frankfurter Raum gibt es neben Sabine Lehmann noch vier weitere Partner von Paulsen. Zwei Damen und zwei Herren. Bei einer der Damen wirst du als Kunde vorstellig. Wenn Charly genug Informationen über die entsprechenden Damen gesammelt hat, suchen wir eine für dich aus und basteln dir eine entsprechende Legende. Parallel zu deinen Aktivitäten werde ich bei den Herren vorstellig. Allerdings ganz offiziell."

„Klingt nach einem guten Plan", stimmte Till zu. „Da fühle ich mich doch gleich wieder viel besser." Kaum hatte er es ausgesprochen, hustete er wieder.

„Der größte Kunde von Sabine Lehmann war anscheinend Fraport, der Flughafenbetreiber", erzählte Siebels weiter. „Die Akte befand sich aber nicht im Büro von Sabine Lehmann, sondern im Auto von Sven Müller. Die werde ich mir mal genauer anschauen."

„Eine Akte vom Flughafen im Auto eines Enthüllungsjournalisten. Wenn du da drin Hinweise auf schmutzige Geschäfte findest, wird Jensen bestimmt sehr nervös werden."

„Bis jetzt haben wir jedenfalls noch kein Motiv. Falls du Recht hast mit den schmutzigen Geschäften, haben wir vielleicht eins."

„Sabine Lehmann erschlägt ihren Freund, den Journalisten, der alles herausgefunden hat", formulierte Till die neue Theorie. „Mir fehlt da aber die Verbindung zu der Traumakte."

„Dann mach dir mal Gedanken darüber und sag mir Bescheid, wenn dir was einfällt."

„Schau dir erst mal diese Akte an, vielleicht steht ja gar nichts Schlimmes drin."

„Wo steht nichts Schlimmes drin?" Die Frage kam von Charly, der gerade durch die offenstehende Bürotür kam.

„Jetzt steht jedenfalls was Schlimmes in unserem Büro", feixte Till, hustete und deutete auf Charly.

„Dir geht's anscheinend wieder blendend. Der schlimme Charly hat dir auch was mitgebracht." Charly wedelte mit ein paar Papierblättern. „Weiß er schon Bescheid?", fragte er Siebels.

„Ich habe ihn gerade aufgeklärt. Hast du über die Damen schon was rausgefunden?"

„Aber selbstverständlich. Ich beginne mal mit Silvia Förster. Sie ist 35 Jahre alt und arbeitet seit sechs Jahren als Partnerin von Paulsen. Das übliche Muster. Paulsen hat sie nach ihrem Prädikatsexamen in Jura auf Probe laufen lassen und ihr ein Jahr später den Partnervertrag angeboten. Frau Förster ist ledig, fährt einen Porsche und besitzt vier Eigentumswohnungen. In einer davon wohnt sie selbst. 190 Quadratmeter Wohnfläche in bester Lage in Eschersheim. Einmal in der Woche spielt sie Squash und geht anschließend in die Sauna. Ratet mal, mit wem?"

„Mit Nadine Busch", antwortete Siebels.

„Volltreffer. Machen wir also weiter mit Partnerin Nummer zwei, Nadine Busch."

„Moment mal", unterbrach ihn Till. „Was mache ich denn, wenn die lesbisch sind?"

„Herr Kommissar Krüger, Sie sollen sich bei Ihren Undercoveraktivitäten ausschließlich um geschäftliche Belange kümmern", maßregelte Siebels Till.

„Wie geht es eigentlich Johanna? Hat sie dich gut gepflegt?", setzte Charly nach.

„Wir sind glücklich. Jetzt erzähl mal was über diese Nadine Busch."

„Also, Nadine Busch ist 34 Jahre alt und ledig, sie fährt einen Porsche und besitzt zwei Eigentumswohnungen. In einer wohnt sie selbst. 160 Quadratmeter Wohnfläche in bester Lage in Sachsenhausen. Einmal in der Woche spielt sie Squash und geht anschließend in die Sauna."

„Und jetzt sollen wir raten, ob sie ein Prädikatsexamen in Jura hat?"

Siebels schüttelte ungläubig den Kopf.

„Ach genau, das habe ich vergessen zu erwähnen. Stimmt aber. So, jetzt kann Till sich ja eine aussuchen."

„Fotos?", fragte der nur gelangweilt.

„Du kannst dir die Damen auf deren Internetseiten betrachten", verriet Charly und reichte Till den Ausdruck mit den Internetadressen.

„Die schaut süß aus", kommentierte Till, als er auf der

Seite von Nadine Busch war. Schwarze lange Haare, ein paar Sommersprossen um die Nase und grüne Augen kennzeichneten ihr Porträt. Till wechselte auf die Seite von Silvia Förster. „Die schaut streng aus", war sein Kommentar zu deren äußerer Erscheinung. Mittelblondes Haar fiel leicht gewellt auf ihre Schultern, sie trug eine Brille mit breiten schwarzen Bügeln und dunkelroten Lippenstift.

„Süß oder streng, wir können ja abstimmen", schlug Charly vor und plädierte für streng.

„Nix da, ich will süß", stimmte Till dagegen. Dann schauten Till und Charly gespannt zu Siebels.

„Wir nehmen süß. Aber nicht weil die Dame süß ist, sondern weil sie weniger Umsatz macht. Da bekommen wir Till leichter platziert."

„Gut", willigte Charly ein. „Dann müssen wir uns jetzt noch eine passende Legende für Till ausdenken. Hat jemand einen Vorschlag?"

„Hat sich Frau Busch auf bestimmte Klienten spezialisiert?", wollte Siebels wissen.

Charly blätterte in seinen Unterlagen. „Sie betreut drei mittelständische Unternehmen im Industriepark Höchst, ein koreanisches Autohaus, zwei arabische Airlines und einige Existenzgründer."

„Flughafen und Airlines, das passt schon mal", kombinierte Till.

„Arabische Airlines", brummte Siebels. „Als Araber kriegen wir dich nicht unter. Was für Existenzgründer betreut sie denn?"

Charly blätterte wieder in seinen Unterlagen. „Zwei Softwareschmieden und einen Industriedesigner."

Siebels kratzte sich nachdenklich am Kopf. „Das ist eine harte Nuss. Till, du bist ein super Kriminalist, aber alles andere kann ich mir bei dir auch partout nicht vorstellen."

Till zuckte nur mit den Schultern. Charly schnippte mit dem Finger.

„Ich habe eine Idee. Till quittiert den Dienst und macht sich mit einem Sicherheitsdienst selbstständig."

„Hey, das ist gut", pflichtete Siebels ihm bei.

„Ich habe eine viel bessere Idee", meldete sich Till jetzt zu

Wort. „Escort-Service.“

Siebels und Charly schauten sich verwundert an.

„Escort-Service?“, fragte Siebels.

„Yepp. Escort-Service. Wenn so erfolgreiche Geschäftsfrauen wie Nadine Busch oder Silvia Förster abends mal in die Oper oder ins Kino gehen möchten, mit der passenden männlichen Begleitung, dann können sie den entsprechenden Herrn bei mir buchen.“

„Wir machen das mit dem Sicherheitsdienst“, entschied Siebels.

„Der Markt ist doch total überlaufen“, protestierte Till.

„Da hat er Recht“, bestätigte Charly.

„Deswegen braucht er auch die Unterstützung von Nadine Busch. Da haben wir gleich ein gutes Thema für den Einstieg von Till als Kunden. Marktsondierung im Sicherheitsdienst.“

„Wirklich kein Escort?“, fragte Till kleinlaut.

„Ganz wirklich nicht. Sonst verwandelst du am Ende noch die halbe Bereitschaftspolizei zu Dressmännern für Undercovereinsätze.“

„Na ja“, mischte Charly sich ein. „Ich wäre dabei, wenn Not am Mann ist, falls wir doch den Escort ...“

Siebels schlug lachend mit der Hand auf den Tisch. „Sicherheitsdienst und Schluss jetzt. Charly, du kümmerst dich um alles, was Till für einen überzeugenden Auftritt braucht. Und für mich besorgst du bitte noch ein paar Infos zu den männlichen Partnern. Peter Bockelmann und wie hieß der andere?“

„Jeremy Boyle“, half Charly ihm auf die Sprünge. „Halb Deutscher, halb Amerikaner. Von den beiden habe ich auch schon was zusammengekratzt. Hier sind die Unterlagen.“

„Super, Charly. Danke. Wie lange wird es dauern, bis wir für Till eine Legende gestrickt haben?“

„Wenn er sein bisheriges Leben als Kommissar behalten kann, geht das ganz schnell.“

„Gut. Sag Bescheid, wenn wir loslegen können. Kommt jemand mit in die Kantine?“ Till und Charly hatten beide Hunger und begleiteten Siebels zum Mittagstisch.

6

Beim Essen hatten sich die drei noch über einige Einzelheiten zur Legende von Till als zukünftigem Chef eines Sicherheitsdienstes beraten. Man hatte beschlossen, dass Till mehr Geld verdienen wollte und ständig Ärger mit seinen Vorgesetzten hatte. Als Startkapital kam eine Erbschaft von einem Onkel gerade recht. Im richtigen Leben hatte Till tatsächlich eine ordentliche Summe geerbt und konnte diese Dank der Hilfe seines Bruders noch vervielfachen. Tills Bruder arbeitete bei einer Bank und legte das Geld in den neunziger Jahren in Aktien des Neuen Marktes an. Der unbedarfte Till sah zu, wie sein Vermögen wuchs und gab den Befehl zum Verkauf, bevor der ganze Markt in sich zusammenbrach. Er leistete sich eine Eigentumswohnung in der City West und eine Honda Gold Wing und lebte ansonsten bescheiden von seinem Beamtensalär. Die Wohngegend in der City West missfiel ihm mittlerweile genauso, wie es bei Johanna der Fall war. Sie träumte von einem Häuschen mit viel Grün drum herum. Die dicht bebauten Betonburgen der City West, wo neben Miet- und Eigentumswohnungen auch Bürohäuser und ein futuristisch anmutendes Hotel in Form einer Scheibe angesiedelt waren, machten den Eindruck einer Retortenstadt. Luxus-Plattenbau auf Westniveau, schimpfte Johanna regelmäßig.

Nachdem Charly sein Schnitzel mit Pommes vertilgt hatte, verließ er die beiden, um sich an die Arbeit mit der Legende zu machen. Siebels aß zum Nachtisch noch einen Schokoladenpudding. Till schlürfte einen heißen Tee und sprach kaum noch, um seinen Hals zu schonen.

„Willst du noch hier bleiben oder lieber wieder zurück ins warme Bett?“, fragte Siebels.

„Momentan gibt es hier für mich ja nicht viel zu tun.“

„Du könntest einen Blick in diese Fraport-Akte werfen.“

„Ich dachte, das wolltest du machen?“

„Ja, wollte ich. Aber jetzt habe ich Lust, mir diesen Peter Bockelmann mal aus der Nähe anzuschauen.“

„Warum?"

„Weiß nicht. Ich habe da so ein Bauchgefühl. Der schneidet im Partner-Ranking ziemlich schlecht ab. Vielleicht hat er die Schnauze voll von dem Job und plaudert ein wenig aus dem Nähkästchen?"

„Na gut. Ein bis zwei Stündchen bleibe ich noch und gucke mir diese Akte durch. Dann haue ich aber wirklich ab."

Till machte noch einen kurzen Spaziergang rund um das kastenförmige Präsidium, atmete die kalte Februarluft in seine Lungen und fühlte sich dann fit für die Akte.

Ganz vorne war der Vertrag zwischen der Fraport AG und Sabine Lehmann, Partnerin von Paulsen und Partner abgeheftet. Es handelte sich um einen Beratervertrag, von beiden Seiten unterzeichnet im Juni 2005. Danach folgte ein Ausdruck aus dem Jahr 2007. Es handelte sich um die Empfehlungen der Mediationsgruppe, die 1998 vom damaligen hessischen Ministerpräsidenten Hans Eichel ins Leben gerufen wurde, um Pro und Contra zum Ausbau des Frankfurter Flughafens auszuarbeiten. Till blätterte gelangweilt weiter und fand hinter dem Bericht der Mediatoren einen Brief von der Geschäftsleitung des Flughafens. Man bedankte sich bei Sabine Lehmann für die vertrauensvolle Zusammenarbeit und verwies darauf, dass ihre Beratungstätigkeit sich nun insbesondere auf die Punkte drei und vier aus dem Mediationspaket konzentrieren sollte. Als Beratungsschwerpunkt wurde die Öffentlichkeitsarbeit hervorgehoben. Abschließend lud man sie zu Budgetverhandlungen in das Hotel Sheraton am Flughafen ein.

Till blätterte zurück. Punkt drei behandelte das Thema Nachtflugverbot und Punkt vier das Anti-Lärm-Paket. Beides Themen, die seit Monaten ausführlich in den Medien behandelt wurden, dachte sich Till und kopierte den Brief.

Siebels stand unschlüssig und rauchend vor dem Haus, in dem Peter Bockelmann lebte und arbeitete. Wie Sabine Lehmann hatte auch er seinen Arbeitsplatz in seiner Wohnung. Bockelmann besaß am Stadtrand eine Eigentumswohnung im Landgrabenweg in Bergen-Enkheim. Siebels rauchte und überlegte, auf welche

Tour er Bockelmann kommen sollte. Er trat seine Zigarette aus und klingelte, bevor er sich einen Plan zurechtgelegt hatte.

Bockelmann entsprach so gar nicht dem Bild, das sich Siebels von ihm gemacht hatte. Er war etwa Mitte vierzig, knapp zwei Meter groß und trug sein weißes Hemd leger über der Hose. Dunkelblonde Locken fielen bis auf seine Schultern. Er sah eher aus wie ein Sportlehrer als wie ein Consultant.

„Bockelmann. Peter Bockelmann. Guten Tag. Was kann ich für Sie tun?"

„Siebels. Steffen Siebels. Kriminalpolizei. Haben Sie ein paar Minuten Zeit für mich?" Siebels zeigte ihm seinen Ausweis.

„Kriminalpolizei? Kommen Sie rein." Bockelmann hatte wenig Möbel und viel Platz in seinem Reich. Der Boden war anthrazitglänzend gefliest. Die Wände in hellen Tönen gestrichen. Ein Katze schmiegte sich an Siebels Beinen entlang. Auf dem Sofa im Wohnbereich saß eine dunkelhäutige Schönheit und las in einem Magazin.

„Das ist Sue." Bockelmann deutete auf die Katze. „Und das ist Mary." Mary war die Frau auf der Couch, die neugierig ihr Magazin zur Seite legte. „Das ist Herr Siebels von der Kripo", stellte Bockelmann weiter vor. „Schmeißen Sie Ihre Jacke einfach über den Stuhl und setzen Sie sich doch auf den Sessel."

„Sie sind noch als Partner von Herrn Paulsen tätig?", fragte Siebels, als er in dem niedrigen Sessel eingesunken war.

„Ja, das bin ich. Ist das der Grund für Ihren Besuch?" Bockelmann saß neben Mary und legte seinen Arm um sie.

„Nicht direkt. Es geht um Ihre Kollegin Frau Lehmann."

„Sabine? Ist ihr etwas zugestoßen?"

„Sie steht unter Mordverdacht. Es sieht so aus, als hätte sie ihren Lebenspartner erschlagen."

Bockelmann nahm seinen Arm von Mary und beugte sich nach vorn. „Wahnsinn. Warum? Wie ist das passiert? War es Notwehr?"

„Ich weiß es nicht. Was die Tat betrifft, schweigt sie sich aus. Deswegen bin ich hier. Ich hatte gehofft, dass Sie mir ein wenig mehr über sie erzählen können."

„Nun ja, sehr viel erzählen kann ich nicht über Sabine. Eigentlich sind wir ja auch mehr Konkurrenten als Kollegen.

Kennen Sie das System von Paulsen und Partner?"

„Ja, in groben Zügen. Es gibt etwa 80 selbstständige Partner, die als Berater tätig sind und Porsche fahren."

Bockelmann lachte. „Ja, das mit dem Porsche ist so ein Tick von Paulsen. Ich fahre auch einen, sonst falle ich aber ziemlich aus der Reihe. Kann ich Ihnen etwas anbieten?"

Mary zündete sich gerade eine Zigarette an und Sue machte es sich schnurrend auf Siebels Schoß bequem. „Darf ich rauchen?"

„Ja natürlich. Möchten Sie einen Kaffee zur Zigarette?"

„Da sage ich nicht nein."

„Mary, Schatz. Machst du uns einen starken Kaffee?"

Mary bewegte sich ähnlich geschmeidig wie Sue und ging in die Küche. Siebels zündete sich eine Zigarette an. „Darf ich fragen, inwiefern Sie aus der Reihe fallen?"

„Als Herr Paulsen begann, sein Partnersystem aufzubauen, war ich der Erste. Er hatte mich damals von einer großen Beratungsgesellschaft abgeworben. Kurz nach mir fingen zwei weitere Partner an, die alle bereits im Geschäft waren. Bei unserem Wechsel haben wir große Kunden mitgebracht und somit dem Geschäftsmodell von Paulsen auf die Beine geholfen. Von den dreien aus der ersten Stunde bin ich der einzig noch Verbliebene. Aber auch ich bereite mich auf den Ausstieg vor. Mary kommt aus der Karibik. Wir wollen uns dort niederlassen. Paulsen duldet mich noch, aber er wäre mich gerne früher als später los."

„Warum das?"

„Weil ich zur ersten Generation gehöre und ein Dinosaurier bin, der nicht mehr in die Landschaft von Paulsen und Partner passt. Da gibt es nur noch Leute, die direkt von der Uni kommen und sich voll und ganz in Paulsens System integrieren. Die werden in einer eigenen Akademie ständig geschult und getrimmt."

Mary kam mit einem Tablett und stellte es auf den Tisch. „Kaffee aus der Karibik", sagte sie stolz und goss Siebels eine Tasse voll.

„Vielen Dank." Siebels probierte den Kaffee und zog genussvoll an seiner Zigarette. „Sie scheinen keine gute Meinung von dieser Akademie zu haben?"

„Die Idee an sich ist nicht schlecht. Ich habe Herrn Paulsen auch aktiv unterstützt, als er das Schulungszentrum aufbaute. Ständige

Weiterbildung ist in dieser Branche unerlässlich. Die fachliche Weiterbildung der Partner ist aber nur ein Teil des Programms. Der andere Teil bezieht sich auf die Persönlichkeitsentwicklung. So nennt Paulsen es. Die jungen Leute werden auf Erfolg und Leistung getrimmt. Die sollen an nichts anderes mehr denken als an ihre Arbeit. Anfang 2000 hat Jochen Trutz die Leitung der Akademie übernommen. Trutz war vorher ein Topmanager im Strukturvertrieb. Der baute aus dem Nichts ganze Kolonnen von gierigen Verkäufern auf, die immer neue Leute angeworben haben, welche dann wieder neue Verkäufer an Land zogen. Verkauft wurden meist Versicherungen. Unzählige Verkäufer saßen abends bei den Leuten im Wohnzimmer und schwatzten denen eine Police auf. Dafür gab es Provisionen. Einen Teil für den Verkäufer, den anderen Teil für den, der den Verkäufer angeworben hatte. So verteilt sich das Geld aus den Provisionen der Versicherer nach oben. Am meisten lässt sich auf diese Weise also verdienen, wenn man nicht viele Versicherungen verkauft, sondern viele Verkäufer anwirbt, die wieder viele Verkäufer anwerben. Stellen Sie sich eine Pyramide vor. Auf dem Boden muss es möglichst viel Volk geben, dass verkauft. An der Spitze saß Jochen Trutz. Bei ihm landete ein Vermögen. Um so eine Pyramide aufzubauen, muss man viele Leute auf den verschiedenen Ebenen der Pyramide ständig motivieren. Motivation ist das A und O. Wer nicht motiviert ist, kann den Leuten abends im Wohnzimmer keine Versicherungen verkaufen und auch keine neuen Verkäufer anwerben. Das Ziel eines jeden Verkäufers muss es sein, an die Spitze der Pyramide zu gelangen. Weil da aber natürlich nur für einen Platz ist, bricht das System irgendwann zusammen. Bis dahin hat Jochen Trutz sehr viel Geld verdient und zieht weiter, baut die nächste Pyramide auf. Trutz ist ein Motivationskünstler. Er macht die Leute geldgeil und schickt sie dann auf die Jagd nach Umsatz. Früher hat er das mit ungebildeten Leuten gemacht, heute macht er es mit hoch qualifiziertem Personal. Damit das funktioniert, sucht sich Paulsen nur Leute, die extrem ehrgeizig sind. Das sind die perfekten Opfer."

Siebels nickte nachdenklich. „Das ist sehr interessant. Als Sabine Lehmann verhaftet wurde, war sie sehr erschöpft. Sie musste in den letzten Tagen im Krankenhaus wieder aufgepäppelt werden. Kannten Sie ihren Lebenspartner?"

„Nein. Ich wusste gar nicht, dass es einen gibt. Wer als Partner bei Paulsen arbeitet, hat für gewöhnlich auch keine Zeit für eine Beziehung. Aber wie gesagt, wir kannten uns nicht besonders gut. Die Partner kennen sich eigentlich nur aus den Schulungen in der Akademie und da gehe ich schon lange nicht mehr hin. Ich bin aber auch der Einzige in dem erlauchten Kreis, der sich das erlauben kann. Mit den Partnern, die im Frankfurter Raum tätig sind, gab es meist zur Weihnachtszeit ein formloses Treffen. Das waren eigentlich die einzigen Gelegenheiten, bei denen ich Kontakt mit Sabine hatte."

„Was für einen Eindruck hatten Sie bei diesen Treffen von ihr?" Siebels zündete sich eine weitere Zigarette an und goss sich noch einen Kaffee ein.

„Ich mochte sie. Sie war ein umgänglicher und lustiger Mensch. Aber sie war auch extrem ehrgeizig. Sie wollte sich unbedingt als Partner durchsetzen. Ich hatte immer den Eindruck, dass sie sehr unter diesem Erfolgsdruck gelitten hat. Nach außen gab sie sich als harte Geschäftsfrau, aber sie hatte einen weichen Kern. Keine gute Voraussetzung, um sich in dem Umfeld durchzusetzen."

Aber eine gute Voraussetzung, um komische Träume zu haben, dachte sich Siebels. Er hatte vorerst genug gehört und bedankte sich für das offene Gespräch und den vorzüglichen Kaffee. Bockelmann und Sue begleiteten Siebels zur Tür, Mary räumte die Kaffeetassen ab.

Freitag, 06. Februar 2009

Sabine Lehmann hatte ihr grünes Krankenhaushemd gegen eine Jeans und einen Pullover eingetauscht. Zwei Polizeibeamte standen bereit, um sie in die Haft zu begleiten. Siebels bat die Beamten, noch einen Moment zu warten. Er ging mit Sabine Lehmann in einen Aufenthaltsraum. Sie waren allein, setzten sich auf die Plastikstühle und schauten sich eine Weile wortlos an. Siebels hatte Mitleid mit ihr. Sie wirkte zerbrechlich, aber auch völlig ruhig und gefasst.

„Darf ich Sie etwas fragen?", unterbrach Siebels das Schweigen.

„Natürlich. Fragen Sie."

„In dem ersten Traum, von dem Sie mir erzählt haben, da haben Sie sich ihr Brautkleid vom Leib gerissen. Bei allen anderen Träumen tragen Sie es wieder. Gibt es dafür eine Erklärung?"

Sabine Lehmann lächelte. „Nein, ich kann diese Träume nicht erklären. Vielleicht erzähle ich sie Ihnen ja gerade deswegen. Aber es gibt noch mehr Träume. Möchten Sie noch einen hören?"

„Möchten Sie mir noch einen erzählen?"

„Ich weiß nicht warum, aber ja. Ich fühle mich immer gut, wenn ich Ihnen von meinen Träumen berichte. Sonderbar, oder?"

„Vielleicht schenken Sie Ihrer Seele damit ein Stück Freiheit?" Siebels staunte über seine eigenen Worte und fand sie irgendwie blöd.

„Das haben Sie schön gesagt", freute sich Sabine Lehmann und fing an zu erzählen.

Ich bin in einem Kaufhaus. Es ist Samstagmittag und es herrscht viel Betrieb. Mit der Rolltreppe fahre ich in das erste Stockwerk. Damenbekleidung. Ich suche nichts Bestimmtes. Ich betrachte mir dieses und jenes, finde aber nichts, was mir gefällt. Ich probiere verschiedene Schuhe an, doch sie sind mir alle zu klein. Dann gehe ich zu den Blazern, ziehe einen nach dem anderen über und betrachte mich im Spiegel. Aber sie sind mir alle zu eng. Meine Finger befühlen verführerische Dessous. Ich berühre den feinen Stoff mit meinen Fingerspitzen. Doch in meinen Händen fühlt sich das Teil so schwer an, als wäre es aus Blei gegossen. Ich gehe weiter und habe das Gefühl, keine Luft mehr zu bekommen. Bei den Hosenanzügen suche ich nach meiner Größe und finde einen eleganten schwarzen Zweiteiler. Mein Herz rast und mein Pulsschlag erhöht sich. Eine Verkäuferin fragt mich nach meinen Wünschen. Sie steht ganz nah vor mir. Ihre Nähe macht mich nervös. Ich frage sie, wo ich den schwarzen Hosenanzug anprobieren kann. Sie zeigt mir den Weg zur Umkleidekabine. Ich gehe in die Kabine und ziehe den Vorhang hinter mir zu. Mir wird heiß, eine Schweißperle läuft über meine Stirn. Ich schlüpfe aus meiner Jeans und meinem Pullover und steige in die schwarze Hose. Sie ist viel zu eng, ich kann den Hosenknopf nicht schließen. Gestresst steige ich wieder aus der Hose. Im Slip und im BH stehe ich in der Kabine und betrachte mich im Spiegel. Plötzlich fühle ich mich besser. Ich betrachte mich von vorne, von hinten und von der Seite. Dann öffne ich meinen BH und lasse ihn fallen. Ich fühle mich noch wohler und betrachte mich wieder im Spiegel. Ich kann wieder atmen und mein Herz klopft ruhig und gleichmäßig. Dann steige ich auch aus meinem Slip und lasse ihn neben den BH fallen. Ich fühle mich wie befreit und betrachte mich weiter im Spiegel. Plötzlich schiebt sich der Vorhang ein Stück zur Seite. Die Verkäuferin schaut herein und fragt, ob alles in Ordnung sei. Ich lächele sie an, ziehe den Vorhang ganz auf und verlasse nackt die Kabine. Die Verkäuferin stottert nervös hinter mir. Ich drehe mich noch einmal zu ihr um und sage, dass ich mich in meiner Haut sehr wohl fühle. Wie befreit laufe ich durch die Abteilung. Die Blicke der weiblichen Kundschaft begleiten mich auf Schritt und Tritt. Eine Dame faucht ihren Mann an, er solle gefälligst woanders hinschauen. Ich winke dem Mann lasziv zu und betrachte mir die ausgelegten Waren. Aber ich brauche keine Kleidung. Mehrere Verkäuferinnen stehen beisammen und tuscheln aufgeregt. Es stört mich nicht. Ich verlasse die Abteilung und fahre auf der Rolltreppe eine Etage höher. Ein junger Mann steht eine Stufe hinter mir und stößt einen Pfiff aus. Ich erreiche die Herrenabteilung und laufe zwischen Anzügen von Boss und Armani hindurch. Von allen Seiten werde ich beobachtet. Fassungslose Blicke, neugierige Blicke, geile Blicke. Sie haften an mir wie zuvor die Kleidung, die mich so beengt hat. Die Blicke geben mir Auftrieb, befreien mich von meinen Sorgen und Nöten. Dann kommen zwei Herren von der Kaufhausleitung. Sie haben eine Decke dabei, die sie mir umlegen. Mit der Decke umhüllt mich eine tiefe Traurigkeit. Die Herren reden auf mich ein, ich müsse mir etwas überziehen in diesem Kaufhaus. Ich nicke und sage, dass ich mir ein Brautkleid überziehen möchte. Die Herren sind sehr nett und begleiten mich zu der Abteilung mit den Brautkleidern. Kurz darauf verlasse ich das Kaufhaus in einem weißen Brautkleid.

„So sind Sie also zu dem Brautkleid gekommen", stellte Siebels fest.

„So oder so ähnlich. Das Kaufhaus ist ein Wegweiser. Dort bekommt man die Kleidung, die man zum Leben benötigt. Als ich mit meinem Studium fertig war, wollte ich die Kleidung einer Geschäftsfrau tragen. Aber es hat mir nichts davon gepasst."

„Aha", kommentierte Siebels verständnislos. „Kommt auch noch mal ein Bräutigam in Ihren Träumen vor?"

Sabine Lehmann schaute Siebels verwirrt an. „Nein. Komisch, ein Bräutigam ist in den Träumen nicht vorhanden."

„Gab es denn ernste Absichten zwischen Ihnen und Herrn Müller?"

„Wann ist eigentlich seine Beerdigung?"

Wenigstens hat sie kapiert, dass er tot ist, dachte Siebels. „Ich weiß es nicht. Möchten Sie daran teilnehmen?"

„Ist das möglich, wenn ich im Gefängnis bin?"

„Ja, Sie werden dann aber von Polizisten begleitet."

„Nein, das möchte ich nicht. Wie sieht das denn aus. Aber einen Kranz würde ich gerne am Grab hinterlassen."

„Ich kümmere mich darum", versprach Siebels.

„Das ist nett. Danke schön. Dann mache ich mich jetzt mal auf den Weg hinter die schwedischen Gardinen." Sabine Lehmann lachte herzerfrischend über ihren Spruch.

„Die Beamten fahren Sie zuerst in Ihre Wohnung, damit Sie ein paar Sachen zusammenpacken können. Im Gefängnis darf man nämlich weder nackt noch in einem Brautkleid herumlaufen."

Wieder lachte Sabine Lehmann.

„Soll ich jemanden informieren?", erkundigte sich Siebels.

Die eben noch fröhliche Sabine Lehmann schaute Siebels jetzt ernst an und nickte. „Meinen Vater. Er lebt in Gießen."

Siebels notierte sich die Telefonnummer von Günther Lehmann. Dann brachte er Sabine Lehmann zu den wartenden Beamten und verabschiedete sich von ihr.

7

Zurück im Büro fand Siebels Till brütend über der Fraport-Akte. Er stellte ihm das Diktiergerät vor die Nase. „Abtippen."

„Hä?"

„Nachschub für die Traumakte. Tipp Tipp."

„Ich dachte, wir wären uns einig gewesen. Ich bin Undercoveragent und keine Tippse."

„Du hörst dich schon viel besser an. Was macht der Husten?"

„Hat sich ausgehustet. Ich bin fit und kann loslegen mit meinem Sicherheitsdienst. Oder wollen wir doch lieber Escort machen?"

„Nein, wollen wir nicht. Ganz sicher nicht."

„Du bist der Boss. Willst du gar nicht wissen, ob ich in dem Fraport-Ordner was gefunden habe?"

„Doch. Sowie du das Band abgetippt hast. Oder interessieren dich die Träume gar nicht mehr?"

„Ein neuer Traum im Brautkleid?"

„In diesem Traum kommt sie zu ihrem Brautkleid."

Till betrachtete sich das Diktiergerät, nahm es in die Hand und strich sanft mit der Fingerspitze darüber. „Okay, ich muss es wissen, du hast gewonnen." Er steckte die Kopfhörer ein, ließ das Band laufen und gab die Erzählung von Sabine Lehmann in seinen Computer ein.

Siebels rief die Nummer von Günther Lehmann an. Der wusste noch gar nichts von der Lage, in der sich seine Tochter befand. Es dauerte eine kleine Weile, bis er seinen ersten Schock überwunden hatte und sich mit Siebels unterhalten konnte. Günther Lehmann war Witwer. Seine Frau, die Mutter von Sabine Lehmann, war vor zehn Jahren nach einer schweren Krankheit verstorben. Günther Lehmann wollte sofort nach Frankfurt kommen und sich in einem Hotel einquartieren. Siebels gab ihm seine Nummer, er wollte sich mit ihm baldmöglichst treffen. Dann klopfte er dem tippenden Till auf die Schulter. „Kann ich rauchen?"

„Nein." Allein schon der Gedanke an den Qualm weckte in Tills Atemwegen den Hustenreiz.

„Dann gehe ich zu Charly und schaue, was der so macht."

Charlys Büro befand sich ein Stockwerk unter dem von Siebels und Till. Die Tür stand wie immer offen. Charly telefonierte gerade, als Siebels eintrat. Siebels suchte einen Aschenbecher, fand aber keinen. Als Charly auflegte, fragte er danach.

„Hat dir eigentlich noch niemand verraten, dass im ganzen Präsidium Rauchverbot ist?"

„Du klaust einen Porsche und willst mir das Rauchen verbieten?"

Charly schaute ihn verblüfft an. „Jetzt fährst du aber schweres Geschütz auf."

„Was soll ich machen? Till fängt an zu husten, wenn ich qualme."

„Wolltest du damit nicht ganz aufhören?"

„Ja. Nein. Weiß nicht. Später. Wo ist denn jetzt der Ascher?"

Charly holte schmunzelnd den begehrten Aschenbecher aus seiner Schublade. „Hier, bitte schön. Ich habe übrigens ein paar Dokumente, die müsste noch jemand unterschreiben."

„Was für Dokumente?", fragte Siebels und paffte Rauch in die Luft.

„Die Entlassungsurkunde von Till, sein polizeiliches Führungszeugnis, seinen neuen Kontostand und ein paar andere Kleinigkeiten."

„Wie hoch ist denn sein Kontostand jetzt?"

„Er hat 300.000 Euro geerbt. Die gehen auf ein Konto bei der Commerzbank. Mit denen haben wir bei so Geschichten schon öfter zusammengearbeitet."

„Soll ich das alles unterschreiben?"

„Kannst du machen. Aber dann muss Jensen unterschreiben, dass du das alles unterschreiben darfst."

„Das ist ganz schlecht. Gibt es noch eine andere Möglichkeit?"

„Vielleicht der Polizeipräsident?"

„Noch schlechter. Kannst du das mit Jensen klären?"

„Klar. Aber der steht fünf Minuten später auf deiner Schwelle."

Siebels drückte seine Zigarette aus. „Meinst du, der kann das auch nachträglich absegnen?"

„Können tut er das, aber ich vermute, der unterschreibt dann deine Entlassungsurkunde gleich mit."

„Dann machen wir das erst mal unter uns. Wenn wir später Ermittlungsergebnisse haben, ist der Staatsanwalt bestimmt umgänglicher."

„Du riskierst ganz schön viel. Die Träumerin hat es dir angetan, habe ich Recht?"

„Die Träumerin hat was zu erzählen und sie tut es mit ihren Träumen. Mein Bauch sagt mir, dass bei dieser Sache noch viel ans Licht kommen wird."

„Und mein Bauch sagt Hunger. Kommst du mit in die Kantine?"

„Gehe schon mal vor, ich hole Till ab."

Till hatte die Traumakte mitgebracht und gab sie Charly. Als der den Traum vom Kaufhaus gelesen hatte, lehnte er sich vergnügt zurück. „Das ist doch total sinnlos, die Frau hält euch zum Narren. Die versucht einen auf unzurechnungsfähig zu machen und ihr fallt auch noch drauf rein."

Siebels kaute gerade auf seinem Schweinebraten herum und knurrte nur etwas Unverständliches.

„Die Träume haben einen ganz realen Bezug zu ihrem Leben", warf Till ein. „Beim Träumen meldet sich ihr Unterbewusstsein zu Wort."

Charly und Siebels schauten Till überrascht an, aber der ließ sich nicht beirren. „In ihrem Leben läuft einiges schief, aber das verdrängt sie. Jedenfalls, wenn sie wach ist. Ihr Ehrgeiz ist größer als ihre Vernunft. Sie will sich um jeden Preis als Partnerin bei Paulsen durchsetzen. Dafür bringt sie Opfer. Sie handelt gegen ihre Natur. Ihre Natur wehrt sich aber. Diese Gegenwehr entlädt sich in ihren Träumen."

„Klingt gut", gab Siebels zu. „Geht das auch im Klartext?"

„Also pass auf. Im Brautkleid macht sie sonderbare Dinge. Sie jagt in der Wüste einen Jeep der UN in die Luft, verfüttert alte Menschen im Zoo an die Raubtiere oder erschießt ganze Fußballmannschaften. Das alles macht sie im Brautkleid, weil sie mit ihrem Job verheiratet ist. Das Brautkleid ist ihre Arbeitskleidung. Sie scheint schlimme Dinge in ihrem Job zu machen. In ihren Träumen verarbeitet sie das, ohne selbst zu erkennen, was überhaupt mir ihr los ist."

Charly und Siebels ließen die Worte von Till auf sich wirken und dachten darüber nach.

„Du bist gar nicht so dumm", stellte Charly schließlich fest. Dann berichtete Siebels von seinem Gespräch mit Peter Bockelmann.

„Paulsen lässt seine Leute von einem Persönlichkeitstrainer einer Art Gehirnwäsche unterziehen. Damit sie sich mit Leib und Seele ihrem Job widmen", resümierte Charly. „Das passt ja zu Tills Überlegungen. Diesen Jochen Trutz solltet ihr euch mal aus der Nähe betrachten."

„Der steht schon auf meiner Liste", bestätigte Siebels. „Nachher will ich aber erst mal mit Jeremy Boyle reden."

„Das bringt uns aber alles nicht viel weiter", schaltete sich Till wieder ein. „Die Frage ist doch, warum sie ihren Freund erschlagen hat. Vielleicht haben die sich einfach nur über etwas ganz Banales gestritten? Sie war wütend und hat ihm eins übergezogen, dummerweise war er dann tot."

„Warum gesteht sie dann nicht einfach, sondern erzählt mir nur von diesen Träumen?"

Till überlegte kurz, bevor er auf Siebels Frage einging. „Müller tot, Karriere futsch. Der ganze berufliche Aufwand der letzten Jahre war für die Füße. Sie steht vor den Scherben ihres Lebens. Partner weg, Job weg. Vielleicht sieht sie in einem längeren Gefängnisaufenthalt eine willkommene Flucht aus ihrem vermasselten Leben?"

„Die Fraport-Akte dürfen wir nicht vergessen", warf Siebels ein. „Ich glaube, darin finden wir den Schlüssel für des Rätsels Lösung. Hast du schon was Nützliches entdeckt?"

„Nicht wirklich. Sabine Lehmann wurde als externe Beraterin engagiert, um die Genehmigung für den Bau der neuen Landebahn voranzutreiben. Sie hatte Kontakt zu den Gutachtern und zu allen möglichen anderen Leuten, die mit dem Thema beschäftigt waren. Als die Genehmigung unter Auflagen erteilt wurde, wurde ihr Beratervertrag verlängert. Sie sollte sich dann schwerpunktmäßig mit der Öffentlichkeitsarbeit befassen. Es befinden sich auch einige Presseberichte zum Flughafenausbau in dem Ordner."

„Den Ordner finden wir im Wagen von Müller, einem Enthüllungsjournalisten", dachte Siebels laut nach. „Vielleicht fehlen ja ein paar brisante Unterlagen in dem Ordner? Darum könnt ihr zwei euch kümmern, während ich mit Jeremy Boyle spreche. Till, du durchsuchst noch mal seine Wohnung. Schau speziell nach Unterlagen, die zu dem Fraport-Ordner gehören könnten. Charly, du suchst nach dem gleichen Material auf dem PC von Müller."

„Scheinbar habt ihr mich wieder voll in euer Team aufgenommen. Ich habe da aber auch noch einige Anfragen von den Kollegen aus der Wirtschaftskriminalität auf meinem Tisch", klagte Charly.

„Das machst du doch nebenbei, oder? Wenn das erledigt ist, habe ich auch erst mal keine Verwendung mehr für dich."

„Das ist aber nett von dir."

Die drei wollten sich gerade vom Tisch erheben, als Schneider mit einem voll beladenen Tablett auf sie zukam. Schneider kümmerte sich um das regelmäßige Training der Beamten auf der modernen Schießanlage im Präsidium. „Herr Krüger", sprach er Till an. „Sie sind wieder mal überfällig. Wann gedenken Sie denn vorbeizukommen?"

„Ich war krank!"

„Jetzt sind Sie aber wieder gesund?"

„Ja, so einigermaßen."

„Das ist gut. Denn wenn Sie Ihre Trefferquote nicht deutlich erhöhen, lasse ich Sie entwaffnen. Dann schieben Sie den Rest Ihres Lebens Innendienst." Schneider ging ohne eine Antwort abzuwarten weiter und setzte sich an einen der anderen Tische.

Till gehörte zwar zu den besten Schützen im Präsidium, zielte aber bei dem vorschriftsmäßigen Training mit Vorliebe auf die falschen Ziele und verteidigte seine Fehlschüsse dann immer mit viel Wortwitz.

„Mach bloß keinen Quatsch", ermahnte ihn Siebels. „Wenn Schneider die Faxen mit dir dicke hat, macht er seine Drohung noch wahr."

„Erschießt er immer noch die friedlichen Omas beim Überqueren der Straße und lässt die Bankräuber links liegen?", erkundigte sich Charly.

„Ich erledige immer nur Oma bin Laden, den anderen Omas mache ich nix", wehrte sich Till. „Aber vielleicht sollte ich beim nächsten Training auch mal Jensen el Virus abknallen?"

„Dann tippst du den Rest deines Lebens Berichte“, seufzte Siebels.

Im Gegensatz zu Sabine Lehmann und Peter Bockelmann betrieb Jeremy Boyle seine Geschäfte nicht von seiner Wohnung aus, sondern unterhielt ein separates Büro. Das lag in einem Altbau im Frankfurter Westend. Siebels studierte die Messingschilder am Eingangstor. Im Erdgeschoss praktizierte der Arzt Dr. Hagner, im ersten Stock residierte die Anwaltskanzlei Pepper & Pepper, im zweiten Stock lag das Büro von Jeremy Boyle, Paulsen und Partner und der dritte Stock beherbergte eine Modelagentur.

Siebels drückte den Klingelknopf von Boyle und wartete auf eine Stimme in der Sprechanlage. Die blieb aber stumm, mit einem leisen Summen öffnete sich die Tür. Siebels nahm die frisch gebohnerte Treppe, der Aufzug wurde von einer Putzfrau gerade ausgewischt. Jeremy Boyle erwartete seinen Besucher an der Eingangstür zu seinem Büro. Er war Ende zwanzig, trug einen dunkelblauen Nadelstreifenanzug und einen Bürstenhaarschnitt. Scheinbar hatte er jemand anderen erwartet, denn er schaute verdutzt, als Siebels in seinem Blickfeld erschien.

„Herr Boyle?“

„Ja, das bin ich. Was kann ich für Sie tun?“ Boyle sprach mit leichtem amerikanischen Akzent.

„Mein Name ist Siebels, Kriminalpolizei. Haben Sie einen Moment Zeit?“

„Aber wirklich nur einen kleinen Moment. Worum geht es?“

„Darf ich hereinkommen?“

„Wenn es länger dauert, kommen Sie besser ein andermal wieder.“

„Es geht um Sabine Lehmann.“

„Ja, und?“

„Sie wurde verhaftet.“

Boyle überlegte einen Moment. Dann bat er Siebels doch in sein Büro herein. Er schloss die Tür, blieb dann aber gleich dahinter im Vorraum zum Büro stehen.

„Was ist passiert?“

„Haben Sie noch nichts davon gehört? Herr Paulsen hat Ihnen doch sicher davon berichtet, oder?“

„Nein. Ich bin erst vor drei Stunden von einer Geschäftsreise aus New York zurückgekehrt. Hat Herr Paulsen ein Problem?"

„Sieht nicht so aus. Frau Lehmann hat anscheinend ihren Lebenspartner erschlagen."

„Oh, wow. Aber das ist dann die Privatsache von Frau Lehmann. Warum kommen Sie zu mir?"

„Es ist nicht ganz klar, warum Frau Lehmann die Tat begangen hat. Jetzt möchte ich ihr Umfeld etwas näher kennen lernen."

„Ich gehöre aber nicht zu dem Umfeld von Frau Lehmann. Wir haben auch gar keinen Kontakt miteinander."

„Auch nicht auf den Seminaren in Kronberg?"

„Ja, okay, da haben wir uns manchmal getroffen. Aber das war rein beruflich."

„Kannten Sie den Lebenspartner von Frau Lehmann?"

„Nein. Wie gesagt, wir hatten nur beruflich hin und wieder Kontakt."

„Wie war da ihr Eindruck von Frau Lehmann? War sie gut in ihrem Job?"

„Warum wollen Sie das alles wissen?"

„Reine Neugier. Ich habe einen Mordfall aufzuklären."

Das Handy von Jeremy Boyle läutete. Er drehte Siebels den Rücken zu und nahm das Gespräch an. Es dauerte nur wenige Sekunden. Dann widmete Boyle sich wieder seinem Besucher.

„Frau Lehmann war sehr fleißig. Aber ich glaube, ihr hat dieses gewisse Etwas gefehlt, das man in unserem Job braucht, wenn man wirklich erfolgreich sein will."

„Eine gewisse Skrupellosigkeit?", hakte Siebels nach.

„Wenn Sie es so ausdrücken wollen, ja. Das Business ist hart und viele wollen ein Stück vom Kuchen abhaben. Man muss schnell sein und man muss gut sein und man muss viel arbeiten."

„Sie sind gebürtiger Amerikaner?"

„Nein, ich bin in Heidelberg geboren und aufgewachsen. Als Zehnjähriger bin ich in die Staaten gegangen und habe später dort studiert."

„Und wie sind Sie bei Paulsen und Partner gelandet?"

„Ein amerikanischer Geschäftspartner von Herrn Paulsen hat den Kontakt hergestellt und mich empfohlen. Mir hat das System gefallen, mit dem Herr Paulsen arbeitet. Außerdem lebe ich gerne in Deutschland. Ich muss jetzt aber los. Ein dringender geschäftlicher Termin wartet auf mich."

Siebels gab Boyle noch seine Karte und verabschiedete sich. Er lief um drei Ecken zur Bettinastraße, wo sein BMW stand. Bevor er losfuhr, rief er Charly an. Der sollte mal checken, ob Jeremy Boyle tatsächlich vor etwas über drei Stunden aus New York angekommen war. Siebels traute diesem Mann nicht.

8

Till durchstöberte die Schubladen und Schränke in der Wohnung von Sven Müller. Charly war mit ihm in die Wohnung gekommen, hatte sich den Rechner und die Discs geschnappt und war damit zurück ins Präsidium gefahren. Till fand ein Sammelsurium von schriftlichen Notizen, Ausdrucken und Belegen. Aber nichts davon schien in einem Zusammenhang mit dem Fraport-Ordner zu stehen. Stattdessen fand er einen Umschlag, der Fotos enthielt. Neugierig betrachtete sich Till die drei Bilder. New York 1995 stand mit Bleistift auf den Rückseiten geschrieben. Auf der Vorderseite waren jeweils zwei Männer zu sehen. Auf einem Foto lächelten beide in die Kamera. Auf einem anderen schüttelten sie sich die Hände, im Hintergrund standen mehrere Männer in dunklen Anzügen. Das dritte Bild zeigte den einen Mann als Redner hinter einem Stehpult, der andere saß als Zuhörer in einer kleinen Gruppe seitlich neben dem Pult. Till steckte die Bilder wieder in den Umschlag und den Umschlag in seine Jackentasche. Dann wühlte er weiter in den Schubladen. Müller hatte dort bergeweise Papier gehortet. Falls er ein Ordnungssystem gehabt hatte, hatte er es gut verschlüsselt. Alte Zeitungsausschnitte lagen zwischen Quittungen für Büromaterial und alten Verträgen, die er als freier Mitarbeiter bei verschiedenen Zeitungen unterschrieben hatte. Als er alle Schubladen und Schränke in Müllers Arbeitszimmer durchgesehen hatte, nahm er sich auch den Rest der Wohnung vor. Aber er fand nirgendwo auch nur einen Schnipsel Papier, den er mit dem Fraport-Ordner in Verbindung gebracht hätte. Resigniert zog er den Umschlag mit den Fotos wieder aus seiner Tasche und wollte ihn zurück in die Schublade legen. Dann entschied er sich doch anders und steckte die Fotos wieder ein. Er hatte zwar keine Ahnung, wer auf den Bildern zu sehen war, aber er wollte sie wenigstens Siebels zeigen, um nicht ganz ohne Beute zurückzukommen.

Siebels war von Jeremy Boyle aus zu der Villa von Paulsen in die Frauenlobstraße gefahren. Er stellte seinen Wagen etwa fünfzig Meter von Paulsens Hauseingang entfernt ab und beobachtete das Haus im Seitenspiegel. Er hatte keine Ahnung, worauf er wartete und was es zu beobachten geben könnte, und zündete sich eine Zigarette an. Eigentlich hatte er sich das Rauchen im Auto abgewöhnt, aber es war Februar und kalt und er genoss es, den Rauch in seinen alten BMW zu blasen. Er klappte das Handschuhfach auf, holte das Foto heraus und betrachtete es. Sein privates Glück. Sabine Karlson hielt den neugeborenen Dennis im Arm. Siebels' Gedanken schweiften zurück zu dem Fall Tanja Niehaus. Zu dieser Zeit lebte er getrennt von Frau und Kind in Scheidung und hatte sein Gespartes bei riskanten Aktiengeschäften verloren. Da kam plötzlich diese Sabine Karlson von der Sitte in sein Büro marschiert und klärte ihn und Till über die betrügerischen Machenschaften mit 0190er Telefonnummern auf, die in diesem Fall eine wichtige Rolle gespielt hatten. Till hatte sich sofort in die gutaussehende Halbschwedin von der Sitte verknallt, bei Siebels reiften die Gefühle langsam, aber mächtig. Als der Fall geklärt war, kamen sich Siebels und Karlson auch privat näher und wurden ein Paar. Till dagegen verliebte sich in Johanna, die in dem Fall eine zwielichtige Rolle gespielt hatte und als potenzielles Mordopfer in seinen Armen gelandet war. Mittlerweile hatte Johanna ihr Medizinstudium beendet und konnte sich noch nicht recht entscheiden, ob sie Ärztin, Mutter oder beides werden sollte. Seit Siebels mit seiner neuen Liebe zum zweiten Mal Vater geworden war, reifte auch in Till der Gedanke vom trauten Familienglück. Siebels hoffte, dass die beiden das auf die Reihe kriegen würden, und entdeckte im Rückspiegel einen schwarzen Porsche, der vor der Paulsen-Villa anhielt. Jeremy Boyle stieg aus und ging schnellen Schrittes in die Villa. Siebels schaute auf die Uhr. Eine Stunde wollte er noch Dienst schieben. Der Rest des Tages sollte Sabine Karlson und dem kleinen Dennis gehören. Siebels zündete sich noch eine Zigarette an und überlegte sich, ob das Auftauchen von Boyle etwas mit seinen Ermittlungen zu tun hatte. Er legte das Foto wieder ins Handschuhfach zurück und fasste den spontanen Entschluss, seiner Sabine heute Abend endlich den längst überfälligen Heiratsantrag zu machen. Sein Ansinnen wurde durch Babyschreie bestätigt. Das Handy signalisierte ihm einen Anruf von Charly.

„Hi Charly, was gibt es?"

„Dein Jeremy Boyle kam heute tatsächlich aus New York zurück. Er war auf einer Lufthansa Maschine gebucht und hatte eine Woche in den Staaten verbracht. In den Staaten hatte er auch noch einen Flug nach Washington gebucht. Da ist er zwei Tage geblieben."

„Okay, danke dir."

„Ich habe aber noch mehr für dich."

„Na dann raus mit der Sprache."

„Auf dem Rechner von Sven Müller habe ich etwas Interessantes gefunden. Das gehört bestimmt in deinen Fraport-Ordner."

„Jetzt mach es nicht so spannend."

„Es sind Daten. Daten von Messungen über Fluglärm in Frankfurt und Umgebung. Es gibt zwei verschiedene Auswertungen und die weichen erheblich voneinander ab. Aber nur eine davon wurde bei dem Mediationsverfahren zum Flughafenausbau berücksichtigt."

„Lass mich raten. Es wurden nur die geringeren Messwerte berücksichtigt?"

„So ist es."

„Wurde da manipuliert?"

„Das kann ich so nicht sagen, aber alles andere würde mich wundern."

„Gibt es bei den Daten einen Hinweis auf Sabine Lehmann?"

„Nein. Jedenfalls nicht direkt. Einige Gutachter sind namentlich aufgeführt. Ob die in Verbindung zu deiner Träumerin stehen, musst du selbst rausfinden."

„Ja, das finden wir schon raus. Wann kann Till mit seinem Sicherheitsdienst loslegen?"

„Theoretisch gesehen kann's losgehen. Seine Entlassung habe ich vier Wochen rückdatiert. Das sieht dann nicht so überstürzt aus mit seinen Plänen für die Selbstständigkeit."

„Und praktisch gesehen?"

„Die praktischen Dinge überlasse ich euch. Ich habe damit gar nix zu tun. Ich will meinen Kopf nämlich behalten, wenn Jensen eure rollen lässt."

„Feigling."

„Vergiss nicht, dass ich Invalide bin. Die Unterlagen habe ich auf den Schreibtisch von Till gelegt. Ich muss jetzt Schluss machen, habe hier noch einen Haufen Arbeit."

„Bis morgen, du alter Veteran."

Siebels vergaß tatsächlich immer wieder, dass Charly früher als Kommissar auf der Straße gearbeitet hatte, bis er bei einem Einsatz eine Kugel ins Knie geschossen bekam. Seitdem war er leicht gehbehindert, was man aber im täglichen Leben kaum bemerkte. Aber rennen konnte Charly nicht mehr und war deswegen in den Innendienst versetzt worden. Er machte mehrere Weiterbildungen im EDV-Bereich und entdeckte schnell seine Liebe zu Computern. Mittlerweile war er auch in Hackerkreisen eine bekannte Größe und im Präsidium unverzichtbar.

Der schwarze Porsche mit Boyle am Steuer fuhr an Siebels vorbei. Siebels überlegte einen Moment, ob er ihn verfolgen oder ob er besser noch mal bei Paulsen reinschauen sollte. Er entschied sich für Letzteres.

Astrid Lotz empfing Siebels mit einem kühlen Blick, führte ihn aber direkt in das Büro von Paulsen. Heute trug sie ein graues Kostüm und Schuhe mit noch höheren Absätzen als beim letzten Besuch von Siebels.

„Sie schon wieder?", begrüßte Paulsen seinen Gast.

„Ja, ich schon wieder. Schlimm?"

„Die Polizei im Haus ist nicht gerade gut für das Image. Und in meiner Branche ist ein tadelloses Image unerlässlich. Wie kann ich Ihnen noch behilflich sein?"

„Frau Lehmann wurde heute in Untersuchungshaft überführt. Das wollte ich Ihnen eigentlich nur mitteilen."

„Vielen Dank für die Information. Den Partnervertrag mit ihr habe ich bereits gekündigt. Ich wusste nur nicht, wo ich die Kündigung hinschicken soll. Hat sie eine Anschrift im Gefängnis?"

„Ist das nicht ein wenig voreilig? Noch ist die Schuld von Frau Lehmann nicht bewiesen."

Paulsen lächelte gequält. „Das spielt keine Rolle. Unser Image ist mit dieser Geschichte beschädigt worden. Ich muss mich wohl nicht wiederholen?"

Siebels nickte und schrieb die Adresse des Untersuchungsgefängnisses auf einen Zettel. „Bitte schön."

Paulsen nahm den Zettel entgegen.

„Werden Sie jemand Neues anstellen, um die Lücke zu füllen, die Frau Lehmann hinterlässt?"

„Vielleicht sogar zwei Leute. Die Geschäfte in Frankfurt laufen ganz gut. Sind Ihre Fragen damit beantwortet?"

Siebels vermutete, das Paulsen den Vertrag mit Bockelmann gleich mit gekündigt hatte, behielt seine Vermutung aber für sich. Der Name Jochen Trutz lag Siebels noch auf der Zunge. Aber er erwähnte ihn nicht. Trutz wollte er lieber überraschend in dieser Kronberger Akademie aufsuchen.

„Meine drängendste Frage ist leider noch nicht beantwortet. Hat Sabine Lehmann ihren Freund erschlagen oder nicht. Und wenn ja, warum?"

„Die Antworten auf diese Fragen werden Sie bei mir und meinen Partnern kaum finden. Daher sollten Sie es auch unterlassen, meine Partner zu belästigen."

„Ich weiß, Besuch von der Polizei ist schlecht für das Image." Babygeschrei kündigte einen Anruf auf Siebels Handy an. Siebels hob entschuldigend die Hand. „Ich glaube, der Klingelton ist schlecht für das Image der Polizei." Dann nahm er das Gespräch entgegen.

„Hipp-Gläschen? Nein. Kein Problem. Karotte? Wirklich? Okay. Bis nachher." Siebels legte auf und schaute Paulsen fragend an:

„Haben Sie Kinder?"

„Nein. Ich wünsche Ihnen viel Vergnügen beim Einkauf. Auf Wiedersehen."

„Ich finde schon alleine raus. Viel Erfolg bei der Partnersuche." Astrid Lotz stand in der Tür und schien den letzten Satz nicht richtig gedeutet zu haben. Jedenfalls schaute Sie Paulsen mit großen Augen an und Siebels verließ mit einem Grinsen die Villa.

Till hatte sich von seiner Grippe wieder erholt und saß mit Johanna beim Abendessen in der Küche. Er erzählte von den Träumen der Sabine Lehmann und von seiner Deutung.

„Wäre das nicht eher die Aufgabe eines Psychologen?", fragte Johanna.

„Klingt meine Vermutung etwa unlogisch?"

„Nein. Im Gegenteil. Aber trotzdem."

„Was trotzdem?"

„Trotzdem sollte sich das vielleicht mal jemand anschauen, der was davon versteht."

„Du findest meine Theorie aber nachvollziehbar?"

„Ja, sagte ich doch."

„Die Frau hat anscheinend nur noch für ihren Job gelebt und alles andere ausgeblendet. Am Ende hat sie wahrscheinlich sogar ihren Freund erschlagen. Vielleicht hat sie früher mal davon geträumt, eine Familie zu haben. Einen Mann und zwei Kinder und das passende Haus dazu im Grünen. Als Partner bei Paulsen hat man aber keine Zeit für so was. Die ist einfach in die falsche Richtung gelaufen und hat es nicht geschafft, sich wieder umzudrehen und zurückzulaufen."

„Ach daher weht der Wind. Soll ich dir mal was sagen. Ich glaube, ich hätte gern ein Kind. Sehr gern sogar. Vielleicht sogar von dir." Johanna grinste Till schelmisch an.

Plötzlich stand Till auf, zog sich seinen Pullover und sein T-Shirt aus und schaute Johanna an, die ihn verwundert betrachtete. Dann zog er seine Hose und seine Socken aus und stand im Slip vor ihr.

„Hey", neckte sie ihn. „Ist dir warm?"

„Mir ist heiß."

„Mach weiter", hauchte Johanna ihm zu.

„Du bist dran", grinste Till.

Johannas Blick verweilte noch eine Weile an ihm, bevor auch sie anfing, sich auszuziehen. Als sie nur noch einen Slip trug, zeigte sie auf Tills Unterhose. „Ausziehen." Till gehorchte. Johanna betrachtete ihn dabei. „Der ist aber noch nicht bereit", beschwerte sie sich.

„Er sieht halt die Küche so selten", stammelte Till.

„Dann wird es aber Zeit." Johanna stellte sich dicht vor Till, ließ ihre Hand über seine Brust und seinen Bauch wandern und schaute ihm dabei tief in die Augen. Ihre Fingerspitzen wanderten weiter nach unten und brachten zum Stehen, was stehen sollte. „Steht doch, geht doch", sagte sie triumphierend und behielt das Objekt ihrer Begierde fest in der Hand. „Schaut er sich nun die Küche an oder streckt er sich nach mir?" Till wollte etwas erwidern, brachte aber nur ein leises Stöhnen zustande. Johanna drückte ihn mit sanfter Gewalt auf einen Stuhl. Als er im erregten Zustand und mit großen Augen vor ihr saß, rollte sie lasziv ihren Slip herunter. Sie beugte sich über ihn, schenkte ihm einen leidenschaftlichen Kuss und setzte sich auf ihn. Till umklammerte sie mit seinen Händen. Johanna bewegte sich langsam, seufzte leise und genoss die starken Hände von Till auf ihren Hüften. Sie liebten sich heftiger, ließen nur noch ihre Körper sprechen. Nach der Küche folgte der Fußboden im Wohnzimmer, bevor sie es im Flur noch einmal im Stehen machten und nach einer kleinen Verschnaufpause die Prozedur im Bett fortsetzten, bis sie endlich eng aneinander gekuschelt einschliefen.

Siebels ließ am Wochenende Sabine Lehmann Sabine Lehmann sein und kümmerte sich um seine kleine Familie. Der kleine Dennis sorgte dafür, dass er nur selten zur Ruhe kam. Siebels wickelte und fütterte und wickelte und passte auf, wenn sein Nachwuchs durch die Wohnung krabbelte. Zwischendurch musste er Samstagmittag allerlei Einkäufe erledigen. Am Sonntag gönnte er sich einen Spaziergang mit Familie am Mainufer und schob stolz den Kinderwagen vor sich her. Den richtigen Zeitpunkt für seinen Heiratsantrag fand er aber am ganzen Wochenende nicht.

9

Montag, 09. Februar 2009

Sabine Lehmann trug einen grauen Jogginganzug und saß still an dem Tisch in dem kleinen Verhörzimmer. Siebels saß ihr gegenüber und stellte sein Diktiergerät in die Mitte des Tisches.

„Haben Sie sich gut eingelebt in Ihrer neuen Umgebung?", fragte er.

„Danke der Nachfrage. Es ist ganz in Ordnung."

„Ich war am Freitag bei Herrn Paulsen. Er hat Ihren Partnervertrag gekündigt. Die schriftliche Kündigung will er Ihnen hier zustellen lassen."

Sabine Lehmann zeigte keine Reaktion. Sie blickte durch Siebels hindurch.

„Haben Sie mich verstanden, Frau Lehmann?"

Ihr Blick schien sich wieder auf Siebels zu konzentrieren. „Muss ich mich jetzt beim Arbeitsamt melden?"

„Ich fürchte, Sie stehen dem Arbeitsmarkt im Moment nicht zur Verfügung. Falls Sie sich dazu überwinden, eine Aussage zu machen, werden Sie bis zur Verhandlung wahrscheinlich auf freien Fuß gesetzt."

„Eine Aussage?"

„Ja, verdammt noch mal. Eine Aussage. Sven Müller starb in Ihrer Küche. Erinnern Sie sich?"

Ihr Blick wurde wieder leer und ging durch Siebels hindurch.

„Warum erzählen Sie mir nur von Ihren Träumen?"

Ihre Augen fanden im Gesicht von Siebels wieder einen Fixpunkt.

„Weil Sie nett sind."

„Dann können Sie mir doch auch etwas zum Ableben von Herrn Müller berichten. Das fände ich sehr nett von Ihnen."

„Er ist tot. Ich kann ihn nicht wieder zum Leben erwecken. Nicht mit Taten und schon gar nicht mit Worten."

„Das stimmt. Aber vor Gericht wird der Richter Ihr Schweigen gegen Sie verwenden. Es geht jetzt nicht mehr darum, noch etwas für Herrn Müller zu tun, es geht jetzt darum, etwas für Sie zu tun."

„Ich träume nicht mehr. Vielleicht ist das ja gut für mich? Was denken Sie?"

„Ich denke, dass das sehr gut für Sie ist. Und ich denke, dass sich in Ihren Träumen Ihre Arbeit widerspiegelt. Ihre Tätigkeit als Partnerin von Herrn Paulsen. Sie waren mit Ihrem Job verheiratet. Das Brautkleid in Ihren Träumen ist ein Symbol für Ihre Arbeit, der Sie Ihr ganzes Leben gewidmet haben. Da war kein Platz mehr für einen Sven Müller. Schon gar nicht für einen Journalisten Sven Müller, der seine Nase in Ihre Arbeit gesteckt und nach faulen Geschäften geschnüffelt hat. Wenn Sie Ihr Brautkleid tragen, machen Sie böse Sachen. Aber jetzt träumen Sie nicht mehr, Ihr Job ist weg, das Brautkleid kann zur Altkleidersammlung."

Sabine Lehmann sah Siebels überrascht an und fing dann laut an zu lachen. Sie hörte gar nicht mehr auf zu lachen, bekam kaum noch Luft zum Atmen. Siebels nahm ihren Lachanfall erschrocken zur Kenntnis und fragte sich, ob sie nicht wirklich verrückt war. Als Sabine Lehmann registrierte, dass ihr Gegenüber keine Miene verzog, beruhigte sie sich wieder.

„Waren meine Ausführungen so lustig?"

„Mir war jetzt einfach mal nach Lachen. Es gibt noch andere Träume. Die erzähle ich Ihnen noch. Wenn Sie alle meine Träume kennen, können Sie ein Urteil fällen. Aber nicht vorher."

Siebels nickte. Er bekam große Lust auf Nikotin. Er fragte den Beamten vor der Tür, ob Rauchen erlaubt sei. Der Beamte machte eine Ausnahme und brachte einen Aschenbecher.

Ich sitze in einer schummrigen Bar auf einem Barhocker am Tresen. Die Wände sind im gleichen Rot wie die Lederbezüge der Barhocker. Der Barkeeper stellt mir einen Whiskey hin und nickt mir zu. Am anderen Ende des Tresens sitzt ein Mann. Er schaut mich an, hebt sein Glas und prostet mir zu. In der Ecke steht ein Piano, der Pianist schlägt leise Töne an. Ich trage mein weißes Brautkleid und kippe meinen Whiskey in einem Zug herunter. Es brennt wohltuend in meiner Kehle. Ich zwinkere dem Mann zu. Er rutscht nervös auf seinem Barhocker hin und her, nippt an seinem Bier und schaut mich gierig an. Der Barkeeper bringt mir einen neuen Whiskey. Der Pianomann spielt ein neues Lied. Ein Deckenstrahler wirft ein kleines Licht auf mein weißes Brautkleid. Ich winke den Mann von der anderen Seite zu mir. Behäbig rutscht er von seinem Hocker, nimmt sein Glas in die Hand und kommt zu mir. Er schwankt schon leicht und stellt sich mir vor. Sein Name ist Georg. Sein Name ist mir aber egal. Er ist ein Mann, alles andere ist unwichtig. Georg fängt an zu erzählen, aber ich höre ihm nicht zu. Ich lege meine Hand auf seinen Oberschenkel und lasse meine Hand höher wandern. Georg wird still und fängt an zu schwitzen. Meine Hand packt fester zu, während meine Lippen sich zu einem Lächeln formen. Ich schaue Georg tief in die Augen. Georg macht mir ein Kompliment. „Komm, Georg", sage ich, nehme ihn bei der Hand und führe ihn zu einer Tür hinter dem Tresen. Georg folgt mir willig und der Barkeeper macht uns Platz. Ich schließe die Tür hinter uns und lege Georg eine Augenbinde um. Dann führe ich ihn an der Hand die Treppe hinunter. Georg atmet schwer und stinkt nach Bier. Wir erreichen den feuchten Kellerraum, Georg folgt mir blind. Ich nehme seine Hände und führe sie nach oben zu der Eisenstange. Schnell lasse ich die Handschellen an Georgs Handgelenken einrasten. Flink öffne ich sein Hemd und seine Hose und zerschneide hastig den Stoff seiner Kleidung mit einer Schere, bis er nackt vor mir steht. Georg lässt alles geschehen, ohne zu murren. Erst als ich die Peitsche schwinge und der Riemen auf seinen Rücken knallt, gibt Georg einen Laut von sich. „Sei still", zische ich und lasse die Peitsche wieder auf seinen Rücken knallen. Georg beißt sich auf die Zunge und erträgt sein Leiden mit leisem Wimmern. Fünf Hiebe auf den Rücken und drei auf den Po. Ich erfreue mich an den roten Striemen und betrachte mein Werk. Es sieht gut aus. Georg steht tapfer neben seinen Genossen. Otto, Martin, Rüdiger, Olaf, Rolf und Georg stehen angekettet und ausgepeitscht in Reih und Glied. Ich gehe wieder zurück in die Bar. Es ist kein neuer Mann hereingekommen und der Pianist spielt nicht mehr. Der Barkeeper spült die Gläser. Ich bezahle meine Whiskeys und verlasse die Bar.

Sabine Lehmann schaute Siebels an und zuckte mit den Schultern. „Nur ein Traum, nicht mehr und nicht weniger."

„Oder ein Schrei der Seele?"

Sabine Lehmann ging darauf nicht ein. Sie zupfte an den Ärmeln ihres Jogginganzuges und vermied den Blickkontakt mit Siebels.

„Ich habe mit Ihrem Vater gesprochen. Er ist auf dem Weg nach Frankfurt. Er will sich ein Hotelzimmer nehmen. Ich denke, er wird Sie bald besuchen."

„Danke", hauchte sie leise.

Als Siebels sein Büro betrat, saß ein Mann in einem dunklen Anzug auf seinem Platz.

„Guten Tag. Kann ich Ihnen behilflich sein?", erkundigte sich Siebels.

„Herr Hauptkommissar Siebels?"

„Ja. Und wer sind Sie?"

Der Mann stand auf und reichte Siebels die Hand. „Timm. Jens Timm. Verfassungsschutz."

Siebels schaute verdutzt. „Sind Sie sicher, dass Sie zu mir wollen?" Siebels sah einen Zettel auf seinem Monitor kleben. Eine Nachricht von Till. Er war auf der Schießanlage beim Training.

„Es geht um Ihren Fall. Den Mord an Sven Müller."

„Hoffentlich macht er keinen Mist", brummte Siebels leise vor sich hin.

„Er ist wohl tot", bemerkte Timm irritiert.

Siebels war durcheinander. Er hatte keinen blassen Schimmer, was dieser Timm hier wollte. Eigentlich wollte er dabei sein, wenn Till seine Schießübungen absolvierte. Jetzt hatte er diesen Timm am Hals.

„Sven Müller ist tot, das ist amtlich, ja. Verraten Sie mir den Grund für Ihren Besuch?"

„Sie hatten letzten Freitag im Zuge Ihrer Ermittlungen ein Gespräch mit Jeremy Boyle. Anscheinend ermitteln Sie im Umfeld von Paulsen und Partner."

„Wir haben eine verdächtige Person verhaftet und diese Person arbeitete als Partnerin von Paulsen. Wo ist das Problem?"

„Ich habe vor, offen mit Ihnen zu reden. Vielleicht können wir von Ihren Ermittlungen profitieren. Was ich Ihnen jetzt erzähle, unterliegt der Schweigepflicht."

„Was heißt Schweigepflicht?"

„Alle Informationen, die Sie von mir erhalten, tauchen nirgendwo in Ihren Berichten auf. Keine Aktenvermerke, keine Gesprächsnotizen und selbstverständlich überhaupt keine Gespräche außerhalb Ihres Ermittlungsteams in dieser Sache. Meines Wissens gehört nur Till Krüger zu Ihrem Team. Ist das richtig?"

„Theoretisch ja. Praktisch arbeiten wir in diesem Fall bereits eng mit Charly Hofmeyer zusammen, einem Kollegen, der rein formal zur EDV und Spurensicherung gehört. Und natürlich Staatsanwalt Jensen."

„Jensen lassen wir zunächst außen vor. Der braucht in diesem Stadium noch nichts davon zu wissen. Wenn Sie Herrn Hofmeyer informieren müssen, tun Sie das."

Jensen sollte also nicht involviert werden. Die Sache fing an, Siebels zu gefallen. Siebels setzte sich auf den Stuhl von Till und zündete sich genüsslich eine Zigarette an. „Ich bin ganz Ohr."

Jens Timm steckte sich ebenfalls eine Zigarette an und paffte nachdenklich Rauchschwaden in die Luft. Dann fing er an zu erzählen. „Jeremy Boyle arbeitet für uns. Wir haben ihn als Partner bei Paulsen eingeschleust."

„Ein verdeckter Ermittler?", fragte Siebels ungläubig.

„Richtig. Er ist ein hervorragend ausgebildeter Mann. Wir haben ihn extra für diesen Job rekrutiert und zwei Jahre lang intensiv darauf vorbereitet, bevor wir ihn bei Paulsen eingeschleust haben. Deswegen war ich auch sehr nervös, als ich von Ihrem Besuch bei Jeremy erfuhr."

„Ist das Unternehmen von Paulsen demokratiefeindlich?" Siebels konnte sich noch keinen Reim auf die ganze Geschichte machen.

„Nicht wirklich. Paulsen und Partner hält sich strikt an alle Gesetze. Aber die Organisation Paulsen und Partner strebt nicht nur wirtschaftliche, sondern auch politische Ziele an und untersteht einer übergeordneten Organisation. Die Mutterorganisation ist in Amerika beheimatet. Sie wurde Anfang der sechziger Jahre in New York von einer Clique mächtiger Männer gegründet.

Association for American Business Development, hieß der Verein bei seiner Gründung. Mittlerweile nennt sich die Organisation: Association for Human Development and Psychologic World Consulting. Kurz: World Consulting. Heute sind die Mitglieder dieser Organisation in den USA wie ein riesiger Krake an allen nur erdenklichen Schalthebeln der Macht vertreten. Sie sitzen in der Spitze von großen Unternehmen, in Parteien, in Bundesämtern und überall dort, wo es einflussreiche Positionen gibt. Sie wirken massiv auf politische Entscheidungen ein und verfügen über enorme wirtschaftliche Kraft. Seit Ende der neunziger Jahre baut World Consulting auch aggressiv ein europäisches Netz aus. Sie haben jetzt gut vernetzte Organisationen in Schweden, England, Frankreich, Österreich, Italien, Spanien, Griechenland und Deutschland. In Deutschland ist Paulsen und Partner für die Umsetzung der Ziele verantwortlich."

„Und was für Ziele sind das?" Siebels verstand nicht, worum es bei der ganzen Sache ging.

„Das Ziel von World Consulting ist die Weltherrschaft", sagte Timm trocken.

„Aha. Das klingt mir eher nach einem schlechten Film."

„Leider ist es die Realität. In den USA hat die Organisation genug Geld und Macht, um Präsidentschaftskandidaten auszuwählen und deren Wahlkampf zu finanzieren. Das ist keine Theorie, das ist seit einiger Zeit übliche Praxis."

Siebels drückte seine Zigarette aus. „Gab es schon einen von World Consulting aufgestellten amerikanischen Präsidenten?", fragte er neugierig.

Timm lächelte. „Diese Information ist so geheim, geheimer geht es gar nicht. Ich weiß es nicht. Aber es liegt im Bereich des Möglichen."

Siebels dachte über die Struktur von Paulsen und Partner nach. Mit seiner Vielzahl von selbstständig auftretenden Unternehmens-, Vermögens- und Immobilienberatern hatte die Organisation von Paulsen tatsächlich Kontakte und Einflüsse in einer breiten Oberschicht der Gesellschaft. Was Timm erzählte, klang bei näherer Betrachtung gar nicht mehr so weit hergeholt. „Was erwarten Sie nun von mir?", fragte Siebels vorsichtig nach.

„Sie ermitteln ganz normal weiter in Ihrem Fall. Versuchen Sie den Mörder oder die Mörderin von Sven Müller zu überführen. Wenn Sie bei Ihren Ermittlungen aber auf Dinge stoßen, die mit der von mir eben geschilderten Sachlage in Verbindung stehen, dann berichten Sie ausschließlich an mich. Oder an Jeremy Boyle. Sie dürfen aber nicht in direkten Kontakt mit Jeremy treten. Wenn Sie mit ihm in Kontakt treten wollen, schreiben Sie eine E-Mail. Schreiben Sie nur Folgendes: Es muss mehr Holzkohle in den Grill."

„Es muss mehr Holzkohle in den Grill?"

„Sehen Sie, Sie haben es sich schon gemerkt." Timm reichte Siebels einen Zettel, auf dem zwei Hotmail-Adressen notiert waren.

„Mit der oberen Adresse erreichen Sie Jeremy. Die untere ist Ihre eigene, die Sie ausschließlich in dieser Angelegenheit verwenden."

„Sehr konspirativ. Ich nehme an, Sie haben auch Zugriff auf die beiden Postfächer?"

„Selbstverständlich. Sie sollten Jeremy nur kontaktieren, wenn Sie ihm etwas Wichtiges mitteilen müssen oder eine wichtige Information von ihm benötigen. Damit will ich sicherstellen, dass sich Ihre Ermittlungen nicht kontraproduktiv gegen den Verfassungsschutz richten. Wenn Jeremy eine E-Mail von Ihnen erhält, meldet er sich bei Ihnen. Mich können Sie jederzeit anrufen. Hier ist meine Karte. Und jetzt legen Sie bitte den Zettel mit den Hotmail-Adressen in den Aschenbecher und verbrennen ihn."

Siebels sah sich die Adressen noch einmal an, prägte sie sich ein und verbrannte den Zettel. „Verfolgt Paulsen konkrete politische Absichten mit seiner Organisation?", wollte Siebels wissen.

„Sein Ziel ist es, ein Netzwerk herzustellen, das ihm viel Macht verleiht. Das hat er mittlerweile erreicht. Er hat viele lose Fäden in der Hand, die er nach Belieben miteinander verknüpfen kann. Mit dem Heer seiner Berater kann er zum Beispiel in der Vermögensberatung in kurzer Zeit hohe Summen auf legalem Weg beschaffen und dieses Kapital über seine Immobilienschiene wieder investieren. Mit solchen Transaktionen lassen sich über viele unübersichtliche Verzweigungen schmutzige Gelder waschen und kriminelle Organisationen erhalten Zutritt zu ganz legalen Geschäften. Juristisch gesehen wird er bei seinen Aktivitäten keine

Straftaten begehen. Allerdings hat die Organisation auch das Ziel, die Gesetzgebung in ihrem Sinne mitzugestalten. Das geschieht durch Unterwanderung der betreffenden Gesellschaftsschichten. Neben Unternehmensführern suchen sie sich ihre Kunden auch mit Vorliebe in Juristen- und Politikerkreisen und betreiben dort aggressiven Lobbyismus."

„Und das funktioniert?", fragte Siebels zweifelnd.

„Das funktioniert leider sehr gut, weil die Kunden von Paulsen und Partner von den erbrachten Beratungsleistungen profitieren. Die Reichen werden noch reicher und sind zu Dank verpflichtet."

„Sind denn die ganzen Partner von Paulsen über das übergeordnete Ziel der Weltherrschaft im Bilde?"

„Nein. Auf keinen Fall. Nur ein auserlesener Kreis wird nach und nach, je nach persönlicher und fachlicher Neigung, in die Geheimnisse von World Consulting eingeführt. In Deutschland sind es von den 80 Partnern schätzungsweise fünf, die von World Consulting Kenntnis haben. Jeremy gehört offiziell noch nicht dazu. Das wollen wir ändern. Der Grund, warum wir überhaupt einen Mann dort eingeschleust haben, liegt in der großen Geheimniskrämerei, die World Consulting betreibt. Offiziell gibt es keinerlei Hinweise, dass Paulsen und Partner ein Ableger von World Consulting ist. Das Gleiche gilt für die übrigen europäischen Ableger. Die europäischen Organisationen sind rechtlich völlig unabhängig. Und in den einzelnen Länderorganisationen sind die einzelnen Büros rechtlich unabhängig voneinander. Das macht die Sache für Außenstehende völlig undurchschaubar. Da wird ein weltweites Netz gesponnen, aber es bleibt unsichtbar. World Consulting ist in Europa völlig unbekannt und die Amerikaner tun alles dafür, dass das so bleibt. Trotzdem sind wir über die Vernetzung dieser Beratungsgesellschaft einigermaßen im Bilde. Der nächste Schritt von World Consulting ist die Vernetzung der europäischen Organisationen. Sie wollen gleichziehen mit der Europäischen Union, um auch hier die Politik übergeordnet beeinflussen zu können. Mit dieser Aufgabe wird auch ein europäischer Präsident für World Consulting benötigt. Paulsen ist einer der Kandidaten."

Siebels dachte über die Worte von Timm nach. Mit seinem einfachen Mordfall befand er sich plötzlich mitten im Weltgeschehen.

Was Timm ihm da erzählte, klang beklemmend logisch. Trotzdem zweifelte er am Sinn der ganzen Geschichte.

„Wie kann es sein, dass die vielen Partner von der Überorganisation keine Ahnung haben und doch in deren Sinne arbeiten?"

„Dafür sorgt das Schulungszentrum von Paulsen. Dort wird den jungen Leuten eingebläut, wie sie ihren Job zu machen haben."

„Ich habe in diesem Zusammenhang auch schon das Wort Gehirnwäsche gehört", gab Siebels zu.

„So kann man es durchaus nennen. Paulsen sucht sich junge Leute mit guten Uniabschlüssen und überdurchschnittlichem Ehrgeiz. Dabei handelt es sich meist um Leute, die auch an Minderwertigkeitskomplexen leiden und das durch außergewöhnliche Leistungen zu kompensieren versuchen. Leute, die alles geben, um die Ziele zu erreichen, die ihnen vorgesetzt werden."

Siebels blätterte in seinen Notizen, die er bei seinem Gespräch mit Peter Bockelmann gemacht hatte. „Für das Schulungszentrum ist ein gewisser Jochen Trutz verantwortlich. Haben Sie zu dem auch Informationen?"

Timm nickte und zündete sich eine neue Zigarette an. „Trutz ist in der Organisation ganz oben angesiedelt. Sein Lebenslauf ist beeindruckend. Er wurde 1958 in Hamburg geboren, verpflichtete sich nach dem Abitur bei der Bundeswehr und studierte dort Psychologie. Von 1992 bis 1994 war er Berater der obersten Heeresführung. Dann ging er in die freie Wirtschaft und verdingte sich bei einem großen Versicherungskonzern. Er baute einen Strukturvertrieb auf und befehligte unzählige selbst ernannte Vermögensberater, die den Leuten abends in deren Wohnzimmern Versicherungspolicen aufschwatzten. Zu diesem Zeitpunkt war der Strukturvertrieb bei Versicherungen schon ein gebrandmarktes Kind und die meisten Versicherungsgesellschaften haben sich von dieser unseriösen Vertriebsform getrennt. Aber Trutz hat sich noch zwei Jahre in diesem Geschäft behaupten können. Anschließend hat er das gleiche Geschäftsmodell benutzt, um die Produkte amerikanischer Unternehmen im deutschen Markt abzusetzen. Meistens ging es dabei um dubiose amerikanische Telefongesellschaften, die Telefonkarten für ihre Netze absetzen wollten. Diese Netze existierten oft nur theoretisch, mittlerweile spielen sie überhaupt keine Rolle mehr auf dem Markt. Trutz hat es trotzdem geschafft, damit mehrere Millionen Euro Umsatz zu erwirtschaften. Sein Erfolgsrezept bestand aus dem Aufbau von Verkäuferhierarchien und der Motivation dieser Verkäufer in den Hierarchiestufen. Die Leute in den obersten Stufen hatten nur die Aufgabe, weitere Verkäufer anzuwerben. Bei jedem Geschäftsabschluss wurde eine Provision fällig. Die Provisionen erwirtschafteten die unteren Hierarchiestufen, also unzählige Leute, die als Verkäufer für Trutz unterwegs waren. Die Provisionen wurden aber von unten nach oben aufgeteilt. Trutz stand immer an der Spitze der Pyramide und verdiente an jedem Geschäft mit. Die Verkäufer, die ganz unten in der Struktur standen, konnten durch ihre Geschäfte kaum Geld verdienen. Ihr Ziel war es, in der Hierarchie nach oben zu klettern, um dort an das große Geld zu gelangen. Trutz machte ein Vermögen mit diesem System und die Leute, die für ihn die Drecksarbeit machten, verehrten ihn wie einen Gott. Er war der Messias, der wusste, wie man aus Tellerwäschern Millionäre macht. Trutz war ein begnadeter Rhetoriker. Regelmäßig gab es Verkäuferveranstaltungen, bei denen Trutz vor Hunderten von Verkäufern seine berühmten Motivationsreden hielt. Der konnte den größten Mist erzählen, seine Jünger klebten an seinen Lippen und bejubelten ihn wie einen Popstar."

Siebels registrierte, dass die Aussagen von Timm über Trutz im Großen und Ganzen mit denen von Bockelmann übereinstimmten. Er bekam große Lust, diesen Trutz näher kennen zu lernen. „Wie kam Trutz dann zu Paulsen?", wollte Siebels wissen.

„Trutz hatte in dieser Zeit für eine amerikanische Telefongesellschaft gearbeitet, deren Direktor anscheinend eng mit dem Führungszirkel von World Consulting verbandelt war. Trutz muss dann knapp zwei Jahre in den USA gewesen sein. Als Paulsen aus den USA den Auftrag bekam, eine Unterorganisation von World Consulting in Deutschland aufzubauen, bekam er auch den Auftrag, Trutz mit ins Boot zu nehmen. Trutz ist also nicht unbedingt ein Angestellter von Paulsen. Vielleicht steht er sogar über ihm. Leider wissen wir nicht genau, wie hoch Jochen Trutz in der Gunst der Amerikaner steht."

„Was ist mit meiner Mordverdächtigen, Frau Lehmann? Gehört

sie zu dem auserwählten Kreis der Partner, die in die Existenz von World Consulting eingeweiht sind?"

„Ich weiß es nicht. Das ist auch der Grund, warum ich hier bin und so offen mit Ihnen über streng vertrauliche innere Angelegenheiten spreche. Ich erhoffe mir von Ihren Ermittlungen eine Antwort auf diese Frage."

„Sie hatten sie nicht auf der Rechnung. Sven Müller war Enthüllungsjournalist. Das hat Sie aufgeschreckt. Habe ich Recht?"

„Ja, das haben Sie richtig erkannt. Das Ganze kann natürlich alles auch nur ein dummer Zufall sein. Aber wenn Müller an einer Geschichte über World Consulting gearbeitet hat, steckt vielleicht mehr hinter seinem Tod als ein Streit mit seiner Freundin."

„Mein Job ist es also herauszufinden, ob Sabine Lehmann eine gewöhnliche Mörderin oder eine Staatsfeindin ist?"

„Nein. Das ist mein Job. Ich bitte Sie nur, mich bei meinem Job zu unterstützen."

„Und was passiert, wenn sie eine Staatsfeindin ist?"

„Dann ist Ihre Arbeit beendet und die Sache wird vom Verfassungsschutz übernommen. Wenn sie aber zweifelsfrei nicht mit World Consulting in Verbindung gebracht werden kann, bleibt es ein Mordfall in Ihrer Zuständigkeit. Wenn Sie bei Ihren Ermittlungen auf World Consulting stoßen, berichten Sie ausschließlich an mich. Unabhängig davon, ob Sabine Lehmann direkt oder indirekt Gegenstand dieser Ermittlungsergebnisse ist. Jeremy Boyle steht Ihnen dabei nach seinem eigenen Ermessen als Informant zur Verfügung."

Siebels dachte an sein Vorhaben, Till als Kunden bei einer der Partnerinnen einzuschleusen, behielt diese Angelegenheit dann aber für sich. Timm erhob sich und reichte Siebels die Hand.

„Auf eine gute Zusammenarbeit."

Siebels nickte nur zerstreut. Das musste er jetzt erst verdauen und dann Till und Charly beibringen. Dass Jensen zunächst außen vor bleiben sollte, fand er gar nicht mehr so verlockend. Timm hatte die Verantwortung auf seine Schultern gelegt und da lag sie nun schwer.

10

Till kam gerade ins Büro, als Timm es verließ. Die beiden musterten sich kurz, sprachen aber nicht miteinander.

„Wie war das Schießtraining?", erkundigte sich Siebels.

„Gut."

„Trefferquote?"

„95 Prozent."

„Ordentlich. Ein Fehlschuss?"

„Sagt Schneider. Ich habe getroffen, was getroffen werden musste."

Siebels verdrehte die Augen und gab einen qualvollen Laut von sich. „Sag nicht, dass du es schon wieder getan hast."

Till grinste über beide Backen. „Mit 95 Prozent kann mir Schneider gar nix."

„Wen hast du erledigt? Oma bin Laden oder Jensen el Virus?"

„Dieses Mal habe ich Oma bin Laden verschont. Jensen el Virus ist viel gefährlicher. Er hat sich gut getarnt, trug eine Polizeiuniform und hatte die Gesichtszüge eines Staatsanwaltes. Da war mir natürlich sofort klar, dass es sich um einen gefährlichen Terroristen handelte."

„Ich vermute, Schneider war anderer Meinung?"

Till grinste wieder breit. „Schneider war etwas irritiert. Oma bin Laden kam nämlich erst drei Bilder weiter hinten. Der dachte natürlich, ich blase ihr wieder ein Loch in die Stirn. Mit zwei Fehlschüssen hätte er mir blöd kommen können. Aber wie gesagt, ich habe sie verschont und dem Bankräuber neben ihr ins Knie geschossen."

„Na gut. Lassen wir das jetzt. Wir haben ein ernstes Problem. Ich muss mal kurz an die frische Luft und meine Gedanken sortieren. In einer halben Stunde machen wir eine Besprechung. Sieh mal zu, dass du Charly dazu auftreibst. Bis dahin kannst du tippen." Siebels stellte sein Diktiergerät mit dem Traum von der Bar auf Tills Schreibtisch.

Nach drei Zigaretten saß Siebels wieder auf seinem Stuhl, Till hatte den getippten Bericht gerade ausgedruckt und Charly zu lesen gegeben.

„Das ist neu", sagte Charly, als er den Traum von der Bar gelesen hatte. „Sie trägt das Brautkleid, bringt aber gar niemanden um."

„Sie lässt die angeketteten Männer im Keller bestimmt verdursten", warf Till ein.

„Vergesst jetzt mal die Träume", bat Siebels. Er nahm sein Diktiergerät, spulte es ein Stück vor und ließ es wieder laufen. Als Timm in seinem Büro war, hatte er die Aufnahmetaste gedrückt, als er sich seine Zigaretten aus der Innentasche seiner Jacke nahm. Die Zigaretten und das Diktiergerät hatte er in der gleichen Jackentasche verstaut.

Als Siebels das Band wieder stoppte, blieb es weiter mucksmäuschenstill im Raum. Till und Charly schauten Siebels ungläubig an.

„So sieht die Sache jetzt aus", beendete Siebels das Schweigen.

„Da fällt mir was ein", sagte Till plötzlich aufgeregt. „Als ich bei Müller noch mal die Wohnung durchsucht habe, habe ich ein paar Fotos gefunden. Ich konnte sie nicht einordnen, also habe ich sie mitgenommen." Till hatte den Umschlag mit den Bildern noch in seiner Jackentasche. Er ging zu seiner Jacke an dem Garderobenständer und gab Siebels den Umschlag.

„Das ist eindeutig Paulsen", sagte Siebels und deutete auf den Mann, der auf allen Bildern zu sehen war. „New York 1995. Wenn alles stimmt, was Timm erzählt hat, haben wir hier anscheinend Bilder von der Führungsspitze von World Consulting. Wenn sich die Bilder bei Sven Müller befanden, hatte der wohl eine größere Story im Visier."

„Dann muss er aber mehr Material zu dem Thema gehabt haben", sagte Charly nachdenklich.

Siebels betrachtete sich wieder eingehend die Bilder. „Ich vermute, bei dieser Veranstaltung bekam Paulsen den Auftrag, die Deutschlandzentrale für World Consulting aufzubauen. Aber du hast Recht Charly, Müller muss mehr Material gehabt haben. Wir müssen seine Beziehung zu Sabine Lehmann mal genau unter die Lupe nehmen. Wann, wo und wie haben sie sich kennen gelernt? Hat Müller sich nur an sie herangemacht, um an Informationen zu gelangen, oder ist er erst durch sie darauf aufmerksam geworden, dass Paulsen eine tolle Story sein könnte? Vielleicht kann uns der Vater von Sabine Lehmann weiterhelfen, der wollte ja bald hier auftauchen. Ich will wissen, wer ihre früheren Liebhaber waren, wer ihre beste Freundin in der Schule war und wer im Studium. Mit den Leuten will ich reden. Ich will die Akten zum Selbstmord von Detlev Wurmbach einsehen und wir müssen bei Müller noch mal alles auf den Kopf stellen und nach Material über World Consulting suchen. Vielleicht hat er ein Postfach oder eine Gartenhütte oder eine Person seines Vertrauens, wo er seine Unterlagen deponiert hat."

„Klingt nach viel Arbeit", stöhnte Charly. „Wenn sich der Verein in den sechziger Jahren gegründet hat, muss es aber bereits journalistische Artikel zu dem Thema geben. Zumindest in den USA. Eine Vereinigung, die die Weltherrschaft anstrebt, kann unmöglich über Jahrzehnte unerkannt ihre Ziele verfolgen. Ganz egal wie abstrus die Ziele so einer Organisation sind. Wir sollten auch das Internet nach Hintergrundmaterial durchforsten."

„Das mache ich", bot Till an.

„Was ist mit diesem Timm?", wollte Charly wissen.

„Was soll mit ihm sein?"

„Der kommt hier reinspaziert, behauptet, er sei vom Verfassungsschutz und erzählt dir eine tolle Story. Ist der Typ integer? Warum soll Jensen außen vor bleiben?"

„Bis jetzt passt seine Story ganz gut mit unseren Ermittlungen zusammen."

„Ja, aber der Typ sorgt dafür, dass wir bei Paulsen und im Fall Müller getrennt ermitteln und berichten. Alles, was mit World Consulting zusammenhängt, bleibt inoffiziell. Das gefällt mir nicht. Was ist, wenn dieser Timm direkt von Paulsen kommt?"

Siebels schaute Charly verwirrt an. „Warum sollte Paulsen ein Interesse daran haben, uns die Geschichte von World Consulting auf die Nase zu binden?"

„Weil er nicht weiß, was die Lehmann der Polizei erzählt. Auf diese Weise bekommt er alle Informationen zu unseren Ermittlungen, die Staatsanwaltschaft aber nicht."

„Schöne Scheiße", brummte Siebels. „Ich glaube zwar nicht, dass Timm zu Paulsen gehört, aber wir sollten uns absichern. Wir können ja zumindest überprüfen, ob er beim Verfassungsschutz in Wiesbaden ein Büro hat und auch drin sitzt."

„Ich habe ihn ja kurz gesehen und erkenne ihn wieder", meldete sich Till zu Wort. „Soll ich morgen den Verfassungsschutz observieren?"

„Ja, mach das. Und Charly, du kümmerst dich als Erstes um Hintergrundinformationen zu Timm. Wenn wir davon ausgehen können, dass er echt ist, lassen wir uns auf die Geschichte ein."

„Was ist mit meinem Undercoverauftrag bei Nadine Busch?", erkundigte sich Till.

„Heute Nachmittag rufst du sie an und bittest um einen Termin. Das lassen wir nebenher laufen und warten ab, wie sich das entwickelt."

Ein Anruf vom Empfang des Präsidiums unterbrach die hektischen Planungen in Siebels Büro. Günther Lehmann war da.

Charly hatte sich wieder in sein Büro zurückgezogen, Siebels schenkte dem Vater von Sabine Lehmann einen selbst gebrühten Kaffee ein. Till surfte im Internet und suchte nach World Consulting.

„Wann kann ich meine Tochter sehen?", fragte Günther Lehmann. Er war ein einfacher Mann und machte einen eingeschüchterten Eindruck.

„Morgen Vormittag. Ich begleite Sie. Sie haben ein Hotelzimmer in Frankfurt?"

„Ja. Ich habe im Hotel Continental am Hauptbahnhof eingecheckt."

„Gut. Ich erzähle Ihnen am besten erst mal, was passiert ist." In wenigen Worten gab Siebels wieder, wie Sven Müller ums Leben gekommen war und dass es außer seiner Tochter keine Tatverdächtigen gab.

„Ich kann das nicht glauben", stammelte Günther Lehmann und sah Siebels hilflos an.

„Leider macht Ihre Tochter überhaupt keine Angaben zur Tat. Können Sie mir ein wenig über sie erzählen? Was ist sie für ein Mensch?"

„Sie ist ein guter Mensch." Mehr fiel ihrem Vater nicht ein.

„War sie eine gute Schülerin? Hatte sie viele Freundinnen oder war sie eine Einzelgängerin? Hatten Sie Probleme mit ihr, als sie ein Teenager war? Hatten Sie noch regelmäßigen Kontakt mit ihr, nachdem sie als Partnerin bei Paulsen angefangen hatte? Wo und wann hat sie Sven Müller kennen gelernt? Kannten Sie Herrn Müller? Gab es Probleme in dieser Beziehung?"

Lehmann schnappte nach Luft. Siebels fragte ihn, ob es ihn störe, wenn er rauche. Lehmann hatte nichts dagegen und Siebels zündete sich eine Zigarette an.

„Sabine war eine Musterschülerin. Sie brachte nur gute Noten nach Hause. Sie hatte in der Schulzeit zwei oder drei Freundinnen, mit denen sie viel Zeit verbrachte. Ansonsten war sie kein sehr geselliges Mädchen. Sie zog sich gern zurück, lernte für die Schule, las Bücher oder ging Reiten. Das änderte sich auch nicht, als sie älter wurde. Sie ging selten auf Partys und hatte auch mit Jungs nicht viel am Hut. Als sie später in das Studentenwohnheim nach Frankfurt zog, kam sie uns noch regelmäßig besuchen. Als ihre Mutter starb, blieb sie einige Wochen lang bei mir und unterbrach ihr Studium. In dieser Zeit haben wir viel gesprochen. Dabei erzählte sie mir auch von einer Männerbekanntschaft, die sie in Frankfurt gemacht hatte. Aber es hat nicht lange gehalten und Sabine war darüber sehr traurig. Mit Männern hatte sie einfach kein Glück. Jedenfalls behauptete sie das. Mit Sven schien sich das aber zu ändern. Als sie ihn kennen lernte, arbeitete sie bereits für Herrn Paulsen. Seit sie diesen Job hat, haben wir aber kaum noch Kontakt. Einmal kam sie mit Sven zum Kaffee. Sie blieben zwei Stunden. Ansonsten gab es nur noch gelegentliche Anrufe, meist am Sonntagabend. Dabei hat sie immer geklagt, wie anstrengend und zeitraubend ihre Arbeit sei. Aber sie wollte sich da durchbeißen. Von Problemen oder Streitereien mit Sven war nie die Rede gewesen."

„Wissen Sie, bei welcher Gelegenheit sich die beiden zum ersten Mal trafen?"

„Ich glaube, das war bei einer Veranstaltung von einem Kunden von Sabine. Irgendeine Benefizgala."

„Hat Ihnen Ihre Tochter mal etwas von merkwürdigen Träumen erzählt?"

Lehmann blickte Siebels nachdenklich an. „Als Kind hat sie viel geträumt. Von Elfen, Prinzen und Schlössern."

Siebels dachte kurz an seine Tochter aus erster Ehe. Die hatte früher die gleichen Träume. Dann war sie mit ihrer Mutter in einer Nacht- und Nebelaktion nach Berlin verschwunden. Nach der Scheidung hatte Siebels nur noch sporadischen Kontakt zu seiner Tochter. Mittlerweile gab es nur noch Anrufe zum Geburtstag und zu Weihnachten. Siebels fragte sich, ob er sie einladen sollte, wenn es eine Hochzeit mit Sabine gäbe. Oder ob er ihr mal ein Foto von ihrem neuen Brüderchen schicken sollte. Er beschloss, das zu tun, und konzentrierte sich wieder auf den Vater von Sabine Lehmann.

„Wie war Ihr persönlicher Eindruck von Ihrer Tochter, nachdem sie als Partnerin von Herrn Paulsen angefangen hat?"

„Sie war sehr eingespannt und immer im Stress. Auch an den Wochenenden. Sie hatte überhaupt keine Freizeit mehr."

„Hat sie sich mal negativ über Herrn Paulsen oder ihre Arbeit geäußert?"

„Nein. Ich glaube, sie hat Herrn Paulsen bewundert."

„Hat sie mal den Namen Trutz erwähnt? Jochen Trutz?"

Lehmann überlegte eine Weile und verneinte dann.

„Wissen Sie, ob Ihre Tochter beruflich mal in die USA gereist ist? Nach New York?"

Auch darauf wusste Günther Lehmann keine Antwort.

„Können Sie sich einen Reim darauf machen, warum Ihre Tochter sich weigert, eine Aussage zu machen?"

„Nein, überhaupt nicht. Sie war schon immer eine Gerechtigkeitsfanatikerin gewesen. Sie konnte sich über Kleinigkeiten aufregen, wenn sie der Meinung war, dass jemand ungerecht behandelt wurde. Ob es in der Schule war, wenn eine Mitschülerin eine ihrer Meinung nach zu schlechte Note bekam, oder wenn sie in den Nachrichten sah, dass irgendwo in Afrika eine Hungersnot herrschte."

„War sie aktiv bei irgendwelchen Organisationen? Beim Tierschutz oder bei Greenpeace zum Beispiel?"

„Ja, beim Tierschutz hat sie sich tatsächlich engagiert. Sie hat als Kind sogar einen Teil von ihrem Taschengeld gespendet."

Die Aussagen von Günther Lehmann machten Sabine Lehmann in Siebels Augen eher zu einer Verbündeten des Journalisten Sven Müller als zur eingeweihten Partnerin von Paulsen. Aber Menschen konnten sich im Laufe ihres Lebens auch verändern. Besonders wenn sie von Leuten wie Jochen Trutz manipuliert wurden.

Siebels bedankte sich bei Günther Lehmann und versprach, ihn am nächsten Morgen im Hotel abzuholen und zu seiner Tochter zu bringen.

Till hatte mit dem einen Ohr dem Gespräch zugehört und gleichzeitig einige Treffer im Internet zu World Consulting gelandet. Allerdings gab es nichts auf deutsch. Alle Veröffentlichungen zu diesem Thema kamen aus Amerika. Nachdem Günther Lehmann das Büro verlassen hatte, zeigte Till Siebels die Ausdrucke seiner Treffer, insgesamt gab es 80. Till hatte sieben davon in die engere Wahl gezogen, um Hintergründe zu recherchieren.

Siebels konnte genauso gut Englisch wie Till. Die Artikel über World Consulting waren ihm völlig unverständlich.

„Ich nehme sie mit nach Hause. Sabine spricht ganz gut Englisch. Wenn mein Kleiner sein Mittagsschläfchen macht, kann sie es vielleicht übersetzen" Dann fiel Siebels wieder ein, dass er sich da noch was vorgenommen hatte. Den Heiratsantrag. Stattdessen kam er nun mit einem Übersetzungsauftrag heim.

„Sag mal, Till, meinst du, Johanna könnte am Samstagabend mal ein paar Stunden Babysitting machen?" Siebels dachte daran, seine zukünftige Ehefrau in ein romantisches Restaurant einzuladen, um ihr dort einen noch romantischeren Antrag zu machen.

„Und wer sittet mich dann?"

„Du kannst ja mitkommen. Johanna wird bestimmt auch mit zwei kleinen Trotzköpfen fertig."

„Hast du gute Filme auf DVD daheim?"

„Lawrence von Arabien."

„Und Ice Age?"

„Nö."

„Schade. Sehr schade. Musst du besorgen." Till griff zum Telefon und rief Johanna an. „Hi Schatz. Hast du Lust am Samstagabend mit mir Ice Age zu gucken? Im Wohnzimmer vom großen Siebels. Nebenbei musst du im Schlafzimmer aber nach dem kleinen Siebels gucken."

„Geht klar, Chef", sagte Till, als er kurz darauf das Gespräch wieder beendet hatte.

„Danke. Dann kannst du jetzt auch deinen Sicherheitsdienst eröffnen und um einen Gesprächstermin bei Nadine Busch bitten."

Siebels sprach mit Till noch einmal kurz die Vorgehensweise durch, dann atmete Till tief durch, griff zum Hörer und wählte die Nummer von Nadine Busch, Paulsen und Partner.

„Krüger, Till Krüger ist mein Name. Guten Tag, Frau Busch. Ich habe gerade Ihre Internetseite angesehen und dachte mir, ich rufe mal an."

Siebels hatte den Lautsprecher am Telefon angeschaltet und hörte mit.

„Sie benötigen eine Beratungsleistung?"

„Exakt. Bis vor kurzem war ich im gehobenen Dienst bei der Polizei beschäftigt. Jetzt stehen aber Veränderungen an. Ich möchte mich mit einem Sicherheitsdienst selbstständig machen. Allerdings weiß ich nicht so recht, was ich da alles beachten muss."

„Oh, da kann ich Ihnen bestimmt mit Rat und Tat zur Seite stehen. Darf ich fragen, warum Sie einen sicheren Beamtenjob aufgegeben haben?"

„Na ja, das hat mehrere Gründe. Zum einen ist die Bezahlung sehr dürftig, zum anderen hatte ich diverse Meinungsverschiedenheiten mit meinen Vorgesetzten."

„Na, das sind doch sehr vernünftige Gründe, sich auf die eigenen Beine stellen zu wollen", gab Nadine Busch ihm Recht. „Verfügen Sie denn über ein gewisses Startkapital?"

„Ja, vor einigen Monaten kam eine kleine Erbschaft ins Haus geflattert. Das hat dann auch endgültig den Ausschlag für meine Entscheidung gegeben. 100.000 Euro könnte ich investieren."

„Das klingt vielversprechend. Ich würde vorschlagen, wir besprechen die Angelegenheit mal detailliert in meinem Büro."

„Sehr gerne. Ich bin zeitlich flexibel. Wann passt es Ihnen?"

„Eine Sekunde bitte, ich schaue in meinen Terminkalender. Also morgen Vormittag gegen 10.30 Uhr hätte ich noch Zeit, ansonsten leider erst in einer Woche wieder."

„Prima. Dann bin ich morgen um 10.30 Uhr bei Ihnen."

„Sehr schön, Herr Krüger. Meine Adresse haben Sie?"

„Ja, die steht ja auf Ihrer Internetseite."

„Ganz genau. Ich freue mich auf Ihren Besuch. Bis morgen."

„So, das lief ja reibungslos", sagte Till und atmete erleichtert durch. „Wie ist eigentlich der Plan?"

„Welcher Plan?“

„Was soll ich morgen mit der netten Dame anstellen? Sie fragen, ob sie die Weltherrschaft anstrebt?“

Siebels zündete sich eine Zigarette an und dachte nach. Till hustete. Siebels machte das Fenster auf. Till zog sich die Jacke und seinen Schal an. Siebels rauchte am offenen Fenster weiter.

„Lass dich erst mal beraten. Du kannst ja beiläufig erwähnen, dass du auch die Internetseiten der anderen Frankfurter Partner von Paulsen angeschaut hast und ursprünglich Sabine Lehmann kontaktieren wolltest. Die konntest du aber trotz mehrmaliger Anrufe nicht erreichen. Und schon seid ihr im Gespräch.“

„Toller Plan! Kannst du das Fenster wieder zumachen? Ist kalt draußen.“

„Warum ist es denn so kalt hier drin?“ Staatsanwalt Jensen stand an der Türschwelle und schüttelte den Kopf, als er Siebels am Fenster rauchen sah. „Was ist denn jetzt im Fall Müller? Man hört ja gar nichts mehr von Ihnen.“

Siebels schmiss seine Zigarette nach draußen und schloss das Fenster wieder. „Wir ermitteln derzeit noch die Tathintergründe. Leider äußert sich Frau Lehmann immer noch nicht zum Tathergang.“

„Gibt es irgendwelche neuen Indizien?“

„Nein. Die Wohnung wurde nicht aufgebrochen, keine Spuren von einer dritten Person, aber auch keine Fingerabdrücke von Frau Lehmann auf der Tatwaffe.“

„Wenn die Frau unschuldig wäre, hätte sie uns das bestimmt schon mitgeteilt. Wer ist denn ihr Anwalt?“

„Ich habe noch keinen Anwalt von ihr kennen gelernt.“

„Gibt sie sich etwa mit einem Pflichtverteidiger zufrieden? Ich dachte, das wäre eine hochkarätige Unternehmensberaterin?“

„Ja, das war sie. Aber ihr wurde gekündigt.“

„Ich kümmere mich drum, soweit ich weiß, sollte Kollege Dollinger das übernehmen. Der kommt aber erst morgen aus dem Urlaub zurück. Wann gedenken Sie den Fall abzuschließen?“

„Geben Sie mir noch zwei Tage, dann erhalten Sie einen Bericht.“

„Sie machen doch schon bald eine ganze Woche mit dieser Lappalie herum. Na wegen mir. Ansonsten ist es ja relativ ruhig.“

Jensen verließ wieder das Büro und Siebels fragte sich, ob er ihn nicht doch in den Besuch von Timm einweihen sollte.

Till zog sich seine Jacke und den Schal wieder aus. „Dann halte ich morgen früh ab 8.00 Uhr in Wiesbaden Ausschau, ob dieser Timm beim Verfassungsschutz einläuft, und fahre spätestens kurz vor zehn wieder zurück zu meinem Termin bei Nadine Busch."

„Nimm ein Fernglas mit. Nicht dass du genau vor dem Pförtnerhäuschen rumstehst."

„Ich habe kein Fernglas."

Siebels zog eine seiner Schubladen auf und holte ein Fernglas hervor. „Bitte schön."

Till ging zum Fenster und probierte das Fernglas aus. „Ui, da drüben wohnt ja ein richtig heißer Feger."

„Lass mal sehen", bat Siebels. Till reichte ihm das Glas.

„Wo?"

„Dritter Stock, genau gegenüber."

Siebels erkannte eine Frau mit Lockenwicklern, die in der Küche zugange war und etwa 150 Kilo wog. „Du brauchst kein Fernglas, du brauchst einen Termin beim Optiker", stöhnte Siebels und gab Till das Glas zurück.

„Ich mache jetzt Feierabend", beschied Till und schlüpfte wieder in Jacke und Schal. „Morgen muss ich fit sein."

„Melde dich, wenn du in Wiesbaden Timm entdeckt hast. Über deinen Besuch bei Frau Busch sprechen wir hier dann mittags."

11

Dienstag, 10. Februar 2009

Siebels hatte Günther Lehmann im Hotel abgeholt und fuhr mit ihm ins Gefängnis. Günther Lehmann hatte ihm einen Namen aufgeschrieben. Simone Trakehner war die ihm einzig bekannte Freundin seiner Tochter aus Studienzeiten. Leider hatte Günther Lehmann weder Adresse noch Telefonnummer. Siebels gab den Namen telefonisch an Charly durch und bat ihn, sich um die Adresse der Dame zu kümmern. Günther Lehmann blieb betrübt vor den hohen Gefängnismauern stehen. Sein Blick wanderte hoch zu den oben befestigten Stacheldrahtrollen. Siebels legte seine Hand auf Lehmanns Schulter und führte ihn zum Eingang. Nachdem sie die Kontrollen passiert hatten, wurden sie von einem Wärter in einen Besucherraum geführt. Siebels bat Lehmann, ihn zunächst allein mit seiner Tochter sprechen zu lassen. Lehmann nickte trübselig. Er wollte nichts lieber, als endlich seine Tochter in die Arme schließen. Er hatte aber auch Angst davor und wusste nicht, wie er sich verhalten sollte, wenn er ihr hier in die Augen blicken würde. Siebels brachte Lehmann in einen zweiten Raum und begab sich dann zu einem neuen Gespräch mit Sabine Lehmann.

„Guten Tag, Frau Lehmann. Hatten Sie ein angenehmes Wochenende?"

Sabine Lehmann spielte nervös mit ihren Fingern. „Ich will hier raus", flüsterte sie.

„Das liegt an Ihnen. Haben Sie einen Anwalt eingeschaltet?"

„Nein. Vielleicht sollte ich das tun?"

„Ja, das sollten Sie. Wenn nicht, wird Ihnen ein Pflichtverteidiger zur Seite gestellt. Der hätte sich eigentlich schon längst bei Ihnen melden müssen. Aber er war im Urlaub. Da ist irgendwas schiefgelaufen."

„Ja, bei mir läuft wohl im Moment so einiges schief." Sie lächelte Siebels an und hörte auf, an ihren Fingern zu spielen.

„Wissen Sie, woran Sven Müller zuletzt gearbeitet hat?"
„Ach, der hat nicht viel gearbeitet. Der hatte immer viel Zeit."
„Aber er hat an etwas gearbeitet. Er hat etwas herausgefunden. Er war ja ein bekannter Journalist und ich glaube, er war wieder einer großen Story auf der Spur."
„Jetzt ist er aber tot."
„Ja, jetzt ist er tot. Hat sein Tod etwas mit der Story zu tun, an der er dran war?"
Sabine Lehmann fing wieder an, nervös an ihren Fingern zu spielen. Sie schaute Siebels nicht mehr an, sondern starrte auf die Tischplatte vor sich. „Ich sollte vielleicht doch besser einen Anwalt haben", sagte sie dann mit fester Stimme.
„Ja. Der Staatsanwalt kümmert sich schon drum. Reden wir darüber, wenn Sie einen Anwalt haben. Aber ich hätte noch eine andere Frage. Was halten Sie von Jochen Trutz?"
Sabine Lehmann hob den Kopf und schaute Siebels wieder direkt in die Augen. Sie machte einen überraschten Eindruck. „Haben Sie ihn kennen gelernt?", fragte sie nach einer Weile.
„Nein. Aber ich möchte es gerne."
„Trutz ist der Teufel."
Siebels sah sie erstaunt an. „Der Teufel? Können Sie mir das näher erläutern?"
„Nein. Tut mir leid. Mit dem Teufel spielt man nicht."
„Haben Sie mit ihm gespielt? Ich dachte, er wäre für Sie so eine Art Lehrmeister gewesen?"
„Oh ja, das war er. Und er war der Meister meiner Träume. Ich habe auch wieder einen schönen Traum zu erzählen."
Siebels kam nicht dazu etwas zu erwidern.

Ich trage mein weißes Brautkleid und sitze in einem schwarzen Jeep. Durch die getönten Scheiben bin ich von außen nicht sichtbar. Ich habe den Jeep am Straßenrand geparkt und beobachte die Schule. In wenigen Minuten ist der Unterricht beendet, dann strömen die Schüler heraus. Es ist eine Grundschule. Die Sechs- bis Zehnjährigen toben meist unbeherrscht aus dem Gebäude. Auf Laura und Lisa trifft das nicht zu. Die Zwillingsmädchen mit den blonden Haaren und den blauen Augen sind immer brav. Geduldig warten sie nach Schulschluss immer auf ihre

Mutter. Meistens verspätet sich die Mutter. Sie fährt den gleichen schwarzen Jeep wie ich. Ich hoffe, dass die Mutter auch heute wieder zu spät kommt und beobachte die Schule. Endlich öffnen sich die Türen und die Schüler stürmen lärmend heraus. Einige schwingen sich auf ihre Fahrräder und fahren davon, andere laufen zu der Bushaltestelle um die Ecke. Manche werden von wartenden Müttern in Empfang genommen. Laura und Lisa bleiben vor der Schule stehen und blicken sich suchend um. Ihre Mutter ist noch nicht da. Ich starte den Motor und fahre einige Meter vor, bis ich vor den beiden süßen Mädchen anhalte. Ich lasse die Scheibe herunter und rufe die beiden zu mir. Ich sage ihnen, dass ich sie nach Hause fahre. Die Mädchen steigen in den Jeep und ich fahre los. Laura und Lisa geben auf der Fahrt keinen Ton von sich. Ich beobachte sie im Rückspiegel und bin sehr zufrieden mit meiner Wahl. Nach einigen Minuten Fahrt verlasse ich die Stadt und noch ein paar Minuten später erreiche ich die Fabrik. Ich steige aus dem Jeep und sage den Mädchen, dass sie mir folgen sollen. Hand in Hand laufen sie artig hinter mir her. Mein Brautkleid scheint sie wie magisch anzuziehen, sie schauen mich mit neugierigen Augen an. Ich schenke ihnen ein Lächeln und öffne das Tor zur Fabrik. Ein leises Schnattern und Rattern dringt durch die Gänge, die wir durchschreiten. Die beiden müssen sich erst stärken. Ich führe sie in einen kleinen Raum mit Kochnische. Die Spaghetti aus der Dose sind schnell zubereitet. Laura und Lisa essen langsam, aber sie essen alles auf. Ich frage die beiden, ob ihnen mein Brautkleid gefällt. Sie sind sich einig, dass es sehr schön ist. Ich bin zufrieden und sage ihnen, dass sie mir wieder folgen sollen. Ich führe sie die Treppe hinunter, das Schnattern und Rattern wird immer lauter. In meinen Ohren klingt es wie Musik. Vor der schweren Stahltüre bleibe ich einen Moment stehen und streichele den Mädchen zärtlich über die Köpfe. Sie lächeln mich schüchtern an. Dann öffne ich die Türe und führe sie herein. Der Raum ist etwa zwanzig Meter breit und dreißig Meter lang. Das laute Schnattern und Rattern erfüllt mich mit Freude. Ich nehme die beiden Mädchen an den Händen und führe sie durch den Raum. Ganz hinten sind noch ein paar freie Plätze für meine zwei neuen Schätze. Die anderen schauen uns neugierig an, lassen sich aber nicht stören. Ich zeige Laura und Lisa ihre Plätze. Artig setzen sie sich hin. Dann erkläre ich ihnen, wie die Maschinen funktionieren. Sie begreifen es sehr schnell und fangen an zu arbeiten. Zufrieden schreite ich durch meine Fabrik und lausche den Nähmaschinen. Die Kinder sitzen konzentriert an der Arbeit. Mit Laura und Lisa habe ich jetzt zwanzig in meiner Fabrik beschäftigt. Die Produktion läuft auf Hochtouren und mein Lager quillt schon über. Die weißen Brautkleider, die sie für mich nähen, sind einfach wunderschön.

Siebels saß sprachlos vor der Gefangenen. Er dachte über den Traum nach, dachte an eine geheimnisvolle mächtige Organisation, dachte an Jochen Trutz, an Gehirnwäsche und an den Teufel. Sabine Lehmann saß wie ein schüchternes Schulmädchen vor ihm. Ihre Hände lagen jetzt ganz ruhig auf dem Tisch.

„Ihr Vater wartet draußen", sagte Siebels. „Möchten Sie ihn sehen?"

Sabine Lehmann kniff die Lippen zusammen, presste dann aber ein leises „Ja" heraus. Eine Träne floss über ihre Wange. Siebels gab dem Wärter vor der Tür ein Zeichen, verließ den Raum und ließ Günther Lehmann herein. Durch die kleine Scheibe in der Tür sah er, wie Vater und Tochter zunächst hilflos voreinander standen. Bis die Tochter in die Arme des Vaters fiel und hemmungslos schluchzte. Siebels wandte sich ab und ging eine Zigarette rauchen. Auf seinem Handy hatte Till eine Nachricht hinterlassen. Zwei Stunden hatte er am Morgen den Eingang des Gebäudes vom Verfassungsschutz in Wiesbaden beobachtet. Von Timm keine Spur.

Till war nach seiner Observierung zurück nach Frankfurt gefahren und kam Punkt 10.30 Uhr im Sachsenhäuser Landwehrweg an. Die Wohnung und der Arbeitsplatz von Nadine Busch waren in einem luxuriösen Appartementhaus untergebracht. In der Auffahrt stand ein schwarzer Porsche. Till parkte sein ziviles Dienstfahrzeug, einen Opel Astra, hinter dem Porsche und betrachtete die Umgebung. Das war ein Fleckchen, wo er sich auch mit Johanna wohlfühlen würde. Er nahm sich vor, sich die Gegend nach dem Gespräch etwas genauer anzuschauen. Er ging zum Hauseingang und klingelte bei Nadine Busch, Paulsen und

Partner. Die Tür öffnete sich, Till stieg die Stufen zum ersten Stock hoch und wurde von einer Frau mit langen schwarzen Locken empfangen.

„Herr Krüger?"

„Genau. Ich habe gestern angerufen."

„Kommen Sie herein", bat Nadine Busch. Sie trug eine weiße Bluse, einen dunkelroten Rock, der bis knapp über die Knie reichte und flache schwarze Schuhe. Sie war ungefähr so groß wie Till.

Till folgte ihr in ihr Arbeitszimmer. Dort wollte er sich auf den Besucherstuhl vor ihren Schreibtisch setzen, Nadine Busch bot ihm aber einen Platz auf einem Ledersessel in einer Sitzecke des Zimmers an.

„Hier ist es bequemer für ein erstes Gespräch", sagte sie lächelnd.

Till ließ sich in den Sessel plumpsen, Nadine Busch setzte sich auf den Sessel gegenüber und schlug ihre Beine übereinander. Sie hatte einen kleinen Notizblock in der Hand und überflog die aufgeschlagene Seite. „Sie waren also bei der Polizei im gehobenen Dienst, sind nun ausgeschieden und möchten sich mit einem Sicherheitsdienst selbstständig machen?"

„Exakt", bestätigte Till und war nun ganz froh, dass es doch kein Escort-Service für einsame Frauen geworden war.

„Haben Sie genaue Vorstellungen, was Sie von einer Zusammenarbeit mit mir erwarten?"

Till schaute Nadine Busch etwas überrascht an.

„Ähm. Na ja. Ich möchte nicht gleich am Anfang schon Fehler machen, was das Unternehmerische betrifft."

„Verstehe", sagte Nadine Busch knapp. „Ich kann Ihnen in allen Belangen einer Existenzgründung beratend zur Seite stehen. Ich kann für Sie staatliche Zuschüsse für Existenzgründer beantragen, Ihnen eine angemessene Immobilie für Ihre Geschäftsräume besorgen, ich kann Ihnen beim Akquirieren von Neukunden behilflich sein, die Formalitäten beim Finanzamt, bei der Berufsgenossenschaft und bei der Industrie- und Handelskammer erledigen, ich kann Sie bei der Suche und der Auswahl von geeignetem Personal unterstützen, Ihre Steuererklärung vorbereiten und Ihnen vor allem bei der Marktsondierung zur Seite stehen. Ich könnte mir vorstellen, dass Ihr Unternehmen auf mehreren Beinen steht. Dazu könnte der Personenschutz wie der Objektschutz gehören, die Planung und der Verkauf von Alarmanlagen, Videoüberwachungsanlagen, Tresoren, Fenstern aus Sicherheitsglas und wegen mir auch gepanzerten Fahrzeugen."

„Klingt nach einem großen Geschäft", sagte Till etwas verwirrt.

„Für kleine Geschäfte bin ich nicht die richtige Partnerin", antwortete Nadine Busch selbstbewusst. „Mein Stundensatz liegt bei 210 Euro. Wir können uns auch auf ein Komplettpaket zu einem Pauschalpreis einigen. Je nach Paketinhalt kostet Sie das zwischen 20.000 und 40.000 Euro. Spesen und sonstige Aufwendungen werden separat berechnet."

Till schluckte. „Das ist eine ganz schöne Summe."

„Das sind 20 bis 40 Prozent Ihres Startkapitals, wenn ich mich recht erinnere. Ich denke, das wäre eine gute Investition. Wahrscheinlich kommen Sie für das Erste sogar ohne Fremdkapital aus. Ob das sinnvoll ist, müssen wir aber noch ausführlich besprechen. Wenn wir es richtig anstellen, sollte Ihr Unternehmen das eingesetzte Eigenkapital im ersten Jahr wieder einspielen. Ab dem zweiten Geschäftsjahr würde ich einen Jahresumsatz von 600.000 bis 800.000 Euro einkalkulieren. Je nach Personalaufwand sollte für Sie in den ersten beiden Jahren ein Überschuss von etwa 100.000 Euro übrig bleiben. Nach drei bis fünf Jahren erwarte ich einen Umsatz von etwa 1,5 bis 2 Millionen Euro. Ich denke, da bleibt für Sie deutlich mehr übrig als bei Ihrem Beamtengehalt. Allerdings werden Sie auch deutlich mehr dafür tun müssen. Sie sind nicht mein erster Kunde. Ich weiß, wovon ich spreche." Nadine Busch schenkte Till ein zuckersüßes Lächeln. „Darf ich Ihnen etwas zu trinken anbieten?"

Till bat um ein Glas Wasser. Als Nadine Busch ihm das Wasser servierte, erinnerte er sich an den Plan.

„Ursprünglich hatte ich mir im Internet ja Ihre Kollegin Frau Lehmann als ersten Kontakt ausgesucht. Dort konnte ich aber auch nach mehrmaligen Anrufen niemanden erreichen", erzählte er beiläufig.

Nadine Busch setzte sich wieder und schaute für einen Moment etwas irritiert. „Ach ja, bei Frau Lehmann hat es einen tragischen Todesfall in der Familie gegeben. Nun ja, ich denke, mit Ihrem

Anliegen sind Sie bei mir auch besser aufgehoben. Frau Lehmann ist mehr auf die Bedürfnisse von Anwälten und Zahnärzten spezialisiert."

„Und worauf sind Sie spezialisiert?", erkundigte sich Till.

„Unter anderem auf Existenzgründer. Junge Menschen wie Sie, die noch den Mumm haben, etwas zu bewegen."

„Angenommen wir werden uns einig, bin ich dann Kunde von Ihnen oder von Paulsen und Partner? Sie gehören doch zu einer größeren Organisation, wenn ich das richtig verstanden habe?"

„Das haben Sie ganz richtig verstanden. Im Falle einer Zusammenarbeit sind Sie ausschließlich mein Kunde. Meine Beziehung zu Paulsen und Partner ist für unsere Zusammenarbeit völlig belanglos."

„Gut. Eine Zusammenarbeit mit Ihnen kann ich mir vorstellen. Mich würde aber interessieren, wie das Konzept von Paulsen und Partner funktioniert. Können Sie mir das kurz erläutern?"

„Aber selbstverständlich." Nadine Busch begab sich in eine bequemere Sitzhaltung und lächelte charmant. „Herr Paulsen beschäftigt im ganzen Land seine Berater. Aber jeder Berater ist selbstständig. Wer als Partner von Herrn Paulsen tätig ist, bekommt eine ausgezeichnete Ausbildung garantiert. Und zwar fortlaufend. Jeder von uns muss sich ständig weiterentwickeln. Unsere Kunden bekommen daher die bestmögliche Beratung. Unsere Dienstleistung verspricht garantierten Erfolg. Das spricht sich natürlich herum. Die Partner von Paulsen sind sehr begehrt, müssen Sie wissen."

„Na, dann habe ich ja die richtige Wahl getroffen", sagte Till und trank ein Schluck Wasser. „Herr Paulsen verdient sein Geld durch Provisionen, die seine Partner bei Geschäftsabschlüssen an ihn entrichten müssen, nehme ich an?"

„Ja, so ähnlich funktioniert das Prinzip." Nadine Busch wurde durch die Fragerei von Till etwas skeptisch. Aber Till war noch nicht ganz zufrieden.

„Wie stellt Herr Paulsen denn sicher, dass seine Berater ihm die Stange halten? So wie ich das verstehe, ist er ja abhängig von seinen Partnern. Aber wenn Ihr Laden gut läuft, warum bleiben Sie dann zahlendes Mitglied bei dieser Dachorganisation? Ich meine das jetzt ganz allgemein, das gilt ja für alle Partner."

„Das ist eine gute Frage. Aber es gibt auch eine gute Antwort. Nur wer Partner bei Herrn Paulsen ist, hat Anspruch auf die ständige Weiterbildung, von der ich gesprochen habe. Herr Paulsen veranstaltet für seine Partner regelmäßig Seminare. Und diese Seminare machen uns zu dem, was wir sind. Nämlich die besten Berater am Markt."

„Okay, das verstehe ich. Viel Zeit für ein Privatleben haben Sie dann aber nicht mehr, oder?"

Nadine Busch lachte. „Nein, Privatleben ist ein Fremdwort. Erfolg kommt halt nicht von ungefähr."

„Also, wenn ich in Zukunft Unternehmer bin, möchte ich aber trotzdem noch Zeit für die schönen Dinge im Leben haben", sinnierte Till.

„Was gibt es denn Schöneres als Erfolg?" Nadine Busch zwinkerte Till zu und schaute auf ihre Uhr. „Leider muss ich unser Gespräch jetzt beenden, der nächste Termin wartet schon. Wie wollen wir verbleiben?"

Till schaute sie unentschlossen an, bevor er ihr versprach, über die ganze Geschichte noch mal zu schlafen, um sich dann in ein bis zwei Tagen wieder bei ihr zu melden.

Siebels hatte Herrn Lehmann wieder im Hotel abgesetzt. Er verspürte das dringende Bedürfnis, Jochen Trutz endlich persönlich kennen zu lernen. Die Seminare für die Partner fanden überwiegend an den Wochenenden statt. Er fragte sich, was Trutz unter der Woche alles tat. Kurz entschlossen rief er Peter Bockelmann an. Bockelmann erzählte Siebels, dass Trutz in einer Villa auf dem Gelände der Kronberger Akademie wohnte. Wenn die Partner nicht in der Akademie waren, was sie meist nur von Freitagnachmittag bis Sonntagabend waren, verbrachte Trutz viel Zeit bei den Partnern. Bockelmann berichtete, dass Trutz im ganzen Land unterwegs war, um die Partner zu kontrollieren. Trutz war über jeden Geschäftsabschluss und über jeden Kunden der Partner informiert. Er war nie zufrieden und machte ständig Druck. Nur bei Bockelmann lässt er sich nicht blicken, sagte Bockelmann und lachte. Siebels erkundigte sich nach der Handynummer von Trutz und bekam sie sogleich diktiert.

„Trutz“, meldete sich Trutz mit scharfem Ton schon nach dem ersten Klingelzeichen.

„Siebels“, meldete sich daraufhin Siebels in gemächlichem Tonfall. „Kripo Frankfurt. Ich würde mich bei Gelegenheit gerne mit Ihnen unterhalten.“

„Das tun Sie doch gerade“, erwiderte Trutz.

„Unter vier Augen. Wo befinden Sie sich gerade?“

„In meinem Auto, auf der Autobahn.“ Trutz klang gereizt.

„Vielleicht sollte ich Sie besser vorladen“, antwortete Siebels nun mit lauter Stimme.

„Um was geht es denn?“

„Um Sabine Lehmann. Ich vermute, Herr Paulsen hat Sie über die Sache schon informiert.“

„Ach, die Geschichte. Sie haben Glück. Ich komme gerade von Fulda und bin in einer halben Stunde wieder zu Hause in Kronberg. Kommen Sie halt vorbei, wenn Sie Fragen haben.“

„In einer halben Stunde bin ich da“, versprach Siebels und beendete das Gespräch.

Als Till ins Büro kam, lag die Akte Detlev Wurmbach auf seinem Tisch. Darauf ein Zettel von Charly, der einen Sechserpack Bier als Belohnung haben wollte. Till schaute sich die Akte an. Sie war sehr dünn. Detlev Wurmbach hatte sich in seinem Wohnzimmer aufgehängt. Es gab keine Spuren, die auf Fremdeinwirkung schließen ließen. Den Totenschein hatte ein Dr. Amadeus ausgefüllt. Wurmbach hing zwei Tage lang in seiner Wohnung, bevor er von seinem Bruder gefunden wurde. Till betrachtete sich das Datum des Totenscheines und blätterte in einem alten Kalender. Wurmbach hatte sich an einem Montag aufgehängt und wurde am Mittwoch darauf von seinem Bruder gefunden. Till wunderte sich. Wer Partner bei Paulsen war, hatte einen vollen Terminkalender. Aber Wurmbach baumelte zwei Tage unentdeckt in seiner Wohnung. Till nahm sich die Akte zum Fall Lehmann und suchte die Telefonnummer von Detlev Wurmbachs Bruder. Er rief in dessen Zahnarztpraxis an und bekam ihn kurz darauf an den Apparat. Till stellte sich als Kollege von Siebels vor und fragte, ob Detlev Wurmbach noch über ein Büro außerhalb seiner Wohnung verfügt hatte. Hatte er nicht, erklärte Andreas

Wurmbach. Dann fragte Till, ob der Terminkalender von Detlev Wurmbach noch vorhanden war. Zu seiner Verwunderung bestätigte Andreas Wurmbach, dass sämtliche persönliche Gegenstände seines Bruders noch in einer Kiste in seinem Keller lagerten. Till wollte den Terminkalender so schnell wie möglich haben und bei der Gelegenheit auch die geschäftlichen Unterlagen einsehen. Andreas Wurmbach hatte nichts dagegen. Er schlug vor, die ganze Kiste bei Till im Präsidium vorbeizubringen. Er musste vorher nur noch einen Zahn ziehen.

12

Jochen Trutz fuhr keinen Porsche. Er stieg gerade aus einem gelben Ferrari, als Siebels die Akademie erreichte. Trutz war mit etwa 1,70 Meter nicht sehr groß. Sein graues Haar trug er als Bürstenschnitt, sein gebräuntes Gesicht war faltig, aber markant. Er war ganz in schwarz gekleidet und schien einen durchtrainierten Körper zu haben.

„Herr Trutz?", fragte Siebels, als er vor ihm stand.

„Der bin ich. Kommen Sie gleich zur Sache, ich habe nicht viel Zeit."

Siebels zündete sich eine Zigarette an, blies den Rauch in die kalte trockene Luft und tat so, als hätte er alle Zeit der Welt.

„Sie kennen doch Sabine Lehmann. Trauen Sie ihr einen Mord zu?"

„Natürlich. Ich traue jedem Menschen alles zu. Das ist mein Job. Menschen zu außergewöhnlichen Leistungen zu bringen."

„Brachte Sabine Lehmann außergewöhnliche Leistungen?"

Trutz dachte einen Moment über die Frage nach. „Für ihre Verhältnisse, ja. Sie war aber noch lange nicht bei 100 Prozent."

„Bei wie viel Prozent war sie?"

„Vielleicht bei 75. Sie war sehr ehrgeizig, aber ihr hat das gewisse Etwas gefehlt. Aber das ist ja jetzt auch egal. Sie ist draußen und meine Bemühungen mit ihr waren für die Katz."

„Ich habe heute Morgen mit ihr gesprochen. Sie nannte Sie einen Teufel."

Trutz lachte laut. „Das war ihr Problem. Bei ihr gab es Gut und Böse. Schwarz und Weiß. Engel und Teufel. In dem Job, den sie gemacht hat, gibt es aber nur Erfolg oder Misserfolg. Wer das nicht kapiert, erreicht nie die 100 Prozent."

„Und Sie sind der Mann, der die Partner auf 100 Prozent bringt", stellte Siebels fest.

„Nein. Das gelingt nur in Ausnahmefällen. Die meisten Partner kommen bestenfalls auf 90 bis 95 Prozent ihres potenziellen Leistungsvermögens. Aber das ist schon weit mehr, als gewöhnliche Manager in gewöhnlichen Unternehmen erreichen. Ich bringe die Leute aber nicht nur dahin, ich sorge auch dafür, dass sie auf dem erreichten Niveau bleiben."

„Befand sich Sabine Lehmann in der letzten Zeit in einer besonderen Stresssituation?"

„Das will ich hoffen. Sonst hätte ich keinen guten Job gemacht."

Trutz lächelte süffisant und Siebels hätte ihm am liebsten die Faust in die Fresse geschlagen. Stattdessen entschied er sich für einen verbalen Angriff. „Bei Detlev Wurmbach haben Sie anscheinend keinen so guten Job gemacht."

Trutz kniff die Augen zusammen und machte einen bedrohlichen Gesichtsausdruck. „Wurmbach war ein labiler Idiot. Dem konnte auch ich nicht mehr helfen. Ich glaube, Sie missverstehen mich und meine Aufgabe. Ich motiviere die Partner und bringe ihnen bei, wie sie ihre Leistungsreserven mobilisieren. Ich bin weder der Folterknecht von Paulsen, noch bin ich der Teufel."

„Gab es in den letzten Jahren noch mehr Selbstmordkandidaten?", bohrte Siebels weiter.

„Nein, gab es nicht. Wir geben den Leuten erst einen Vertrag, wenn wir sicher sind, dass sie dem Druck standhalten. Bei Wurmbach hatte ich mich getäuscht, das gebe ich zu. Seit dieser Geschichte schaue ich mir die potenziellen Partner noch genauer an, bevor sie einen Partnervertrag bekommen. Was wollen Sie eigentlich von mir? Sie haben einen Mord, Sie haben eine Mörderin. Fall abgeschlossen. Oder haben Sie Langeweile?"

„Leider äußert sich Frau Lehmann nicht zur Tat. Daher sehe ich mich zu erweiterten Ermittlungen gezwungen."

„Vielleicht sollte ich sie mal verhören", sagte Trutz herausfordernd.

„Als Folterknecht? Oder als Motivationskünstler?"

„Als Psychologe. Sabine Lehmann versucht doch, Sie zu manipulieren. Sie hetzt Sie auf Paulsen und Partner, um von ihrer Schuld abzulenken. Manipulation lässt sich durch Gegenmanipulation bekämpfen. Denken Sie mal darüber nach, Herr Kommissar."

Siebels dachte darüber nach und fragte sich tatsächlich, ob Sabine Lehmann ihn mit den Berichten über ihre Träume manipulieren wollte.

Till hatte nach seinem Gespräch mit Andreas Wurmbach auch Dr. Amadeus angerufen. Der erinnerte sich noch gut an den Todesfall Detlev Wurmbach, wie er Till versicherte. Till erkundigte sich bei dem Arzt, ob er damals Zweifel an einem Suizid gehabt hätte. Dr. Amadeus versicherte, dass er den toten Wurmbach eingehend untersucht und absolut keinen Hinweis auf Fremdeinwirkung gefunden hätte. Till wollte das Gespräch schon entmutigt wieder beenden, als Dr. Amadeus wissen wollte, warum sich nun die Polizei Jahre später dafür interessierte. Till berichtete in knappen Worten, dass es eine indirekte Verbindung zu einem aktuellen Fall gäbe. Daraufhin räusperte sich der Doktor und verriet, dass damals einige merkwürdige Dinge passiert seien. Till war wieder hellwach und spitzte die Ohren.

„Ich wurde vom Bruder des Toten benachrichtigt. Als ich in die Wohnung von Detlev Wurmbach kam, herrschte dort ein ziemlicher Tumult. Der Bruder des Verstorbenen stritt sich mit einem anderen Mann. Es kam zu einem heftigen Streit, bei dem Herr Wurmbach schließlich den kürzeren zog."

„Kennen Sie den Namen dieses Mannes?", erkundigte sich Till.

„Er hatte etwas mit dem Arbeitgeber des Verstorbenen zu tun. Sein Name war Mutz oder Lutz oder so ähnlich."

„Oder Trutz? Jochen Trutz?"

„Ja, Trutz, jetzt wo Sie es sagen. Dieser Trutz war ein unangenehmer Zeitgenosse. Der beschimpfte den Verstorbenen, als dieser noch vor den Augen seines Bruders an der Decke hing. Wenn jemand zwei Tage tot in einer Wohnung hängt, ist das nicht nur ein schreckliches Bild, es riecht auch sehr unangenehm. Diesen Herrn störte das herzlich wenig. Der war nur daran interessiert, irgendetwas in der Wohnung zu finden. Was das war, weiß ich nicht. Andreas Wurmbach wollte das verhindern. Die beiden stritten heftig miteinander und als dieser Trutz dann sogar handgreiflich wurde, gab Herr Wurmbach seinen Widerstand auf. Trutz schien aber nicht gefunden zu haben, wonach er suchte. Bevor er die Wohnung verließ, erzählte er mir, dass er Psychologe sei und den Toten gut kannte. Er schilderte mir, dass Detlev Wurmbach dem beruflichen Stress nicht standgehalten und schon seit geraumer Zeit unter Depressionen gelitten hätte. Er beschrieb ihn als einen typischen Selbstmordkandidaten. Mir kam das alles sehr merkwürdig vor."

Till bedankte sich für die Informationen und erstellte dann eine Aktennotiz zu dem geführten Gespräch. Als er die angelegt hatte, kamen kurz nacheinander Siebels und Charly ins Büro. Siebels berichtete von seinem Zusammentreffen mit Trutz. Till erzählte daraufhin von dessen Auftritt bei Wurmbachs Ableben. Anschließend ließ Siebels das Diktiergerät laufen. Till und Charly lauschten gespannt den Worten von Sabine Lehmann.

„Wo soll das denn noch hinführen, mit diesen verrückten Träumen?", fragte Charly.

„Wenn ich das wüsste", seufzte Siebels. „Ich sehe folgende Möglichkeiten. Sie ist verrückt oder spielt uns vor, dass sie verrückt ist. Das muss von Fachleuten geprüft werden. Momentan glaube ich aber eher, dass sie uns etwas mitteilen möchte. Die Träume haben eine Bedeutung. Ob sie diese Geschichten tatsächlich träumt, oder ob sie sich das gezielt ausdenkt, sei dahingestellt. Gehen wir einmal davon aus, sie will uns eine verschlüsselte Geschichte erzählen. Dann frage ich mich, ob es nur eine Geschichte über ihr Leben bei Paulsen und Partner ist oder ob sie uns etwas über World Consulting erzählen will."

„Dann müsste sie über World Consulting gut Bescheid wissen", warf Till ein.

„Sie war die Freundin von einem Journalisten, der zumindest Fotos besaß, die Paulsen mit World Consulting in Verbindung bringen", überlegte Siebels laut.

„Wer und was außer Paulsen auf den Bildern zu sehen ist, wissen wir nicht wirklich", sagte Till.

„Stimmt. Noch ist es nur eine Vermutung. Wir müssen die anderen Personen auf den Bildern identifizieren. Ich könnte Jeremy Boyle dazu befragen. Aber vorher will ich Klarheit über diesen Timm."

„Timm scheint echt zu sein", meldete sich Charly zu Wort. „Ich konnte zunächst im Netz überhaupt keine Informationen über ihn finden. Schließlich habe ich einen alten Freund besucht."

„Den Hacker?", fragte Siebels nach.

„Genau den. Was wir genau gemacht haben, will hier im Raum besser niemand wissen. Jedenfalls ist Jens Timm ein Mann, dessen Identität vom Verfassungsschutz geheim gehalten wird. Man muss tatsächlich eine gewisse kriminelle Energie aufbringen, um die virtuellen Schutzmauern zu durchbrechen, die um Timm aufgebaut sind. Seine Tätigkeit wird als streng geheim eingestuft. Im offiziellen Personalregister kommt man nicht an ihn ran. Aber wenn man sich in die Verzeichnisse einhackt, die unter strenger Geheimhaltung laufen, wird er sichtbar. Er schleust V-Leute in Organisationen ein, die der Verfassungsschutz unter Beobachtung hat und wenn das gelungen ist, fungiert er als Mittelsmann zwischen Verfassungsschutz und den betreffenden V-Leuten."

„Da hätte ich mir die Spitzelaktion heute Morgen in Wiesbaden ja sparen können", beschwerte sich Till.

„Jedenfalls scheint seine Geschichte Hand und Fuß zu haben", schaltete Siebels sich ein. „Ich werde also Jeremy Boyle kontaktieren und ihm die Bilder zeigen. Vielleicht kann der auch etwas dazu sagen, ob Sabine Lehmann über World Consulting informiert ist."

„Meine Undercoveraktion bei Nadine Busch war übrigens ein voller Erfolg", meldete sich Till wieder zu Wort. „Die Frau hat Power. Ich weiß nur nicht, wie ich aus der Nummer wieder rauskommen soll."

„Wieso willst du denn schon wieder aussteigen?", wollte Charly wissen.

„Weil ich sonst ganz schnell Besitzer eines gut laufenden Sicherheitsunternehmens bin. Personenschutz, Objektschutz, Alarmanlagen, Videoüberwachung und sogar gepanzerte Fahrzeuge. Nadine Busch kümmert sich um alles, ich muss nur noch den Beratervertrag unterschreiben."

„Wie seid ihr verblieben?", fragte Siebels.

„Ich schlafe noch ein bis zwei Nächte drüber und melde mich dann wieder bei ihr."

„Gut. Bis dahin fällt uns schon was ein. Worin bestand nun der volle Erfolg bei deiner Aktion? Irgendwelche neuen Erkenntnisse im Fall?"

„Ähm. Na ja, sie hat mir verraten, dass sie an Paulsen Provisionen für alle ausgeführten Geschäfte abführt und dass sie dafür im Gegenzug an den sagenhaften Seminaren an der Akademie von Paulsen teilnehmen darf. Außerdem ist sie absolut erfolgsgeil und hat kein Privatleben."

„Das ist zwar noch nicht unbedingt der Durchbruch deiner Undercoveraktion, aber immerhin bestätigt es unseren bisherigen Ermittlungsstand. Zur Belohnung darfst du jetzt auch den Traum von der Kinderfabrik abtippen."

Till kam aber nicht dazu. Andreas Wurmbach betrat das Büro und hatte einen Karton unter dem Arm. „Die Sachen meines Bruders", sagte er und stellte den Karton auf Tills Schreibtisch.

„Ich habe vorhin mit Dr. Amadeus gesprochen, dem Arzt, der den Totenschein ausgestellt hat. Er erzählte mir, dass Jochen Trutz damals in der Wohnung gewesen war und die geschäftlichen Unterlagen gegen Ihren Willen an sich genommen hat."

„Das ist richtig", bestätigte Wurmbach. „Aber Trutz hat damals einiges übersehen. Unter anderem den Terminkalender von meinem Bruder und einige andere Unterlagen."

Till nickte und schlug den Terminkalender auf. „Ihr Bruder hing zwei Tage unentdeckt in seiner Wohnung. Laut seinem Terminkalender hatte er an diesen zwei Tagen sieben Termine. Drei am Montag und vier am Dienstag. Es hat ihn aber anscheinend niemand vermisst. Sie haben ihn erst am Mittwoch gefunden. Das erscheint mir merkwürdig."

Siebels ließ sich den Terminkalender geben und betrachtete ihn neugierig.

Andreas Wurmbach setzte sich auf einen Besucherstuhl zwischen die Schreibtische von Siebels und Till und ging dann auf Tills Überlegungen ein. „Ich bekam an diesem Mittwochmorgen einen Anruf von Jochen Trutz. Er wollte in die Wohnung von Detlev. Angeblich benötigte er dringend geschäftliche Unterlagen und Detlev war nicht erreichbar. Ich habe daraufhin versucht, Detlev anzurufen. Als ich ihn nicht erreichen konnte, bin ich zu ihm gefahren. Trutz und ein anderer Mann warteten schon vor der Tür."

Siebels klopfte mit seinen Fingern auf Detlev Wurmbachs Terminkalender. „Ihr Bruder hat sich an dem Montag das Leben genommen. Laut seinem Kalender hat er den Samstag und den Sonntag davor in der Akademie verbracht. SPT Kronberg hat er eingetragen. Was ist SPT?"

Wurmbach zuckte mit den Schultern. Siebels griff zum Telefonhörer und wählte die Nummer von Bockelmann. Als er ihn in der Leitung hatte, stellte er seine Frage und lauschte dann gespannt dessen Ausführungen. Schließlich beendete er das Gespräch und berichtete.

„PT steht für Persönlichkeitstraining. Daran nehmen die Partner regelmäßig in kleineren Gruppen teil. SPT steht für spezielles Persönlichkeitstraining. Speziell heißt, dass es ein Einzeltraining ist. Trutz nimmt sich beim SPT viel Zeit, um einen Partner auf Vordermann zu bringen. Was bei einem SPT genau passiert, konnte mir Bockelmann leider nicht sagen. Über Einzeltrainings herrscht auf der Akademie Schweigepflicht und Bockelmann hatte nie das Vergnügen, daran teilzunehmen. Er hat mir aber verraten, dass es nur zwei Anlässe für ein SPT gibt. Ein Partner wird dazu eingeladen, wenn er dazu auserkoren ist, ein Top-Partner zu werden. Top-Partner sind die zehn erfolgreichsten Partner in der Umsatzstatistik. Solch ein SPT kostet den teilnehmenden Partner anscheinend auch eine ganze Stange Geld. Außerdem herrscht ein ständiger Wettkampf zwischen den Top-Partnern und denen, die es werden wollen."

Charly räusperte sich. „Kann es sein, dass die Top-Partner die Auserwählten sind, die in das World Consulting-Konzept eingeweiht werden?"

Siebels zuckte ratlos mit den Schultern. „Das wäre möglich. Aber ein Partner kann ja nach einem schlechten Jahr wieder aus der Spitzengruppe rausfliegen. Es handelt sich ja um ein dynamisches System."

„Was ist das World Consulting Konzept?", fragte Andreas Wurmbach.

„Vergessen Sie das wieder", sagte Siebels und sah Charly irritiert an. Charly bemerkte seinen Lapsus und machte eine betretene Miene. Siebels kam wieder auf seine Ausführungen zurück. „Für die Teilnahme an einem SPT gibt es aber noch eine andere Voraussetzung. Partner, die die Erwartungen nicht erfüllen, werden von Trutz auch einem speziellen Persönlichkeitstraining unterzogen. Entweder weil der Partner generell zu wenig Umsatz generiert, oder weil er einen strategisch wichtigen Kunden im Visier hat, aber nicht zum Vertragsabschluss kommt."

„Wenn mein Bruder sich direkt nach diesem SPT umgebracht hat, gehörte er wohl eher zu der zweiten Gruppe", bemerkte Wurmbach.

Siebels nickte. „Das klingt einleuchtend. Und wenn Trutz so dringend an seine Unterlagen wollte, hatte Ihr Bruder vielleicht einen strategisch wichtigen Kunden an der Angel, kam aber nicht zum Abschluss."

„Der Flughafen?", fragten Till und Charly im Chor.

Siebels zündete sich eine Zigarette an und wandte sich an Wurmbach. „Wissen Sie, ob Ihr Bruder damals beruflichen Kontakt zum Flughafenbetreiber Fraport hatte?"

„Das weiß ich nicht, über Details wie bestimmte Kunden oder Geschäftsabschlüsse hat Detlev nie mit mir gesprochen. Laut seinem Partnervertrag war er auch zu absoluter Verschwiegenheit über geschäftliche Angelegenheiten verpflichtet. Daran hat er sich streng gehalten. Mir hat er nur von seinem ständigen Stress erzählt."

Siebels betrachtete sich wieder den Terminkalender und blätterte ihn vor und zurück, fand aber keinen Hinweis auf den Flughafen. Detlev Wurmbach hatte nur Namen sowie Uhrzeiten und Treffpunkte eingetragen. Sein Handy riss ihn mit Babygeschrei aus seinen Überlegungen. Sabine Karlson war dran.

„Hallo, meine Königin."

„Königin? Noch bin ich bestenfalls die Prinzessin. Und heute habe ich mich hauptsächlich als Fremdsprachensekretärin hervorgetan. Obwohl ich ja eigentlich im Mutterschutz bin."

„Vor mir kann dich niemand schützen, ich bin nämlich der Vater", verkündete Siebels stolz. „Hast du das wirklich schon übersetzt?"

„Ich habe es nicht wortwörtlich übersetzt, sondern eine Zusammenfassung der wichtigsten Passagen geschrieben. Und ich frage mich, in was für einen Schlamassel du da gerade wieder schlitterst?"

„Das frage ich mich allerdings auch. Aber keine Sorge, Till und Charly stehen mir bei."

„Ach so. Na dann braucht die Welt sich ja nicht zu fürchten vor den bösen Buben, die die Weltherrschaft anstreben. Die drei Musketiere vom Frankfurter Präsidium bieten ihnen Paroli."

„Das hast du jetzt aber schön gesagt. Meinst du, wir sind in Gefahr?"

„World Consulting scheint jedenfalls ein ziemlich elitärer Club zu sein. Diese Leute mögen es gar nicht, wenn man ihnen auf die Füße tritt. Die Informationen, die es zu dieser Organisation gibt, sind ziemlich spärlich. Das meiste Material, das bisher an die Öffentlichkeit gedrungen ist, stammt von ehemaligen Mitgliedern. Einige von diesen Aussteigern haben sich um neunzig Grad gedreht und bekämpften World Consulting. Allerdings ohne großen Erfolg. World Consulting verklagt jeden umgehend, der auch nur ein böses Wort über sie verbreitet. Meistens klagen sie wegen Rufschädigung. Die haben ein Heer von Topanwälten, die ihre Kritiker auf Schadensersatzsummen von zig Millionen Dollar verklagen. In den USA kann man auf diese Weise seine Gegner schnell mundtot machen. Man braucht nur genug Geld für die Gerichtskosten und das scheint für World Consulting kein Problem zu sein."

„Zum Glück sind wir nicht in Amerika", bemerkte Siebels.

„In Europa verbreiten sie sich auch seit einigen Jahren. Allerdings nicht so erfolgreich wie drüben. Ich bin gerade dabei, zu dem Thema noch ein wenig im Netz zu surfen. In der europäischen Öffentlichkeit spielt World Consulting noch gar keine Rolle. Bei einigen Regierungen ist man aber auf den Verein schon aufmerksam geworden. Die Franzosen haben eine Kommission gebildet, die sich mit World Consulting befasst und direkt an den Präsidenten berichtet und in Schweden ermittelt die Sicherheitspolizei. Die dortige SiPo hat den Verdacht, dass World Consulting die Reichskriminalpolizei unterwandern will. Diese Information ist allerdings topsecret."

„Darf ich fragen, woher du diese Informationen hast?"

„Das mit den Franzosen habe ich im Netz gefunden. Die Sache mit den Schweden hat mir mein Cousin aus Stockholm gesteckt. Der ist ja bei der SiPo und der wäre dankbar, wenn er im Gegenzug die eine oder andere Information von der deutschen Polizei über World Consulting bekommen würde."

„Hm. Da lässt sich bestimmt was machen. Aber im Moment wissen wir selbst noch viel zu wenig. Wann kann ich deine Zusammenfassung lesen?"

„Wenn du pünktlich zum Essen kommst, darfst du sie nach dem Nachtisch lesen."

Siebels sah auf die Uhr. „Könnte klappen. Grüß mir den kleinen Siebels. Bis später."

„Kann ich dann gehen?", fragte Wurmbach. „Ich habe in meiner Praxis noch einiges zu erledigen."

Siebels stand auf und reichte ihm die Hand. „Vielen Dank, dass Sie vorbeigekommen sind. Können wir den Terminkalender und die Unterlagen in dem Karton noch ein paar Tage behalten?"

„Selbstverständlich. Wenn Sie noch Fragen haben, rufen Sie mich an. Und falls es neue Erkenntnisse zum Tod meines Bruders geben sollte, wäre ich dankbar, wenn Sie mich informieren."

„Machen wir", versprach Siebels und brachte Wurmbach noch zur Tür.

„Tut mir leid, dass ich World Consulting in seiner Gegenwart erwähnt habe", entschuldigte sich Charly dann bei Siebels.

„Halb so schlimm. Das kannst du wieder gutmachen."

„Das habe ich befürchtet. Was darf es denn sein?"

„Die Namen aus dem Terminkalender. Es wäre schön, wenn wir die zuordnen könnten."

„Am schönsten wäre es, wenn ein Name aus der Chefetage von Fraport dabei ist, oder?"

„Das wäre toll. Ein Termin kurz vor seinem Tod und einer kurz danach mit einem hohen Tier vom Flughafen, das wäre ganz toll."

Siebels gab Charly den Terminkalender und die Fraport-Akte. Als Charly damit verschwand, setzte sich Siebels an seinen Computer und loggte sich bei Hotmail ein.

„Es muss mehr Holzkohle in den Grill", sagte er erst zweifelnd, schrieb es dann in seine Mail und schickte seine Nachricht ab.

Till ließ das Diktiergerät laufen und tippte den Traum von den Brautkleider nähenden Kindern ab. Als er damit fertig war, heftete er einen Ausdruck in die Traumakte und freute sich schon auf den nächsten Traum. „Ich mache jetzt Feierabend", verkündete er dann. „Johanna will plötzlich einen kleinen Till, die fällt jeden Abend über mich her."

Siebels schaute überrascht seinen Kollegen an. „Aha. Und was ist mit ihrer Karriere als Medizinerin?"

Till zuckte mit den Schultern. „Weiß nicht. Jetzt will sie auf jeden Fall erst mal Mutter werden."

„Wir sollten besser erst mal die Welt vor World Consulting retten, sonst sitzen unsere Kinder bald in Fabriken und nähen Brautkleider."

„Bis mein Kind da ist, dauert es ja mindestens noch neun Monate. Bis dahin haben wir die Beraterclique längst zur Strecke gebracht. Was steht eigentlich morgen auf dem Programm?"

„Beerdigung. Um 11.00 Uhr wird Müller auf dem Hauptfriedhof beigesetzt. Wir fahren zusammen hin und holen vorher Günther Lehmann ab. Ich habe im Auftrag von Sabine Lehmann einen Kranz bestellt."

„Und was steht auf der Schleife?"

„Vergib mir. In Liebe, Deine Sabine."

13

Mittwoch, 11. Februar 2009

Siebels und Till saßen auf der hintersten Bank in der Trauerhalle. Ganz vorne hatten die engsten Familienangehörigen von Sven Müller Platz genommen. Zwischen Familie und Polizei reihten sich Freunde und Kollegen des Verstorbenen in die Trauergemeinschaft ein. Günther Lehmann stand noch vor der Tür. Dem Vater der mutmaßlichen Mörderin war hundeelend zumute. Doch er wollte es sich nicht nehmen lassen, dem Toten am Grab einen letzten Gruß mitzugeben. Als Siebels den Kranz vor den Augen der Angehörigen abgelegt und die Schleife zurechtgelegt hatte, fühlte er sich auch nicht ganz wohl in seiner Haut. Jetzt beobachtete er die Trauergäste und hoffte, darunter jemanden zu finden, der ihm mehr über Müllers letzte berufliche Aktivitäten erzählen konnte. Sein Blick blieb auf einem hellblonden Mann Mitte vierzig hängen, den er als Journalisten einschätzte. Da Müller konfessionslos war, würde es nur eine stille Trauerfeier werden. Kein geistlicher Beistand der Kirche würde in einer Predigt an die guten Taten des Sven Müller erinnern. Nur das leise Schluchzen der Mutter sollte den Trauergästen in Erinnerung bleiben. Ein Friedhofsangestellter führte schließlich den Trauerzug von der Halle über den Friedhof zum offenen Grab. Nun hatte sich auch Günther Lehmann neben Siebels und Till eingereiht und folgte still der kleinen Trauerschar. Müllers Sarg lag bereits in der Grube, das Personal hatte Blumen und Kränze von der Trauerhalle zum Grab gebracht. Nach einer Schweigeminute war es Müllers Vater, der die erste Schaufel Erde ins Grab schüttete. Siebels und Till hielten sich bei dieser Prozedur zurück, doch Günther Lehmann ließ es sich nicht nehmen, die letzte Schaufel zu führen. Dann schüttelten die Eltern am Rand des Grabes die Hände der Gäste und nahmen die Beileidsbekundungen entgegen. Siebels wartete, bis der hellblonde Mann seine Aufwartung gemacht hatte und ging dann auf ihn zu.

„Guten Tag, mein Name ist Steffen Siebels. Darf ich fragen, ob Sie ein Kollege des Verstorbenen sind?"

„Nein, ich bin ein alter Freund. Warum fragen Sie?"

Siebels stellte sich als ermittelnder Kripobeamter vor und erläuterte sein Anliegen. Der hellblonde Mann zeigte auf einen glatzköpfigen Mann, der die Begräbnisstätte gerade verlassen wollte. „Das ist Boris Schwarz. Er ist Journalist und war gut mit Sven befreundet."

Siebels bedankte sich und eilte Boris Schwarz hinterher. Es schneite leicht, eine dünne Schneedecke bedeckte den Friedhof.

„Herr Schwarz", rief Siebels dem davoneilenden Journalisten hinterher.

„Ja?"

Siebels stellte sich erneut vor. „Ich ermittele im Fall Sven Müller und frage mich, an was er zuletzt gearbeitet hat. Können Sie mir da weiterhelfen?"

Schwarz sah ihn verständnislos an. „Ich dachte, der Fall wäre geklärt und Sabine verhaftet?"

„Ja, Frau Lehmann sitzt in Untersuchungshaft. Aber das heißt noch nicht, dass der Fall abgeschlossen ist."

„Gibt es Zweifel an ihrer Schuld?"

„Nicht direkt. Wir suchen noch nach einem Motiv. Und ich glaube nicht, dass es sich um einen gewöhnlichen Streit mit einem bösen Ende gehandelt hat."

„Da kann ich Ihnen leider nicht weiterhelfen. Sven hat grundsätzlich niemandem etwas erzählt, wenn er an einer guten Story dran war. Da konnte er richtig paranoid werden."

„Er war aber an einer guten Story dran?"

„Davon gehe ich aus. In den letzten Wochen und Monaten war er viel unterwegs, auch mehrmals in den USA. Haben Sie Grund zu der Annahme, dass seine Recherchen etwas mit seinem Tod zu tun haben?"

„Ich kann es nicht ausschließen."

Boris Schwarz schaute Siebels nachdenklich an, bevor er seine Gedanken offenbarte. „Mir fällt da etwas ein. Vor einigen Wochen war ich mit Sven auf ein Bier in einer Kneipe. Es wurden dann ein paar mehr und wir haben über alles Mögliche gesprochen. Wir waren beide schon etwas betrunken, Sven bekam glasige Augen und erzählte, dass er spätestens im nächsten Jahr eine Titelstory für den Spiegel hätte."

„Davon träumt ein Enthüllungsjournalist?", hakte Siebels nach.

„Ganz genau. Und ich bin davon ausgegangen, dass es auch für Sven nur ein Traum war. Dass er diese Story finden wollte. Ich hätte nicht gedacht, dass er schon dran war. Aber Sie sind jetzt schon der Dritte, der mich danach fragt. Es muss also was dran sein."

„Der Dritte?", fragte Siebels verblüfft. „Wer hatte denn noch ein Interesse an Müllers Arbeit?" Siebels zündete sich eine Zigarette an und Schwarz tat es ihm gleich.

„Der Erste kam gleich am Tag nach Svens Tod. Von ihm habe ich überhaupt erst davon erfahren. Er hat mich in der Redaktion angerufen und auf ein Treffen gedrängt. Wir haben uns dann am gleichen Abend im Ökohaus am Westbahnhof getroffen. Er kam in einem Ferrari und bot mir erst 5.000 und später sogar 10.000 Euro, wenn ich ihm das aktuelle Recherchematerial von Sven besorgen könnte. Ich habe abgelehnt. Erstens wusste ich nichts von solchem Material und zweitens hielt ich den Typ für einen Zuhälter. Dem hätte ich auch für 20.000 Euro nichts gegeben. Der andere hat mich gestern ohne Voranmeldung in der Redaktion besucht. Das war so ein großer, sportlicher Typ mit Locken. Der war zwar wesentlich angenehmer als der andere und Geld hat er mir auch nicht angeboten, aber sein Anliegen war das Gleiche. Er fragte, woran Sven gearbeitet und ob er Material hinterlassen hat. Ich konnte und wollte ihm genauso wenig weiterhelfen wie dem anderen."

Im Kopf von Siebels arbeitete es auf Hochtouren. Dass Trutz bei Schwarz aufgetaucht war, wunderte ihn mittlerweile nicht mehr sonderlich. Aber die Beschreibung des anderen Mannes passte auf Peter Bockelmann. Für dessen Erscheinen bei Boris Schwarz hatte Siebels überhaupt keine Erklärung. Siebels wollte sich schon gedankenverloren von Schwarz verabschieden, als ihm der eigentliche Grund für dieses Gespräch einfiel. „Wir haben in der Wohnung von Sven Müller Material gefunden, das auf eine gute Story hinweist. Aber es müsste viel mehr Material vorhanden sein. Wissen Sie denn, wo Sven Müller brisantes Recherchematerial aufbewahrt haben könnte, wenn nicht in seiner Wohnung?"

„Kann ich bitte Ihren Polizeiausweis sehen?"

Siebels nickte verwundert und gab Schwarz seinen Ausweis. Der musterte den Ausweis ganz genau, bevor er ihn Siebels zurückgab.

„So langsam werde ich auch paranoid", entschuldigte er sich. „Waren Sie nur in der Wohnung von Sven oder auch auf dem Dachboden?"

„Auf dem Dachboden?"

„Sven hat in dem Haus nicht nur die Wohnung gekauft, sondern auch den ausgebauten Dachboden. Im Dach ist ein großes Fenster eingebaut, von dort hat man eine tolle Aussicht auf das Niddatal. Sven hat am liebsten dort oben gearbeitet."

„Davon wussten wir nichts. Danke. Kannten Sie eigentlich auch Sabine Lehmann?"

Schwarz nickte. „Wir haben uns einige Male gesehen, aber gut gekannt habe ich sie nicht."

„Was war das für eine Beziehung? Hat Sven Müller mit Ihnen darüber gesprochen?"

„Das war nie ein großes Thema. Sven hatte schon viele Freundinnen gehabt. Manche habe ich nie kennen gelernt, zu anderen hatte ich einen sehr guten Draht. Sabine war beruflich immer sehr eingespannt. Ich hatte jedenfalls nicht den Eindruck, dass es für Sven jetzt die ganz große Liebe war. Dass es so enden würde, hatte ich natürlich auch nicht gedacht."

„Halten Sie es für möglich, dass Sven Müller diese Beziehung nur aus beruflichen Gründen geführt hat?"

„Wie meinen Sie das?", fragte Schwarz verwirrt.

„Mal angenommen, er hätte in Sabine Lehmann eine Informationsquelle für seine Recherchearbeiten gesehen. Wäre er so weit gegangen und hätte eine längerfristige Beziehung zu ihr aufgebaut, nur um diese Quelle anzapfen zu können?"

„Ach, du lieber Gott", stammelte Schwarz. „Sven hat ja viel gemacht, um an gute Informationen zu kommen. Wenn er eine oder mehrere Nächte mit ihr deswegen verbracht hätte, okay, das könnte ich mir vorstellen. Aber eine richtige Beziehung? Die beiden waren jetzt ja schon eine ganze Weile zusammen. Nein, das glaube ich nicht."

Siebels glaubte das auch nicht und ließ es dabei bewenden.

Er gab Schwarz seine Karte und bekam im Gegenzug die von Schwarz ausgehändigt. Dessen Karte wies ihn als Journalisten bei der Frankfurter Allgemeinen Zeitung aus, Ressort Wirtschaft. Schwarz verließ den Friedhof, Siebels ging zu Till und Günther Lehmann. Die beiden saßen auf einer Bank nahe des frischen Grabes und froren.

„Wurde ja auch Zeit", beschwerte sich Till.

Siebels klärte ihn über Müllers Arbeitsplatz im Dachgeschoss auf. „Da er dort auch einen Computer stehen hat, übernimmst du das gemeinsam mit Charly. Hast du die Schlüssel von Müller dabei?"

„Die liegen im Büro."

„Ruf Charly an, er soll die Schlüssel besorgen und dich hier abholen. Ich fahre mit Herrn Lehmann zu seiner Tochter."

Siebels ließ sich zunächst wieder allein in den kleinen Raum führen, in dem Sabine Lehmann ihn bereits erwartete. Sie sah ihn erwartungsvoll an, als er sich ihr gegenüber an den Tisch setzte.

„Haben Sie meinen Vater wieder mitgebracht?"

„Ja. Er wartet draußen. Erzählen Sie ihm auch von Ihren Träumen?"

„Oh nein, um Himmels willen. Der macht sich schon genug Sorgen um mich. Sie sind der Auserwählte, niemand sonst hat je von meinen Träumen erfahren."

„Auch nicht Sven Müller?"

Das Lächeln im Gesicht von Sabine Lehmann erlosch. „Er wurde heute beerdigt", stellte sie fest. „War mein Vater dabei?"

„Ja. Wir kommen gerade vom Friedhof."

„Das ist gut. Mein Vater mochte Sven. Die beiden konnten sich gar nicht richtig kennen lernen. Schade."

„Ihr Vater liebt Sie. Er hat ein Recht darauf, zu erfahren, was passiert ist. Meinen Sie nicht?"

„Ich liebe meinen Vater auch. Er wird es erfahren. Aber nicht heute. Noch nicht. Erst müssen die Träume erzählt sein. Die Träume sind wie Fesseln. Jeder Traum ist ein Knoten, der nur gelöst werden kann, wenn ich den Traum erzähle. Verstehen Sie das?"

„Nein. Aber ich höre zu."

Es ist ein herrlicher Tag, die Sonne strahlt am wolkenlosen Himmel und die Vögel zwitschern auf den Bäumen. Barfuß schlendere ich gut gelaunt in meinem weißen Brautkleid in die städtischen Kliniken. Ich habe mir vorgenommen, hier für Ordnung zu sorgen. Meine Utensilien habe ich in einer großen Umhängetasche verstaut. Ich grüße den Mann am Empfang und laufe zu den Aufzügen. Aufmerksam studiere ich die großen Tafeln neben den Aufzugstüren. Die Urologie befindet sich im dritten Stockwerk, dort will ich anfangen. Ich warte auf den Aufzug und fahre hoch. In Zimmer 305 finde ich Herrn Meier. Der kleine dicke Mann liegt mit Halbglatze und Nierensteinen im Bett. Die Nierensteine sind klein und nicht der Rede wert. Ich ziehe seine Bettdecke zurück und entnehme aus meiner Umhängetasche den Golfschläger. Mit einem wuchtigen Schlag zertrümmere ich seine rechte Kniescheibe. Herr Meier schreit vor Schmerz und versucht, aus dem Bett zu entkommen. Sicherheitshalber hole ich noch einmal aus und zertrümmere auch seine linke Kniescheibe. Jetzt hat Herr Meier allen Grund zum Schreien. Ich löse die Bremsen von seinem Bett und fahre ihn schnell in die Orthopädie. Der Orthopäde wartet schon und macht sich gleich an die Arbeit. Während er sich um die lädierten Kniescheiben von Herrn Meier kümmert, kümmere ich mich um den Studenten Kai. Kai lässt in der Orthopädie eine harmlose Schleimbeutelentzündung behandeln. Er sitzt im Bett und liest ein Buch. Ich habe meinen Golfschläger noch parat. Mit Wucht schlage ich den Schläger auf die Stirn von Kai. Benommen fällt er zurück in sein Bett. Er sieht mich nicht, nur noch Sternchen. Ich fahre den Patienten zu den Aufzügen und bringe ihn in die Neurologie in den sechsten Stock. Der Neurologe betrachtet sich sorgenvoll seinen neuen Patienten. Ich komme langsam in Form und mein Ordnungssinn treibt mich voran. Die Sekretärin Ruth Berger liegt mit einer leichten Gehirnerschütterung in der Neurologie und schläft. Mit leicht gespreizten Beinen liegt sie im Bett und seufzt leise. Sie träumt von einem großen starken Mann. Ich hole die leere Weinflasche aus meiner Tasche und führe den Flaschenhals vorsichtig zwischen ihre Beine. Es braucht nur wenig Druck und die Flasche bohrt sich langsam in die schlafende Ruth Berger. Ich erhöhe den Druck und die Flasche wandert tiefer in die seufzende Patientin.

Als die Flasche schon zur Hälfte zwischen Frau Bergers Beinen verschwunden ist, erwacht sie und fängt an zu lamentieren. Ich halte ihr mit einer Hand den Mund zu und drücke mit der anderen Hand die Flasche kraftvoll in das Weib hinein. Frau Berger bleibt nichts anderes übrig, als ihre Beine weit zu spreizen und ich vollende mein Werk. Die Weinflasche und Frau Berger sind nun eins und Frau Berger muss schleunigst in die Gynäkologie. Der Gynäkologe hat so etwas schon öfter erlebt und weiß, was nun zu tun ist. Ich kümmere mich derweil um die Hausfrau Doris Kettler, die mit ihrer Eierstockentzündung und ihrer nervigen Art die Krankenschwestern terrorisiert. Mit Lederriemen fessele ich sie an ihrem Bett fest und hole das Küchenmesser aus meiner Tasche. Doris Kettler schaut mich mit angsterfüllten Augen an und fängt hysterisch an zu schreien. Ich drücke ihr noch einen Knebel in den Mund, dann ist wieder Ruhe. Die lange spitze Klinge meines Messers blitzt bedrohlich vor ihren angstvollen Augen. Ich lächele vergnügt, halte ihr die kalte Klinge an die Kehle und frage sie, ob ihr mein Brautkleid gefällt. Sie nickt ängstlich. Ich ritze ihr ganz leicht die Kehle auf, ein kleines Rinnsal Blut fließt an ihr herunter. Meine Messerspitze folgt dem Blut, bis die Klinge Frau Kettlers Brust erreicht. Ich lächele vergnügt und lasse die Klinge zärtlich über ihren Busen wandern. Ich frage Frau Kettler, ob sie mich für eine schöne Braut hält und erhöhe dabei den Druck auf die scharfe Klinge. Frau Kettler nickt heftig, jetzt mit einem ganz irren Blick. Sie schwebt nun in Todesangst und hat den Gesichtsausdruck einer Wahnsinnigen. Ich lasse das Messer weiter an ihrem Bauch herabgleiten und bemerke zufrieden, wie sie am ganzen Körper zittert. Jetzt kann ich sie endlich in die Psychiatrie bringen. Dort angekommen, bekommt sie erst mal eine Beruhigungsspritze. In der Psychiatrie finde ich Horst Stein. Horst Stein war früher Manager und leidet nun unter einer Neurose. Ihm ist eigentlich nicht mehr zu helfen. Fürsorglich lege ich ihm von hinten die Drahtschlinge um den Hals und schnüre ihm die Luftwege zu. Er röchelt eine Weile, läuft erst rot und dann blau an und gibt schließlich mit heraushängender Zunge jeden Widerstand auf. Als alles Leben aus ihm entwichen ist, bringe ich ihn in den Keller, wo der Pathologe ihn in Empfang nimmt.

Zufrieden mit meinem Tagwerk verlasse ich wieder die städtischen Kliniken. Ich gehe in den Park und füttere die Enten.

Till stand vor dem Fenster in Müllers Dachgeschosswohnung und ließ seinen Blick über das Niddatal wandern. Als die Bundesgartenschau in Frankfurt Hof hielt, wurde das Gelände an den Flussufern der Nidda auf Vordermann gebracht, nun war es das Paradies für Jogger und Hundebesitzer, im Sommer wie im Winter.

„Ich dachte, wir wären zum Schnüffeln hergekommen", riss ihn Charly aus seinen Gedanken. „Glaubst du, du findest was, wenn du nur aus dem Fenster klotzt?"

„Ist eine schöne Gegend", antwortete Till und starrte weiter aus dem Fenster.

„Ich weiß, früher habe ich da unten Fußball gespielt." Die Fußballplätze lagen direkt hinter dem Haus. „Als Stürmer beim VfR Bockenheim."

„Hast du auch mal ins Tor getroffen?"

„Ich war sogar mal Torschützenkönig. 1983. Lange her."

„Da könnte ich meinen Sohn anmelden", murmelte Till vor sich hin.

„Was für einen Sohn?"

„Und Johanna könnte wunderbar mit dem Hund spazieren gehen."

„Was für ein Hund?"

„Weiß nicht. Vielleicht ein Schäferhund?"

„Habe ich irgendwas verpasst?"

„Und ich könnte zum Angeln an die Nidda gehen."

„Du siehst aus wie Till, aber du redest wie Siebels."

„Johanna will ein Kind."

„Ich dachte, sie will jetzt als Ärztin arbeiten?"

„Ja. Das auch. Glaube ich."

„Wahrscheinlich denkt sie, dass du dich dann um Kind und Küche kümmerst."

Till drehte sich vom Fenster weg und schaute Charly erschrokken an. „Meinst du wirklich?"

Der PC, vor dem Charly saß, gab einen Ton von sich. „Ach, wie blöd", seufzte Charly. „World Consulting ist das Passwort."

Till vergaß seine Familienplanung und setzte sich neugierig neben Charly. „Wenn das das Passwort ist, dann muss Müller ja einiges über den Verein auf dem Rechner haben."

„Sieht ganz so aus", freute sich Charly und klickte vergnügt durch die nun zugänglichen Dateien. Er verschaffte sich einen Überblick, ohne dabei auf Details der Dokumente zu achten. „Na ja, sehr viel Material hat er nicht zusammengetragen. Ich speichere alles auf meinem Stick und drucke euch das Zeug im Präsidium aus."

Till durchsuchte noch die Fächer und Schubladen des Schreibtisches. Er fand einige amerikanische Magazine und blätterte darin. In allen Heften waren Artikel über World Consulting verfasst. Das älteste war 1969 erschienen, das jüngste erst im letzten Jahr. Insgesamt waren es neun Hefte. Außerdem fand er einen Ordner mit Zeitungsausschnitten. Die Artikel befassten sich alle mit dem Ausbau des Frankfurter Flughafens. Schließlich fiel ihm wieder ein Umschlag mit Fotos in die Hände. Mit großen Augen betrachtete sich Till die gestochen scharfen Bilder. Sie zeigten zwei Frauen und einen Mann beim Liebesspiel und waren von pornografischem Charakter. Die eine Frau konnte Till zweifelsfrei als Nadine Busch identifizieren. Die andere Frau hatte Till zwar noch nicht persönlich gesehen, aber er erkannte Sabine Lehmann, deren Foto auch in der Akte Sven Müller abgeheftet war. Auch den Mann kannte Till bereits von einem anderen Foto. In dem Karton, den Andreas Wurmbach gestern mit dem Terminkalender vorbeigebracht hatte, waren einige Bilder gewesen, die Detlev Wurmbach zeigten. Erstaunt betrachtete sich Till die fünfzehn Fotos, auf denen die drei Akteure in allen erdenklichen Liebesvarianten zu sehen waren. „Schau mal, Charly. Meine Beraterin scheint ja doch ein Privatleben zu haben." Till reichte die Bilder an Charly und Charly bekam den Mund nicht wieder zu.

„Das ist diese Nadine Busch? Die Dunkelhaarige?"

„Genau. Die andere Dame ist Sabine Lehmann und jetzt rate mal, wer der glückliche Dritte ist."

„Weiß nicht. Sven Müller?"

„Nein. Detlev Wurmbach."

„Bist du sicher?"

„Ja. Fragt sich nur, warum wir die Bilder bei Müller finden und wie er da dran gekommen ist."

„Vielleicht konnte er als Mann nicht so richtig und hat seiner Freundin lieber beim Sex mit anderen zugeschaut? So etwas soll es ja geben."

„Das passt nicht. Als Sabine Lehmann bei Paulsen angefangen hat, war Wurmbach schon tot. Müller hat sie aber erst kennen gelernt, als sie schon Partnerin bei Paulsen war."

„Dann haben wir hier also drei sexuell miteinander verkehrende Paulsen-Berater, die schon miteinander verkehrten, bevor sie Paulsen-Berater wurden."

„Das hast du jetzt aber schön gesagt, Charly. Da wir nicht wissen, wann die Bilder aufgenommen wurden, trifft das aber erst mal nur auf Sabine Lehmann zu."

„Dann sollten wir mal rausfinden, wann diese Nadine Busch bei Paulsen angefangen hat."

„Ich glaube, das steht auf ihrer Internetseite. Fahr doch den Computer noch mal hoch."

„Selbstständige Beraterin bei Paulsen und Partner seit 1.3.2003", las Charly auf der geöffneten Seite vor.

„Damals war sie 28 Jahre alt", sinnierte Till und betrachtete sich die Bilder. „Sabine Lehmann ist im gleichen Alter, hat aber zwei Jahre später bei Paulsen angefangen. Wurmbach muss zu diesem Zeitpunkt etwa 30 Jahre alt gewesen sein. Partner wurde er 2001, im Alter von 27 Jahren."

„Wenn die Bilder nach März 2003 aufgenommen wurden, vögeln da zwei Paulsen-Leute, wenn sie davor aufgenommen wurden, nur einer. Macht das einen Unterschied?"

Till schaute Charly an und zuckte mit den Schultern. „Fahren wir zurück ins Präsidium. Vielleicht fällt Siebels was dazu ein."

14

Siebels betrachtete sich missmutig die Bilder. Eine wilde Sexorgie passte nicht in das Bild, das er von Sabine Lehmann gewonnen hatte. Andererseits ging er davon aus, dass ihre sonderbaren Träume das Resultat tiefer Abgründe in ihrem Leben waren. Siebels sah zu Charly und Till, die nebeneinander an Tills Schreibtisch saßen.

„Auf der einen Seite haben wir hier ein mysteriöses Beraternetzwerk, das aus den USA kommt und sich in ganz Europa ausbreitet. Allein in Deutschland gibt es 80 Berater bei Paulsen. Aber ausgerechnet hier in Frankfurt haben wir den erhängten Wurmbach und den erschlagenen Müller und beide Todesfälle sind eng mit dem Paulsen-Umfeld verwoben. Haben wir hier eine ganz spezielle Paulsen-Clique oder geht das überall in Deutschland so zu, wo Paulsen-Berater aktiv sind?"

„Irgendwie stoßen wir auch immer auf den Flughafen, das könnte also ein für Frankfurt spezifisches Problem sein", erläuterte Till.

„Genau, der Flughafen. Da sind wir auch noch nicht weiter gekommen."

„Ich kümmere mich drum", versprach Charly. „Den Terminkalender von Detlev Wurmbach prüfe ich heute noch auf Termine mit Mitarbeitern vom Flughafen. Sven Müller hatte ja auf zwei verschiedenen Computern Daten und Berichte über diese Flughafengeschichte gespeichert. Das gleiche ich morgen miteinander ab."

„Gut. Ich werde morgen wieder Sabine Lehmann besuchen. Da kann ich ihr auch eines der Bilder zeigen. Vielleicht verrät sie mir ja, wie sie in diese Beraterorgie geschlittert ist, bevor sie selbst zum Verein gehörte."

„Der flotte Dreier muss ja nicht unbedingt im Zusammenhang mit der Beraterzunft stehen", mutmaßte Charly. „Die können sich ja auch schon als Studenten kennen gelernt haben."

„Es sind aber mindestens vier. Jemand muss ja die Fotos

gemacht haben. Der Fotograf muss im gleichen Raum gewesen sein, die Bilder wurden nicht durch ein Fenster aufgenommen. Und ich würde zu gerne wissen, wer die Fotos gemacht hat. Dann haben wir vielleicht auch eine Erklärung, warum die Fotos jetzt bei Müller waren."

„Wenn Sabine Lehmann nichts dazu sagen will, kann ich ja Nadine Busch mal fragen", schlug Till grinsend vor.

„In der Hoffnung, dass sie dich zur nächsten Beraterorgie einlädt?", fragte Siebels seufzend.

„Wenn das zu ihrer Beratungsleistung zählt, kann ich mich als Undercoveragent ja kaum davor drücken."

„Apropos Undercoveragent, ich habe ja noch gar nicht nachgeschaut, ob Jeremy Boyle Holzkohle auf den Grill gelegt hat." Siebels loggte sich bei Hotmail ein und überprüfte sein Postfach. Er hatte Antwort bekommen. „Morgen Mittag um 14.00 Uhr will er mich treffen. Auf dem Eisernen Steg." Siebels beantwortete die E-Mail und bestätigte das Treffen.

„Na, meine Herren", polterte Staatsanwalt Jensen durch die offene Tür. „Wie ist denn der Stand der Dinge?" Jensen sah den schweigenden Siebels fragend an und entdeckte dann die Fotos auf dem Schreibtisch. Er nahm sie in die Hand, betrachtete sie, schüttelte den Kopf, setzte sich seine Brille auf und studierte die Bilder dann eingehend. „Das ist doch die Frau Lehmann", sagte er dann, ohne seinen Blick von den Bildern abzuwenden.

„Ja", bestätigte Siebels.

„Wo haben Sie den Schweinkram denn her?"

„Den Schweinkram haben wir bei Sven Müller gefunden."

„Na also. Dann haben wir ja auch ein Motiv. Sie hat ihn betrogen, doppelt betrogen, kann man in diesem Fall wohl sagen. Er stellt sie zur Rede und den Rest kennen wir ja."

„Nein", antwortete Siebels knapp.

„Wie nein?"

„Sie hat ihn nicht betrogen. Jedenfalls nicht mit dieser Geschichte da. Als die Bilder aufgenommen wurden, kannten sich Sven Müller und Sabine Lehmann noch nicht."

„Schade, wäre doch zu schön gewesen. Hat sie denn immer noch keine Aussage gemacht?"

„Nicht direkt. Aber sie hat zu verstehen gegeben, dass sie eine

Aussage machen wird."

„Aha. Und wann beliebt es der Dame?"

„Wenn sie mir alle ihre Träume erzählt hat."

„Aha. Ist das jetzt so üblich bei Ihren Ermittlungen?"

„In diesem Fall sehe ich leider keine Alternative."

„Wenn das nicht bald vorangeht, ziehe ich Sie von diesem Fall ab", drohte Jensen und stapfte aus dem Büro.

„Irgendwie kann ich ihn ja verstehen", sagte Charly.

„Wenn der erst erfährt, was da noch alles dranhängt, geht ihm der Arsch auf Grundeis", sagte Siebels und zündete sich eine Zigarette an.

„Was ist eigentlich mit der Übersetzung von den Artikeln über World Consulting ?", wollte Till wissen. „Wir haben bei Müller noch mehr Material gefunden. Verschiedene amerikanische Magazine."

„Ach ja, Sabine hat eine Zusammenfassung in Deutsch geschrieben. Diese Magazine kann ich ihr ja auch mitbringen." Siebels hatte sich die Word-Datei von Sabine Karlson von zu Hause per E-Mail ins Büro geschickt und die Datei gerade ausgedruckt.

„1963 gründeten die drei Amerikaner George Hale, Dick Forrest und Bill Stevenson den Verein Association for American Business Development, der der Erhaltung und Pflege amerikanischer Werte im Geschäftsleben dienen sollte. Ziel des Vereins war es, ein Netzwerk zwischen Managern amerikanischer Unternehmen zu gründen. Mit diesem Netzwerk sollte es allen amerikanischen Unternehmen gelingen, erfolgreicher zu sein als der Rest der Welt. Die amerikanische Regierung unterstützte den Verein nach besten Kräften. Bereits zwei Jahre später hatte der Verein 3.000 Mitglieder. Anfang 1965 starb der Präsident und Mitbegründer des Vereins, George Hale. Sein Nachfolger sollte der bereits 75-jährige Dick Forrest werden. Der bekam aber Gegenwind von einem jungen aufstrebenden Mitglied. Marc Fuller, damals 30 Jahre alt, setzte eine außerordentliche Mitgliederversammlung durch, die einen neuen Präsidenten wählen sollte. Fuller stellte sich selbst auf und wurde mit großer Mehrheit gewählt. Dick Forrest zog sich daraufhin zurück, Bill Stevenson wurde zum Vizepräsidenten gewählt. In den Folgejahren entwickelte Marc Fuller ein Trainingsprogramm für Manager. Außerdem ließ er in

New York, Los Angeles und in Houston Trainingszentren bauen. Mitte der siebziger Jahre hatte der Verein 4.000 Mitglieder. Mitglieder werden konnten ausschließlich Manager und Unternehmer mit einem Mindestjahreseinkommen von 100.000 US-Dollar. Jedes Mitglied war verpflichtet, mindestens einmal im Jahr an einem zweiwöchigen Training teilzunehmen. Anfangs wurden hauptsächlich wirtschaftliche Kompetenzen von hochrangigen Universitätsprofessoren trainiert. Ende der siebziger Jahre kam das sogenannte Persönlichkeitstraining hinzu, das sich in den achtziger Jahren zum Schwerpunkt des Trainings entwickelte. 1982 löste Marc Fuller den Verein auf und gründete das Unternehmen Association for Human Development and Psychologic World Consulting. Die zahlenden Mitglieder wurden zu zahlenden Kunden umfunktioniert. Marc Fuller definierte nun neue Ziele und kreierte neue Kundenstrukturen. Manager und Unternehmer mit einem Jahreseinkommen ab 500.000 US-Dollar gehörten fortan zur VIP-Klasse. Darunter gab es die Gold-Klasse für Kunden mit einem Einkommen ab 100.000 Dollar. Fuller stellte eine kleine Armee von Consultants ein, die zunächst seine Persönlichkeitstrainings durchliefen und dann seine Kunden im ganzen Land berieten. In den folgenden Jahren entwickelte ein junger, ambitionierter Mitarbeiter von Marc Fuller, der Psychologe Tom Snyder, ein spezielles Trainingsprogramm für zukünftige Spitzenberater. Kandidaten, die an diesen Trainings teilnehmen wollten, mussten eine erstklassige Universitätsausbildung absolviert haben und einige Jahre Berufserfahrung in Führungspositionen vorweisen können. Diese Trainings werden bis heute ausschließlich in den amerikanischen Schulungszentren angeboten. Ein bis zwei Jahre benötigt ein Kandidat, bis er den begehrten Titel Platinum-Consultant verliehen bekommt. Ein Platinum-Consultant besitzt das größtmögliche Durchsetzungsvermögen, so lautet die schlichte Definition. Die Öffentlichkeit nahm bis dahin kaum Notiz von Marc Fuller und dessen Unternehmen, welches mittlerweile nur noch World Consulting genannt wurde. Es gab in den letzten Jahren einige Klagen von Unternehmen, die ebenfalls die Bezeichnung World Consulting in ihrem Firmennamen führten, aber diese Klagen wurden alle abgwiesen. Als der mittlerweile 85-jährige ehemalige Vizepräsident Bill Stevenson sich mit den neuen Methoden von Fuller nicht mehr identifizieren konnte und World Consulting verließ, kam es zu öffentlichkeitswirksamen Auseinandersetzungen. Stevenson warf Fuller vor, mit seinen Persönlichkeitstrainings und Platinum-Consultants World Consulting von einer Beratungsgesellschaft zu einer Psychosekte umfunktioniert zu haben. Fuller verklagte daraufhin Stevenson und prozessierte gegen ihn, bis Stevenson 1984 starb. In dieser Zeit gab es mehrere Berichte in Zeitungen und TV über den Streit zwischen Stevenson und Fuller. Einige Consultants von Fuller hatten sich bei dem Streit auf die Seite von Stevenson gestellt. Zwei von ihnen begingen nach dessen Tod offiziell Selbstmord, ein anderer starb bei einem Autounfall. Ab 1985 wurde es dann wieder ruhig um World Consulting und Fuller entwickelte sein Unternehmen weiter. Er baute seine Persönlichkeitstrainings ständig aus und trieb seine Consultants zu immer höheren Leistungen an.

Wer es zum Platinum-Consultant geschafft hatte, galt als Übermensch. Nach Fullers Überzeugung musste World Consulting nur genug Platinum-Consultants ausbilden, um eines Tages mit diesen Leuten die Geschicke der gesamten Weltwirtschaft lenken zu können. Dieses Ziel setzte er gleich mit der Weltherrschaft. Als diese Zielsetzung von World Consulting an die Öffentlichkeit drang, kam es zu einem Aufschrei in den Medien, den Fuller aber mit etlichen Klagen gegen seine Widersacher wegen Rufschädigung im Keim ersticken konnte. 1999 trat Fuller an seinem 65. Geburtstag von seiner Führungsposition zurück und installierte ein dreiköpfiges Gremium an der Führungsspitze von World Consulting. Andy Morgan hatte zehn Jahre lang großen Erfolg als Consultant gehabt und Dutzende Führungskräfte amerikanischer Konzerne beraten. Im Alter von 40 Jahren rückte er in das Führungsgremium von World Consulting auf und übernahm die Führung aller Consultants, die in den USA unzählige Unternehmen beraten. Der zweite im Bunde war Tom Snyder. Er übernahm die Verantwortung und Führung über die kleine Gruppe der Platinum-Consultants. Snyder besaß bereits als 28-jähriger einen Doktortitel in Psychologie und galt als Architekt der Persönlichkeitstrainings, mit denen die Consultants und vor allem die Platinum-Consultants ausgebildet wurden. Seine Platinum-Consultants sollen mittlerweile enormen Einfluss auf das Wirtschaftsleben in den USA haben.

Ein Journalist von der Washington Post, der 2005 einen Artikel über die Ausbildung zum Platinum-Consultant veröffentlichte, schätzte, dass ein Bewerber neben den erforderlichen Qualifikationen aus Studium und Berufsleben mindestens eine Million Dollar für die Ausbildung ausgeben muss. World Consulting stellt geeigneten Kandidaten aber einen Kredit zur Verfügung, der nach erfolgreicher Qualifizierung zum Platinum-Consultant zurückgezahlt werden muss. Ein Platinum-Consultant verdient zwischen fünf und fünfzig Millionen Dollar im Jahr, je nach Einsatzgebiet. Diese Leute sind Angestellte von World Consulting, während die normalen Consultants als selbstständige Berater agieren."

„Dann arbeiten die Consultants und die Platinum-Consultants demnach auf zwei völlig voneinander getrennten Ebenen, sehe ich das richtig?", fragte Charly.

„Im Prinzip ja", bestätigte Siebels. Allerdings gibt es noch den dritten Mann an der Führungsspitze von World Consulting, nämlich Bill Dwight. Der Journalist von der Washington Post ging davon aus, dass Bill Dwight die Verbindung zwischen diesen beiden Ebenen darstellt. Die vielen selbstständigen Consultants auf der ersten Ebene arbeiten bei Bedarf den Platinum-Consultants auf der zweiten Ebene zu, wissen das in den meisten Fällen aber gar nicht. Bill Dwight steuert dabei den Informationsfluss."

„Gibt es diese Platinum-Consultants nur in den USA oder auch in Deutschland?", wollte Till wissen.

Siebels schaute ratlos. „Das weiß ich nicht. Timm hat nichts davon erzählt. Nach dessen Informationen gibt es World Consulting in Deutschland offiziell überhaupt nicht. Demnach dürfte es auch keine Berater geben, die hier arbeiten und direkte Angestellte von World Consulting sind."

„Klingt logisch", behauptete Charly.

„In letzter Zeit gab es allerdings kritische Stimmen in verschiedenen Internetforen. Daher stammen übrigens die meisten Informationen, die ich hier gerade vorlese. Es gab und gibt wohl einerseits immer wieder ehemalige Platinum-Consultants, die aus dem Verein aussteigen und Interna preisgeben. Andererseits gibt es auch Kandidaten, die viel Geld auf den Tisch gelegt haben, um den begehrten Status Platinum-Consultant zu erwerben, ihn dann aber doch nicht verliehen bekamen. Auch diese Leute plaudern dann gern aus dem Nähkästchen. Aber meist anonym und versteckt im Internet. Denn jeder Teilnehmer von Platinum-Trainings verpflichtet sich zu absoluter Verschwiegenheit. Und wer sich nicht dran hält, wird von World Consulting gnadenlos verklagt. Meist mit Erfolg. In den USA hat World Consulting sein Netz also relativ erfolgreich über der amerikanischen Gesellschaft ausgeworfen. Ob sie dort wirklich als ernsthafte Bedrohung für das demokratische Staatswesen auftreten, sei einmal dahingestellt. In Europa laufen die Uhren jedenfalls anders. Wie wir bereits wissen, ist World Consulting seit einigen Jahren in verschiedenen Ländern aktiv und hat durchaus Erfolg mit seinen Beratungsleistungen. Damit unterscheiden sie sich aber grundsätzlich erst mal nicht von herkömmlichen Unternehmens-, Vermögens- oder Immobilienberatern, außer, dass sie alle Beratungsleistungen aus einer Hand anbieten. Bedenklich wird das System ja hauptsächlich durch die mysteriösen Persönlichkeitstrainings von Tom Snyder. Was bei diesen Seminaren wirklich vorgeht, weiß eigentlich niemand so genau. Aber die wenigen kritischen Stimmen, die an die Öffentlichkeit dringen, sprechen oft von Gehirnwäsche. Die europäischen Berater von World Consulting durchlaufen jedenfalls einen Teil dieser Persönlichkeitsseminare von Snyder. In Deutschland scheint dieser Jochen Trutz dafür verantwortlich zu sein. Platinum-Berater kann er aber offensichtlich nicht ausbilden. Ende der Durchsage."

Siebels legte seinen ausgedruckten Bericht von Sabine zur Seite und sah in die verwirrten Gesichter von Till und Charly.

„Das bringt uns jetzt aber auch nicht wirklich weiter", kommentierte Till den Vortrag von Siebels.

„Stimmt", bestätigte Charly. „Das sind aber alles Informationen, die wir problemlos aus dem Internet bekommen haben. Das klingt zwar teilweise ein wenig abstrus, ist aber meines Erachtens nicht wirklich eine Gefahr für die Menschheit. Wenn Paulsen aber so ein Geheimnis daraus macht, dass sein Unternehmen ein Ableger von World Consulting ist, und nur eine Handvoll seiner Partner darin eingeweiht ist, dann muss da viel mehr dahinter stecken."

„Das sehe ich auch so", bestätigte Siebels. „Und ich werde das Gefühl nicht los, dass die Träume der Sabine Lehmann uns einiges darüber verraten könnten."

„Da brauchst du aber einen guten Traumdeuter", feixte Charly. „Ich werde aus ihren Geschichten überhaupt nicht schlau."

„Die Alte hat doch einfach nur ein Rad ab", stöhnte Till genervt dazwischen.

„Bleiben wir mal bei den Fakten", schlug Siebels vor. „Wir wissen jetzt in etwa, was es mit World Consulting auf sich hat und was hinter Paulsen und Partner steckt. Dass es zwischen den beiden Unternehmen einen Zusammenhang gibt, wissen wir nur vom Verfassungsschutz. Dann haben wir noch die Fotos von Müller, auf denen Paulsen in New York bei einer Veranstaltung zu sehen ist. Dass es sich dabei um eine Veranstaltung von World Consulting handelt, können wir nur vermuten. Wenn ich mich morgen mit Jeremy Boyle treffe, erfahren wir dazu hoffentlich mehr. Dann haben wir noch die anderen Bilder hier bei Müller gefunden." Siebels wedelte mit den pornografischen Fotografien in der Luft herum. „Vielleicht fällt Sabine Lehmann dazu ja mal was anderes ein als ein Traum?"

Babygeschrei breitete sich im Büro aus und Siebels suchte verzweifelt nach seinem Handy. Er fand es unter dem Ausdruck des Berichtes über World Consulting und nahm das Gespräch an. Siebels hörte zwei Minuten zu, dann sagte er, dass er sofort vorbeikommen würde.

„Das war Mary. Die Freundin von Peter Bockelmann. Bockelmann wurde vorhin vor seiner Haustür von einem Auto überfahren. Er war sofort tot. Mary ist davon überzeugt, dass es ein Mord war."

„Selbstmorde und Autounfälle gab es ja auch bei amerikanischen Gegnern von World Consulting", erinnerte Till sich an die Zusammenfassung. „Wurmbach, Müller, Bockelmann. Jetzt häufen sich die Fälle auch hier."

„Lass uns gehen", forderte Siebels Till auf.

15

Siebels hatte für die Fahrt zur Wohnung von Peter Bockelmann in Bergen-Enkheim den Weg durch den Stadtteil Riederwald gewählt. Ab Höhe der Eissporthalle kam er im zähen Verkehr kaum noch voran und ärgerte sich über seine Wahl. Als er endlich in Höhe des Stadions vom FSV Frankfurt war, zündete er sich genervt eine Zigarette an.

„Im Auto rauchen?“, fragte Till vorwurfsvoll.

„Ja“, sagte Siebels nur und ließ die Scheibe ein wenig herunter. Eiskalte Luft strömte ins Wageninnere. Auch im Riederbruch zuckelte die Autokarawane nur langsam voran.

„Fühlt sich Sabine eigentlich wohl, als Vollzeitmutter? Oder vermisst sie den Job?“, wollte Till wissen.

„Hm. Manchmal vermisst sie schon ihr altes Leben, glaube ich. Aber sie ist eine tolle Mutter. Sie würde sich auf jeden Fall wieder so entscheiden. Warum fragst du?“

„Ach, nur so.“

„Aha. Mit Johanna und dir ist alles in Butter?“

„Ja. Johanna will auch Mutter werden.“

„Und ihre Karriere als angehende Ärztin?“

„Soweit ich weiß, steht das noch auf dem Programm.“

„Hm. Kind und Job ist ja heute nichts Ungewöhnliches. Aber was hat man dann noch vom Leben? Auf dich werden dann einige Belastungen zukommen. Als meine Tochter aus erster Ehe auf die Welt kam, ging meine Ex auch bald wieder arbeiten, allerdings nur halbtags. Das war schon stressig genug.“

„Sag das mal Johanna.“

„Mache ich gerne, wenn sich die Gelegenheit bietet. Vielleicht sollte sie sich auch mal wieder mit Sabine treffen. Als die beiden zusammen Urlaub gemacht haben, haben sie sich doch gut verstanden.“

„Wir können am Samstag ja etwas früher zum Babysitten kommen und noch ein bisschen schwätzen.“

„Klar, kein Problem.“

„Glaubst du wirklich, dass Bockelmann vorsätzlich überfahren wurde?", wechselte Till das Thema. Mittlerweile hatten sie die Borsigallee erreicht und kamen wieder etwas zügiger voran.

„Da bin ich mir sogar ziemlich sicher, nachdem mir dieser Herr Schwarz nach der Beerdigung von Müller erzählt hat, dass Bockelmann ihn besucht hat und Informationen über Müllers Recherchearbeiten haben wollte. Und der Landgrabenweg ist ja nun mal keine Straße, auf der man einfach so über den Haufen gefahren wird."

Siebels lenkte den Wagen über die Vilbeler Landstraße durch Bergen-Enkheim, bog in den Nordring ab und kurz darauf in den kaum befahrenen Landgrabenweg, der von Wiesen und Feldern umgeben war. Vor Bockelmanns Wohnung hingen noch die rot-weißen Absperrbänder und markierten den Unfallort. Ansonsten war auf der Straße aber keine Menschenseele mehr zu sehen.

Mary öffnete mit verweintem Gesicht und der Katze auf dem Arm die Wohnungstür. „Danke, dass Sie so schnell gekommen sind."

„Das ist doch selbstverständlich. Mein Beileid."

„Mein Beileid", murmelte auch Till verlegen und bewunderte gleichzeitig die traurige Schönheit aus der Karibik.

„Setzen Sie sich doch bitte. Möchten Sie einen Kaffee?"

„Wenn es keine Umstände macht, sehr gerne."

„Jede Ablenkung tut jetzt gut. Sie auch?" Mary sah Till an.

„Ja bitte. Mit Milch und Zucker."

Mary ließ die Katze auf den Boden springen und Till nahm die Kommunikation mit dem Vierbeiner auf.

„Miauuu", lockte er und schnippte mit dem Finger. Die Katze begutachtete ihn argwöhnisch.

„Miauuu", ließ Till nicht locker und schaute beleidigt, als die Katze sich umdrehte und das Zimmer verließ.

„Blödes Vieh."

„Die hat dich durchschaut", freute sich Siebels. „Mach hier keinen Quatsch, wir sind bei einer frischgebackenen Witwe."

Da kam auch Mary schon mit dem Kaffee.

„Jetzt erzählen Sie doch mal genau, was eigentlich passiert ist", bat Siebels.

Mary schenkte den Kaffee in die Tassen und setzte sich zu den beiden. Sie sah auf die Uhr. „Es ist jetzt etwa vier Stunden her. Peter wollte noch mal losfahren, um einen Kunden zu besuchen. Er hatte gerade das Haus verlassen, da fiel mir ein, dass wir noch Katzenstreu brauchen. Ich ging ans Fenster und rief ihm zu, dass er auf dem Rückweg noch welches einkaufen soll. Er stand mitten auf der Straße und schaute zu mir hoch. Da kam der schwarze BMW vom Feld her angefahren. Er fuhr ziemlich langsam, bis er ungefähr fünfzig Meter von Peter entfernt war. Dann gab er plötzlich Vollgas. Ich schrie, Peter konnte sich gerade noch umdrehen, dann wurde er auch schon frontal von dem Wagen erwischt und flog ein paar Meter durch die Luft. Er blieb reglos auf der Straße liegen und der BMW brauste davon. Ich war wie in Trance, starrte aus dem Fenster und konnte mich nicht bewegen. Ich habe keine Ahnung, wie lange ich da stand. Ich hoffte einfach, dass Peter wieder aufsteht oder sich wenigstens bewegen würde. Aber er blieb liegen. Irgendwann bin ich dann völlig kopflos runtergerannt. Ein Nachbar hat den Notarzt und die Polizei gerufen. Er kam dann auch zu Peter. Überall war Blut, Peter lag ganz verkrümmt da. Seine Beine waren unnatürlich abgewinkelt. Er lebte noch."

Mary fing an zu schluchzen. Siebels reichte ihr ein Taschentuch.

„Er sah mich an, wollte etwas sagen, doch er brachte kein Wort mehr heraus. Dann starb er in meinen Armen."

Mary konnte die Tränen nicht mehr zurückhalten und weinte hemmungslos. Die Katze kam wieder ins Zimmer und sprang auf Marys Arme. Mary streichelte die Katze. „Der Notarzt hat mir eine Beruhigungsspritze gegeben. Aber ich kann mich nicht beruhigen", schluchzte sie.

„Konnten Sie das Nummernschild erkennen?", fragte Till.

„Nein. Das hat die Polizei auch schon gefragt. Ich glaube, der Wagen hatte gar keins. Aber ich bin mir nicht ganz sicher."

„Gab es noch andere Zeugen?", wollte Siebels wissen.

„Nein. Der Nachbar, der den Notarzt gerufen hat, hat nur den Aufprall gehört und die quietschenden Reifen, mit denen der BMW auf Peter zugerast ist. Als er aus dem Fenster geschaut hat, war schon alles vorbei."

„Haben Sie eine Ahnung, warum das passiert ist?" Siebels sah vor seinem geistigen Auge Jochen Trutz am Steuer des BMW sitzen. Aber es war kein untermauerter Verdacht, nur ein Gefühl.

Mary lehnte sich zurück und kraulte die Katze im Genick. „Paulsen und Partner. Das ist die einzige Erklärung, die ich habe. Aber ich weiß nichts Genaues. Peter hat mit mir darüber nicht gesprochen. Eigentlich wollte er schon letztes Jahr seinen Job an den Nagel hängen. Wir hatten ja schon alles durchgeplant für unseren Neuanfang in der Karibik. Aber dann muss irgendwas passiert sein. Peter wollte alles um ein Jahr verschieben."

„Wann hat er diesen Entschluss gefasst?"

„Das war erst letztes Jahr, kurz nach Weihnachten."

Siebels sah Mary nachdenklich an. Er vermutete, dass Bockelmann von Müller kontaktiert worden war. Daraufhin hatte Bockelmann seine Zukunftspläne erst mal über den Haufen geschmissen. Siebels rief sich wieder sein Gespräch mit Bockelmann ins Gedächtnis, als er ihn hier wegen des Todes von Müller befragt hatte. Bockelmann hatte sich freundlich, offen und hilfsbereit gegeben. Jetzt erkannte Siebels, dass Bockelmann ihm zwar ein paar Brocken über Paulsen hingeworfen, das Wesentliche aber verschwiegen hatte. Was das Wesentliche war, blieb Siebels weiterhin ein Rätsel. Müller musste etwas gewusst haben, mit dem er Paulsen und Partner vernichten konnte, oder zumindest einen entsprechenden Verdacht gehabt haben. Damit hatte er Bockelmann konfrontiert. Der schien nach dem Tod von Müller auf eigene Faust weiter recherchiert zu haben. Somit war er auch noch eine Gefahr im Fall Müller, falls dessen Tod tatsächlich als Beziehungstat vertuscht werden sollte. Damit gelangte Siebels gedanklich wieder zu Sabine Lehmann und stieß mit seinen Überlegungen in eine Sackgasse. Was er bisher über World Consulting und Paulsen und Partner wusste, gab aber auch noch kein Motiv her, dass das Ableben von Müller und Bockelmann erklären würde.

„Dürfen wir uns mal im Arbeitszimmer von Herrn Bockelmann umsehen?", fragte Siebels schließlich.

„Natürlich. Gleich das nächste Zimmer. Gehen Sie einfach rein. Ich warte hier auf Sie."

„Den Rechner nehmen wir am besten mit, da soll Charly sich dran austoben", sagte Siebels zu Till, als sie in Bockelmanns

Arbeitszimmer waren. Till durchsuchte die Schubladen, Siebels die Schränke und Aktenordner.

„Na schau mal einer an", freute sich Till, nachdem er einen dicken Umschlag geöffnet hatte. „Die gleichen Fotos, die wir auch bei Müller gefunden haben. Nur viel mehr davon."

Neugierig betrachteten sich Siebels und Till die Bilder, auf denen Sabine Lehmann, Nadine Busch und Detlev Wurmbach miteinander verkehrten.

„Das sind anscheinend die Originale", mutmaßte Siebels. „Dann hat Müller seine Abzüge von Bockelmann bekommen."

„Warum nicht umgekehrt?"

„Weil Bockelmann mehr Bilder hat. Es sind fast doppelt so viel."

„Gut kombiniert. Mehr Aufschlüsse geben uns die anderen Bilder aber auch nicht. Außer dass Nadine Busch auf Oralsex steht, das kam bei Müllers Auswahl nicht so zum Vorschein."

„Mit dem Mord an Bockelmann habe ich jetzt aber einen guten Grund, deine Beraterin aufzusuchen."

„Um ihr dann die Bilder zu zeigen?"

„Du hast es erraten. Morgen Vormittag bekommt Sabine Lehmann die Fotos vor die Nase gehalten und nachmittags Frau Busch. Wäre gut, wenn du kurz nach meinem Besuch deinen nächsten Gesprächstermin bei ihr hättest. Wäre doch gelacht, wenn wir die Damen nicht aus dem Konzept bringen und endlich mal Licht in den verdammten Fall kommt."

„Ich habe aber keine Ahnung, was ich mit Nadine Busch noch besprechen soll. Wenn ich da nicht aufpasse, bin ich ruckzuck stolzer Besitzer einer Sicherheitsfirma mit dem vollen Servicepaket."

„Hmm", überlegte Siebels. „Wir hängen dir noch was an. Du hast Mist gebaut bei der Polizei und bist deshalb rausgeflogen. Irgendwas, was für die Gründung eines Sicherheitsunternehmens ganz schlecht ist. Ich würde sagen, du hast geklaut. In den Wohnungen von Mordopfern. Nicht nur einmal, sondern regelmäßig. Das beichtest du ihr morgen. Mal sehen, wie sie damit umgeht."

„Tolle Idee", murrte Till wenig begeistert.

„Ja, die ist ja auch von mir", gab Siebels stolz zurück und

blätterte in einem Aktenordner. „Bockelmann hat vor einigen Jahren auch die Eintracht beraten", stellte er beim Studieren der Unterlagen fest. „Er hat sich um das Sponsoring gekümmert und anscheinend bei der Umwandlung vom Waldstadion in die Commerzbank-Arena beratend zur Seite gestanden."

„Macht die Eintracht nicht Trikotwerbung für Fraport?", fragte Till beiläufig.

„Stimmt. Immer wieder Fraport." Siebels blätterte weiter in dem Ordner. „2001 ist Fraport als Hauptsponsor bei der Eintracht eingestiegen. Bockelmann hat zwischen den Vorständen von der Eintracht und Fraport als Vermittler agiert. Bis 2004 wurde der Vertrag zwischendurch regelmäßig verlängert. Bockelmann blieb bei allen Vertragsverhandlungen der zuständige Berater bei der Eintracht. Aber mit einem neu geschlossenen Sponsoringvertrag in 2005 endete für Bockelmann das Kapitel. In einem Brief von der Geschäftsstelle der Eintracht wird ihm lapidar mitgeteilt, dass die bisherige vertrauensvolle Zusammenarbeit ab sofort eingestellt wird. Stattdessen wird sich in Zukunft Frau Sabine Lehmann von Paulsen und Partner um alle Angelegenheiten im Sponsoringbereich zwischen Eintracht Frankfurt und Fraport kümmern. Um einen reibungslosen Übergang zu gewährleisten, sind alle geschäftlichen Unterlagen umgehend an Frau Lehmann weiterzuleiten."

„Sehr interessant", sagte Till. „Die schmeißen den Mann mit der größten Erfahrung im Paulsen-Club einfach raus und übertragen die Arbeit einer Frau, die gerade erst bei Paulsen eingestiegen ist."

„Die Lehmann bekommt einen der besten Kunden von Bockelmann übertragen und Bockelmann hat diese kompromittierenden Bilder von ihr. Ob es da einen Zusammenhang gibt?"

„Scheint wohl so. Bockelmann wollte wohl nicht kampflos das Feld räumen. Genutzt hat es ihm aber nichts, wie es aussieht. Fraport blieb Kunde bei Sabine Lehmann."

„Das ist jedenfalls ein schönes Gesprächsthema für einen erneuten Besuch bei dem ehrenwerten Herrn Paulsen."

„In seinem Schreibtisch hat er sonst nichts Interessantes mehr", sagte Till und schob die Schubladen wieder zu.

Siebels wählte auf seinem Handy die Nummer von Charly. „Hi Charly. Hast du schon die Namen aus Wurmbachs Terminkalender überprüft. Ja? Sehr schön." Siebels deutete Till an, sich eine Notiz zu machen und wiederholte die Angaben von Charly laut. „Martin Schmidt, Vorstandsassistent bei Fraport hatte am 8.1.2005 um 16.00 Uhr einen Termin mit Detlev Wurmbach. Danke, Charly. Bis morgen."

„Das war der Tag, an dem man Wurmbach gefunden hat, zwei Tage nach seinem Tod", bemerkte Till.

„Ja. Mit Martin Schmidt müssen wir auch sprechen. Das kannst du übernehmen."

„Geht klar. Das mache ich am besten gleich morgen Vormittag, wenn du dich bei deiner Träumerin rumtreibst."

„Für heute machen wir Schluss, den Ordner hier nehme ich mit, wenn Mary nichts dagegen hat. Ob ich sie fragen soll, was es mit den Fotos auf sich hat?"

„Wenn wir die mitnehmen, brauchen wir dafür auch ihre Erlaubnis, also frage sie besser."

Mary saß immer noch auf dem Sessel und kraulte die Katze. Siebels ging zu ihr und zeigte ihr den Ordner. „Das sind geschäftliche Unterlagen, die uns interessieren. Dürfen wir die mitnehmen?"

Mary nickte. „Natürlich."

„Dann haben wir noch etwas gefunden." Siebels reichte Mary die Bilder. „Die würde ich auch gerne mitnehmen. Können Sie sich einen Reim darauf machen, warum sich diese Fotos im Büro von Herrn Bockelmann befanden?"

Mary betrachtete sich die Bilder. „Was sind das für Leute?", fragte sie verwirrt.

„Partner von Paulsen."

„Peter war weder ein Spanner noch ein Erpresser, falls Sie das denken."

„Nein, keine Sorge. Wir wissen noch nicht genau, was wir denken sollen, aber an so etwas auf keinen Fall."

„Dann ist ja gut. Nehmen Sie die Bilder mit. Haben Sie vielen Dank, dass Sie so schnell gekommen sind."

„Wenn es etwas Neues gibt, melde ich mich. Falls Ihnen noch etwas einfällt, rufen Sie mich bitte an."

„Ja", sagte Mary und begleitete Siebels und Till zur Tür.

Als Till nach Hause kam, lag Johanna auf seinem Sofa und

schaute fern. Till zog sich Jacke und Schuhe aus und legte sich neben sie. „Bist du schon schwanger?“, fragte er.

„Vielleicht“, säuselte sie und gab ihm einen Kuss.

„Wenn wir ein Kind bekommen, wie soll es dann eigentlich weitergehen?“

„Wie meinst du das?“

„Dein praktisches Jahr im Krankenhaus müsste doch bald vorbei sein. Ich dachte, du willst dann als Ärztin dort arbeiten.“

„Ja, natürlich. Wo ist das Problem?“

Till suchte nach den richtigen Worten und verstand nicht so recht, was im Kopf von Johanna eigentlich vorging. „Wer soll sich denn um das Kind kümmern?“, fragte er dann ganz direkt.

„Entweder mache ich Mutterschaftsurlaub oder du machst Vaterschaftsurlaub. Je nachdem, wie gut mein Job dann bezahlt wird. Wenn das dann vorbei ist, suchen wir einen Platz in einer schönen Krabbelstube und später in einem Kindergarten.“

„Klingt gut“, sagte Till. „Aber wenn wir beide Vollzeit und im Schichtdienst arbeiten, haben wir trotzdem ein Problem. Krabbelstuben und Kindergärten kümmern sich doch nicht auch spät abends und nachts um die Kinder. Die muss man da spätestens am frühen Abend wieder abholen.“

„Dann müssen wir uns unsere Zeit halt besser einteilen. Zur Not stellen wir ein Kindermädchen ein. Mein Vater ist ja auch noch da. Der würde sich bestimmt freuen, wenn er seinen Enkel im Kindergarten abholen kann.“ Johanna schaute Till misstrauisch an. „Willst du überhaupt ein Kind?“

„Ja, auf jeden Fall. Vielleicht sogar zwei oder drei.“

„Das kommt gar nicht infrage. Ein Kind reicht vollkommen.“

„Warum?“

„Du stellst vielleicht Fragen. Ein Kind bedeutet neun Monate Schwangerschaft. Bei zwei Kindern sind es schon achtzehn Monate. Nee, nee, einmal dicker Bauch langt vollkommen.“

„Einzelkinder entwickeln sich zu Egoisten“, versuchte Till seinen Standpunkt zu verteidigen.

„Danke. Bin ich etwa egoistisch?“

„Na ja, vielleicht ein bisschen?“

„Ach ja? Weil ich nach meinem Studium als Ärztin arbeiten will und nicht als deine Gebärmaschine?“

„Mensch, Johanna, so was kann man doch nicht alles im Voraus planen. Ein Auto oder zwei Autos, das kann man planen. Aber ein Kind oder zwei Kinder, das ergibt sich doch im Laufe der Zeit."

„Familienplanung nennt man so was. Wenn wir ein gesundes Kind haben, lasse ich mich sterilisieren."

„Du machst was?"

„Du hast mich doch genau verstanden. Ich will ein Kind. Nicht zwei, nicht drei. Nur eins."

Till war ziemlich perplex. Johanna schien das ganze Thema schon genau durchdacht zu haben. Er selbst hatte bisher nur sehr vage Vorstellungen von seinem Familienglück gehabt. An ein Kind dachte er erst ernsthaft, seitdem Siebels vor Kurzem wieder Vater geworden war. Ob es später dann noch weitere Kinder geben sollte oder nicht, das war eine Entscheidung, die er niemals schon vor dem ersten Kind getroffen hätte. Familienplanung sah in seinen Augen irgendwie anders aus.

„Und wenn ich später noch ein zweites Kind haben möchte? Soll ich mir dann noch eine zweite Frau suchen?", fragte er trotzig.

Johanna sah ihn böse an. „Bis jetzt wissen wir ja noch gar nicht, ob du überhaupt zeugungsfähig bist", spöttelte sie.

„Das lässt sich ja herausfinden", witzelte er und rollte sich auf Johanna. Nur Sekunden später hatten beide ihre unterschiedlichen Auffassungen vergessen und rissen sich gegenseitig die Kleider vom Leib.

16

Donnerstag, 12. Februar 2009

Siebels hatte Günther Lehmann wieder im Hotel abgeholt und fuhr mit ihm über die A5 Richtung Darmstadt zum Untersuchungsgefängnis nach Weiterstadt. In der Innentasche seiner Jacke befanden sich die Fotos, die Sabine Lehmanns freizügiges Liebesleben dokumentierten. Er nahm sich vor, erst den Vater zur Tochter zu lassen, bevor er dann mit Sabine Lehmann sprach und die Fotos ins Spiel brachte. „Sagt Ihnen der Name Detlev Wurmbach etwas?", fragte Siebels seinen Beifahrer.

„Nein. Den Namen habe ich noch nie gehört. Wer soll das sein?"

„Ein Mann, der vor einigen Jahren als Partner von Paulsen gearbeitet hat", wiegelte Siebels ab und machte sich seine Gedanken. Sabine Lehmann hatte intimen Kontakt mit Wurmbach vor ihrer Zeit als Partnerin, sie wusste von seinem Selbstmord und übernahm dann anscheinend dessen Platz als Partnerin bei Paulsen. Mit ihrem Vater hatte sie ein gutes Verhältnis. Als sie nach ihrem Studium diesen begehrten Arbeitsplatz übernahm, hätte sie ihrem Vater gegenüber bestimmt den Namen Wurmbach erwähnt. Ein labiler Mann, der sich erhängt hat, das ist tragisch, aber eine große Chance für mich. So oder ähnlich hätte sie unter normalen Umständen den Namen Wurmbach zur Sprache gebracht. Anderseits waren Siebels die Umstände zu dieser ganzen Geschichte noch völlig unklar. Im Radio lief ein Song von Robert Palmer. Addicted to love. Siebels drehte etwas lauter und trommelte mit den Fingern im Takt auf das Lenkrad. Nach dem Lied kam Werbung und Siebels drehte wieder leiser.

„Meine Tochter hätte alles getan, um erfolgreich im Beruf zu sein", sagte Günther Lehmann leise. „Als ich schwach war, hat sie sich vorgenommen, stark zu werden. Ich bin nie richtig darüber hinweggekommen, dass meine Frau gestorben ist. Ich war Ingenieur bei einem Maschinenbauer. Nach dem Tod meiner Frau habe ich zu trinken angefangen und mein Leben nicht mehr im Griff gehabt. Ich kam morgens oft zu spät zur Arbeit und machte Fehler in meinem Job. Ein Jahr später wurde mir gekündigt. Danach wurde es mit dem Trinken noch schlimmer. Bis zum Tod meiner Frau war in unserer Familie immer alles eitler Sonnenschein. Dann brach die heile Welt auseinander. Sabine musste tatenlos zusehen, wie ihre Mutter starb und ihr Vater ein Alkoholiker wurde. Sie sah die Welt plötzlich mit anderen Augen. Sie sah eine Welt, in der nur die Starken überleben. Wer Gefühle zeigt, wer den Tod eines geliebten Menschen nicht verkraftet, der hat in dieser Welt verloren. Sabine nahm sich vor, zu den Starken zu gehören. Sie entwickelte einen enormen Ehrgeiz, der sie als Partnerin bei Paulsen immer weiter in die Arbeit trieb. Ich bin jetzt seit zwei Jahren wieder trocken und habe mein Leben wieder im Griff. Aber ob Sabine das schafft?"

„Sie ist noch jung", tröstete Siebels Herrn Lehmann. Mittlerweile waren sie in Weiterstadt angekommen.

Till hatte am Morgen Nadine Busch angerufen und um ein weiteres Gespräch gebeten. Er wollte um 17.00 Uhr bei ihr sein und bekam von ihr den Termin bestätigt. Siebels traf sich um 14.00 Uhr mit Jeremy Boyle und wollte anschließend einen Überraschungsbesuch bei Nadine Busch machen. Till würde dann kurz nach Siebels Besuch dort auftauchen. Nach dem Telefonat mit Nadine Busch rief er beim Flughafen an und ließ sich mit dem Vorstandssekretariat verbinden. Von dort wurde er zu Martin Schmidt weitergeleitet. Eine Stunde später saß Till Martin Schmidt in dessen Büro gegenüber.

„Was genau führt Sie denn zu mir?", wollte Schmidt wissen. Till schätzte ihn auf Mitte vierzig. Schmidt hatte kurz geschnittenes schwarzes Haar, das sich auf der vorderen Kopfhälfte schon größtenteils gelichtet hatte. Zu einem dunkelblauen Anzug trug er ein weißes Hemd, eine blaue Krawatte und schwarze, auf Hochglanz polierte Schuhe. Till entging auch nicht der goldene Ehering. Er schätzte Schmidt als Vater von drei bis vier Kindern ein.

„Dieser Terminkalender hier führt mich zu Ihnen", sagte Till und legte den aufgeschlagenen Kalender von Wurmbach auf den Tisch.

Schmidt betrachtete sich das ledergebundene Teil. „Ein Kalender aus dem Jahr 2005?"

„Im Moment interessiert mich nur der 8. Januar 2005. Da hatten Sie einen Termin mit Detlev Wurmbach von Paulsen und Partner."

Schmidt betrachtete Till aus seinen dunkelbraunen Augen. Dann lächelte er kurz, bevor er antwortete. „Ja, ich erinnere mich. Der Termin ist damals aber geplatzt. Mein Gesprächspartner hatte sich kurz vorher das Leben genommen. Warum interessiert Sie das jetzt?"

„Gestern ist wieder jemand gestorben. Ein gewisser Herr Bockelmann, der ebenfalls für Paulsen und Partner tätig war. Kannten Sie Herrn Bockelmann?"

Schmidt kratzte sich am Kinn. „Nein, der Name sagt mir nichts."

„Herr Bockelmann hat das Sponsoring von Fraport bei der Frankfurter Eintracht von 2001 bis 2005 beratend begleitet", klärte Till ihn auf.

Schmidt zuckte mit den Schultern. „Das kann schon sein. Mit unserem Sponsoring habe ich nichts zu tun. Da muss ich Sie an einen Kollegen verweisen."

„Darf ich fragen, wofür Sie zuständig sind?"

„Ich beschäftige mich sozusagen mit der Zukunft. Der Flughafen wächst ja ständig weiter. Wie Sie sicher wissen, sind wir der größte Arbeitgeber in der Region. Ich plane die Kapazitäten, die wir in Zukunft benötigen, um das Wachstum im Flugverkehr auch bewältigen zu können."

„Also die neue Landebahn?"

„Das ist eines der Projekte, ja. Das größte und umstrittenste Projekt, aber beileibe nicht das einzige. Das neue Terminal oder das Airrail-Center sind ebenfalls bedeutende Projekte. Natürlich steht das alles im Zusammenhang. Mit einer neuen Landebahn allein ist es ja nicht getan."

„Was wollten Sie denn mit Herrn Wurmbach damals besprechen?"

Schmidt überlegte kurz, bevor er seine Gedanken in Worte fasste. „Ich vertrete seit 1999 den Flughafen in der Mediationsgruppe, die sich mit der Zukunft des Frankfurter Flughafens beschäftigt. Herr

Wurmbach sollte ein Konzept entwickeln, wie die Empfehlungen dieser Gruppe möglichst schnell auf Realisierbarkeit durch den Flughafen überprüft werden können. Außerdem sollte er die Vor- und Nachteile herausarbeiten, die entsprechende Maßnahmen mit sich brachten. Vordergründig standen für uns dabei wirtschaftliche Gründe an. Vor allem die Wettbewerbssituation von europäischen Großflughäfen und deren Zukunftsaussichten waren und sind für uns von großem Interesse. Natürlich spielen in solchen Szenarien auch die zu erwartenden Belastungen für die Anwohner eine große Rolle."

„Herr Wurmbach hatte aber noch keinen Beratervertrag von Ihnen, oder?"

„Nein. Mein damaliger Termin mit ihm war für ein abschließendes Gespräch gedacht. Danach sollte die Entscheidung fallen. Wir hatten zu diesem Zeitpunkt drei verschiedene Beratungsunternehmen in die engere Wahl gefasst."

„Wie standen denn die Chancen von Herrn Wurmbach?"

„Das kann ich Ihnen so nicht sagen. Das sollte in dem Gespräch geklärt werden, zu dem es dann ja leider nicht mehr kam. Wir waren jedenfalls nicht restlos überzeugt von ihm. Ein Mitbewerber hatte leichte Vorteile."

„Den Beratervertrag hat dann aber doch Paulsen und Partner bekommen, mit der Niederlassung von Frau Sabine Lehmann?"

„Ja, das ist richtig. Als Herr Wurmbach verstarb, hat sich Herr Paulsen mit uns in Verbindung gesetzt. Er bat um einen kurzfristigen Aufschub und versprach uns, adäquaten Ersatz für Herrn Wurmbach anzubieten. Das hat er dann auch getan und uns mit Frau Lehmann bekannt gemacht."

„Hm", machte Till. „Frau Lehmann war aber doch ganz neu in dem Geschäft. Auf der anderen Seite gab es noch die Partneragentur von Herrn Bockelmann. Der hatte nicht nur jahrelange Erfahrung in dem Geschäft, sondern war mit dem Flughafen auch schon im Sponsoring tätig. Warum die Entscheidung für Frau Lehmann?"

„Das kann ich Ihnen leider nicht beantworten. Diesen Herrn Bockelmann kannte ich nicht, außerdem war es die Empfehlung von Herrn Paulsen. Der musste ja wohl am besten wissen, welcher seiner Partner der richtige für uns war. Immerhin ging es um einen sehr lukrativen Beratervertrag."

„Sind Sie im Nachhinein mit der Auswahl von Frau Lehmann denn zufrieden?"

Schmidt nickte. „Ja. Die Landebahn wird trotz scharfer Proteste gebaut werden und die Konzepte, die uns Frau Lehmann vorgelegt hat, haben sich bewährt."

„Frau Lehmann ist seit einigen Tagen aber nicht mehr im Geschäft. Wissen Sie das schon?"

„Ja, Herr Paulsen hat uns informiert, dass Frau Lehmann die Agentur aufgegeben hat."

„Gibt es schon eine Nachfolgeregelung?"

„Nein. Wir prüfen das. Im Moment hat das keine Priorität. Die betreffenden Projekte sind mittlerweile in der Bauphase. Die Tätigkeiten von Frau Lehmann waren soweit abgeschlossen."

„Gut. Da haben Sie mir doch ein wenig weitergeholfen. Wenn ich schon mal hier bin, würde ich mich auch gerne mit dem zuständigen Mitarbeiter für das Sponsoring unterhalten. Ist das möglich?"

Schmidt nahm den Telefonhörer zur Hand und erkundigte sich bei seiner Sekretärin, wer Till in dieser Sache behilflich sein könnte.

Siebels wartete vor dem Besucherraum, während sich Günther Lehmann mit seiner Tochter unterhielt. Ein Gefängniswärter hielt sich ebenfalls vor der Tür auf und beobachtete durch ein Fenster in der Tür, was sich in dem Raum abspielte. Allerdings warf er nur alle paar Minuten einen Blick hinein.

„Was haben Sie denn für einen Eindruck von der Gefangenen?", fragte Siebels.

„Sie macht keine Probleme und ist pflegeleicht. Mehr kann ich über sie nicht sagen."

„Hat sie sich schon mit anderen Insassen angefreundet?"

„Den meisten geht sie aus dem Weg. Mit Ellen Baumeister spricht sie hin und wieder."

„Wer ist das?", fragte Siebels neugierig.

„Ellen Baumeister? Sie soll ihren Mann vergiftet haben. Einen gewalttätigen Alkoholiker. In einer Woche beginnt ihr Prozess."

Siebels notierte sich den Namen der Frau. Vielleicht hatte Sabine Lehmann ihr erzählt, was er gern wissen würde.

„Sie besuchen die Dame aber oft", bemerkte der Wärter.

„Ja. Ich fühle mich hier auch schon fast wie zu Hause."

„Weiterstadt ist ja auch ein wunderschöner Luxusknast, manche unserer Kunden fühlen sich hier tatsächlich wie im Urlaub", flachste der Beamte. Siebels rauchte noch zwei Zigaretten mit seinem Gesprächspartner und unterhielt sich mit ihm über das Wetter und über die Eintracht. Dann klopfte er an die Tür und löste Günther Lehmann ab.

Sabine Lehmann machte einen zufriedenen Eindruck. Das Gespräch mit ihrem Vater schien ihr gut getan zu haben.

„Guten Tag, Frau Lehmann. Da bin ich wieder."

„Ja so was. Ich bin auch noch da. Was für ein Zufall."

Siebels lachte und Sabine Lehmann lachte mit ihm.

„Dann komme ich wohl am besten gleich zur Sache", sagte Siebels und machte wieder ein ernstes Gesicht. „Gestern wurde Herr Bockelmann vorsätzlich überfahren. Er ist tot."

„Peter Bockelmann?", fragte Sabine Lehmann überrascht.

Siebels nickte nur.

„Wissen Sie, wer es getan hat? Und warum?"

„Nein. Aber wir haben in seiner Wohnung etwas gefunden. Etwas, das mit Ihnen zu tun hat."

„Mit mir? Was soll das sein?" Sabine Lehmann machte einen überraschten Eindruck. Siebels zog langsam die Bilder aus seiner Jackentasche und legte sie auf den Tisch. Dann lehnte er sich auf seinem Stuhl zurück und beobachtete die Reaktion von Sabine Lehmann. Die nahm die Fotos in die Hand und betrachtete sie mit ausdrucksloser Miene.

„Das ist privat", sagte sie lapidar.

„Jetzt nicht mehr. Jetzt ist es Gegenstand polizeilicher Ermittlungen."

„Hat mein Vater das gesehen?"

„Nein. Natürlich nicht. Wir behandeln das vertrauensvoll."

Sabine Lehmann legte die Bilder wieder auf den Tisch und blieb stumm.

„Als Sie als Partnerin von Herrn Paulsen begonnen haben, war Herr Wurmbach schon tot. Anscheinend kannten Sie ihn aber vorher schon ganz gut. Woher?"

„Ist das wichtig?"

„Ja. Herr Wurmbach hat sich das Leben genommen und Sie

haben seine Agentur übernommen. Später haben Sie Sven Müller kennen gelernt. Der schien sich sehr für Ihre Arbeit zu interessieren. Vor allem für das Flughafenprojekt. Die beiden sind jetzt tot. Bockelmann hatte diese Bilder und ist ebenfalls tot. Und Frau Busch arbeitet auch als Partnerin von Paulsen."

„Nadine Busch lebt aber noch."

„Noch. Haben Sie die Befürchtung, dass sich das bald ändern könnte?"

Sabine Lehmann zuckte mit den Schultern. „Wer weiß schon, wann sein letztes Stündlein geschlagen hat?"

„Wie kam es zu diesen Fotos?"

„Männer sind so leicht zu manipulieren", flötete Sabine Lehmann mit mädchenhafter Stimme. „Ich erzähle Ihnen am besten einen Traum."

Siebels seufzte und schaltete sein Diktiergerät ein.

Der Film läuft schon seit einigen Minuten, als ich mir an der Kasse noch eine Karte kaufe. In meinem weißen Brautkleid laufe ich mit weißen Lackschuhen zum Kinosaal und öffne die Tür. Das Pornokino ist klein und schlecht besucht. Es hat nur sieben Sitzreihen und darauf haben es sich nur fünf Männer bequem gemacht. Keiner von ihnen beachtet mich, als ich den dunklen Raum betrete. Die abgestandene Luft riecht süßlich. Aus den Lautsprechern dringt lustvolles Stöhnen. Auf der Leinwand bearbeitet ein Muskelprotz mit flinker Zunge die Möse eines blonden Busenwunders. Die fünf Männer starren gebannt auf die Leinwand. Der in der letzten Reihe fährt sich mit seiner Zunge über seine Unterlippe. Ich setze mich neben ihn und lege meinen Arm um seine schmächtigen Schultern. Er schaut mich verlegen an und ich schenke ihm ein freundliches Lächeln. Dann beuge ich meinen Kopf zu seinem und frage ihn flüsternd, ob er nach der Vorstellung Lust auf eine heiße Braut hat. Er atmet schwer und nickt heftig. Ich gebe ihm eine Karte. Die Karte mit der Nummer eins. Ich schaue noch einen Moment dem Film zu, bevor ich mich zu dem älteren Herrn in der nächsten Reihe setze. Der Muskelprotz nimmt das blonde Busenwunder mit heftigen Stößen von hinten. Der ältere Herr neben mir reibt bei dem Schauspiel mit seinen Händen über seine Oberschenkel. Ich lege auch meine

Hand auf seinen Oberschenkel, streichele ihn zärtlich und setze dabei mein unschuldiges Lächeln auf. Der ältere Herr rutscht unruhig in seinem Sessel hin und her. Ich frage ihn, ob er nach der Vorstellung Lust auf eine heiße Braut hat. Seine Augen leuchten und seine Lippen formen ein lautloses „Ja". Er bekommt die Karte mit der Nummer zwei. Am anderen Ende der Sitzreihe sitzt der dicke Mann und schaut schon neugierig herüber. Ich gehe zu ihm und lasse mich in den Sessel neben ihm fallen. Ich begrüße ihn mit einem Küsschen auf die Wange und er wird ganz rot im Gesicht. Der Muskelprotz bekommt von dem blonden Busenwunder gerade einen geblasen. Auch den Dicken frage ich, ob er nach der Vorstellung Lust auf eine heiße Braut hat. Er fängt an zu schwitzen und an seinem Reißverschluss rumzufummeln. Bevor er ihn öffnet, gebe ich ihm die Karte mit der Nummer drei. Ziemlich in der Mitte des Kinos sitzt ein junger blondgelockter Bursche. Er trägt eine Zahnspange und schaut gebannt zu, wie das blonde Busenwunder wild auf dem Muskelprotz reitet. Ich setze mich neben den Burschen und hauche ihm ein nettes „Hallo" ins Ohr. Er betrachtet mich ehrfurchtsvoll und ich frage ihn, ob er nach der Vorstellung Lust auf eine heiße Braut hat. Ich drücke ihm die Karte mit der Nummer vier in die Hand, mit der er gerade nach meinen Brüsten greifen will und gehe schnell zur ersten Reihe weiter. Dort sitzt ein kleiner Mann mit Schnurrbart. Ich setze mich auf seinen Schoß und spüre seine kleine Erregung. Das blonde Busenwunder wird gerade von einer Dunkelhäutigen geleckt. Der Muskelprotz ist von der Bildfläche verschwunden. Der kleine Mann bekommt eine große Erregung und drückt mich fester auf seinen Schoß. Von seinem Schoß aus betrachte ich mir die ungeduldigen Gesichter der anderen vier Zuschauer. Dann frage ich auch den fünften, ob er nach der Vorstellung Lust auf eine heiße Braut hat. Der kleine Mann stöhnt leise und will seine Hand unter mein weißes Brautkleid schieben. Ich stecke ihm die Karte mit der Nummer fünf zwischen seine Lippen und rutsche schnell von seinem Schoß.

Als der Pornofilm zu Ende ist, schließt sich der Vorhang und das Licht geht an. Ich tänzele vor dem Vorhang entlang und fünf gierige Augenpaare blicken mich an, als ich mein Brautkleid über meine Schenkel schiebe. „Nummer eins beginnt", rufe ich fröhlich. Doch der Mann in der letzten Reihe bleibt unschlüssig sitzen. Stattdessen kommt der dicke Mann mit der Nummer drei schwitzend auf mich zu gehetzt. Als er dicht vor mir stehen bleibt, greife ich in meine weiße Lackhandtasche. Das Messer liegt gut in meiner Hand. Mit einer schellen Bewegung ramme ich es dem Dicken ins Herz. Er fällt plump zu Boden, ein paar Blutspritzer besprenkeln mein weißes Brautkleid. „Die Reihenfolge muss unbedingt eingehalten werden", ermahne ich die erschrockenen Männer. „Jetzt sind es nur noch vier", juchze ich fröhlich. Die verbliebenen vier schauen aber plötzlich ängstlich aus. Ich stelle mich breitbeinig über den toten Dicken, hebe mein Brautkleid wieder an und entblöße meinen Unterkörper. „Die Braut ist heiß", rufe ich lachend. „Nummer vier bitte." Der blond gelockte Bursche erhebt sich und kommt zu mir. Misstrauisch begutachtet er den toten Dicken, der unter mir in seinem Blut liegt. Doch dann vergisst er seine Angst und will mir zwischen die Beine greifen. Er sieht nicht, wie ich die kleine Pistole aus meiner weißen Lacklederhandtasche ziehe. Mit dem kleinen Loch in seiner Stirn sieht er richtig süß aus. Leider fällt er dann um und landet auf dem Dicken. „Die Reihenfolge muss unbedingt eingehalten werden", ermahnte ich noch einmal die verblieben drei Männer. „Als nächstes bitte Nummer fünf. Aber vergessen Sie nicht, dass Nummer eins noch nicht zum Zuge kam." Der kleine Mann mit der Nummer fünf verstand jetzt, warum Nummer vier zu früh dran war. Er drehte sich um und schaute zu dem Mann in der letzten Reihe. Doch der blieb stur auf seinem Platz sitzen und zitterte wie Espenlaub. Zu meinem großen Erstaunen hatte der kleine Mann plötzlich auch eine Pistole in der Hand und zielte auf den Mann in der letzten Reihe. Ich konnte nicht verhindern, dass Nummer eins von Nummer fünf erschossen wurde. „Jetzt stimmt die Reihenfolge wieder", freute sich der kleine Mann, stieg aus seiner Hose und kam zu mir. Als er freudig erregt vor mir stand, erklärte ich ihm, dass das ein Regelverstoß war und blies auch ihm eine Kugel in die Stirn. Unter mir lag nun ein kleiner Berg mit drei Leichen und mein weißes Brautkleid war mit Blut besudelt. „Nummer zwei bitte", rief ich dem älteren Herrn zu. Der ältere Herr erhob sich zitterig, setzte sich seinen Hut auf und nahm seinen Stock zur Hand. Als er endlich bei mir war, machte er ein trauriges

Gesicht. „Es tut mir leid. Ich bin zu alt, es geht nicht mehr", sagte er verzweifelt. „Das macht doch nichts", ermunterte ich ihn, zog seinen Krawattenknoten auf, wickelte ihm die Krawatte um den Hals und zog zu. Er röchelte und japste vergebens nach Luft. „Die nächste Vorstellung beginnt ja schon in einer Stunde", klärte ich ihn auf, bevor er ebenfalls tot umfiel.

Siebels schaltete das Diktiergerät aus. Er fragte sich, warum er das überhaupt alles aufnahm und später von Till abtippen ließ.

„Ich werde nachher Frau Busch besuchen. Vielleicht fällt ihr ja zu diesen Bildern etwas ein."

„Nadine? Die sieht zwar niedlich aus, aber das täuscht."

„Wie meinen Sie das?"

„Nadine vernascht alles, was bei drei nicht auf dem Baum ist", sagte Sabine Lehmann emotionslos.

Siebels dachte an Till und bekam Magenschmerzen. „Ich dachte, als Partner bei Paulsen hat man gar keine Zeit für ein Privatleben?"

„Das stimmt. Nadine hat auch nicht wirklich ein Privatleben. Sie versteht sich gut darauf, Arbeit und Vergnügen miteinander zu kombinieren."

„Sie scheinen keine gute Meinung von ihr zu haben?"

„Es geht nicht um meine Meinung. Es geht doch um diese Bilder, oder? Was mich betrifft, werde ich hier und heute nichts dazu sagen. Über Nadine kann ich Ihnen aber ganz im Vertrauen ein kleines Geheimnis verraten. Sie ist nymphoman veranlagt. Sie braucht es. Ständig und überall. Man kann ihr unersättliches Verlangen nach Sex auch als Krankheit betrachten."

Siebels dachte mit noch größeren Magenschmerzen an Till und fragte sich, ob es schon passiert war. „Sie war also die treibende Kraft?", fragte Siebels und deutete auf den Stapel mit den Bildern.

„Das habe ich nicht gesagt. Vielleicht sollten Sie mal den Teufel fragen?"

„Jochen Trutz?"

„Ich möchte jetzt zurück in meine Zelle." Sabine Lehmann stand auf, ging zur Tür und gab dem Wärter ein Zeichen durch die Scheibe.

17

Dr. Matthias Haag war Ende dreißig und Triathlet, wie einige Teilnehmerurkunden an den Wänden seines Büros bewiesen. Der promovierte Betriebswirt spielte in seiner Jugend Fußball und schaffte es bis in die Regionalliga. Als er beim Flughafen eine hoch dotierte Position übernahm, hängte er seine Fußballschuhe an den Nagel. Stattdessen sponsorte er im Auftrag von Fraport nun neben der Eintracht noch etliche kleinere Clubs im Rhein-Main-Gebiet. Das erzählte er Till, bevor er überhaupt wusste, was Till von ihm wollte. Till saß entspannt in einem Ledersessel und nahm dabei zur Kenntnis, dass Dr. Haag einen Ehering am Finger trug. Er schätzte ihn als Vater von zwei Töchtern ein.

„Haben Sie auch Kinder?", fragte er dann frei heraus.

„Zwei Töchter. Die eine ist sieben, die andere zwölf."

Till nahm sich vor, demnächst mal einen Lottoschein auszufüllen.

„Wegen meinen Töchtern sind Sie aber hoffentlich nicht hier?"

„Nein", winkte Till ab. „Es geht um einen Mordfall."

„Oh, wer wurde ermordet? Jemand, den ich kenne?"

„Peter Bockelmann von Paulsen und Partner. Er wurde gestern vorsätzlich von einem Auto erfasst."

Dr. Haag wurde ganz bleich im Gesicht. „Peter? Vorsätzlich?"

„Sie kannten sich näher?"

„Ja, wir sind im Laufe der Zeit Freunde geworden. Peter hat uns als Sponsor mit der Eintracht zusammengebracht. Das war vor ungefähr acht oder neun Jahren. Wir hatten damals viele geschäftliche Besprechungen. Daraus hat sich dann eine Freundschaft entwickelt. Die arme Mary. Die beiden waren doch drauf und dran, hier alles aufzugeben und in die Karibik auszuwandern."

„Wenn Sie so gut mit ihm befreundet waren, wie kam es dann, dass Herr Bockelmann seine Beratertätigkeit für die Eintracht an Frau Lehmann abtreten musste?"

„Das ist eine gute Frage. Wie Sie ja selbst gesagt haben, hat er nicht für uns, sondern für die Eintracht gearbeitet. Aber die Initiative dazu kam wohl aus unserem Haus. Das wurde aber von höherer Stelle entschieden und muss politische Gründe gehabt haben. Diese Frau Lehmann hat Fraport wohl bei einigen wichtigen Projekten beraten. Da waren mir die Hände gebunden. Der Freundschaft zwischen Peter und mir hat das aber keinen Abbruch getan. Übrigens hat dieser Herr Paulsen dabei auch seine Finger im Spiel gehabt."

„Wie lief denn das Sponsoring unter der Obhut von Frau Lehmann?"

„Der Vertrag zwischen Fraport und der Eintracht wurde in den letzten Jahren regelmäßig verlängert. Momentan haben wir uns auf eine Zusammenarbeit bis 2010 geeinigt. Frau Lehmann hat sich nie darum gekümmert. Jedenfalls habe ich bei den Verhandlungen von ihr weder was gehört, noch habe ich sie gesehen. Wenn Sie da mehr wissen wollen, müssen Sie bei der Eintracht nachfragen."

„Was bringt Ihnen das eigentlich, wenn die Eintracht für Sie Werbung macht? Wenn ein Eintrachtfan in den Urlaub fliegt, wird er doch auf jeden Fall vom Frankfurter Flughafen abfliegen. Ganz egal, was auf den Trikots seiner Mannschaft steht."

Dr. Haag lächelte. „Ja, da haben Sie sicher Recht. Im Grunde geht es nur um das Image. Ein Unternehmen wie der Flughafen braucht die Zustimmung der Bevölkerung im Gebiet. Denken Sie nur an den Bau der Startbahn West und die vielen Demonstrationen und Krawalle, die jeden Abend in den Nachrichten gezeigt wurden. So etwas löst Kettenreaktionen aus, die niemand mehr kontrollieren kann. Politiker müssen sich rechtfertigen und Polizisten sich mit Steinen bewerfen lassen. Die einen beschimpfen uns als Umweltzerstörer, die anderen loben uns als Jobmotor. Die öffentliche Meinung wird von allen möglichen Seiten beeinflusst. Eine sachliche Auseinandersetzung mit dem Thema Flughafen ist dann sehr schwierig."

„Die Leute identifizieren sich mit der Eintracht", sagte Till. „Und wenn die Eintrachtspieler mit dem Fraport-Logo auf der Brust über das Spielfeld laufen, identifizieren sich die Menschen auch mit dem Flughafen."

„Das wäre das Idealbild des Sponsoring, ja. Aber ganz so einfach ist es nicht. Eine sachliche und vernünftige Auseinandersetzung der Öffentlichkeit mit dem Thema Flughafen ist aber wünschenswert. Und bei der nun anstehenden Landebahn klappt das ja auch schon deutlich besser, als es bei der Startbahn West der Fall gewesen ist."

„Damals war ich noch ein Ossi", bekannte Till freimütig. „Wir haben mit dem Demonstrieren erst ein paar Jahre später angefangen."

„Dann aber richtig und mit Wucht", entgegnete Dr. Haag.

„Sagt Ihnen der Name Sven Müller etwas?", wollte Till wissen.

„Sven Müller, hm. Nein. Wer soll das sein?"

„Ein Journalist, der sich anscheinend für den Bau der neuen Landebahn interessiert hat."

„Da gibt es bestimmt sehr viele Journalisten, die sich für dieses Thema interessieren."

„Herr Müller ist aber eines unnatürlichen Todes gestorben", sagte Till und wusste nicht genau, ob er jetzt zu viel preisgab.

„Sehen Sie da etwa einen Zusammenhang mit dem Tod von Peter Bockelmann?"

Till zuckte mit den Schultern. „Das ist eine der Fragen, auf die wir momentan eine Antwort suchen."

Dr. Haag schaute Till irritiert an. „Ich glaube, ich kann Ihnen da wirklich nicht weiterhelfen."

Siebels hatte Günther Lehmann am Palmengarten verabschiedet. Dort wollte Herr Lehmann noch ein wenig spazieren gehen und sich im Palmenhaus dann aufwärmen. Siebels suchte sich einen Parkplatz und lief ein paar Meter zum Sandwich-Laden Subway an der Bockenheimer Warte. Er verschlang ein Käse-Schinken-Sandwich, das er mit einer Cola runterspülte. Er musste sich beeilen, wenn er pünktlich zu seinem Treffen mit Jeremy Boyle kommen wollte. Die letzten Reste noch kauend lief er zurück zum Auto und rauchte schnell eine Zigarette. Beim Kauen und Rauchen überlegte er, was er mit Boyle eigentlich alles zu besprechen hatte. Den Tod von Bockelmann musste er auf jeden Fall ansprechen. Die Beziehung zwischen Sabine Lehmann, Nadine Busch und Detlev Wurmbach war ein Thema, das er auch gerne geklärt hätte. Ob Boyle ihm dabei behilflich sein konnte, bezweifelte er allerdings. Boyle war in erster Linie Ansprechpartner zum Thema World Consulting. Die Informationen, die er jetzt über

World Consulting besaß, gaben jedenfalls nicht genug her, um die Morde an Müller und Bockelmann in das rechte Licht zu rükken. Siebels setzte sich in seinen Wagen und drehte das Radio an. Dann entschied er sich, die Südseite vom Main anzusteuern, weil er dort vielleicht eher einen Parkplatz in der Nähe des Eisernen Steges finden würde. Den fand er sogleich, wenn auch im absoluten Halteverbot. Er stellte sein Blaulicht auf das Autodach und lief zum Mainufer, stieg die Stufen zum Eisernen Steg hoch und schlenderte über die breite Fußgängerbrücke. Unter ihm schipperte ein mit Kohle beladener Kahn aus Holland vorbei. Es schneite leicht, aber der Schnee blieb nicht liegen. Auf der Mitte der Brücke stand Jeremy Boyle am Geländer. Er trug einen Kamelhaarmantel und schaute dem Frachter hinterher.

„Da unten ist die Kohle, aber wo ist der Grill?", fragte Siebels grinsend.

„Würden Sie bitte Ihre Jacke öffnen", bat Boyle.

„Warum das?", fragte Siebels, öffnete dann aber seine Jacke, als er keine Antwort bekam. Boyle tastete kurz seinen Oberkörper ab.

„Okay", sagte er dann in seinem amerikanischen Akzent. „Ich will nicht, dass unser Gespräch mitgeschnitten wird. Ich habe viel zu verlieren."

Siebels dachte an sein Gespräch mit Timm, das er aufgezeichnet hatte. Er nahm sich vor, das Band vorübergehend an einem sicheren Ort zu verwahren. Wenn der Fall abgeschlossen war, wollte er es vernichten.

„Was kann ich für Sie tun?", fragte Boyle.

„Peter Bockelmann ist tot. Er wurde vorsätzlich überfahren. Wissen Sie etwas darüber?"

Boyle zündete sich eine Zigarette an und blies nachdenklich den Rauch über das Brückengeländer. Siebels steckte sich auch eine an.

„Nein, ich weiß nichts darüber. Ich hatte gehofft, Sie könnten mir dazu etwas sagen."

„Bockelmann hat sich dafür interessiert, was Sven Müller in der letzten Zeit gemacht hat", überlegte Siebels laut.

„Bockelmann war bisher kein Thema. Das kommt überraschend für mich. Ich werde bei Gelegenheit mit Herrn Paulsen darüber sprechen. Wenn ich etwas erfahre, schicke ich Ihnen eine E-Mail."

„Wir haben Fotos bei Sven Müller gefunden“, wechselte Siebels das Thema. Er zog die Bilder aus der Tasche, die Paulsen bei einer Veranstaltung in New York zeigten, und reichte sie Boyle.

„Ja, das ist auf einem Kongress von World Consulting aufgenommen. Paulsen mit Andy Morgan. Hier ist auch Tom Snyder zu sehen. Die beiden bilden die Führungsspitze von World Consulting.“

„Ich weiß“, entgegnete Siebels und erzählte Boyle von seinen bisherigen Erkenntnissen aus dem Internet. „Ich gehe davon aus, dass Müller einen Zusammenhang zwischen Paulsen und World Consulting herstellen konnte und diese Fotos als Beweismaterial für seine journalistische Arbeit verwenden wollte. Ich verstehe aber nicht, was ein Journalist wie Sven Müller damit Interessantes enthüllen könnte. Genauso wenig verstehe ich, warum Herr Paulsen sich nicht zu der Organisation World Consulting bekennt. Als Unternehmensberatung ist World Consulting allem Anschein nach ein seriöses Unternehmen. Diese Psychoseminare sind in Deutschland doch gar kein Thema. Wenn ich Paulsen mit dem Tod von Müller und Bockelmann in Verbindung bringen will, brauche ich ein gutes Motiv. Ich sehe aber keins.“

„Sie kennen das Motiv. Sie haben mir gerade Ihre Erkenntnisse über World Consulting geschildert. Es geht um das eine große Ziel.“

Siebels überlegte und sah Boyle verwirrt an. „Die Weltherrschaft?“

„Ja. Diese Leute glauben fest daran und verfolgen ihr Ziel hartnäckig.“

„Aber das ist doch ein Hirngespinst.“

„Sie sind Deutscher. Sie sollten wissen, was sich aus Hirngespinsten entwickeln kann.“

Siebels kam sich vor wie im falschen Film. Er trat seine Zigarette aus und zündete sich gleich eine neue an. „Sie können doch Paulsen nicht mit Hitler vergleichen. Das sind doch zwei paar verschiedene Schuhe. Paulsen ist Herr über ein Heer von selbstständigen Beratern und kein Politiker.“

„Tom Snyder ist der neue Hitler, Paulsen ist einer seiner Erfüllungsgehilfen. Aber Paulsen ist gefährlich. Timm hat Ihnen erzählt, dass bei den Beratern, die zu Paulsen und Partner gehören, alles streng legal und gesetzeskonform abläuft. Das ist auch richtig. Wenn ich als Partner ein illegales Geschäft einfädeln würde, würde ich meinen Partnervertrag verlieren. Ich arbeite zwar als Selbstständiger, bin aber in dem Paulsen-Konzept eingebunden." Boyle deutete auf die gläsernen Hochhäuser der Frankfurter Banken. Vom Eisernen Steg aus hatte man einen beeindruckenden Ausblick auf die Skyline. „Stellen Sie sich ein solches Hochhaus vor. Sagen wir, es hat 80 Stockwerke. Jede Etage steht für einen von Paulsens Partnern. Von außen betrachtet sieht eine Etage wie die andere aus. Ein ganzheitliches Bild. In jedem Stock befindet sich ein Partnerbüro. In jedem Büro wird nach den gleichen Richtlinien gearbeitet, niemand darf aus der Reihe tanzen. Wenn es nämlich in einem Büro brennt, greift das Feuer schnell auf das ganze Haus über."

„Eine illegale Machenschaft in einem der Büros wäre ein solcher Brand?"

„Genau. Das Image wäre beschädigt. Zunächst nur von einem Partner. Aber so ein Feuer, also ein Imageschaden, kann bei einer Organisation wie Paulsen und Partner schnell außer Kontrolle geraten. Das muss auf jeden Fall verhindert werden."

Siebels gefiel das Bild vom Hochhaus. Er spann den Faden weiter. „Man braucht ein ausgeklügeltes Brandschutzsystem. Und für den Notfall einen guten Feuerwehrmann."

„Exakt. Das Brandschutzsystem befindet sich in unserem Fall in Kronberg. In der Akademie von Paulsen wird jedem Partner eingetrichtert, wie er seinen Job zu machen hat. Dort lernen die Partner, wie sie maximale Leistung bringen und dort werden sie ganz auf Erfolg programmiert. Leistung mal Erfolg ist gleich Image. Nach dieser Formel wird dort gearbeitet. Ein beschädigtes Image schmälert den Erfolg und macht die Leistung zunichte, die zuvor in das System gesteckt wurde."

„Das Feuer im Büro greift auf das ganze Haus über, anstatt einer gläsernen Hochglanzfassade sieht der Betrachter von außen eine verrußte Fensterfront", wiederholte Siebels das Sinnbild. „In der Akademie wird aber nur die Theorie gelehrt. In der Praxis läuft ein Feuerwehrmann regelmäßig von Etage zu Etage, von Büro zu Büro, und vergewissert sich, dass kein Partner zündelt."

„Stimmt. Der Feuerwehrmann heißt Jochen Trutz. Der fährt

von Stadt zu Stadt, von Partner zu Partner, und kontrolliert deren Leistung und deren Erfolg und sorgt für ein strahlendes Image im Paulsen-Haus."

„Aber in dem glanzvollen Haus hat sich ein Partner erhängt, dann erschlägt eine Partnerin ihren Freund, der Verfassungsschutz hat sich in einem der Büros eingenistet und jetzt läuft auch noch die Kriminalpolizei in der Etage Frankfurt rum. Irgendwo muss also einer gezündelt haben. Aber wer und wo?"

„Jetzt kommen wir zur interessantesten Etage in dem schönen Haus", machte Boyle es spannend. „Die befindet sich nämlich im Keller und ist von außen gar nicht sichtbar. Auch in den Büros darüber weiß niemand, was im Keller vor sich geht."

„Sie sitzen aber auch in einem der Büros über dem Keller", warf Siebels ein.

„Ja. Ich weiß auch nicht genau, was dort unten geschieht. Ich habe nur Vermutungen. Deswegen ist der Verfassungsschutz auch nicht ganz unglücklich darüber, dass jetzt die Kriminalpolizei im Haus ist. Zusammen kommen wir dem Keller vielleicht näher."

„Könnte Sven Müller sich heimlich in den Keller geschlichen haben?"

„Vielleicht hat er es versucht? Wenn ja, wurde er vor der Kellertür erschlagen."

„Und Bockelmann? Oder Wurmbach?"

„Ich weiß es nicht. Aber ich gehe davon aus, dass zumindest Bockelmann versucht hat, einen Blick in den Keller zu werfen."

„Erzählen Sie mir auch, was Sie in dem Keller vermuten? Oder muss ich mich selbst nach unten durchkämpfen?"

„Im Keller sitzt Paulsen. Er wertet die Arbeit aus, die in den Etagen über ihm geleistet wird. Er verschafft sich einen Überblick über die Vermögensverhältnisse der Klienten und über deren Projekte, bei denen die Partner beratend zur Seite stehen."

„Klingt nach einem sauberen Keller", bemerkte Siebels.

„Im Keller befindet sich das schwarze Büro", sagte Boyle trokken. „Da drin sitzt Paulsen und kümmert sich um die schwarzen Kunden."

„Afrikaner?", fragte Siebels scherzhaft.

„Organisierte Kriminalität", antwortete Boyle im Flüsterton. „Wer die Welt beherrschen will, muss vor allem auch die dunklen

Seiten der Welt beherrschen. Oben in den Büros werden nur saubere Geschäfte getätigt. Paulsen filtert diese sauberen Geschäfte und siebt sich neue Kunden und Seilschaften für die Beratungstätigkeit in seinem schwarzen Büro aus. Mit seinen schwarzen Kunden macht er unserer Meinung nach seinen größten Gewinn."

„Organisierte Kriminalität", brummte Siebels vor sich hin. „Ist der Verfassungsschutz dann überhaupt noch zuständig?"

„Ja. Der Anspruch von World Consulting ist und bleibt die Weltherrschaft. Darüber kann man denken, wie man will, der Verfassungsschutz muss sich damit auseinandersetzen. Die Organisierte Kriminalität ist ja nur ein untergeordneter Zweig in dem Model von World Consulting. Wenn auch ein sehr lukrativer. Wir sind aber auch dabei, Kontakte zu den zuständigen Stellen zu knüpfen. Jens Timm hat das Bundeskriminalamt eingeschaltet."

„Um welche Art von Organisierter Kriminalität handelt es sich dabei?"

„Wir glauben, dass Paulsen in allen dreckigen Geschäften mitmischt. Waffenhandel, Menschenhandel, Geldwäsche, Steuerbetrug und so weiter."

„Und welche Rolle spielt Sabine Lehmann dabei?"

„Das wüsste ich auch gerne. Paulsen arbeitet auf jeden Fall nicht allein. Es gibt einen kleinen eingeweihten Zirkel innerhalb der Partner. Die Rolle von Jochen Trutz ist uns noch nicht ganz klar. Entweder ist er die rechte Hand von Paulsen, oder er steht in der Hierarchie von World Consulting sogar über Paulsen. Er bestimmt jedenfalls, wer von den Partnern in die Geheimnisse des schwarzen Büros eingeführt wird."

„Warum hat er Sie noch nicht eingeführt? Darauf arbeiten Sie doch hin, oder?"

„Stimmt, darauf arbeite ich hin. Trutz machte mir gegenüber auch schon Andeutungen in diese Richtung. Noch vertraut er mir nicht richtig. Trutz manipuliert die Partner über einen langen Zeitraum. Erst wenn er sicher ist, dass er einen Menschen psychisch beherrscht, wagt er sich aus der Deckung. Bei mir ist er sich noch nicht sicher."

„Sabine Lehmann könnte er aber psychisch beherrscht und eingeweiht haben?"

„Das wäre möglich."

„Aber nach dem Mord an Sven Müller hat Paulsen Frau Lehmann fallen lassen, wie eine heiße Kartoffel. Das würde er doch nicht riskieren, wenn sie über pikantes Insiderwissen verfügen würde."

„Ja, das ist ein Argument", gab Boyle ihm Recht. „Der Mord an Sven Müller und die Rolle von Sabine Lehmann sind mir ein Rätsel. Deswegen arbeiten wir ja auch mit Ihnen zusammen. Solange wir nicht wissen, warum Frau Lehmann ihn getötet hat, können wir über ihre Rolle bei Paulsen nur spekulieren."

„Was ist mit Sexorgien in dem schönen Hochhaus?", wechselte Siebels das Thema.

„Sexorgien? Wie meinen Sie das?"

„Findet so etwas in den Büros der Partner statt? Oder vielleicht in dem schwarzen Büro im Keller?" Siebels zeigte Boyle die Bilder von Sabine Lehmann, Nadine Busch und Detlev Wurmbach.

Boyle betrachtete sie sich sehr interessiert. „Woher haben Sie die?"

„Einen Satz haben wir bei Sven Müller gefunden. Einen anderen bei Peter Bockelmann."

„Vielleicht gehört so was ja tatsächlich zu einem Aufnahmeritual im schwarzen Büro. Jochen Trutz traue ich das zu."

„Vielleicht motiviert Sie das ja bei Ihren Bemühungen, den Keller zu betreten?" Siebels lächelte vergnügt.

„Von Jochen Trutz beim Sex fotografiert zu werden? Ich schätze, das schreckt mich eher ab."

„Sie denken, er hat die Fotos gemacht?"

„Es würde mich nicht wundern. Wenn er Menschen so weit gebracht hat, dass sie es in der Gruppe vor ihm treiben, dann ist er zufrieden mit sich und der Welt. Ich glaube, wir haben alles besprochen. Wenn es nötig ist, kontaktieren Sie mich wieder. Auf Wiedersehen." Boyle ließ Siebels stehen und lief auf der Brücke zurück in Richtung Innenstadt.

Siebels verließ den Eisernen Steg in die andere Richtung. Sein nächstes Ziel war das Büro von Nadine Busch. Auf dem Weg zu seinem Wagen überlegte er, ob es sich dabei um ein weißes oder ein schwarzes Büro handelte.

18

Till war vom Flughafen aus direkt in den Riederwald gefahren und machte dort einen spontanen Besuch bei der Geschäftsstelle der Frankfurter Eintracht. Dort erkundigte er sich nach dem Verantwortlichen für das Sponsoring und hatte Glück, dass Herbert Adler gerade anwesend war und auch Zeit für Till hatte. Eine Angestellte begleitete Till in dessen Büro, aus dem gerade der Mittelstürmer der Eintracht wütend herausstürmte. Herbert Adler lockerte seine Krawatte und bot Till den Besucherstuhl vor seinem Schreibtisch an.

„Stürmerprobleme?", erkundigte sich Till, der den Sportteil in der Zeitung immer nur flüchtig las.

„Vertragsprobleme", winkte Herbert Adler ab und fragte Till, was die Kriminalpolizei bei der Eintracht wolle.

„Wir interessieren uns für die Vertragsprobleme, die Peter Bockelmann vor einigen Jahren bei Ihnen hatte."

„Peter? Für Peter Bockelmann lege ich meine Hand ins Feuer. Was hat er mit der Kriminalpolizei zu tun?"

„Mit der Mordkommission", klärte Till den Eintrachtboss auf. „Er ist tot."

Herbert Adler wurde kreideweiß im Gesicht. „Peter ist tot? Etwa ermordet?"

Till klärte ihn über die Umstände von Bockelmanns Tod auf und erwähnte auch, dass dessen Nachfolgerin für die Beratung im Sponsoring bei der Eintracht wegen Mordverdacht in U-Haft saß.

„Frau Lehmann?", fragte Herbert Adler sicherheitshalber noch mal nach.

„Frau Lehmann", bestätigte Till. „Wie kam es zu dem Wechsel von Peter Bockelmann zu Sabine Lehmann?"

„Sie glauben doch nicht etwa, dass das etwas mit den beiden Todesfällen zu tun hat?", fragte Herbert Adler verwundert.

„Ich glaube gar nichts, ich ermittele. Und meine Ermittlungen haben mich direkt zu Ihnen geführt."

Adler kratzte sich am Kopf, dann fasste er sich und fing an zu erzählen. „Ich bin ja Ende der neunziger Jahre zu dem Verein gestoßen. Damals ging es hier drunter und drüber. Ich musste erst mal Ordnung in das Chaos bringen. Dazu brauchte ich professionelle Unterstützung. Beim Sponsoring habe ich nach intensiven Vorgesprächen Herrn Bockelmann als Berater ins Boot geholt. Das war ein guter Schachzug. Peter hat Fraport als Hauptsponsor für die Eintracht gewinnen können. Diese Zusammenarbeit läuft bis heute. In den ersten Jahren war Fraport noch skeptisch, der sportliche Erfolg der Eintracht war nur schwer vorauszusehen. Aber schließlich haben wir uns in der Bundesliga wieder etabliert und Fraport blieb ein zuverlässiger Partner. Peter Bockelmann hat uns bis 2005 beratend zur Seite gestanden. Als dann die Verhandlungen über eine Vertragsverlängerung ins Haus standen, bestand Fraport plötzlich darauf, dass diese Frau Lehmann den Part von Peter übernimmt. Mir war das gar nicht recht, aber ich hatte keine Wahl. Eigentlich war es zu diesem Zeitpunkt auch egal, da wir mittlerweile auch ohne Berater mit Fraport an einem Tisch saßen und uns einigten. Ich habe Peter damals die Sachlage geschildert und er hat sich damit abgefunden."

„Hat sich Frau Lehmann zu diesem Thema geäußert?"

„Aus den Verhandlungen über das Sponsoring hat sie sich rausgehalten. Sie wollte aber Zugriff auf die Adressdaten unserer Dauerkarteninhaber haben."

„Aha. Hat sie die auch bekommen?"

„Leider ja. Ich war dagegen. Schon allein aus Datenschutzgründen. Aber Fraport hat in dieser Sache Druck gemacht. Schließlich haben wir das mit einem Datenschutzbeauftragten abgeklärt und Frau Lehmann einen Vertrag unterschreiben lassen, der es ihr untersagt, diese Daten an Dritte weiterzugeben."

„Was wollte Frau Lehmann denn mit diesen Daten?"

Adler zuckte mit den Schultern. „Ich gehe davon aus, dass Fraport an diesen Adressen interessiert war. Schließlich kommen unsere Fans aus dem gesamten Frankfurter Umland, also auch aus dem Umfeld des Frankfurter Flughafens."

„Der Fluglärm wird für die Eintrachtfans vielleicht erträglicher, wenn die Eintracht Spiele gewinnt?", sinnierte Till. „Frau Lehmann hat diese Daten doch wohl an Fraport weitergegeben, oder?"

Adler zuckte mit den Schultern. „Wie gesagt, wir haben uns

vertraglich abgesichert und in dieser Richtung nur mit Frau Lehmann gesprochen."

„Aber nur, weil Fraport das gewünscht hat?"

„Ja", sagte Adler und man merkte ihm an, dass ihm das Gespräch sehr unangenehm wurde.

„Ich befürchte, dass wir in dieser Sache Nachforschungen anstellen müssen."

„Wie meinen Sie das?", fragte Adler irritiert.

„Irgendjemand wird prüfen müssen, ob Ihre Dauerkarteninhaber vom Flughafenbetreiber in puncto Flughafenausbau in irgendeiner Weise kontaktiert wurden. Sie hören von uns. Und betrachten Sie unser Gespräch bitte als vertraulich, wir ermitteln in zwei Mordfällen."

„Ja, natürlich", versprach Herbert Adler. „Ich möchte Sie um das Gleiche bitten. Schlechte Presse außerhalb unserer sportlichen Leistungen können wir wirklich nicht gebrauchen."

„Dann sind wir uns ja einig", sagte Till und reichte Herbert Adler zum Abschied die Hand. Till hatte das Büro schon verlassen und wollte gerade die Tür hinter sich schließen, drehte sich aber noch mal um und steckte seinen Kopf durch den Türspalt. „Ach Herr Adler, haben Sie eigentlich Kinder?"

„Ja, zwei Söhne. Warum fragen Sie?"

„Ach nur so. Hat nichts mit dem Fall zu tun." Till drehte sich wieder um und ließ die Tür hinter sich ins Schloss fallen.

Siebels fuhr gerade über die Mörfelder Landstraße, als ein Anruf von Staatsanwalt Jensen einging. Siebels nahm das Gespräch an und betätigte die Freisprechanlage.

„Ich lese gerade die Zeugenaussage einer gewissen Mary Boheme im Fall Peter Bockelmann. Und da steht, dass Sie bereits mit ihr gesprochen haben. Ich kann mich gar nicht erinnern, Ihnen den Fall übertragen zu haben", schnaubte Jensen ins Telefon.

„Das ist mein Fall. Tut mir leid, dass ich Ihnen noch keine Mitteilung gemacht habe. Es war so viel zu tun."

„Ach, das ist Ihr Fall. Wieso zum Geier ist das Ihr Fall?"

„Peter Bockelmann war Partner von Herrn Paulsen. Ich habe mit ihm auch über den Fall Sven Müller gesprochen."

„Sie haben mit ihm gesprochen? Und gleich darauf wird er über den Haufen gefahren? Können Sie mir das bitte erklären, Herr Siebels?"

Siebels bog in die Stresemannallee ab und verdrehte genervt seine Augen. „Ja, natürlich kann ich das erklären. Es gibt noch viel zu erklären. Am Telefon ist das jetzt aber schlecht."

„Dann teile ich Ihnen jetzt den Fall Bockelmann zu und hoffe, bald etwas von Ihnen zu hören. Das wäre sehr nett", beendete Jensen mit sarkastischem Ton das Gespräch.

Siebels fuhr mittlerweile auf dem Sachsenhäuser Landwehrweg und hielt Ausschau nach der Hausnummer von Nadine Busch. Er parkte direkt vor der gesuchten Hausnummer und nahm erstaunt zur Kenntnis, dass es in Frankfurt durchaus schöne Ecken gab, wo man sogar parken konnte. Er betrachtete sich das Haus von außen, rauchte dabei noch eine Zigarette und schaute eine Weile in die Videokamera, die über dem Hauseingang installiert war.

Einige Minuten später saß er gemütlich mit Nadine Busch in deren kleiner Sitzecke. Er hatte einen Tee dankend angenommen und schlürfte jetzt aus der dampfenden Tasse Pfefferminztee.

„Sie sind also von der Mordkommission?", fragte Nadine Busch. Sie trug ein graues Kostüm mit kurzem, engem Rock und saß mit übereinandergeschlagenen Beinen vor Siebels. Siebels stellte die Teetasse auf dem kleinen Beistelltisch neben ihm ab und schaute in die rehbraunen Augen seiner Gesprächspartnerin. Sie war sehr hübsch, winzige Sommersprossen zierten ihr freundliches Gesicht. Siebels konnte sich diese Frau so gar nicht als harte Geschäftsfrau mit nymphomaner Veranlagung vorstellen. Als ihr Knie das seine berührte, glaubte er einen kleinen Stromschlag zu verspüren. Er räusperte sich und warf einen verschämten Blick auf ihre langen Beine, die in High Heels endeten und in hellem Nylon verpackt waren. Als seine Augen wieder in Augenhöhe ankamen, wurden sie von einem charmanten Lächeln empfangen.

„Geht es um diesen Sven Müller?", fragte Nadine Busch.

„Ja, um den auch. Leider gibt es jetzt einen zweiten Toten."

„Oh", Nadine Busch legte sich eine Hand vor den Mund. „Noch ein Mord?"

„Ja, noch ein Mord. Ihr Kollege Peter Bockelmann wurde vorsätzlich von einem Auto überfahren."

Nadine Busch schaute Siebels verwirrt an. „Bockelmann? Das kann ich kaum glauben. Wer sollte denn Bocki umbringen?"

„Sie kannten ihn gut?", hakte Siebels nach.

„Ja, das heißt nein. Wir kannten uns schon seit einigen Jahren. Er war ja einer der ersten Partner bei Herrn Paulsen. Ein Pionier, sozusagen. In den letzten Jahren hat er das Geschäftliche ziemlich schleifen lassen. Soweit ich weiß, wollte er ganz aussteigen. Als ich diese Agentur übernommen habe, hat mir Bockelmann mit Rat und Tat zur Seite gestanden und er war immer für mich da, wenn ich ein Problem hatte. Mittlerweile bin ich selbst ein alter Hase in dem Geschäft und der Kontakt zu ihm ist in letzter Zeit eingeschlafen. Ich nannte ihn immer Bocki, weil er so ein kumpelhafter Typ war. Ich kann es gar nicht glauben, dass er jetzt tot sein soll."

Siebels genehmigte sich noch einen Schluck von dem Tee. „Da gibt es noch eine unangenehme Sache", sagte er dann. „Wir haben im Arbeitszimmer von Herrn Bockelmann Fotos gefunden. Sehr intime Fotos. Die gleichen Bilder haben wir übrigens auch bei dem anderen Mordopfer gefunden, bei Sven Müller."

„Jetzt machen Sie es aber spannend. Es gibt eine Verbindung zwischen den beiden Fällen?"

Siebels griff in die Innentasche seines Sakkos und reichte Nadine Busch den Umschlag mit den Fotos. Nadine Busch zeigte keine Regung, als sie sich die Bilder betrachtete. Sie schaute sich seelenruhig eins nach dem anderen an. Siebels war die Situation peinlich, er lenkte sich mit Tee trinken ab und wartete, bis Nadine Busch die Fotos wieder zur Seite legte.

„Die sind in der Tat sehr intim", sagte sie dann mit beherrschter Stimme und schaute Siebels dabei in die Augen.

„Jetzt sind sie auch Gegenstand polizeilicher Ermittlungen. Können Sie mir verraten, wie Bockelmann und Müller in den Besitz dieser Bilder gekommen sind?"

Nadine Busch stand auf und ging zum Fenster auf der gegenüberliegenden Seite des Zimmers. Dort blieb sie stehen und schaute eine Weile schweigend hinaus. „Stehe ich jetzt im Verdacht, die beiden getötet zu haben?", fragte sie dann.

„Nein. Wenn Sie die beiden wegen dieser Fotos getötet hätten, hätten Sie sie danach sicher an sich genommen. Davon gehe ich jedenfalls aus."

„Dann brauche ich Ihre Frage auch nicht zu beantworten“, entschied Nadine Busch.

„Frau Lehmann sitzt in Untersuchungshaft. Sie ist die Hauptverdächtige im Fall Müller. Wenn es zu einer Gerichtsverhandlung kommt, sind diese Fotos Beweismaterial. Und dann werden Sie als Zeugin aufgerufen.“

„Dass diese blöde Ziege nur Ärger macht, habe ich von Anfang an gewusst“, zischte Nadine Busch.

„Sprechen Sie von Sabine Lehmann?“

Nadine Busch blieb noch einen Moment schweigend am Fenster stehen, bevor sie sich wieder neben Siebels setzte. „Ich erzähle es Ihnen. Aber nur einmal. Ich unterschreibe kein Protokoll und werde ganz bestimmt nicht vor einem Gericht aussagen.“

„Ich höre“, sagte Siebels nur und schaute in die rehbraunen Augen von Nadine Busch.

„Die Bilder wurden in der Wohnung von Detlev Wurmbach aufgenommen. Der arbeitete damals ebenfalls als Partner von Paulsen. Sabine Lehmann hatte gerade ihr Studium beendet und sich für eine Tätigkeit bei Paulsen und Partner beworben. Die Partner, die in Frankfurt ansässig sind, treffen sich jedes Jahr um die Weihnachtszeit zu einer kleinen Feier. Damals mussten wir unsere Feier aus terminlichen Gründen auf die erste Januarwoche 2005 verlegen. Wir trafen uns in einer Bar in der Innenstadt. Detlev Wurmbach, Bocki, Jeremy Boyle, Silvia Förster und ich. Wir hatten einen schönen Abend miteinander verbracht und einiges getrunken. Es war kurz nach Mitternacht, wir wollten den Abend gerade beenden, da kam noch Jochen Trutz in Begleitung von Sabine Lehmann in die Bar. Jochen Trutz leitet die Akademie, in der die Partner sich ständig weiterbilden. Er ist auch so eine Art Controller und überwacht die Agenturen in ganz Deutschland. Außerdem ist er für die Auswahl neuer Partner zuständig. Mit Sabine Lehmann hatte er an diesem Abend ein langes Bewerbungsgespräch geführt. Danach hat er sie in diese Bar mitgebracht, um sie uns vorzustellen. Außerdem wollte er Detlev Wurmbach noch auf die Finger klopfen. Der hatte anscheinend einen dicken Fisch an der Angel, bekam ihn aber nicht an Land gezogen. In solchen Fällen schaltet Jochen Trutz sich ein und macht Druck. Jedenfalls kam er mit Sabine Lehmann gut gelaunt in die Bar und hat noch mehrere Runden Cocktails ausgegeben. Wir konnten ihn schlecht abblitzen lassen, also tranken wir weiter. Wir waren alle schon ziemlich betrunken, als die Bar so gegen zwei Uhr morgens geschlossen hat. Eigentlich wollten wir dann alle heimgehen, aber Trutz war noch in Feierlaune. Bocki, Jeremy und Silvia haben sich trotzdem verabschiedet. Trutz schien das recht gewesen zu sein. Er hat ein Taxi gerufen und vorgeschlagen, dass wir anderen noch zu einem Absacker in die Wohnung von Detlev fahren. Detlev hat erst protestiert, aber Trutz hat ihn kurz zusammengestaucht und dann war das Thema erledigt. Ich war so betrunken, ich bin einfach in das Taxi gefallen und bin mitgefahren. Bei Detlev hat sich Trutz dann gleich an der Bar zu schaffen gemacht und uns noch Cocktails gemixt. Er hat da ein spezielles Mittelchen untergemischt, das habe ich aber erst am nächsten Tag gemerkt. Ich war auf einmal total aufgedreht und hatte überhaupt keine Hemmungen mehr, als Trutz uns zu sexuellen Handlungen anstachelte. Detlev Wurmbach und Sabine Lehmann erging es genauso. Plötzlich lagen wir alle drei nackt in Detlevs Bett. Den Rest sehen Sie ja auf den Bildern."

„Sie sagten, das wäre in der ersten Januarwoche passiert. In dieser Woche hat Detlev Wurmbach sich aufgehängt. Hatte sein Tod etwas mit diesem Abend zu tun?"

„Ach, das wissen Sie auch schon?" Nadine Busch zog resignierend die Schultern hoch. „Er hat sich nicht aufgehängt. Er starb in dieser Nacht. Es lag wohl an dem Mittel, das Trutz uns in die Cocktails gemischt hat. Ich weiß nicht, was es war, aber es hatte eine fatale Wirkung. Als Trutz genug Fotos von uns geschossen hatte, wollte er das Ganze endlich beenden. Wir sollten uns wieder anziehen. Aber Detlev lag plötzlich im Bett und rührte sich nicht mehr. Es dauerte eine Weile, bis wir merkten, dass er tot war. Als wir es dann realisierten, bekamen wir Panik. Trutz schmiss Sabine Lehmann und mich aus der Wohnung. Er würde sich um alles kümmern, sagte er."

Siebels nickte nachdenklich. „Aber wie kamen die Fotos dann zu Bockelmann?"

„Als ich zu Hause war, kam ich allmählich wieder zu Sinnen. Es war schon früh am Morgen. Ich rief Bocki an und erzählte ihm alles. Er ist nach meinem Anruf in die Wohnung von Detlev gefahren. Was dort passiert ist, weiß ich nicht. Bocki hat mir nur erzählt, dass ich mir wegen der Bilder keine Gedanken machen soll. Detlev könnten wir nicht mehr helfen, meinte er nur. Ein paar Tage später habe ich dann von dem angeblichen Selbstmord erfahren. Jochen Trutz muss ihn aufgehängt haben, als er schon tot war. Trutz hat mir am nächsten Tag deutlich zu verstehen gegeben, dass ich die ganze Sache vergessen soll. Das habe ich auch getan."

„Sabine Lehmann hat dann den Job als Partnerin bekommen und die Nachfolge von Detlev Wurmbach angetreten?"

„Ja. Ich habe aber den Kontakt zu ihr gemieden. Ab und an sind wir uns bei Weiterbildungen in der Akademie über den Weg gelaufen. Aber wir haben so getan, als wäre das alles nie geschehen."

Jetzt stand Siebels auf, ging zum Fenster und schaute schweigend hinaus. Die Geschichte schien ihm schlüssig zu sein. Entweder hatte Bockelmann Trutz noch in der Wohnung von Wurmbach angetroffen und ihn dabei erwischt, wie der den toten Wurmbach aufgehängt hat, oder Trutz war schon weg und hat die Wohnungstür offen gelassen. Vielleicht hatte Trutz seine Kamera in der Wohnung vergessen. Wenn es noch zu einem Treffen zwischen Trutz und Bockelmann gekommen war, hatte Bockelmann die Kamera vielleicht heimlich entwendet. Jedenfalls schien er gegen Trutz etwas in der Hand gehabt zu haben, wenn er tatsächlich der einzige Partner war, der sich der Überwachung durch Trutz entzogen hatte. Siebels wunderte sich allerdings über die Beschreibung, die Sabine Lehmann ihm über Nadine Busch gegeben hatte. Was bei drei nicht auf dem Baum ist, wird von ihr vernascht, hatte Sabine Lehmann gesagt. War die Berührung mit ihrem Knie vorhin ein Signal in diese Richtung gewesen? Siebels wusste es nicht. Aber er musste jetzt auch noch mit Silvia Förster sprechen. Dieser weiße Fleck auf seiner Frankfurter Partnerkarte störte ihn gewaltig. Er schaute auf die Uhr. Es war nur noch eine knappe halbe Stunde, bis Till für sein zweites Beratungsgespräch hier eintreffen sollte. Zeit, das Feld zu räumen.

„Ich werde unser Gespräch sehr vertraulich behandeln", versprach Siebels. „Falls ich noch Fragen habe, werde ich mich aber wieder bei Ihnen melden."

„Ja. Was sagt eigentlich Sabine Lehmann zu den Fotos? Sie sitzt doch in Haft, oder? Ich hätte eigentlich vermutet, dass Sie die Geschichte schon von ihr gehört haben."

„Zu den laufenden Ermittlungen kann ich Ihnen leider nichts sagen", wiegelte Siebels ab und verabschiedete sich.

19

Als Siebels wieder im Wagen saß, rief er Till an. „Du kannst deine Beraterin jetzt besuchen, ich bin gerade bei ihr rausgegangen“, teilte er ihm mit. Till gab ihm noch eine kurze Zusammenfassung von seinen Besuchen am Flughafen und bei der Eintracht.

„Sehr interessant“, sagte Siebels nachdenklich. „Wir müssen unbedingt herausfinden, von wem Sabine Lehmann beim Flughafen so gefördert wurde. Das muss jemand von ganz oben sein, wenn Bockelmann bei deinen Gesprächspartnern tatsächlich so beliebt war. Ich statte jetzt dem Herrn Paulsen noch einen Besuch ab. Morgen früh treffen wir uns im Präsidium und machen erst mal eine Lagebesprechung. Mit Jensen muss ich auch dringend sprechen. Viel Glück bei Nadine Busch.“ Siebels beendete das Gespräch und wählte die Nummer von Jochen Trutz.

„Trutz“, meldete sich Trutz.

„Hauptkommissar Siebels“, meldete sich Siebels. „Wo befinden Sie sich gerade, Herr Trutz?“

„Ich bin in München. Warum?“

„Ich muss mit Ihnen sprechen. Und zwar bald.“

„Wir sprechen doch gerade.“

„Im Präsidium, ganz offiziell. Ich vermute, Sie wissen schon, dass Herr Bockelmann getötet wurde.“

„Ich habe etwas von einem Autounfall gehört.“

„Morgen um 17.00 Uhr im Präsidium. Seien Sie bitte pünktlich.“

„Ich fahre morgen Mittag zurück. Wenn es keinen Stau gibt, bin ich pünktlich.“

„Ich erwarte Sie.“ Siebels beendete das Gespräch und zündete sich eine Zigarette an. Dann rief er zu Hause an. „Hallo Schatz, ich hatte einfach mal Lust, deine Stimme zu hören.“

„Und bei der Gelegenheit wolltest du mir wahrscheinlich mitteilen, dass du heute nicht pünktlich Feierabend machen kannst?“

Siebels inhalierte einen kräftigen Zug Nikotin. „Ich vergesse immer wieder, dass ich mit einer ehemaligen Spitzenpolizistin zusammen bin. Du hast mich durchschaut. Aber nur noch ein kleiner Besuch in Bockenheim, dann komme ich sofort nach Hause. Was macht der kleine Siebels?"

„Der kleine Siebels heißt Dennis. Darauf hatten wir uns jedenfalls geeinigt. Außerdem sieht er aus wie ein kleiner Karlson."

„Das bleibt zu beobachten. Wie war euer Tag?"

„Wir waren beim Babyschwimmen. Er hat Talent. Du wolltest doch mal mitkommen, oder?"

„Ja, das machen wir im Sommer, im Freibad."

„Hast du die Welt bis dahin vor den bösen Buben gerettet?"

„Ich gebe mein Bestes. Deswegen wird es heute ja auch ein klitzekleines bisschen später. Soll ich noch was mitbringen? Windeln oder Karottenbrei?"

„Eine Flasche Rotwein wäre toll. Ich möchte heute Abend mit dir Rotwein trinken."

„Rotwein. Wird erledigt. Am Samstagabend habe ich übrigens Till und Johanna eingeladen. Erst für einen gemeinsamen Kaffee, anschließend zum Babysitting. Dann gehen wir zwei mal fein aus."

„Oh, sehr schön. Wie geht es den beiden?"

„Das wirst du dann ja sehen. Die zwei denken auch über Nachwuchs nach."

„Aha. Sehr spannend. Freue mich schon, die beiden mal wieder zu sehen. Da schreit jemand, ich muss Schluss machen, bis nachher."

Siebels wollte noch etwas sagen, kam aber nicht mehr dazu. Der kleine Siebels stahl ihm seit einiger Zeit eindeutig die Schau bei seiner Angebeteten.

Till hatte in Alt-Sachsenhausen in einer Kneipe in der Kleinen Rittergasse eine Kleinigkeit gegessen und sich dabei auf seinen Auftritt bei Nadine Busch vorbereitet. Nach dem Anruf von Siebels hatte er sich langsam auf den Weg gemacht und traf kurz vor der vereinbarten Zeit bei Nadine Busch ein. Er saß in der Sitzecke, in der kurz zuvor noch Siebels gesessen hatte und machte ein bekümmertes Gesicht.

„Haben Sie sich entschieden?", fragte Nadine Busch. Sie wirkte etwas fahrig, nicht so entschieden, wie bei seinem ersten Besuch.

„Es gibt da noch ein kleines Problem."

„Kleine Probleme lösen wir sofort, für große brauche ich manchmal schon eine halbe Stunde Zeit", sagte Nadine Busch und lächelte dabei. „Was ist es denn für ein Problem?"

„Ich bin nicht so ganz freiwillig aus dem Polizeidienst ausgeschieden. Ich habe Mist gebaut."

„Aha. Was ist passiert?"

„Ich habe öfter mal was mitgehen lassen. Wenn ich in Wohnungen von alleinstehenden Opfern oder mutmaßlichen Opfern zu tun hatte."

Nadine Busch zog leicht die Augenbrauen hoch. „Geld?"

Till nickte. „Ja. Geld und Schmuck."

„Wie oft kam das vor?"

„Drei oder vier Mal. Einmal bin ich erwischt worden. Ich war unvorsichtig. Ein Kollege von der Spurensicherung war noch im Nebenzimmer und hat mich beobachtet."

„Warum haben Sie das getan? Ich dachte, Sie hätten geerbt?"

„Weil es einfach war. Ich dachte, die Toten brauchen das Zeug nicht mehr. Geerbt habe ich ja erst, als das alles schon passiert war. Ich kam nicht klar mit meinem Gehalt. Tja, so war das."

„Was ist dann passiert? Sind Sie angeklagt worden? Sind Sie jetzt vorbestraft?"

„Nein. Ich habe mich mit meinem Dienstherrn geeinigt. Wenn ich den Dienst quittiere, wird auf eine Anklage verzichtet. Also habe ich alles hingeschmissen. Und jetzt sitze ich hier."

„Gut", sagte Nadine Busch. „Dann haben wir ja auch kein Problem mit Ihrem polizeilichen Führungszeugnis. Das werden Sie nämlich benötigen. Könnte da noch etwas nachkommen, wenn Sie sich selbstständig machen? Von ehemaligen Kollegen oder von Verwandten der Toten, die Sie beklaut haben?"

„Nein, das kann ich mir nicht vorstellen."

„Dann kehren wir die ganze Geschichte am besten unter den Teppich. Sie sollten aber niemals auf die Idee kommen, einen Ihrer Kunden zu beklauen, wenn Sie selbstständig sind."

Till hob die Hand. „Großes Ehrenwort. Aus der Sache habe ich gelernt."

„Das ist gut. Ich hätte nämlich schon Kunden für Sie."

„Ach ja? Das geht aber schnell bei Ihnen."

Nadine Busch berührte Till mit ihrem Knie und lächelte wieder. „Ja, das hat sich zufällig ergeben. Am Frankfurter Flughafen kommen oft wertvolle Sendungen an, die dort abgeholt und zu den Empfängern gebracht werden müssen. Dazu wird ein professionelles Sicherheitsunternehmen benötigt. Ich denke, dass wäre genau das Richtige für Sie."

„Klingt doch gut", sagte Till und warf einen Blick auf die langen Beine von Nadine Busch.

„Ich muss Sie jetzt aber leider rausschmeißen. Ein anderer Kunde erwartet noch eine E-Mail von mir. Wie wäre es, wenn wir heute Abend zusammen Essen gehen und dabei über die Sache weiterreden?"

„Sehr gerne. Soll ich Sie hier abholen?"

„Ich rufe Sie an, schreiben Sie mir Ihre Nummer auf."

Nadine Busch ging zu Ihrem Schreibtisch und holte einen Stift und ein Blatt Papier. Till schrieb seine Handynummer drauf.

„Ich freue mich schon", sagte er, als Nadine Busch ihn zur Tür begleitete.

„Ich mich auch", sagte sie und schloss hinter ihm die Tür.

Vor Paulsens Villa in der Frauenlobstraße gab es keinen Parkplatzmangel, was Siebels auf die Idee brachte, öfter mal bei Paulsen reinzuschauen. Die Villa war hell erleuchtet. Paulsens Assistentin Astrid Lotz empfing Siebels wieder auf hohen, dünnen Absätzen.

„Hallo Frau Lotz. Ist der Chef im Haus?", fragte Siebels fröhlich und wunderte sich selbst über seine gute Laune. Ein kurzes Gespräch mit seiner Sabine brachte ihn auch noch nach einem anstrengenden Tag auf Hochtouren, wie er immer wieder feststellte.

„Herr Paulsen ist sehr beschäftigt", sagte Frau Lotz mit strengem Blick.

„Da haben wir ja was gemeinsam. Ich müsste ihn dann leider mal stören. Dauert auch nicht lange."

„Warten Sie bitte einen Augenblick. Ich sehe, was sich machen lässt."

Siebels wartete und pfiff leise ein Liedchen vor sich hin. Kurz darauf erschien Astrid Lotz wieder und führte ihn sicheren Schrittes zu Herrn Paulsen.

„Die Polizei schon wieder, ich habe es geahnt“, sagte Paulsen, der Siebels an der Türschwelle zu seinem Büro in Empfang nahm. „Ich nehme an, nun kommen Sie wegen Herrn Bockelmann. Ich habe schon davon gehört. Tragisch, sehr tragisch.“

„Unfälle sind tragisch. Mordfälle sind scheußlich“, erwiderte Siebels.

„Ja, da haben Sie wohl Recht. Ziehen Sie doch Ihre Jacke aus. Warum hat Astrid sie denn nicht schon an die Garderobe gehängt?“

„Ich sagte ihr, es dauert nicht lange.“

Siebels schlüpfte aus seiner Jacke und hängte sie über die Stuhllehne, bevor er sich auf den Stuhl vor Paulsens Schreibtisch setzte.

„Kann ein Unfall denn ganz sicher ausgeschlossen werden?“, erkundigte sich Paulsen.

„Wir haben eine Zeugin. Und die Schilderung der Zeugin lässt keine Zweifel zu. Es war Mord.“

Paulsen stopfte sich eine Pfeife. „Zwei Mordfälle also im Umfeld meiner Partner. Aber Sie sehen zwischen diesen beiden Fällen doch wohl keinen Zusammenhang?“

„Darf ich rauchen?“

„Natürlich, tun Sie sich keinen Zwang an.“ Paulsen steckte seine Pfeife an, Siebels eine Zigarette.

„Könnte es denn einen Zusammenhang geben?“

„Natürlich nicht. Frau Lehmann war ja wohl die Täterin und Herr Bockelmann das Opfer. Wo sollte da der Zusammenhang sein?“

Siebels dachte einen kurzen Moment daran, Paulsen die Fotos aus Wurmbachs Wohnung vorzulegen. Aber er ließ es bleiben. Das brachte ihn jetzt nicht weiter und er wollte Nadine Busch auch nicht unnötig Schwierigkeiten machen. Es musste einen anderen Weg geben, Paulsen aus der Reserve zu locken.

„Herr Bockelmann schien als Partner einen Sonderstatus bei Ihnen genossen zu haben. Ist das richtig?“

„Die Leistungen von Herrn Bockelmann haben in letzter

Zeit stark nachgelassen. Ich hätte ihm früher oder später den Partnervertrag entzogen. Insofern hatte er nicht unbedingt einen Sonderstatus. Wie kommen Sie darauf?"

„Meines Wissens war er der einzige Partner, der den Seminaren in Kronberg ferngeblieben ist."

„Das stimmt leider. Das dürfte auch einer der Gründe für seine schlechten Umsätze sein. Mich bestärkt das nur in meiner Philosophie der ständigen Weiterbildung."

„Herr Bockelmann wollte die Agentur doch sowieso aufgeben. Wussten Sie das nicht?"

Paulsen zog bedächtig an seiner Pfeife und ließ kleine Rauchkreise aufsteigen. „Das kam mir zu Ohren, ja. Allerdings schon vor längerer Zeit. Den Worten folgten aber keine Taten. Ich hätte ihn schon viel früher rausschmeißen sollen. Dann wäre er jetzt vielleicht noch am Leben, irgendwo in der Karibik, wo er ja angeblich hin wollte. Und ich hätte einen neuen hungrigen Partner an seiner Stelle aufbauen können."

„Was sagte denn Herr Trutz zu dieser Situation? Der ist doch für die Leistungsbereitschaft Ihrer Partner zuständig."

„Glauben Sie wirklich, mit solchen Fragen den Tod von Herrn Bockelmann aufklären zu können? Aber ich will Ihre Neugierde befriedigen. Herr Trutz wollte Herrn Bockelmann unbedingt los werden. Ich habe nur so lange an ihm festgehalten, weil er mein erster Partner war und sich wertvolle Verdienste geleistet hat. Und ich bedaure seinen Tod außerordentlich."

„Gab es Streit zwischen den beiden?"

„Sie wollen doch jetzt nicht ernsthaft Herrn Trutz des Mordes an Peter Bockelmann verdächtigen?"

„Ich mache nur meine Arbeit. Herr Bockelmann scheint überall sehr beliebt gewesen zu sein. Außer bei Herrn Trutz."

„Die beiden mochten sich nicht, das ist richtig. Aber das ist doch kein Mordmotiv. Vielleicht war es ja doch nur ein Unfall? Vielleicht ein betrunkener Autofahrer, der das Gaspedal mit der Bremse verwechselt hat?"

„Woher wissen Sie eigentlich von der Sache?"

„Frau Boheme, die Freundin von Bockelmann, hat mich heute Mittag angerufen. Sie wollte wissen, wie es mit der Agentur nun weitergeht."

„Haben Sie denn schon jemanden für die freigewordene Agentur von Sabine Lehmann?“

„Ich führe Gespräche mit einigen interessanten Bewerbern. In den nächsten Tagen dürfte das geregelt sein. Hat Frau Lehmann die Tat mittlerweile gestanden?“

„Nein. Leider nicht. Sie spricht mit keinem Wort darüber.“

„Sie sitzt aber noch in Untersuchungshaft?“, fragte Paulsen nach.

„Ja, das tut sie. Sie kann Herrn Bockelmann jedenfalls nicht überfahren haben.“

„Dann bin ich ja beruhigt. Ich hatte schon befürchtet, eine Serienmörderin in meinen Reihen beschäftigt zu haben.“

„Nein, da müssen Sie sich keine Sorgen machen.“ Siebels drückte seine Zigarette im Aschenbecher aus und tat so, als wäre das Gespräch beendet. Er stand von seinem Stuhl auf und zog sich seine Jacke an. Paulsen kam hinter seinem Schreibtisch vor und begleitete Siebels zur Tür. An der Tür blieb Siebels dann stehen. „Ach, nur noch eine Frage. Frau Lehmann hatte doch auch den Flughafen beraten. Wer war denn da ihr Ansprechpartner?“

Paulsen runzelte die Stirn. „Sie war für Fraport tätig, ja. Aber mit wem sie genau dort gearbeitet hat, kann ich Ihnen nicht sagen. Meine Partner arbeiten ja selbstständig.“

„Aber wenn jetzt jemand die Agentur übernimmt, dann übernimmt er doch auch die Kunden, oder?“

„Ja, das wäre wünschenswert.“

„Also muss ja auch jemand wissen, wer die Kunden sind und wer dort die Ansprechpartner sind.“

„Das müssen wir dann natürlich prüfen. Ich melde mich bei Ihnen, wenn ich diesbezüglich Informationen bekomme. Warum interessiert Sie das?“

„Tut mir leid, laufende Ermittlungen, da kann ich Ihnen im Moment keine Antwort geben.“

„Ich bin zwar nicht über Einzelheiten im Bilde, aber ich weiß natürlich, dass Fraport ein bedeutender Kunde ist. Deswegen würde ich doch gerne auf dem Laufenden sein. Vor allem, wenn ich Ihnen auch noch behilflich bin.“

„Rufen Sie mich an, wenn Sie einen Namen für mich haben, dann sprechen wir noch mal über das Thema.“

Paulsen nickte und wirkte nicht sehr glücklich. Er rief nach seiner Assistentin und bat sie, Siebels nach draußen zu begleiten.

„Schicke Schuhe", konnte Siebels sich nicht verkneifen zu sagen, als er von Astrid Lotz zur Tür gebracht wurde. Eine Antwort bekam er nicht.

Till war nach seinem Besuch bei Nadine Busch direkt nach Hause gefahren, hatte geduscht und sich auf sein Sofa gelegt. Johanna hatte Spätschicht. Nach der Schicht würde sie in ihre eigene Wohnung fahren und sich schlafen legen. Till dachte daran, wie er sich noch vor wenigen Stunden mit Johanna auf dem Sofa vergnügt hatte. Insgeheim hoffte er, dass es dabei mit dem Kindermachen noch nicht geklappt hat. Mit Johannas Wunsch, sich nach dem ersten Kind sterilisieren zu lassen, konnte er sich nicht abfinden. Er dachte über seine Zukunft nach und döste dabei ein. Eine halbe Stunde später riss ihn sein Telefon aus dem Schlaf. Nadine Busch war dran.

„Sind Sie hungrig?", fragte sie ohne Umschweife.

„Einen kleinen Happen könnte ich noch vertragen."

„Vielleicht ein Steak?"

„Steak klingt gut, warum nicht."

„In einer halben Stunde im Buena Vista. Große Eschenheimer Straße 13. Einen Tisch habe ich schon reserviert."

Bevor Till etwas entgegnen konnte, hatte Nadine Busch schon wieder aufgelegt. Till bestellte sich ein Taxi. Dann ging er ins Bad und putzte sich die Zähne, zog sich eine neue Jeans an, suchte sich ein gebügeltes Hemd aus dem Schrank und rubbelte mit einem Geschirrtuch seine Schuhe sauber. Als er damit fertig war, schaute er aus dem Fenster und sah auch schon das Taxi ankommen.

Nadine Busch wartete bereits vor dem Eingang des Restaurants, als Till aus dem Taxi stieg. Sie trug einen weißen Mantel und winkte ihm zu.

„Schön, dass es geklappt hat", sagte sie und ging in das Restaurant. Sie gab einem Kellner ihren Mantel und forderte Till auf, ebenfalls seine Jacke abzugeben. Unter dem Mantel trug sie einen knielangen weißen Rock und dazu eine schwarze Seidenbluse. Ein weiterer Kellner führte sie zu dem reservierten Tisch. Das Restaurant war gut besucht, fast alle Tische waren besetzt.

„Sie haben ja doch ein Privatleben“, sagte Till und lehnte sich entspannt zurück. Der Kellner überreichte die Speisekarten.

„Kann man ein Geschäftsessen mit einem potenziellen Kunden als Privatleben bezeichnen?“, fragte Nadine Busch und lächelte dabei.

„Sind Sie oft hier?“, wollte Till wissen.

„Gelegentlich“, sagte Nadine Busch knapp und schaute in die Karte.

„Ich war noch nie hier. Ich wusste noch nicht einmal, dass es den Laden gibt. Dabei liegt er mitten in der Stadt.“

Nadine Busch hob ihren Blick kurz von der Karte, schaute Till wortlos an und blickte dann wieder konzentriert auf die Auswahl spanischer Gerichte. Till tat es ihr gleich.

Kurz darauf hatten beide ihre Wahl getroffen und der Kellner nahm die Bestellung auf. Nadine Busch bestellte als Vorspeise Aceitunas con queso oveja y hierbas und als Hauptgericht Chipirones a la plancha. Zu Tills Erstaunen sprach sie das locker in Spanisch aus. Till entschied sich für eine scharfe spanische Paprikasalami zur Vorspeise und wählte als Hauptgericht ein mittleres Rumpsteak von 250 Gramm mit Pommes und Salat. Bevor er noch ein Bier ordern konnte, fragte Nadine Busch, ob er Lust auf Weißwein habe. Till rang sich ein Nicken ab und Nadine Busch bestellte eine Flasche Sauvignon Blanc Classic.

„Das ist ein frischer, trockener Weißwein mit feinem Duft von Kräutern und frisch gehauenem Gras aus Südafrika“, klärte sie Till auf, nachdem der Kellner die Bestellung aufgenommen hatte.

„Gibt es in Südafrika keine Rasenmäher?“, kommentierte Till die Duftnote des Weines.

„Für Feinschmecker wird das Gras noch gehauen“, klärte sie ihn auf.

„Sie sprechen gut spanisch. Was haben Sie denn zum Essen bestellt?“

„Als Vorspeise eingelegte Oliven mit Schafskäse und frischen Kräutern und als Hauptspeise in der Pfanne gebratene kleine Tintenfische mit Knoblauch, Kräutern und Chili. Dazu gibt es Spinatkartoffeln.“

„Klingt ja lecker“, sagte Till, bezweifelte aber, dass Tintenfische etwas für seinen Geschmackssinn wären.

Der Kellner servierte den Wein, schenkte Till zunächst einen Schluck ein und wartete auf dessen Kostprobe. Als Till nach einem kurzen Augenblick verstand, nippte er artig an seinem Glas und hob dann seinen Daumen. „Hmm, der Duft von frisch gehauenem Gras, besser als jeder Joint“, lobte er den guten Tropfen.

„Das bleibt noch abzuwarten“, sagte Nadine Busch und erhob das Glas. „Auf Ihr Wohl.“

Kurz darauf wurden die Vorspeisen serviert. Die scharfe Salami trieb Till die Tränen in die Augen, er spülte mit Weißwein ordentlich nach.

„Wie war das mit den Sicherheitstransporten vom Flughafen?“, fragte Till. „Was soll da denn transportiert werden?“

„Sehen Sie, spätestens jetzt ist es ein Geschäftsessen und kein privates Vergnügen mehr“, lachte Nadine Busch und nippte an ihrem Wein.

„Wir können auch gern über etwas anderes reden“, schlug Till vor.

„Nein, nein. Deswegen habe ich unser Abendessen hier ja vorgeschlagen. Ich habe zwei oder drei Kunden, die im Export-Import-Geschäft tätig sind. Diese Kunden bekommen regelmäßig wertvolle Frachten am Flughafen angeliefert und liefern auch Ware über Luftfracht wieder aus. Meistens muss die Ware noch zwischengelagert werden. Dabei handelt es sich mal um kleinere Sendungen, manchmal um ziemlich große. Meine Kunden arbeiten mit verschiedenen Firmen zusammen, die sich um Transport und Zwischenlagerung kümmern. Je nach Ware werden dafür unterschiedliche Firmen beauftragt. Es wäre gut, wenn das ganze Geschäft von einem Unternehmen gehandhabt werden könnte. Dazu benötigen Sie gepanzerte Transporter in verschiedenen Größen. Zwei bis drei dürften aber genügen. Dazu noch geschultes Personal. Am besten ehemalige Polizisten, die flexibel einsetzbar sind.“

„Klingt spannend.“

„Dann bräuchten Sie noch eine klimatisierte Lagerhalle mit allen Sicherheitsvorkehrungen, am besten in unmittelbarer Nähe vom Flughafen. Da kann ich Ihnen bestimmt etwas organisieren.“

Der Kellner servierte die Hauptspeisen und erkundigte sich, ob alles in Ordnung sei. Till lobte noch einmal den Wein und machte sich über sein Rumpsteak her. Dabei warf er heimliche Blicke auf die Tintenfische seiner Begleitung.

„Ordentlich Tinte drin?“, fragte er schelmisch.

„Möchten Sie probieren?“

„Lieber nicht. Passt nicht zu meinem Steak.“

„Schmeckt ausgezeichnet. Kann ich Ihnen nur empfehlen. Vielleicht mal, wenn Ihnen die Tinte im Füller ausgeht?“

„Ich benutze lieber einen dicken Edding“, sagte Till und war sich nicht sicher, wie eindeutig die Zweideutigkeiten gerade waren.

Nadine Busch quittierte seinen Spruch mit einem Augenaufschlag und knabberte an ihren gebratenen Tintenfischen. „Sind Sie eigentlich verheiratet?“, fragte sie dann frei heraus.

„Nein. Aber vielleicht bin ich ja demnächst mit meiner Firma verheiratet.“

„Und ich bin Ihre Trauzeugin.“

„Darauf stoßen wir an“, sagte Till und hob sein Glas.

„Auf die Zukunft“, erwiderte Nadine Busch.

Als beide ihre Mahlzeit beendet hatten, ließ Till sich die Rechnung bringen und bezahlte.

„Haben Sie noch Lust auf einen Cocktail?“, fragte Nadine Busch. „Der geht dann auf mich.“

Till schaute auf die Uhr. Es war halb elf. „Warum nicht? Gerne.“

„Vielleicht im Monza, in der Berliner Straße. Ein kleiner Verdauungsspaziergang an der frischen Luft würde mir auch noch gut tun.“

Es war eine kalte, aber sternenklare Nacht. Schweigend überquerten Till und Nadine Busch die menschenleere Zeil, liefen über die Neue Kräme und bogen in die Berliner Straße ein. Sie gingen noch ein paar Meter und betraten dann die Cocktailbar. Till half Nadine Busch aus dem Mantel und setzte sich mit ihr an die Bar. Aus den Boxen drang Musik von David Bowie und der Barkeeper schüttelte und mixte Drinks im Takt zur Musik. Nadine Busch entschied sich für Pina Colada, Till für eine Bloody Mary. Dabei dachte er kurz an die Mary von Peter Bockelmann.

„Macht Ihnen der Job Spaß?", fragte Till, als die Drinks vor ihnen standen.

Nadine Busch schob sich den Strohhalm zwischen die Lippen und saugte nachdenklich daran. „Es ist ein guter Job", sagte sie dann. „Man lernt viele Leute kennen und man lernt, wie die Welt funktioniert. Aber man muss ein großes Mädchen sein, wenn man in diesem Job bestehen will." Sie lächelte wieder und schlug ihre Beine übereinander. Dabei rutschte ihr Rock etwas hoch. Mit einer fahrigen Bewegung streifte sie ihn mit der Hand dann noch ein wenig höher und zeigte Till viel Bein. Till nahm das Angebot dankbar an.

„Ich trage Strapse", sagte sie dann und schaute Till an. „Falls Sie das interessiert? Jedenfalls schauen Sie sehr interessiert."

Till schluckte und nahm einen kräftigen Schluck von seinem Cocktail. Der Frontalangriff traf ihn völlig überraschend. „Und wie mich das interessiert", kam es ihm dann endlich über die Lippen. „Ehrlich gesagt, interessiert mich alles an Ihnen."

„So viel?"

„Mindestens."

Nadine Busch schaute sich um, als sie feststellte, dass der Barkeeper auf der anderen Seite der Bar beschäftigt war und sonst niemand Notiz von ihnen nahm, öffnete sie den obersten Knopf ihrer Bluse. Till hielt die Luft an. Nadine Busch schaute ihm tief in die Augen und öffnete noch einen Knopf. Ohne den Blick von Tills Augen zu nehmen, beugte sie sich leicht vor und schenkte ihm einen tiefen Einblick in ihre Bluse. Till erkannte, dass ihr weißer BH mit einem Haken auf der Vorderseite eingehakt war. Dann spürte er eine Hand auf seinem Oberschenkel. Die Hand wanderte quälend langsam höher, um schließlich zwischen seinen Beinen zu verharren.

„Wollen wir gehen?", fragte Nadine Busch.

„Ja. Wohin?"

„Lass dich überraschen. Wir nehmen ein Taxi."

Die Hand von Nadine Busch lag noch immer zwischen Tills Beinen. Jetzt drückte sie leicht zu. Till schloss die Augen. Als der Druck nachließ, öffnete er sie wieder. Nadine Busch war vom Barhocker gestiegen und zog sich gerade ihren Mantel an.

20

Freitag, 13. Februar 2009

Siebels war früh aufgestanden und nach einem kurzen Frühstück direkt ins Präsidium gefahren. Er war müde, drei Mal musste Sabine in der Nacht aufstehen und den Nachwuchs wieder ruhig stellen. Sein erster Weg führte ihn in die Kantine, dort holte er sich eine Tasse Kaffee und ging damit zum Büro von Charly. Charly kam mal früh und mal spät ins Büro. Heute war er bereits da und saß vor seinem Bildschirm, als Siebels hereinkam.

„Aha, schon bei der Arbeit", brummte Siebels und setzte sich auf einen freien Stuhl.

„Guten Morgen. Gut geschlafen?"

„Leider nicht. Dieser kleine Rabauke wartet immer, bis ich eingeschlafen bin und fängt dann an zu brüllen."

„Du machst das doch alles schon zum zweiten Mal mit. Hast wohl vergessen, wie das damals bei deiner Tochter war?"

„Die hat nicht so einen Lärm gemacht, da könnte ich mich dran erinnern. Mittlerweile höre ich überhaupt nichts mehr von ihr. Ich weiß nicht einmal, ob sie überhaupt noch bei ihrer Mutter in Berlin lebt oder ob sie schon ausgeflogen ist."

„Wie alt ist sie denn jetzt?"

„Sechzehn."

„Wie die Zeit vergeht. Aber wahrscheinlich geht sie noch brav zur Schule, macht in einigen Jahren Abitur, lernt einen ordentlichen Beruf, heiratet einen vernünftigen Mann und bekommt Kinder, die nachts durchschlafen."

„Und ich werde nie etwas davon erfahren."

„Jammer nicht rum, du hast doch alles, was du brauchst."

„Mensch, Charly, wenn der ganze Mist hier vorbei ist, nehme ich ein paar Tage frei und fahre nach Berlin."

„Heute ist übrigens Freitag der Dreizehnte", wechselte Charly das Thema.

„Ich bin nicht abergläubisch."

„War ich auch nicht. Bis ich bei diesem Einsatz damals die Kugel ins Knie bekam. Das war an so einem Freitag."

„Vielleicht hättest du sie an einem anderen Tag in den Kopf bekommen."

„Danke für deine aufmunternden Worte. Jetzt geht es mir gleich viel besser."

„Bitte, gern geschehen. Du bist doch mein Freund."

Charly verzog die Mundwinkel, dann deutete er auf seinen Bildschirm. „Sven Müller hatte viel Material auf seinem Rechner. Die Dateien vom Rechner aus seiner Wohnung waren auch auf dem Rechner in seinem Arbeitszimmer im Dachgeschoss. Er scheint viel recherchiert zu haben, leider hatte er seine Ergebnisse noch nicht zusammenfassend niedergeschrieben. Das ist wie ein Puzzle. Jede Menge Teilchen, die man erst zusammensetzen muss, wenn man ein fertiges Bild sehen möchte. Und ich befürchte, Sven Müller hatte selbst noch kein klares Bild von seiner Arbeit. Er stocherte überall herum und hat alles Mögliche abgespeichert. Was davon hilfreich ist und was nicht, wusste er wahrscheinlich auch selbst noch nicht so genau. Aber eine Sache scheint ziemlich eindeutig zu sein."

Charly machte eine künstliche Pause. Siebels nutzte die Zeit und zündete sich eine Zigarette an.

„Kann ich auch eine haben?", fragte Charly.

„Du? Rauchst du neuerdings?"

„Manchmal, morgens, aber eher selten."

„Aha." Siebels reichte ihm eine Zigarette und gab ihm Feuer. „Und welche Sache ist nun eindeutig?"

„Die Lärmprognosen, die zum Ausbau des Flughafens erstellt wurden. Müller hat die offiziellen Messdaten auf seinem PC abgespeichert. Zusätzlich hat er andere Datentabellen, die eine ganz andere Sprache sprechen. Offensichtlich wurden bei der offiziellen Version Flugrouten zugrunde gelegt, die so gar nicht umsetzbar sind. Außerdem wurde ein viel zu hoher Prozentsatz an kleineren und moderneren Flugzeugen für die Prognose herangezogen. Die großen Flieger, die den meisten Lärm verursachen, scheinen nach der offiziellen Studie vom Aussterben bedroht zu sein. Genau das Gegenteil ist aber der Fall."

„Gibt es bei den offiziellen Studien eine Verbindung zu Sabine Lehmann?"

„Du stellst die richtigen Fragen, Kollege. Ja, da habe ich natürlich gezielt nachgeschaut. Sabine Lehmann hatte in der Tat intensiven Kontakt zu mehreren Gutachtern, die mit der Lärmprognose beauftragt waren. In dem Fraport-Ordner, den ich mir aus deinem Büro geliehen habe, sind Gesprächsnotizen und ausgedruckte E-Mails abgeheftet. Hier, die solltest du mal lesen." Charly reichte Siebels den Ausdruck einer E-Mail, abgeschickt von Sabine Lehmann am 1. Juli 2007.

Lieber Herr Dr. Stollenberger,
lange habe ich über unser gestriges Gespräch nachgedacht. Ich bin zu dem Ergebnis gekommen, dass Sie sich Ihrer Verantwortung immer noch nicht richtig bewusst sind. Dass Sie immer noch regelmäßig im alkoholisierten Zustand Auto fahren, ist ja ein bestechendes Indiz für Ihre Verantwortungslosigkeit. Auch wenn der tragische Unfall, den Sie vor zwei Jahren verursacht haben, durch Ihre Fahrerflucht noch im Dunkeln liegt, muss das nicht so bleiben. Ich appelliere daher an Ihr Verantwortungsgefühl, nicht nur in Bezug auf Ihr Gutachten, sondern im Besonderen auch bezüglich Ihres Alkoholkonsums.
Ich bin mir aber sicher, dass wir eine einvernehmliche Lösung finden und freue mich auf ein weiteres konstruktives Gespräch.
Ihre Sabine Lehmann, Paulsen und Partner

„Wer ist dieser Dr. Stollenberger?", wollte Siebels wissen.
„Er war als Gutachter für die ZRM tätig und hat die von Fraport entwickelte Lärmprognose bezweifelt."
„ZRM? Muss mir das was sagen?"
„Zukunft Rhein-Main. Das ist ein Zusammenschluss von mehreren Kommunen sowie Bürger- und Umweltverbänden. Diese Initiative wurde vor zehn Jahren gegründet und hat zum Ziel, den Ausbau des Flughafens zu verhindern", erklärte Charly.
Siebels kratzte sich am Kopf. „Gibt es in diesem Fall eigentlich auch mal ein paar Beteiligte, mit denen sich ein normal sterblicher Kriminalbeamter auseinandersetzen kann?"
„Das wird schwierig, soweit ich das bisher überblicken kann.

Aber du hast doch Sabine Lehmann. Die sitzt auch schon hinter Gittern. Wenn du schlau bist, lässt du es dabei bewenden."

„Kommt gar nicht infrage", winkte Siebels ab. „Jetzt stecke ich schon so tief drin in dem Mist, jetzt mache ich weiter, bis ich den ganzen Sumpf trockengelegt habe."

„Na viel Spaß. Das Thema mit dem Flughafen ist eh durch. Die Landebahn wir gebaut, die ersten Bäume sind doch schon gefällt."

Siebels zündete sich eine neue Zigarette an. „Diese Geschichte mit der neuen Landebahn ist ein ziemlich verzwicktes Thema, das war doch über Jahre in der Diskussion. Wie lief das eigentlich genau ab?"

„Das kann ich dir sagen, wenigstens darüber hat Sven Müller detaillierte Informationen abgespeichert. Eigentlich kann man das auch wissen, wenn man täglich Nachrichten schaut oder die Zeitung liest."

Siebels blies Charly eine Rauchschwade ins Gesicht. „Ja, ja. Gib mir einfach eine Kurzfassung."

„Okay, aber dann höre auf, mich voll zu qualmen. Also pass auf: Am Anfang gab es das sogenannte Mediationsverfahren. 1998 hat unser damaliger Ministerpräsident Hans Eichel dieses Verfahren in Gang gesetzt. Sein Nachfolger Roland Koch hat es dann weiter unterstützt. Es wurde eine Mediationsgruppe gebildet, die sich über den Ausbau des Frankfurter Flughafens Gedanken machen sollte und nach eingehender Prüfung hat diese Gruppe eine Empfehlung für den Ausbau abgegeben. Zu dieser Gruppe zählten Vertreter von Städten und Gemeinden, von der Wirtschaft, unter anderem von Fraport und der Lufthansa, von Gewerkschaften, von einer Bürgerinitiative sowie von der Landes- und Bundesregierung."

„Die können wir doch nicht alle befragen", stöhnte Siebels.

„Das würde wahrscheinlich auch keinen Sinn machen. Das Mediationsverfahren war ja nur ein erster Schritt. Nachdem die Empfehlung pro Ausbau mit einem eingebauten Anti-Lärm-Pakt abgegeben war, folgte das Raumordnungsverfahren, kurz ROV. Damit ging es dann eigentlich erst richtig los. Fraport hat drei mögliche Standortvarianten für die neue Landebahn zur Überprüfung eingereicht. Beim ROV wurden die drei

Varianten zunächst auf die Raumverträglichkeit geprüft. Dazu gehörten Aspekte der Siedlungsentwicklung, der kommunalen Bebauungspläne und ein Landesentwicklungsplan. Ein anderer Schwerpunkt bei dem Raumordnungsverfahren galt der Prüfung der Umweltverträglichkeit. Darunter fallen Themen wie Waldrodung, Lärmflächen oder Wasserschutzgebiete. Dazu musst du wissen, dass es ein Fluglärmgesetz gibt. Um jeden deutschen Flughafen herum gibt es zwei Lärmschutzzonen. In Zone eins dürfen keine Wohnungen errichtet werden, in Zone zwei müssen die Wohnungen festgesetzten Schallschutzanforderungen genügen. Für soziale Einrichtungen wie Kindergärten, Schulen oder Altenheime gelten noch strengere Anforderungen. Wenn sich nach dem Bau der Landebahn die Lärmentwicklung also negativer entwickelt als vorausgesagt, haben Städte wie Offenbach oder Frankfurt und viele Kommunen dann ein Problem mit der Siedlungsbeschränkung. Die Lärmprognose ist also ein bedeutender Faktor."

„Dann ist es gar nicht so weit hergeholt, wenn man Leute wie diesen Doktor Stollenberger mit allen Mitteln beeinflussen will", bemerkte Siebels.

„Exakt", bestätigte Charly. „Und wenn du in den letzten Tagen mal Nachrichten gesehen hast, dann weißt du auch, dass bei dem Raumordnungsverfahren die Variante der Landebahn Nordwest den Vorzug bekommen hat. Allerdings musste vorher noch die zweite Hürde genommen werden, das Planfeststellungsverfahren. Die Planfeststellung nahm das Hessische Ministerium für Wirtschaft, Verkehr und Landesentwicklung vor. Dabei wurde die Zulässigkeit und die Art des Ausbaus festgelegt. Der Planfeststellungsbeschluss wurde am 18.12.2007 mit der Genehmigung rechtsverbindlich. Der Beschluss genehmigte den Bau der neuen Landebahn sowie weiterer Flugbetriebsanlagen und des Terminals Nummer drei. Am zwanzigsten Januar diesen Jahres begann Fraport dann mit den ersten Bauarbeiten für die neue Landebahn."

„Die E-Mail von Sabine Lehmann an diesen Doktor Stollenberger war vom Juli 2007. Also ein knappes halbes Jahr vor der Genehmigung. Meinst du, dass Sabine Lehmann mit so einer Aktion in dieser kurzen Zeit noch Einfluss auf das Verfahren nehmen konnte?"

Charly zuckte die Schultern. „Frag sie doch selbst. Aber wahrscheinlich wurde bis zuletzt mit harten Bandagen gekämpft. Nach der Genehmigung gab es ja noch Eilanträge beim Hessischen Verwaltungsgerichtshof, mit denen der Baubeginn noch kurzfristig gestoppt werden sollte. Es wurden allerdings sämtliche Eilanträge zurückgewiesen. Das war Anfang des Jahres. Aber wie es aussieht, werden einige Kommunen noch eifrig weiterklagen. Der Fluglärm wird dabei weiterhin im Vordergrund stehen. Flugrouten und Nachtflugzeiten können auch noch geändert werden, wenn die Bahn gebaut und in Betrieb ist."

„Das ist ja alles gut und schön, aber wenn die Sache spätestens im Januar gelaufen war, dann macht es doch keinen Sinn, wenn Sabine Lehmann im Februar ihren Freund erschlägt, weil der zu dem Thema recherchiert."

„Du musst einfach nur rausfinden, wie World Consulting und Herr Paulsen mit seinen Leuten in die Geschichte verwickelt sind. Diese Verbindung scheint Sven Müller ja aufgedeckt zu haben. Und damit muss er seine Freundin entlarvt haben. Die hat ihn dann kurzerhand erschlagen. Ist doch eigentlich ganz einfach, oder?"

„Irgendwann muss ich das alles auch noch dem Herrn Staatsanwalt verklickern, das wird die härteste Nuss", seufzte Siebels.

„Wenn du alles richtig machst, ist Jensen bald Oberstaatsanwalt", sagte Charly vergnügt.

„Auf jeden Fall muss ich bald reinen Tisch machen. Es gibt da nämlich Neuigkeiten über Paulsen." Siebels berichtete Charly von seinem Treffen mit Jeremy Boyle und dessen Vermutungen über das schwarze Büro und die Organisierte Kriminalität.

„Du solltest dir wirklich langsam Rückendeckung von Jensen holen, sonst reitest du dich noch richtig tief in die Scheiße. Till und mich gleich mit."

„Ja, du hast Recht. Jetzt fahre ich erst mal nach Weiterstadt und mache meinen obligatorischen Besuch bei Frau Lehmann."

„Bringe uns einen schönen Traum mit, ja?"

„Ich werde mich bemühen. Falls dir zu diesen Träumen etwas Sinnvolles einfällt, lass es mich wissen."

„Oh je, ich bin ja ein ganz ausgebuffter Bulle, aber irgendwo hört es dann auch auf."

„Da haben wir wohl was gemeinsam. Heute Nachmittag habe ich Jochen Trutz herbestellt. Vorher würde ich gern diesen Doktor Stollenberger noch sprechen. Hast du schon rausgefunden, wo ich den finde?"

„Natürlich. Der gute Mann wohnt und arbeitet in Neu-Isenburg. Die Isenburger klagen übrigens auch gegen den Flughafenausbau. Warte, ich schreibe dir seine Adresse und Telefonnummer auf."

„Was macht Till eigentlich?", fragte Charly und gab Siebels den Zettel.

„Keine Ahnung. Der war bei der Eintracht und hat Helmut Adler verhört."

„Ach was. Till bei Adler? Mitten drin im Eintrachtherz? Hat er auch ein paar Spieler gesehen? Kann der mir Autogramme besorgen?"

„Till? Der kann doch einen Fußballer von einem Gewichtheber nicht unterscheiden."

„Und so einer verhört Helmut Adler. Das geht so nicht. Wenn der wieder zur Eintracht fährt, muss einer mit, der Ahnung von der Materie hat."

„Du redest nicht zufällig von dir?"

„Falls ihr sonst keinen kennt, ich würde mich opfern."

„Mach das mit Till aus. Ich muss los. Bis später." Siebels ging in sein Büro und schaute nach Till, der aber noch nicht eingetroffen war. Er rief im Hotel Continental an und teilte Günther Lehmann mit, dass er ihn in einigen Minuten abholen würde.

Till saß in seiner Küche und dachte nach. Als er gestern mit Nadine Busch im Taxi saß, war ein Ruck durch ihn gegangen. Als das Taxi vor ihrer zweiten Wohnung im Nordend angehalten hatte, war Till sitzen geblieben. Nadine Busch war sehr erstaunt, als Till ihr erklärt hatte, dass es nicht ging.

„Was geht nicht?", hatte sie gefragt.

„Das mit uns", hatte er lapidar gesagt.

„Sicher?", hatte sie nachgefragt.

„Tut mir leid, vielleicht ein andermal", hatte er ihr geantwortet und dem Taxifahrer dann seine Adresse genannt.

Er musste das Thema Familie endlich mit Johanna besprechen und zu einer Lösung kommen. Wenn Johanna auf ihrer Absicht bestand, sich nach dem ersten Kind sterilisieren zu lassen, war er vielleicht nicht der Richtige für sie. Oder sie nicht die Richtige für ihn. Nadine Busch war jedenfalls keine Lösung für sein Problem. Im Gegenteil, eine Affäre würde alles nur noch schlimmer machen. Er wusste nicht, warum ihm diese Erkenntnis erst im Taxi auf dem Weg zu ihrem Schlafzimmer gekommen war. Besser spät als zu spät, dachte er sich und nahm das Telefon zur Hand. Er wollte Johanna anrufen, wusste aber nicht genau, was er ihr sagen wollte. Er legte das Telefon wieder zur Seite und dachte nach. Doch er konnte sich nicht konzentrieren und war drauf und dran, sich krankschreiben zu lassen, als ein Anruf einging. Es war Siebels, der gerade auf dem Weg zum Hotel war.

„Wie war dein Termin bei Nadine Busch?", wollte er wissen.

„Gut", sagte Till. „Ich habe schon Kunden. Sicherheitstransporte. Rate mal, wo die Ware abgeholt bzw. hingebracht werden soll."

„Weiß ich doch nicht. Erzähl schon."

„Flughafen", sagte Till knapp.

„Sehr interessant. Um was für Ware handelt es sich denn?"

„Das weiß ich auch nicht. Wertvolle Ware. Gepanzertes Fahrzeug, Fahrer mit Schusswaffe. Klimatisiertes Zwischenlager. Mehr hat sie mir noch nicht verraten."

„Dann hat Nadine Busch anscheinend die Vertretung von Sabine Lehmann übernommen. Zumindest für den Kunden Fraport. Herr Paulsen hat mir gestern versprochen, dass er mir den zuständigen Gegenpart von Sabine Lehmann bei Fraport ausfindig macht. Dabei muss es sich um ein hohes Tier handeln. Ich bin gespannt, was daraus wird."

„Der wird dich hinhalten und dir gar nix sagen."

„Das befürchte ich auch. Aber das akzeptiere ich nicht."

„Es gibt ein kleines Problem", sagte Till mit unsicherer Stimme.

„Ich höre."

„Nadine Busch. Ich konnte gestern gerade noch von ihrer Bettkante hüpfen. Im letzten Moment, sozusagen."

„Ich hatte es befürchtet", seufzte Siebels. „Sabine Lehmann hat mich diesbezüglich schon vorgewarnt. Aber ich habe mich auf dich verlassen." Siebels spielte auf den letzten Fall an. Till hatte sich damals in einer ähnlichen Situation befunden, war dann aber tatsächlich mehrmals im Bett einer Verdächtigen gelandet.

„Danke, dass du mich nicht gewarnt hast", beschwerte sich Till.

„Habe ich nicht? Ich dachte, wir hätten das Thema klar angesprochen. Erinnerst du dich? Escort-Service?"

„Ja. Da war das aber noch Spaß. Jetzt ist die Sache ernst."

„Du bist doch schon ein großer Junge. Halte dich erst mal fern von der Frau. Schau dir stattdessen Silvia Förster an. Überprüfe die Geschichte, die Nadine Busch über den Tod von Wurmbach erzählt hat. Zumindest bis zu dem Punkt, wo Trutz mit Sabine Lehmann in die Bar gekommen ist, müsste sie sie bestätigen können. Rede mit ihr über Bockelmann und Wurmbach, über Sabine Lehmann und Nadine Busch. Vielleicht ergibt sich ja was Neues."

„Alles klar, Chef. Hast du auch eine Warnung für diese Dame, die du mir vorenthältst?"

„Nein, die Dame ist noch ein völlig unbeschriebenes Blatt. Ich muss Schluss machen, Herr Lehmann steigt gerade ein. Wir fahren wieder nach Weiterstadt."

21

Günther Lehmann hatte seinen Koffer dabei, den Siebels in den Kofferraum legte.

„Sie reisen wieder ab?"

„Ja, heute Nachmittag. Können Sie mich später dann am Hauptbahnhof absetzen?"

„Natürlich." Siebels fuhr los.

„Wie wird es dann weitergehen?", erkundigte sich Günther Lehmann. „Wird es zu einer Gerichtsverhandlung kommen?"

„Ich weiß es nicht. Das hängt vom Ergebnis meiner Ermittlungsarbeit ab. Leider hat Ihre Tochter immer noch kein Wort zur Tat gesagt. Das wollte sie aber noch nachholen, hat sie mir versprochen. Da sie es nicht so eilig damit hat, wird sie wohl nicht ganz unschuldig am Tod von Sven Müller sein."

„Mir hat sie auch nichts gesagt. Ich verstehe das nicht."

„Da haben wir etwas gemeinsam. Aber ich befürchte, es liegt noch einiges im Dunkeln. Ob Ihre Tochter allerdings eine Mörderin ist, kann ich momentan nicht sagen. Es gibt einige Ungereimtheiten."

„Wenigstens ein Hoffnungsschimmer. Danke."

Den Rest der Fahrt verbrachten die beiden schweigend nebeneinander. In Weiterstadt kannten sie mittlerweile die Rituale, die notwendig waren, um mit der Gefangenen zusammentreffen zu können.

Siebels ließ Günther Lehmann den Vortritt. Während der Vater sich von der Tochter verabschiedete, bevor er Frankfurt wieder verließ, erkundigte Siebels sich, ob er sich kurz mit dem Häftling Ellen Baumeister unterhalten könne. Der Wärter kannte Siebels mittlerweile ganz gut und begleitete ihn zu einem Aufenthaltsraum der Untersuchungshäftlinge. Ellen Baumeister spielte Tischtennis. Nach einem kurzen Gespräch mit dem Wärter unterbrach sie ihr Spiel und kam zu Siebels, der an der Türschwelle wartete.

„Polizei? Mich habt ihr doch schon verhaftet."
„Es geht um eine Kollegin von Ihnen. Frau Lehmann."
„Ach, Sie sind der freundliche Bulle, der sie jeden Tag besucht?"
„Ja, der bin ich."
„Sabine mag Sie. Sie spricht nur Gutes über Sie. Ob sie meine Kollegin ist, kann ich aber nicht sagen. Ich habe meinen Mann zwar umgebracht, und das ist auch gut so, aber ob Sabine ihren Freund umgebracht hat, bezweifele ich."
„Genau deswegen möchte ich mich gerne mit Ihnen unterhalten. Ich habe nämlich auch meine Zweifel. Aber leider erzählt sie mir nichts."
„Mir hat sie auch nichts erzählt. Andeutungen hat sie gemacht, mehr nicht. Aber wenn ich das richtig verstanden habe, tickt da eine Bombe."
„Eine Bombe?"
„Na ja, keine richtige Bombe. Sie sitzt wohl auf Informationen, mit denen sie viele hochrangige Personen hochgehen lassen kann."
„Das befürchte ich auch. Ehrlich gesagt, kann ich es kaum abwarten, bis diese Bombe endlich hochgeht."
„Ich glaube ja eher, dass Sie die Bombe entschärfen wollen, bevor sie hochgeht."
„Eigentlich will ich nur den Mord an dem Freund von Sabine Lehmann klären. Alles andere ist für mich nur Beiwerk."
„Tja, da kann ich Ihnen leider nicht weiterhelfen. Wenn Sabine Ihnen etwas sagen will, wird sie das schon tun. Glauben Sie mir, sie mag Sie wirklich."
„Ich wünsche Ihnen viel Glück bei Ihrem Prozess", sagte Siebels und ließ sich von dem Wärter wieder zurückbringen.
Er rauchte noch zwei Zigaretten und gab dem Wärter dann ein Zeichen, dass er Günther Lehmann jetzt aus dem Raum holen sollte. Es dauerte noch zehn Minuten, die Siebels den beiden zustand. Dann kam Herr Lehmann raus und Siebels ging hinein.

„Guten Tag, Frau Lehmann. Möchten Sie heute vielleicht den Mord an Sven Müller gestehen?"
„Guten Tag, Herr Siebels. Nein, ich glaube, heute ist kein guter

Tag zum Gestehen."

„Schade. Ihr Vater reist heute wieder ab."

„Ja. Vielen Dank, dass Sie seine Besuche ermöglicht haben."

„Keine Ursache. Ich glaube, Frau Busch hat Ihren Kunden Fraport übernommen."

„Irgendeiner muss die Arbeit ja machen, wenn ich hier rumsitze."

„Ich glaube, Ihre Beratungstätigkeiten bei Fraport und der Mord an Sven Müller hängen zusammen. Während Sie hier rumsitzen, vernichtet Frau Busch vielleicht wertvolle Beweise, die Sie entlasten könnten?"

„Ach, da machen Sie sich mal keine Sorgen. Nadine hat zwar Ahnung vom Blasen, aber nicht vom Tuten." Sabine Lehmann hielt sich die Hand vor den Mund und kicherte. „Entschuldigung, ich benehme mich kindisch."

„Ja, das tun Sie. Das tun Sie schon seit Tagen."

„Jetzt seien Sie doch nicht so griesgrämig. Ich habe Ihnen doch schon viel erzählt."

„Sie meinen Ihre Träume? Wäre es vielleicht möglich, dass Sie damit Andeutungen über Organisierte Kriminalität machen wollen?"

„Oh, jetzt überraschen Sie mich aber. Wie kommen Sie darauf?"

„Ich ermittele."

„Das ist gut. Polizisten sollten ermitteln. Aber sagen Sie, ist für die Organisierte Kriminalität nicht die Mafia zuständig? Glauben Sie, ich gehöre zur Mafia?"

Siebels zündete sich eine Zigarette an. „Das wäre jedenfalls ein guter Grund, die Aussage zu verweigern."

„Das stimmt. Die Mafia hat ihre Killer ja auch im Knast, was man so hört."

„Haben Sie Angst?"

„Jetzt nicht mehr. Hier drinnen fühle ich mich sicher. Die Welt da draußen ist viel gefährlicher. Da weiß man nicht, wer Freund und wer Feind ist. Man weiß nicht, was richtig und was falsch ist. Was heute gut ist, ist morgen schlecht. Es gibt Gesetze und es gibt Regeln. Wer die Regeln beherrscht, braucht sich um die Gesetze nicht zu kümmern. Gesetze kann man auslegen, Regeln nicht."

„Wovon sprechen Sie?"

„Schalten Sie ihr Aufnahmegerät ein. Ich möchte Ihnen einen Traum erzählen."

Siebels wusste, dass es zwecklos war, weiterzusprechen. Er schaltete sein Diktiergerät ein und lehnte sich zurück.

Ich trage mein weißes Brautkleid und sitze am Steuer des Reisebusses, den ich auf der Autobahn Richtung Süden lenke. Es ist Ferienbeginn und viel Betrieb auf der Autobahn. Im Bus sitzt meine Crew. Ich habe sie eigenhändig ausgewählt. Zwanzig kleine Chinesen. Jeder von ihnen trägt ein weißes Brautkleid, jeder von ihnen ist grell geschminkt. Jeder von ihnen hält einen schweren Vorschlaghammer in der Hand. Ich lenke den Bus auf einen kleinen Parkplatz und fahre bis an das Ende des Parkplatzes. Ich öffne die Türen, meine Crew verlässt den Bus. Ich bleibe am Steuer sitzen, neben mir liegt mein Vorschlaghammer. Ein kleiner Mann aus meiner Crew stellt sich an der Auffahrt zur Autobahn neben die Leitplanke und beobachtet den Verkehr. Der Rest meiner Crew versteckt sich hinter dem Gebüsch. Nach einer kurzen Weile hebt mein Mann an der Leitplanke die Hand. Ich trete die Kupplung durch und lege den ersten Gang ein. Ich starre auf die Hand meines Beobachters. Er wartet auf eine kleine Lücke im rasenden Autoverkehr auf der dreispurigen Autobahn. Als sie kommt, senkt er seine Hand. Ich lasse die Kupplung kommen und fahre den Bus auf die Autobahn. Quer über die drei Spuren lasse ich ihn stehen und springe durch die Fahrertür heraus. Mit meinem Vorschlaghammer in der Hand rette ich mich mit einem Sprung über die Mittelleitplanke auf den schmalen Grünstreifen. Im nächsten Moment rammt ein schwarzer Mercedes frontal den Bus. Nur einen Wimpernschlag später fahren ein Audi und ein BMW in das Hindernis. Lautes Hupen und quietschende Bremsen nachfolgender Wagen ertönen und werden kurz darauf von ohrenbetäubenden Zusammenstößen abgelöst. In kürzester Zeit türmt sich vor mir und meiner Crew ein qualmender Blechhaufen aus über fünfzig Autos auf. Weitere Autos fahren dort hinein. Meine Crew und ich warten, bis es die ersten Wagen schaffen, rechtzeitig vor einem Aufprall stehen zu bleiben. In kürzester Zeit bildet sich ein schöner, langer Stau. In dem Stau kommt es immer wieder zu neuen Karambolagen. Dann gebe ich das Kommando, schwinge meinen Vorschlaghammer kreisend über meinem Kopf und springe auf den ersten demolierten Mercedes. Mit lautem Gebrüll stürzt sich im gleichen Moment meine Crew auf die Autobahn. Die kleinen Chinesen in den weißen Brautkleidern und den grell geschminkten Gesichtern schwingen ebenfalls ihre schweren Hämmer. Ich lasse meinen Hammer auf die Motorhauben und Windschutzscheiben der vordersten Wagen im Stau krachen und renne zwischen den Blechkarawanen auf den Fahrspuren hindurch. Meine Crew rennt hinter mir her. Kein Wagen wird verschont. Mit unseren Hämmern zertrümmern wir die festsitzenden Wagen, egal, ob Opel, Mercedes, Fiat, Hyundai, Skoda, Porsche oder Ferrari. Auch auf der Gegenfahrbahn hat sich ein Stau gebildet. Nichts geht mehr voran. Die Fahrer auf der anderen Seite schauen sich das Spektakel an. Meter für Meter kämpfe ich mich mit meiner Crew dem Stau entgegen. Unsere schweren Hämmer schlagen auf die Autodächer und die Heckscheiben, auf die Motorhauben und die Frontscheiben. Manche Fahrer springen aus ihren Wagen und flüchten, andere bleiben wie erstarrt auf ihren Sitzen. Über uns kreist ein Polizeihubschrauber. Über Lautsprecher geben sie die Länge des Staus bekannt. Drei Kilometer. Auf meine Männer und mich wartet viel Arbeit. Blech verbiegt sich, Glas splittert, das Schlachtfeld zieht sich über die Autobahn. Der Polizeihubschrauber lässt an einem Seil eine große Holzkiste herunter. Die Kiste ist für die Menschen auf der Gegenfahrbahn gedacht. Dort stehen die Fahrer neben ihren Autos und bewundern das Werk von mir und meiner Crew. Ungeduldig machen sie sich über die Kiste her, als sie den Boden erreicht. Hunderte von kleinen Hämmern sind dort drin. Der Polizeihubschrauber gibt die neue Staulänge bekannt. Fünf Kilometer. In einiger Entfernung stehen die ersten Fahrer auf den Dächern ihrer Autos und beobachten, wie sich das Schlachtfeld langsam auf sie zu bewegt. Auf der Gegenfahrbahn schlagen mittlerweile Hunderte von Autofahrern mit den kleinen Hämmern auf ihre Wagen ein. Auf unserer Seite kümmern sich die größten meiner kleinen Männer um die vielen Lastwagen auf der rechten Spur. Sie zerschlagen die Führerkabinen, zerstechen mit großen Messern die Reifen und Abdeckplanen und setzen die Ladungen in Brand. Auf den Feldern neben der Autobahn ziehen lange Flüchtlingsströme entlang. Ehemalige Fahrer und Fahrerinnen von Autos und Lastkraftwagen ziehen alleine oder mit ihren Familien von dannen. Sie singen Heimatlieder und winken uns zum Abschied zu. Der Polizeihubschrauber gibt die aktuelle Staulänge bekannt. Sieben Kilometer. Meine Männer zertrümmern die Autos im Sekundentakt, aber es werden immer mehr. Ein zweiter Polizeihubschrauber bringt Nachschub an kleinen Hämmern für die Gegenfahrbahn. Die Menschen dort drüben haben zwar nur die kleinen Hämmer und sie tragen keine weißen Brautkleider, aber sie strengen sich trotzdem an und zertrümmern die Autos so gut es eben geht. Der beißende Qualm von den brennenden Lastern folgt der Spur der Verwüstung. Meine Männer werden langsam müde, sie warten auf die erlösende Durchsage des Polizeihubschraubers. In den Autoradios läuft auf allen Sendern die Durchsage, dass die Auffahrt auf unsere Autobahn nur noch erlaubt ist, wenn der Fahrer einen Vorschlaghammer mit sich führt. Endlich kommt die Durchsage vom Polizeihubschrauber. Der Stau hat eine Länge von zehn Kilometer erreicht. Meine Männer und ich können endlich Feierabend machen. Die Fahrer, die am Ende des Staus ankommen, zertrümmern ihre Wagen nun selbst. Mit Spaten und mit Baseballschlägern, mit Eisenstangen und Zaunlatten. Sie plündern die Ladungen der Lastwagen und finden allerhand nützliches Werkzeug. Einige Autofahrer trommeln sogar mit blanken Fäusten auf ihre Wagen ein.

Das Schlachtfest dauert auch die nächsten Tage und Wochen an. Auf Autobahnen und Landstraßen, in Städten und Dörfern zertrümmern entschlossene Menschen die Autos. Neue Gesetze werden erlassen. Das Schließen von Garagentoren wird verboten, Tankstellen müssen Vorschlaghämmer ins Sortiment aufnehmen und bei der Führerscheinprüfung muss der Prüfling fortan einen Wagen fachgerecht zertrümmern. Drei Monate später stehen meine kleinen Männer in ihren weißen Brautkleidern mit stolz geschwellter Brust in einer Reihe. Eine Delegation aus Politik und Wirtschaft gratuliert meinen Kämpfern und jeder von ihnen bekommt einen Orden an sein Brautkleid geheftet.

„Ein schöner Traum“, sagte Siebels. „Klingt fast wie eine Persiflage auf diese Abwrackprämie, die die Bundesregierung gerade für Altwagen erlassen hat. Aber damit haben Sie doch wohl wirklich nichts zu tun?“

„Für heute habe ich genug gesagt. Ich nehme an, Sie besuchen mich frühestens am Montag wieder?“

„Ja. Am Wochenende habe ich etwas vor. Ich möchte meiner Partnerin einen Heiratsantrag machen. Allerdings habe ich mittlerweile ein Problem damit, wenn ich sie mir im weißen Brautkleid vorstelle.“

„Oh. Das tut mir leid. Aber ich bin die einzige Frau, die im weißen Brautkleid so viel Unsinn macht. Trauen Sie sich also ruhig, im doppelten Sinne, sozusagen.“

Till hatte sich zu Hause noch einmal den Internetauftritt von Silvia Förster, Paulsen und Partner angesehen. Er betrachtete das Porträtfoto der Beraterin und kam zu dem Entschluss, dass von ihr keine Gefahr ausging. Sie war nicht hässlich, aber auch nicht sonderlich attraktiv. Ihr rotblondes Haar war hochgesteckt, sie trug eine Brille mit schwarzem Gestell und hatte einen strengen Blick, der auf wenig Humor hindeutete. Till notierte sich ihre Büroadresse und machte sich auf den Weg in die Höllbergstraße nach Frankfurt-Eschersheim.

Die kleine Straße lag idyllisch und ruhig und Till wunderte sich, dass es von hier nur eine kurze Entfernung zu der viel befahrenen Eschersheimer Landstraße war. Er klingelte an dem Altbau, der Silvia Försters Büro beherbergte. Die Haustür öffnete sich mit einem leisen Summen. Till stieg die knarrenden Holzstufen in die erste Etage hoch und wurde von Silvia Förster an der Wohnungstür empfangen. Sie trug einen Bademantel und hatte einen Schal um den Hals gewickelt. Unverkennbar hatte sie eine Erkältung und Till witterte augenblicklich doch Gefahr.

„Erkältet?“, fragte er sorgenvoll.

„Ja. Was möchten Sie?“, fragte Silvia Förster.

„Till Krüger, Kriminalpolizei.“ Er hielt ihr seine Marke vor die verschnupfte Nase. „Kann ich kurz reinkommen?“

Silvia Förster trat einen Schritt zur Seite und ließ ihn herein. Sie führte ihn in die Küche und bat ihn am Küchentisch Platz zu nehmen.

„Worum geht es denn?", fragte sie und musste dann drei Mal kurz hintereinander niesen.

„Es geht um Herrn Bockelmann. Haben Sie von der Sache schon gehört?"

„Nein. Was ist mit ihm?"

„Er ist tot. Er wurde überfahren. Vorsätzlich."

Silvia Förster schaute Till ungläubig an. „Vorsätzlich? Sie meinen, er wurde ermordet?"

„Genau das wollte ich damit sagen. Wie war Ihr Verhältnis zu Herrn Bockelmann?"

Silvia Förster schniefte in ihr Taschentuch. Till versuchte den Abstand zu ihr zu vergrößern.

„Wir üben den gleichen Beruf aus, wir sind beide als Partner von Paulsen und Partner selbstständig tätig. Sonst haben wir keine Gemeinsamkeiten."

„Haben Sie sich auch privat mit ihm getroffen? Unter Kollegen, meine ich."

„Nein. Ja. Also selten. Vielleicht ein oder zwei Mal im Jahr. Manchmal haben wir auch telefoniert oder uns E-Mails geschrieben, das hatte dann aber meist berufliche Gründe."

„Hatte er Feinde? Gab es in dieser Richtung mal Andeutungen von ihm oder ist Ihnen da über andere Kollegen vielleicht mal etwas zugetragen worden?"

„Nein. Herr Bockelmann war eigentlich sehr beliebt."

„Im Januar 2005 haben Sie mit ihm und den anderen Partnern Ihre Weihnachtsfeier aus 2004 nachgeholt. Stimmt das?"

Silvia Förster schaute Till verwirrt an. „Ja, das stimmt. Aber das ist doch schon vier Jahre her. Warum fragen Sie danach?"

„Können Sie mir erzählen, wie der Abend damals geendet hat?"

Silvia Förster dachte nach und steckte sich einen Bonbon in den Mund. „Wir waren in einer Bar und haben noch etwas getrunken. Danach haben wir uns getrennt und haben den Abend beendet."

„Wer war denn alles dabei?"

„Sie wollen mir doch nicht erzählen, dass dieser Abend etwas damit zu tun hat, dass Peter jetzt ermordet wurde? Das ist doch Unsinn."

„Soweit ich weiß, war an diesem Abend auch ein Herr Wurmbach anwesend."

„Ach so. Sie glauben, es gibt einen Zusammenhang mit seinem Selbstmord? Weil er auch ein Partner bei Paulsen war?"

„Erzählen Sie mir doch einfach, wie der Abend genau ausgegangen ist."

Silvia Förster wiederholte die Geschichte, die Nadine Busch bereits erzählt hatte. Jochen Trutz war zu später Stunde noch mit Sabine Lehmann erschienen. Allerdings schien Silvia Förster keine Ahnung davon zu haben, dass die Party bei Wurmbach noch weitergegangen war.

„Haben Sie später mit Sabine Lehmann oder Nadine Busch über den Selbstmord von Detlev Wurmbach gesprochen? Es ist doch merkwürdig, wenn sich jemand nach einer Weihnachtsfeier mit seinen Kollegen aufhängt. So etwas machen manche Menschen direkt an den Feiertagen. Aber nicht nach einer Weihnachtsfeier, die Anfang Januar stattfindet. Oder gab es an diesem Abend schon Anzeichen, dass Herr Wurmbach mit dem Gedanken spielte, seinem Leben ein Ende zu bereiten?"

„Wir waren auf seiner Beerdigung. Sabine, Nadine und ich. Aber wir haben uns nicht groß unterhalten. Wir konnten es einfach nicht fassen. Ich habe jedenfalls nicht bemerkt, dass er lebensmüde war."

„Hatte er Probleme mit seinem Job als Partner? Soviel ich gehört habe, ist das ein sehr anstrengender und stressiger Job."

„Ja, das stimmt, der Job verlangt einem alles ab. Heute ist seit Jahren der erste Tag, an dem ich mich selbst krankgeschrieben habe. Am Montag muss ich wieder fit sein, da habe ich fünf Termine, die ich nicht absagen kann. Aber deswegen hänge ich mich ja nicht auf."

„Warum könnte sich Herr Wurmbach denn aufgehängt haben?"

„Ich weiß es wirklich nicht. Als Jochen Trutz damals in die Bar kam, hat er sich mit Detlev für ein paar Minuten in eine Ecke zurückgezogen. Die beiden hatten ein ernstes Gespräch. Detlev sah nicht sehr glücklich aus. Aber als die beiden wieder zu uns kamen, schien alles in Ordnung zu sein. Herr Trutz lachte und klopfte Detlev mehrmals kumpelhaft auf die Schulter. Wissen Sie, wer Herr Trutz ist?"

„Ja, das weiß ich. Er sorgt dafür, dass Ihre Leistungen im oberen Level sind."

„So kann man es ausdrücken. Aber warum fragen Sie nach dem Selbstmord von Detlev Wurmbach?"

„Es gibt Anlass zu der Vermutung, dass es sich um einen vorgetäuschten Selbstmord handelte."

„Sie meinen, Detlev wurde ermordet?"

„Das wäre möglich. Herr Bockelmann wurde von einem Auto überfahren. Das sollte nach einem Unfall aussehen. Ein Zeuge ist sich aber absolut sicher, dass der Fahrer absichtlich auf Herrn Bockelmann zugerast ist."

„Und jetzt glauben Sie, dass diese Todesfälle etwas mit unserem Beruf zu tun haben?"

„Der Verdacht drängt sich einem auf. Zumal wir vor einigen Tagen auch noch Sabine Lehmann verhaftet haben. Davon wissen Sie ja sicherlich?"

Silvia Förster schniefte wieder in ihr Taschentuch. Till rutschte noch ein paar Zentimeter von ihr weg. „Ja, das habe ich von Nadine Busch erfahren. Sie hat mich angerufen. Auch diese Geschichte kommt mir völlig abwegig vor. Sabine hatte ja einen besonderen Status als Partnerin."

Till wurde hellhörig. „Was für einen Status?"

Silvia Förster schenkte sich aus einer Thermoskanne eine Tasse Tee ein. „Möchten Sie auch einen Tee?", fragte sie.

Till verneinte dankend. In dieser virenverseuchten Bude wollte er auf keinen Fall etwas zu sich nehmen.

„Genau weiß ich auch nicht, was mit Sabine bei Paulsen gelaufen ist. Als Detlev sich aufgehängt ... also als Detlev gestorben ist, hatte sie ja noch keinen Job bei Paulsen. Aber Trutz hatte sie damals schon bei unserer Feier mitgebracht. Kurz darauf bekam sie dann den Partnervertrag. Sie verschwand dann aber erst mal für drei oder vier Wochen. Angeblich war sie mit Jochen Trutz für ein Spezialtraining in einem abgelegenen Bauerngehöft untergetaucht. Es gab Gerüchte deswegen, aber niemand wusste etwas Genaues."

„Die Gerüchte haben sich aber bis heute gehalten?"

„Ja. An den Wochenenden treffen sich ja die Partner aus dem ganzen Land in der Akademie von Herrn Paulsen. Dort wird natürlich unter der Hand viel geredet. Dass zwischen Sabine und Jochen Trutz ein besonderes Verhältnis bestand, war jedenfalls offensichtlich."

„Nur ein berufliches Verhältnis?"

Silvia Förster zuckte mit den Schultern und trank einen Schluck Tee. „Die Gerüchteküche brodelte. Natürlich haben viele Leute da auch etwas Sexuelles hineininterpretiert. Aber das sind alles nur Gerüchte."

„Und was sagen die Gerüchte zu diesem angeblichen Spezialtraining, das Sabine Lehmann bei Herrn Trutz absolviert haben soll?"

„Ich weiß gar nicht, ob ich Ihnen das alles erzählen soll. Es sind schließlich nur Vermutungen und außerdem interne Angelegenheiten."

„Es gibt mittlerweile drei Tote aus Ihrem beruflichen Umfeld. Es sollte also auch in Ihrem Interesse sein, dass die Polizei die Sache schnell aufklärt."

„Ja, vielleicht. Aber vielleicht lenkt das alles ja nur vom wirklichen Hintergrund ab?"

„Wir ermitteln in alle Richtungen. Zurzeit sammele ich hauptsächlich Informationen, um mir einen Überblick zu verschaffen. Sabine Lehmann verhält sich in der Untersuchungshaft jedenfalls äußerst merkwürdig. Da wüsste ich schon gerne, was das für eine Ursache haben könnte."

„Na ja. Man munkelt, dass Jochen Trutz neue Erkenntnisse aus der Motivationstheorie mit ihr in der Praxis testen wollte. Trutz ist doch Psychologe und schult die Partner hauptsächlich im psychologischen Bereich. Herr Trutz übernimmt viele Methoden, die in Amerika entwickelt wurden, und führt sie in der Akademie dann ein. Bei Sabine Lehmann soll er damals angeblich etwas ganz Spezielles getestet haben. Aber Genaueres kann ich Ihnen dazu wirklich nicht sagen."

„Hatten Sie denn den Eindruck, dass dieses spezielle Training erfolgreich war?"

„Auch das weiß ich nicht. Aber Herr Trutz hatte ein besonderes Verhältnis zu Sabine. Also wird es schon irgendetwas damit auf sich haben."

„Wussten Sie, dass Frau Lehmann sich beruflich intensiv mit

dem Flughafen beschäftigt hat?"

„Ja. Das war allerdings ein Kunde, den Detlev Wurmbach damals schon an Land gezogen hatte. Er stand kurz vor seinem Tod noch in Verhandlungen mit Fraport."

„Sabine Lehmann hat sich meines Wissens für den Ausbau des Flughafens engagiert. Wissen Sie etwas über diese Tätigkeiten?"

„Tut mir leid. Dazu kann ich gar nichts sagen. Ich wusste nur von Detlev, dass es um einen hoch dotierten Beratervertrag ging. Sabine hat den Vertrag dann schließlich unterschrieben. Sonst habe ich keine Kenntnisse über dieses Geschäft."

„Wissen Sie, mit wem Herr Wurmbach damals verhandelt hat?"

„Er hat von den Verhandlungen erzählt. Es gab da wohl mehrere Verhandlungspartner. Neben dem Vorstand von Fraport gab es meines Wissens auch Anteilseigner, die in die Verhandlungen involviert waren. Aber wer das war, hat Detlev nicht erzählt."

„Wann hat Herr Wurmbach Ihnen davon berichtet?"

„Ich denke, das meiste hat er bei diesem Treffen kurz vor seinem Tod erzählt."

„Bevor oder nachdem Herr Trutz zu Ihnen gestoßen ist?"

Silvia Förster überlegte einen Moment. „Davor. Als Herr Trutz bei uns war, war das kein Thema mehr."

Till hatte das Gefühl, dass er alles aus seiner Gesprächspartnerin herausgeholt hatte. Er bedankte sich für das Gespräch, wünschte Silvia Förster gute Besserung und schüttelte ihr unwillig die Hand. Als er die Wohnung verlassen hatte, rieb er sich die Hände an seiner Hose und hoffte, bösartige Viren auf diese Weise abzuschütteln.

22

Siebels hatte Günther Lehmann am Hauptbahnhof abgesetzt und ihm versprochen, sich zu melden, falls es etwas Neues gäbe. Anschließend war er nach Neu-Isenburg gefahren, um dort mit Doktor Stollenberger zu sprechen. Vom Hauptbahnhof benötigte Siebels knappe fünfzehn Minuten bis nach Neu-Isenburg. Er überquerte den Main, fuhr auf der Kennedyallee stadtauswärts und bog am Oberforsthaus in die Isenburger Schneise ab. Die kurze Strecke durch den Frankfurter Stadtwald fuhr er mit überhöhter Geschwindigkeit, bis ihn die Ampel am Ortseingang von Neu-Isenburg zum Halten zwang. Als er wieder grünes Licht hatte, bog er in die Frankfurter Straße ein und durchquerte Neu-Isenburg, bis er schließlich zur Hugenottenallee kam, wo Dr. Stollenberger in einem kleinen Häuschen wohnte.

Siebels parkte direkt vor dem Haus und rauchte zunächst seine obligatorische Zigarette, bevor er zum Hauseingang ging. Er wollte gerade klingeln, als sich die Haustür öffnete.

„Dr. Stollenberger?", erkundigte sich Siebels.

„Ja, was kann ich für Sie tun?"

Siebels stellte sich vor und wies sich aus. „Es geht um Frau Lehmann von Paulsen und Partner. Ich hoffe, Sie haben ein paar Minuten Zeit für mich?"

„Ich wollte nur gerade in die Apotheke gehen. Das hat aber Zeit, kommen Sie herein."

Siebels betrat ein spartanisch eingerichtetes Haus. Dr. Stollenberger nahm ihm die Jacke ab und hängte sie auf einen Kleiderbügel an einen Haken im Flur. Er bat Siebels ins Wohnzimmer. Dort standen nur zwei Fernsehsessel mit dem dazugehörigen Fernseher und ein kleiner Tisch mit Glasplatte. Ein Bücherregal befand sich an einer Wand, an einer anderen hing ein Bild. Ein Stillleben, ein Blumenstrauß in einer Vase. Dr. Stollenberger nahm auf einem der Sessel Platz und bot Siebels den andern an.

„Hat sie mich nun doch noch angezeigt?", fragte Dr. Stollenberger.

Siebels zog die ausgedruckte und zusammengefaltete E-Mail aus seiner hinteren Hosentasche und reichte sie Dr. Stollenberger. „Nein, aber ich interessiere mich aus einem andern Grund für diese Sache."

Dr. Stollenberger überflog kurz den Text der E-Mail, nickte und gab sie an Siebels zurück. „Nun ja, die neue Landebahn wird gebaut, der Fluglärm wird uns in einigen Jahren dann wohl nicht erspart bleiben."

„Hatte Frau Lehmann Erfolg mit ihrer Drohung gegen Sie?"

„Ja, den hatte sie. Ich habe meine Prognose noch einmal überarbeitet und einige Daten geschönt. So passte sie dann auch viel besser zu den anderen Gutachten." Dr. Stollenberger verzog seine Lippen zu einem gequälten Lächeln.

„Frau Lehmann sitzt in Untersuchungshaft", verriet Siebels seinem Gesprächspartner. „Ihr wird vorgeworfen, ihren Lebenspartner mit einer leeren Weinflasche erschlagen zu haben. Ihr Lebenspartner war ein bekannter Journalist und hat anscheinend an einer Story gesessen, bei der auch der Flughafenausbau eine Rolle spielt."

Dr. Stollenberger hörte Siebels interessiert zu und machte ein ungläubiges Gesicht. „Er war ihr Lebenspartner? Welch eine Ironie des Schicksals aber auch. Und sie hat ihn wirklich deswegen erschlagen? Die Dame bedient sich doch eigentlich anderer Mittel, um sich durchzusetzen."

„Verraten Sie mir, was es mit diesem Unfall auf sich hat? Es interessiert mich nur im Mordfall Lehmann. Es bleibt unter uns."

Dr. Stollenberger winkte ab. „Ich habe nicht mehr viel zu verlieren. Ich bin frühpensioniert, meine Frau liegt unter der Erde, das Leben hat mir nicht mehr viel zu bieten. Ein später Sieg gegen diese Frau Lehmann wäre mir aber doch noch eine Genugtuung, muss ich gestehen. Möchten Sie etwas trinken? Soll ich einen Kaffee brühen?"

„Im Moment nicht, danke. Vielleicht später."

„Na dann erzähle ich Ihnen erst mal, was Sie wissen wollen. Dieses Schreiben ist zwar erst etwas älter als zwei Jahre, aber damals hatte ich noch Pläne. Pläne, die sich leider zerschlagen haben. Der Tod meiner Frau lässt mich die Dinge heute anders sehen. Frau Lehmann hatte Recht mit ihren Vorwürfen. Ich habe öfter mal zu tief ins Glas geschaut. Mittlerweile rühre ich keinen Tropfen Alkohol mehr an. Vor fünf Jahren habe ich im angetrunkenen Zustand einen Radfahrer angefahren. Er stürzte und zog sich mehrere Verletzungen zu. Ich hielt an und schaute nach. Es sah nicht so schlimm aus. Ich habe ihn angesprochen und er hat geantwortet. Ich war erst erleichtert, dann fiel mir aber ein, dass ich ein paar Gläser Rotwein getrunken hatte. Ich fragte den jungen Mann, ob sich die Sache mit einem Geldschein beheben lasse. Leider reagierte er sehr unwirsch. Ich bekam Panik, habe mich in meinen Wagen gesetzt und bin losgefahren. Am nächsten Morgen stand der junge Mann vor meiner Tür. Mittlerweile hatte er einen Arm in Gips und einen Verband um den Kopf. Aber in der Nacht zuvor war er mir mit seinen Verletzungen noch auf seinem Rad gefolgt. Vom Unfallort bis zu meinem Haus waren es nur einige Hundert Meter. Als er wusste, wo ich wohnte, fuhr er ins Krankenhaus und ließ sich behandeln. Am nächsten Morgen stand er dann vor meiner Tür und verlangte 10.000 Euro. Sonst würde er sofort die Polizei benachrichtigen. Sein Handy hatte er schon in der Hand. Wir verständigten uns schließlich auf 5.000 Euro und die Sache war erledigt. Dachte ich jedenfalls, bis Frau Lehmann mir diese E-Mail schickte."

„Woher wusste die denn von der Sache?", fragte Siebels.

„Das habe ich mich auch lange gefragt. Sie muss halb Neu-Isenburg angerufen haben, um Informationen über mich zu bekommen. Das habe ich später von mehreren Leuten erfahren, die sie auch kontaktiert hat. Der junge Mann spielte hier im Neu-Isenburger Verein Fußball. Dort hat die Geschichte, dass der alte Dr. Stollenberger 5.000 Euro hingelegt hat, weil er im besoffenen Zustand den Stürmer des ansässigen Fußballklubs über den Haufen gefahren hat, wohl die Runde gemacht."

„So eine Geschichte ist zwar ärgerlich, aber ein bisschen dürftig, um für eine Erpressung herzuhalten. Frau Lehmann schrieb doch etwas von einem tragischen Unfall."

„Ja, der tragische Unfall war auch ein anderer. Der passierte erst im März 2007. Meine Frau kam dabei ums Leben und ich saß am Steuer, als es passierte. Aber ich war nüchtern und trug keine Schuld. Als Frau Lehmann mir vier Monate später diese E-Mail schrieb und auch noch mehrmals bei mir angerufen hat, habe ich resigniert. Sie beschuldigte mich, ein verantwortungsloser Trinker zu sein und drohte, meine Reputation als Sachverständiger öffentlich anzufechten. Ich wollte das alles hinter mir lassen und hatte keine Kraft mehr. Viel hatte sie nicht in der Hand gegen mich, aber sie hatte den richtigen Zeitpunkt erwischt."

„Jetzt hätte ich doch gerne einen Kaffee", sagte Siebels und Dr. Stollenberger verschwand für einige Minuten in der Küche. Siebels sammelte in dieser Zeit seine Gedanken. Sabine Lehmann hatte schweres Geschütz aufgefahren, um die Arbeit des Sachverständigen zu manipulieren. Aber das konnte sie nicht aus Eigeninitiative getan haben. Irgendjemand musste Druck auf sie ausgeübt haben, war sich Siebels sicher. Er fragte sich, ob es Jochen Trutz war oder ein Verantwortlicher von Fraport.

Dr. Stollenberger brachte den Kaffee und stellte ihn auf dem kleinen Tisch ab. Siebels trank ihn schwarz.

„Wussten die Verantwortlichen von Fraport, mit welchen Mitteln Frau Lehmann Druck auf Sie ausgeübt hat?"

„Das ist eine gute Frage. Frau Lehmann war offiziell als Beraterin für Fraport tätig. Aber ich glaube nicht, dass der Vorstand von Fraport genau wusste, wie für deren Ziele gearbeitet wurde."

„Sie meinen, Frau Lehmann hat diese Methoden aus Eigeninitiative entwickelt?"

„Das dachte ich erst, ja. Immerhin hat sie bestimmt einen fürstlichen Bonus bekommen, als die Genehmigung für den Ausbau erteilt wurde. Aber mittlerweile bin ich mir nicht mehr so sicher." Dr. Stollenberger trank einen Schluck Kaffee und schaute dann nachdenklich gegen sein Bücherregal."

„Wie meinen Sie das?"

Dr. Stollenberger richtete seinen Blick wieder auf Siebels. „Sie müssen sich mal vergegenwärtigen, was an dem Projekt alles dranhängt und wer alles davon profitiert. Immerhin sprechen wir von der größten Einzelinvestition in Deutschland. Vier Milliarden Euro sind für den Ausbau eingeplant. 40.000 neue Arbeitsplätze sollen entstehen, das dritte Terminal soll 25 Millionen Passagiere im Jahr abfertigen. Das ist ein gigantisches Geschäft. Und damit stellt sich doch auch die eigentliche Frage."

„Und welche Frage wäre das?"

„Wer profitiert von dieser Investition?"

Siebels überlegte einen Moment. Da gab es viele Aspekte. „Der Flughafen als Unternehmen und die Menschen, die dort einen neuen Arbeitsplatz finden", sagte er dann und schaute Dr. Stollenberger fragend an.

„Das ist sicherlich richtig. Aber der ausgebaute Flughafen wird auch die Globalisierung weiter vorantreiben. Noch mehr Ware kann noch schneller weltweit umgeschlagen werden. Von Investitionen erwartet man schließlich, dass sie langfristig Gewinne abwerfen. In diesem Fall sprechen wir von hohen Gewinnen."

Siebels begriff langsam, worauf Dr. Stollenberger hinauswollte. „Sie sprechen von den Eigentümern, den Aktionären?"

„Das ist genau der Punkt."

„Wem gehört der Flughafen denn?"

„Der größte Anteilseigner ist das Land Hessen mit etwas über 31 Prozent. Die Stadtwerke Frankfurt am Main Holding GmbH hält weitere 20 Prozent. Die Stadt und das Land halten also die Mehrheit."

„Das scheinen mir jetzt aber seriöse Aktionäre zu sein", wunderte sich Siebels.

„Ja, ich unterstelle weder der Stadt noch dem Land unseriöse Geschäftsmethoden. Schauen wir uns die anderen Anteilseigner an. Die Schweizer Bankengruppe Julius Bär Holding AG besitzt etwas über zehn Prozent. Diese Bank hat in der Finanzkrise schwer Federn gelassen und ist angeschlagen. Die brauchen dringend wieder gute Geschäfte. Knapp unter zehn Prozent hält die Deutsche Lufthansa. Ein seriöses Unternehmen. Aber ein Unternehmen das mit der Konkurrenz mitwachsen muss, wenn es langfristig überleben will. Das zukünftige Wachstum der Lufthansa ist stark mit dem Ausbau des Frankfurter Flughafens verknüpft. Außerdem gibt es noch mehrere Anteilseigner, die um die drei Prozent Anteile besitzen. Glücklicherweise hat unser Bundeswirtschaftsminister vor zwei Jahren die Meldepflicht der Anteilseignern von fünf auf drei Prozent Aktienanteile herabgestuft. Deswegen kennen wir noch ein paar andere Flughafenbesitzer. Dazu zählen die Investmentgesellschaften Artisan Partners aus Milwaukee in den

USA, Taube Hodson Stones Partners aus London, Arnhold and S. Bleichroeder Holdings Inc. aus New York, the capital group aus Los Angeles sowie die Morgan Stanley Bank. Also alles Investoren und Banken, die ausschließlich an Renditen interessiert sind. Diese Unternehmen beschäftigen Fondsmanager, die in guten Zeiten mehrere Millionen an Boni zusammenraffen. Wir sprechen hier von Einzelpersonen, die dem Flughafen gar nicht zugeordnet werden können, die aber Unsummen verdienen, wenn sie die verwalteten Gelder in gewinnbringende Unternehmen anlegen."

„Sie glauben, dass Sabine Lehmann nicht nur für Fraport, sondern auch für diese Leute gearbeitet hat?"

„Nicht direkt. Aber ich könnte mir vorstellen, dass es Eigentümer gab, die Wert darauf gelegt haben, dass externe Berater mit im Boot sitzen. Dass man darauf geachtet hat, wer diese Berater sind und wie diese Berater arbeiten. Schließlich ist der Flughafenausbau nicht nur ein gewinnbringendes Objekt, es wurde auch ausführlich in der Öffentlichkeit diskutiert. Investmentfonds lassen sich aber nur ungern von der öffentlichen Meinung ihre Investments verderben. Also hilft man unter Umständen auch mal etwas nach, oder lässt nachhelfen."

In Siebels Ohren klang das sehr logisch. Endlich hatte er mal einen roten Faden. Sven Müller könnte herausgefunden haben, dass ein untadeliges Finanzunternehmen aus New York oder London mit unseriösen Machenschaften den Ausbau des Frankfurter Flughafens vorangetrieben hat. Dazu bedienten sich die Hintermänner ausgerechnet seiner Freundin, Sabine Lehmann. Wenn Müller diese Information publik gemacht hätte, wäre das ein immenser Schaden für die entsprechende Bank oder Investmentgesellschaft gewesen. In diesen Kreisen war ein untadeliger Ruf unverzichtbar. Da ging es um Fonds, die mit Millionen und Milliarden gefüllt waren. Müller hätte Sabine Lehmann aber auch bei Paulsen und bei dessen Geschäftspartner in Ungnade fallen lassen. Dass Sabine Lehmann bei einer drohenden Aufdeckung solcher Machenschaften in Lebensgefahr geraten wäre, konnte Siebels nicht ausschließen. Dann hätte sie einen guten Grund gehabt, Müller zu erschlagen. Sie hatte Angst um ihr eigenes Leben. Oder sie hatte in Panik zugeschlagen, als Müller ihr offenbarte, dass er seine Entdeckung publik machen wollte. Oder es gab ein Gespräch zwischen Müller, Lehmann und einem Dritten. Der Dritte hat es vorgezogen, Müller die Lebenslichter auszublasen und Sabine Lehmann ergreift die Flucht in die Untersuchungshaft und schweigt. Die Gedanken von Siebels flogen nur so durch seinen Kopf. „Wenn Sie mitgerechnet haben, ist Ihnen bestimmt aufgefallen, dass es noch weitere 13 Prozent Anteile am Aktienpaket gibt", unterbrach Dr. Stollenberger die Überlegungen von Siebels.

„Nein, ich habe nicht mitgerechnet. Wer sitzt denn noch im Boot?"

„Das kann ich Ihnen leider nicht sagen. Der Rest ist im Streubesitz und die Besitzer sind unbekannt. Wahrscheinlich handelt es sich hauptsächlich um Privatanleger, die ein paar Aktien im Depot haben. Aber genau weiß man es nicht."

„Es kann aber niemand über drei Prozent Anteile besitzen, wenn er unbekannt bleiben will?", vergewisserte sich Siebels.

„Das ist richtig. Theoretisch gesehen kann man die Offenlegungspflicht aber umgehen, wenn man verschiedene Strohmänner mit dem Ankauf der Aktien beauftragt. Wenn Sie zum Beispiel fünf Strohmänner beauftragen, jeweils ein Prozent Aktien zu kaufen, haben Sie theoretisch gesehen fünf Prozent Anteile. Wenn Sie zu einem bestimmten Zeitpunkt ihren Strohmännern diese Anteile abkaufen, müssen Sie das natürlich offen legen. Mit dieser Methode können Sie die Offenlegung also nur herauszögern. Solange der Ausbau des Flughafens nicht genehmigt war, könnte es für manche Leute sinnvoll gewesen sein, größere Aktienpakete zu erwerben, ohne dabei ihr Gesicht zeigen zu müssen."

„Leute, die mit dem Ausbau des Flughafens nicht in Verbindung gebracht werden wollen?", überlegte Siebels laut.

„Das wäre eine Möglichkeit", bestätigte Dr. Stollenberger.

World Consulting, überlegte Siebels in Gedanken.

„Das ist natürlich alles nur Spekulation", bemerkte Dr. Stollenberger. „Solche heimlichen Kaufaktionen fallen aber oftmals auch auf. Der Aktienkurs einer solchen Aktie unterliegt dann oft unerklärlichen Kursschwankungen und die Börsenaufsicht schlägt Alarm."

„Das kann man aber verhindern, wenn man über einen langen

Zeitraum regelmäßig in kleinen Tranchen zukauft, oder?"

„Da haben Sie Recht. Ein solches Vorgehen ist nicht auszuschließen und könnte zum Erfolg führen."

„Was erwirtschaftet der Flughafen eigentlich?", wollte Siebels wissen.

Dr. Stollenberger stand auf und ging in ein Nebenzimmer. Kurz darauf kam er mit einer kleinen Mappe zurück. Er setzte sich seine Brille auf und blätterte in der Mappe. „Das ist der Geschäftsbericht von 2008", erläuterte er. „Den können Sie gerne mitnehmen. Sie können ihn auch im Internet runterladen."

„Den nehme ich gerne mit", nahm Siebels das Angebot an.

„Die wichtigsten Kennzahlen finden Sie gleich vorne in einem Überblick. Der Flughafen hat in den letzten Jahren jeweils einen Umsatz von über zwei Milliarden Euro gemacht. Den größten Teil davon hat der Flug- und Terminalbetrieb mit einem Drittel zugesteuert, nämlich knapp 700 Millionen Euro. Der Ausbau des Flughafens wird sich hauptsächlich in diesem Segment bemerkbar machen. Etwa 433 Millionen Euro Umsatz kam über die Immobilienvermarktung zustande. Dazu gehören die Parkhäuser und die Geschäfts- und Werbeflächen auf dem Flughafengelände. Die Bodenverkehrsdienstleistungen haben einen Umsatz von 643 Millionen erbracht. Dazu zählt zum Beispiel die Gepäckbeförderung. Schließlich ist der Flughafen auch extern tätig. Weltweit ist man auch an anderen Flughäfen aktiv und verkauft dort das Know-how aus Frankfurt oder man beteiligt sich an unterschiedlichen Airport-Dienstleistungen. Auf diesem Segment wurden 327 Millionen Euro Umsatz erwirtschaftet. Alle Segmente gemeinsam erwirtschafteten ein Jahresergebnis von 180 Millionen Euro."

„Das sind schon beeindruckende Zahlen. Vor einer Woche bekam ich einen angeblich simplen Mordfall auf den Tisch und jetzt beschäftige ich mich mit dem Geschäftsbericht vom Flughafen", seufzte Siebels und wusste nicht, wie er diese Informationsvielfalt mit dem Fall Sven Müller in Einklang bringen sollte.

„Es gibt noch andere beeindruckende Zahlen. Zum Beispiel beschäftigt Fraport etwa 18.000 Mitarbeiter und der gesamte Flughafenbetrieb sorgt für circa 70.000 Arbeitsplätze. Mit dem Ausbau sollen noch einmal 40.000 dazukommen. Diese Zahlen haben ein enormes politisches Gewicht."

„Ich will doch eigentlich nur wissen, ob Frau Lehmann Herrn Müller erschlagen hat und wenn ja, warum", stöhnte Siebels.

„Das steht leider nicht in dem Geschäftsbericht", sagte Dr. Stollenberger und reichte Siebels die Mappe.

„Können Sie sich vorstellen, dass Sie sich in Gefahr begeben hätten, wenn Sie Ihre Lärmuntersuchungen nach der Intervention von Frau Lehmann nicht geschönt hätten?"

„Sie meinen, ob man mich auch erschlagen hätte? Das glaube ich nicht. Meine Untersuchungen hätten den Flughafenausbau so oder so nicht verhindert. Letztendlich sind damit nur Detailfragen wie Flugrouten und Anzahl genehmigter Nachtflüge betroffen. Diese Fragen diskutieren die Befürworter und Gegner des Ausbaus aber auch weiterhin heftig miteinander. Da gibt es zu viele Beteiligte und Betroffene, als das es sich lohnen würde, einen kleinen Sachverständigen wie mich zu erschlagen."

„Was für eine Reputation haben Sie eigentlich?"

„Ich bin von Hause aus Sozialforscher und habe mich auf die Umweltpsychologie spezialisiert. Lärmwirkung und Lärmschutz gehörten in den letzten Jahren zu meinem Hauptbetätigungsfeld. Unter anderem habe ich beim Deutschen Zentrum für Luft- und Raumfahrt in Köln gearbeitet und verschiedene Projekte zur Lärmforschung begleitet. Zwei Jahre habe ich in Köln gelebt. Seit meiner Rückkehr nach Neu-Isenburg, bin ich hauptsächlich als externer Berater für verschiedene Institute tätig."

Dr. Stollenberger hielt inne und blickte sich verwirrt in seinem Zimmer um. Aus dem Flur war eindeutig Babygeschrei zu vernehmen. Siebels nahm es erst zwei Klingeltöne später wahr und sprang dann schnell auf.

„Mein Handy", erklärte er und ging in den Flur, wo seine Jacke hing. Till war dran und berichtete von seinem Besuch bei Silvia Förster. Nachdem er seine Sorgen wegen dem dort ansässigen Virus losgeworden war, erzählte er von dem Spezialprogramm, dass Sabine Lehmann bei Trutz angeblich absolviert haben soll. Er berichtete auch von dem Gerücht, dass Jochen Trutz und Sabine Lehmann sexuellen Umgang miteinander hätten.

„Trutz ist der Teufel", hat Sabine Lehmann gesagt. „Vielleicht waren damit ja auch sexuelle Orgien gemeint", überlegte Siebels laut. „Die Bilder, die er bei Wurmbach gemacht hat, werden wahrscheinlich keine Ausnahme gewesen sein.“ Siebels sah auf die Uhr. „Wir treffen uns in einer halben Stunde im Büro. Ich habe Trutz für 17.00 Uhr bestellt. Den nehmen wir dann mal in die Mangel. Wenn er sich nicht astrein aus allem rausreden kann, sollten wir uns Gedanken machen, wie wir eine Hausdurchsuchung bei ihm genehmigt bekommen.“

„Hausdurchsuchung beim Teufel, das gefällt mir, da bin ich dabei“, gab Till seinen Kommentar dazu ab.

„Babygeschrei ist übrigens ein sehr stressiger Lärmfaktor“, sagte Dr. Stollenberger lächelnd, als Siebels nach dem Telefonat wieder im Wohnzimmer erschien.

„Ich weiß“, sagte er und verabschiedete sich.

23

Till überbrückte die Zeit bis zu dem Treffen mit einem Besuch bei Charly. Charly saß konzentriert vor seinem Bildschirm und studierte die Daten, die Sven Müller auf seinem Rechner gespeichert hatte.

„Na, Charly. Was gibt es Neues?"

Charly zuckte zusammen, als er die Stimmer von Till hinter sich hörte. „Kannst du nicht anklopfen?"

„Die Tür steht doch offen."

„Man kann auch an offenstehende Türen klopfen."

„Man kann es auch sein lassen. Was machst du denn da?"

„Ich zerbreche mir den Kopf, den Müller sich schon zerbrochen hat. Der Typ war der totale Chaot. Der hat überhaupt keine Struktur in seinen abgespeicherten Daten. Unter dem Begriff World Consulting sind Hunderte von Dateien hinterlegt. Aber wie die inhaltlich zusammenhängen, das ist kaum nachzuvollziehen. Hier hat er zum Beispiel einen Online-Artikel von einer englischen Zeitung hinterlegt. In London wird ein Vorgang untersucht, bei dem zwei englische Soldaten im Irak ums Leben kamen. Man vermutet, dass sie in ihrem Jeep mit einer Panzerfaust abgeschossen wurden, die ursprünglich aus einer Lieferung von den USA an Israel stammte. Die Engländer bekamen weder aus den USA noch aus Israel eine Stellungnahme. Aber ein nicht genannter höherrangiger Armeeangehöriger aus Israel hat anscheinend bestätigt, dass die Lieferung nie angekommen ist."

„Mensch, Charly, denk doch mal nach. Der Traum von Sabine Lehmann. Sie rennt durch die Wüste und bekommt von einer schwarzen Frau eine Kiste mit einer Panzerfaust in die Hand gedrückt. Damit hat sie den Jeep in die Luft gejagt."

„Oh Mann. Da habe ich überhaupt nicht mehr dran gedacht. Dann ist das gar kein Traum, dann ist das die Realität. Das glaube ich nicht."

„Bis jetzt hielt ich diese Träume auch für Humbug. Mann, das ist ja ein Ding, wenn die uns jeden Tag eine neue kriminelle

Machenschaft präsentiert und wir heften das mal so eben in der Traumakte ab."

„Jetzt mach mal langsam. Das kann auch ein Zufall sein. Woher sollte diese Frau etwas davon wissen? Bestenfalls kann sie das von Sven Müller erfahren haben, der in dieser Angelegenheit recherchiert hat."

„Ich denke, der hat den Vorgang unter World Consulting abgespeichert?"

„Stimmt. Meinst du wirklich, die Lehmann hat was mit der verschwundenen Waffenlieferung zu tun und ausgerechnet ihr Freund interessiert sich für dieses Thema und stöbert in englischen Zeitungen?"

„Was weiß denn ich? Schicke mir den Artikel doch mal per E-Mail weiter. Mit Kopie an Siebels."

„Nein. Die Kopie bekommst du. Siebels ist natürlich der Hauptempfänger."

„Apropos Siebels, der müsste bald in unserem Büro auftauchen. Wir wollen uns gleich diesen Trutz noch zur Brust nehmen. Ich muss los. Du weißt ja, was du jetzt zu tun hast."

„Ach ja? Was denn?"

„Datenabgleich. Traumakte Lehmann mit Dateien Müller."

„Ich glaube, da habe ich jetzt sogar richtig Lust drauf."

„Wenn du noch mehr Treffer findest, können wir auch Jensen endlich mal reinen Wein einschenken. Dann hält er uns nicht für total verblödet."

„Ach, der weiß immer noch nicht Bescheid?"

„Nicht so wirklich. Siebels wollte heute mit ihm sprechen. Aber das hat wohl noch nicht geklappt. Ist vielleicht auch ganz gut so. Ich kopiere die Traumakte und bringe sie dir gleich vorbei."

Als Siebels ins Büro kam, las Till gerade in der Traumakte, von der er zuvor Charly eine Kopie gebracht hatte.

„Abtippen", sagte Siebels und stellte Till das Aufnahmegerät vor die Nase.

„Wird sofort erledigt. Und dann ab damit zu Charly."

„Warum zu Charly?"

Till klärte Siebels über den Fund in Müllers Computer auf.

„Was kommt denn da noch alles auf uns zu?", fragte Siebels

ungläubig. „Wenn da was dran ist, dann hat Sabine Lehmann im schwarzen Büro gearbeitet, von dem Jeremy Boyle gesprochen hat."

„Jedenfalls hängt sie mit drin, falls es dieses schwarze Büro tatsächlich geben sollte. Jetzt müssen wir mal abwarten, was Müller noch so rausgefunden hat. Ich bin jedenfalls sehr gespannt, ob es weitere Zusammenhänge zu den sogenannten Träumen gibt."

„Wenn dem tatsächlich so ist, dann ist Sabine Lehmann eine hochkarätige Zeugin. Dann wird es allerhöchste Eisenbahn, dass ich mal ein ernsthaftes Gespräch mit Jensen führe."

Till tippte bereits und hörte Siebels gar nicht mehr zu. Siebels fuhr seinen Rechner hoch. Kurz darauf entdeckte er die E-Mail von Charly. Eine Kiste Panzerfäuste spurlos verschwunden, hatte Charly die Headline übersetzt.

Till tippte und kicherte vor sich hin. „Ich stelle mir gerade die Chinesen in den Brautkleidern vor", sagte er. „Aber ich befürchte, wir waren etwas voreilig. Zu der Autozertrümmeraktion finden wir doch im Leben kein reales Gegenstück."

„Meine Fantasie reicht da leider auch nicht aus, um hinter dieser Geschichte ein Verbrechen auszumachen", gestand Siebels. „Das gilt aber auch für all die anderen Träume."

Der Empfang des Präsidiums meldete sich telefonisch und gab die Ankunft von Jochen Trutz bekannt. Siebels ging hinunter, um ihn abzuholen. Es war Punkt 17.00 Uhr.

Als Siebels mit Trutz wieder im Büro erschien, hatte Till den Traum abgetippt und schickte ihn gerade per E-Mail an Charly.

Trutz setzte sich auf einen Besucherstuhl zwischen die beiden Schreibtische von Siebels und Till. Breitbeinig saß er auf dem Drehstuhl, lehnte sich zurück und verschränkte die Hände hinter dem Kopf. „So, hier bin ich. Wie kann ich Ihnen weiterhelfen?"

„Haben Sie eine Vorstellung, warum jemand Herrn Bockelmann getötet hat?", fragte Siebels.

Trutz drehte sich auf dem Bürostuhl in die Richtung von Siebels. „Da muss ich passen. Vielleicht war es ja ein Betrunkener? Oder es war wirklich ein Unfall. Vielleicht ein Rentner, der das Gaspedal mit der Bremse verwechselt hat? So etwas kommt ja vor."

„Wie haben Sie denn von der Sache erfahren?", wollte Till wissen.

Trutz machte wieder eine halbe Drehung. „Herr Paulsen hat mich informiert. Immerhin ist uns in kurzer Zeit der zweite Partner abhandengekommen. Auch wenn es in Ihren Ohren pietätlos klingen mag, aber die Lücken müssen umgehend gefüllt werden. Zumindest provisorisch, bis neue Leute die Arbeit übernehmen können."

„Sind die Lücken denn schon wieder gefüllt?", fragte Siebels.

„Wir arbeiten daran. Frau Busch hat vorübergehend einige Kunden von Frau Lehmann übernommen. Frau Förster wird auch einen Teil übernehmen. Herr Bockelmann hat in letzter Zeit die Arbeit ziemlich schleifen lassen. Da sind wir nicht ganz so arg in Bedrängnis. Jeremy Boyle kann ihn eine Weile vertreten. Aber deswegen wollten Sie mich nicht sprechen, oder doch?"

„Wo waren Sie in der Zeit, als Sabine Lehmann vermutlich Herrn Müller erschlagen hat?"

„Wann soll das genau gewesen sein?"

Siebels schlug einen Aktenordner auf und sah nach. „Am Montag, 2. Februar, zwischen zehn und elf Uhr am Vormittag."

Trutz zog einen Terminkalender aus seinem Sakko und blätterte darin. „Ah ja, da war ich sogar in der Stadt. Ich hatte ein Gespräch mit Frau Busch."

„In deren Wohnung in Sachsenhausen?"

„Ganz genau. Wir waren für zehn Uhr verabredet. Unser Gespräch hat fast zwei Stunden gedauert."

„Worum ging es bei dem Gespräch?"

„Ist das nicht ein wenig indiskret?"

„Tötungsdelikte haben leider meist etwas Indiskretes an sich."

„Darf ich rauchen?"

„Selbstverständlich." Siebels stand auf und reichte Trutz einen Aschenbecher. Trutz stellte sich den Ascher auf den Oberschenkel und fing an zu rauchen.

„Es war ein Gespräch über die persönliche Entwicklung von Frau Busch. Ich bin sehr zufrieden mit ihr, müssen Sie wissen. Gemeinsam wollten wir klären, wie sie ihre Agentur weiter voranbringen kann."

„Und, kam es zu Ergebnissen?"

„Wir hatten einige Punkte angesprochen, die wir bei Gelegenheit vertiefen wollten. Aber dann kam ja der Ausfall von Frau Lehmann und Frau Busch musste einen Teil dieser Arbeit übernehmen."

„Dazu gehört auch die Beratung von Fraport, habe ich gehört."

„Das stimmt. Fraport war der wichtigste Kunde von Frau Lehmann."

„Haben Sie auch ein sexuelles Verhältnis mit Frau Busch?"

Trutz drehte seinen Stuhl jetzt so weit, dass er Siebels direkt ins Gesicht sah. „Sex ist Sport und Sport ist gesund."

„Gehören diese Sportübungen in den Aufgabenbereich von Frau Busch oder macht sie das aus Überzeugung?", fragte Siebels mit einem ironischen Unterton.

„Wollen Sie mir damit etwas unterstellen? Nötigung? Oder gar Vergewaltigung?"

„Ich bin nur neugierig."

„Oder notgeil?", fragte Trutz mit einem provozierenden Lächeln.

Siebels ging nicht darauf ein. „Haben Sie mit Frau Lehmann auch Sport getrieben?", fragte er stattdessen.

„Sollte ich vielleicht besser meinen Anwalt kontaktieren?"

„Das ist eigentlich gar nicht nötig." Siebels stand wieder auf. Diesmal brachte er Trutz die Bilder, die er in der Wohnung von Wurmbach aufgenommen hatte. Trutz betrachtete sie sich eingehend.

„War das so eine Art Partnerolympiade?", fragte Siebels.

„Die Damen hatten anscheinend großen Appetit auf Herrn Wurmbach", witzelte Trutz. „Wollen Sie damit andeuten, ich hätte diese Bilder gemacht?"

„Das will ich damit andeuten."

„Selbst wenn es so wäre, was wollen Sie jetzt damit?"

„Ich frage mich, warum Herr Wurmbach sich nach so vergnüglichen Stunden das Leben genommen hat. Das ist doch merkwürdig, oder?"

„Und warum fragen Sie mich das?"

„Sie haben Wurmbach zu diesen sportlichen Leistungen getrieben. Sie sind sein Trainer gewesen. Sie wollten dafür sorgen, dass er den Deal mit Fraport nicht versaut. Was ist also schiefgelaufen?"

Trutz gab seine breitbeinige Sitzposition auf. Er schlug die Beine übereinander, beugte seinen Oberkörper vor und kratzte sich am Kinn. „Ich weiß nicht, was schiefgelaufen ist. Aber Sie haben Recht. Ich wollte ihn für das Geschäft mit Fraport motivieren. Ich dachte, wenn er mit den zwei Mädels ins Bett geht, ist das gut für sein Selbstvertrauen. Es war ein feuchtfröhlicher Abend, die Idee kam mir ganz spontan. Die Bilder wollte ich ihm später als Trophäen überreichen. Ich wollte ihm deutlich machen, dass er ein Siegertyp ist, dass er alles haben kann, dass er es sich nur nehmen muss. Ich war mir auch sicher, dass es funktioniert. Warum der Trottel sich dann aufgehängt hat, ist mir wirklich ein Rätsel."

„Haben Sie die Fotos mit einer Digitalkamera gemacht?"

„Ja, warum?"

„Wir haben die Bilder bei Herrn Bockelmann gefunden. Wie ist der an die Bilder gekommen?"

„Ach, das ist ja interessant. Ich habe die Kamera nämlich in der Wohnung von Wurmbach liegen lassen. Wenn Bockelmann die Bilder hatte, muss er die Kamera aus der Wohnung mitgenommen haben."

„Was hatte Bockelmann in der Wohnung von Wurmbach zu suchen?"

„Nichts. Es sei denn, er hat was mit dem Ableben von Wurmbach zu tun. Aber das ist jetzt Spekulation."

„Der Freund von Frau Lehmann, Sven Müller, war auch im Besitz dieser Bilder. Können Sie sich das erklären?"

„Nein. Der kann sie ja eigentlich nur von Bockelmann bekommen haben. Vielleicht war das ja der Grund, warum er sich mit Sabine Lehmann gestritten und dann eins auf die Birne bekommen hat?"

„Als Sie die Bilder gemacht haben, kannten sich Frau Lehmann und Herr Müller aber noch gar nicht."

„Das mag sein. Aber es sagt doch etwas über die Vorlieben von Sabine aus. Vielleicht war dieser Müller damit ja überfordert?"

„Haben Sie bei anderen Gelegenheiten auch solche Bilder gemacht?"

„Nein. Das war eine Ausnahme. Wie gesagt, eine spontane Idee."

„Sie sagten, das Geschäft mit Fraport war von hoher Bedeutung. Wie kam es dann, dass ausgerechnet Frau Lehmann nach dem Tod von Wurmbach die zuständige Beraterin wurde? Die war damals doch ganz neu im Geschäft. Wäre Herr Bockelmann mit seiner langjährigen Erfahrung nicht die bessere Alternative gewesen?"

„Nein. Bockelmann hatte damals seine beste Zeit schon hinter sich. Ich wollte jemand mit Hunger haben. Ein neues Gesicht mit Elan und Ehrgeiz. Dass Frau Lehmann gerade erst ins Geschäft eingestiegen war, hatte auch den Vorteil, dass sie sich ganz auf Fraport konzentrieren konnte. Sie hat ihre Sache dann ja auch hervorragend gemacht."

„Sie bekam sogar den Beraterjob für das Fraport-Sponsoring mit der Eintracht zugeschustert, obwohl eigentlich Bockelmann den Vertrag mit der Eintracht ausgehandelt hatte. Haben Sie das veranlasst?"

„Das war eine logische Entscheidung, die sich aus der guten Geschäftsbeziehung zu Fraport ergeben hat. Das wurde am runden Tisch beschlossen."

„Wer saß denn alles an dem runden Tisch?"

„Herr Paulsen, meine Wenigkeit sowie einige Herren von Fraport."

„Bei Fraport ist Herr Dr. Matthias Haag für das Sponsoring zuständig", schaltete Till sich ein. „Der war bei dieser Entscheidung aber gar nicht gefragt worden. Warum nicht?"

Trutz machte eine halbe Drehung auf dem Stuhl. „Das weiß ich nicht. Wahrscheinlich haben Herr Paulsen und ich mit Leuten gesprochen, die eine Ebene über diesem Dr. Haag sitzen."

„Die Eintracht hat diese Entscheidung sehr bedauert", legte Till nach. „Die waren mit Herrn Bockelmann sehr zufrieden gewesen, mit Frau Lehmann hat man sich dann bestenfalls abgefunden."

„Mit Herrn Bockelmann haben die auch überwiegend in der zweiten Liga gespielt, mit Frau Lehmann hat es wieder in der ersten Liga geklappt", giftete Trutz verärgert.

„Besitzen Sie Aktien von Fraport?", wechselte Siebels das Thema.

Trutz drehte sich wieder um und sah ihn verwundert an. „Jetzt wollen Sie mir aber wohl nicht Insidergeschäfte vorwerfen, weil Sie mir sonst nicht ans Bein pinkeln können?"

Siebels hob abwehrend seine Hände. „Ich bin nicht die Börsenaufsicht, ich bin die Mordkommission."

„Ich besitze ein breit gestreutes Aktienpaket. Ein paar Aktien von Fraport sind sicherlich auch dabei. Ich hoffe, Ihre Frage ist damit zur vollsten Zufriedenheit beantwortet?"

Siebels zündete sich eine Zigarette an und schaute Trutz eine Weile nachdenklich an. Er bekam ihn nicht zu fassen, Trutz hatte auf alles eine logische Antwort. Mit dem vorgetäuschten Selbstmord von Wurmbach wollte er ihn nicht konfrontieren. Die Aussage von Nadine Busch war zu wenig, um ihn damit festzunageln. Ob deren Version der Wahrheit entsprach, konnte er auch nicht mit Bestimmtheit sagen. Er musste Trutz in irgendeinen Widerspruch verwickeln. Siebels nahm einen neuen Anlauf. „Wo waren Sie denn, als Herr Bockelmann überfahren wurde?"

Trutz nahm wieder demonstrativ seinen Terminkalender zur Hand.

„Mittwoch, 11. Februar, zwölf Uhr mittags", sagte Siebels.

„So ein Zufall, da war ich auch in der Stadt. Ich hatte einen Termin mit Herr Paulsen. Wir haben uns einen Bewerber angeschaut."

„Hat Herr Paulsen ihm einen Vertrag angeboten?"

„Noch nicht. Es gibt noch andere Kandidaten, mit denen wir uns unterhalten wollen."

„Dann geben Sie mir doch bitte den Namen und die Adresse von diesem Mann. Oder war es eine Frau?"

„Es war ein Mann. Aber ich denke gar nicht daran, Ihnen seinen Namen zu nennen. Wie sieht das denn aus, wenn die Mordkommission sich bei ihm erkundigt, ob er ein Gespräch mit mir geführt hat. Wenn Sie mein Alibi bestätigt haben wollen, fragen Sie gefälligst Herrn Paulsen."

„Das werden wir machen. Aber auf zwei Beinen steht es sich halt besser."

„Vergessen Sie es. Und wenn Sie mich des Mordes verdächtigen, würde ich das gerne wissen. Dann sollten Sie doch besser mit meinem Anwalt sprechen."

„Je wasserdichter Ihr Alibi, desto schneller fallen Sie raus aus dem Kreis der Verdächtigen."

„Also trauen Sie mir tatsächlich zu, dass ich den Bockelmann überfahren habe? Was für einen Grund sollte ich denn haben?"

„Das Motiv fehlt uns leider noch. Deswegen fragen wir ja auch so viel", verriet Siebels und versuchte damit Jochen Trutz wieder in Sicherheit zu wiegen.

„Mit wie vielen weiblichen Partnerinnen von Paulsen treiben Sie eigentlich Sport?", wollte Till es jetzt genau wissen.

Trutz machte eine schnelle Drehung auf dem Stuhl. „Das wüssten Sie wohl gerne?"

„Würde mich mal interessieren, ganz privat", konterte Till.

„Dann will ich Ihre Neugierde befriedigen. Sabine Lehmann und Nadine Busch waren die Ausnahmen. Die haben es aber auch alle beide drauf angelegt, nicht nur einmal. Und nicht nur bei mir. Ich könnte mir fast vorstellen, dass die beiden Damen einen internen Wettkampf ausgetragen haben. Aber das ist ja nun vorbei, jetzt hat Frau Busch das Feld für sich allein."

Siebels wusste nicht genau, was er von dieser Aussage halten sollte. Es passte nicht in sein Bild von Sabine Lehmann. Aber auch von Nadine Busch hatte er bei seinem Besuch einen anderen Eindruck gewonnen und trotzdem hatte sie kurz darauf versucht, Till abzuschleppen.

„Sie sind doch ausgebildeter Psychologe", unternahm Siebels einen neuen Anlauf.

„Ja, das bin ich. Macht mich das verdächtig?"

„Das nicht, aber mir ist da so ein Gerücht zu Ohren gekommen."

„Ein Gerücht? Ah so. Was wird denn da gekocht in der Gerüchteküche?"

„Man munkelt, dass Sie Ihre persönlichkeitsbezogenen Trainingsmethoden aus den USA importieren. Böse Zungen sprechen gar von Gehirnwäsche. Mit Sabine Lehmann sollen Sie sogar ein mehrwöchiges Spezialseminar absolviert haben."

„Sie sollten sich nicht so viele Märchen auftischen lassen, dann würden Sie auch Ihre Fälle schneller aufklären. Mein Job ist es, die Leute zu motivieren. Unsere Branche ist ein Haifischbecken. Wer da Goldfische reinschmeißt, wird nicht lange im Geschäft sein. Unsere Leute sind die besten Haie weit und breit. Sie sind schnell und wendig, beißen im richtigen Moment zu und haben messerscharfe Zähne. Nein, ich bilde keine Mörder aus, falls Sie das jetzt denken, Herr Siebels. Es geht nur um den Erfolg im Geschäft. Fachlich hoch qualifizierte Leute sind wie Haie ohne Zähne. Ich pflanze ihnen die Zähne ein und schleife sie regelmäßig nach. Motivationstraining ist dabei ein ganz wichtiger Schleifstein. Dazu bediene ich mich unter anderem an Methoden aus der Psychoanalytik. Die besten davon kommen aus den USA."

„Tom Snyder aus den USA soll ja der Guru bei der Entwicklung der Methodik für solche Trainings sein. Kennen Sie ihn?"

Siebels hatte den ersten Hinweis auf World Consulting betont beiläufig gemacht. Trotzdem merkte man Jochen Trutz an, dass er sich plötzlich in höchster Alarmbereitschaft befand. Er presste seine Lippen aufeinander und sein ganzer Körper verspannte sich auf dem Stuhl, auf dem er so betont locker und selbstsicher Platz genommen hatte.

„Selbstverständlich habe ich von ihm gehört. Ich habe ihn auch schon auf verschiedenen Kongressen gesehen und auch mit ihm gesprochen. Ich habe diverse Bücher und Artikel von ihm gelesen. Sie scheinen sich ja sehr für meine Arbeit zu interessieren. Wie kommt das?"

„Sie sind eine beeindruckende Persönlichkeit mit einem interessanten Beruf. Das hat mich einfach neugierig gemacht."

Trutz steckte sich eine neue Zigarette an. Das Gespräch fing an, ihn anzustrengen. Siebels zündete sich ebenfalls eine Zigarette an. Ihm fing das Gespräch an Spaß zu machen.

„Wäre es möglich, dass Frau Lehmann sich auf eigene Faust als Partnerin von Paulsen in kriminelle Machenschaften verwickelt hat?"

„Das glaube ich nicht", sagte Trutz mit gepresster Stimme. „Es ist auch mein Job, dafür zu sorgen, dass die Partner zu hundert Prozent sauber arbeiten. Beihilfe bei der Steuerhinterziehung oder anderen Kavaliersdelikten sind bei Paulsen und Partner strengstens untersagt."

„Bei der beratenden Unterstützung durch Frau Lehmann bei Fraport scheint es aber doch zu kleinen Kavaliersdelikten gekommen zu sein. Jedenfalls behauptet das ein Gutachter, der von Frau Lehmann mit unsittlichen Methoden unter Druck gesetzt wurde. Obwohl das ja eigentlich kein Kavaliersdelikt ist, es geht ja immerhin um ein Bauprojekt mit einem Investitionsvolumen von vier Milliarden Euro."

„Ich habe keine Ahnung, wovon Sie reden. Und ich muss mich jetzt auch verabschieden. Mein Anwalt wird sich bei Ihnen melden. Guten Tag." Trutz stand auf und verließ das Büro.

„Und jetzt?", fragte Till.

„Jetzt müssten wir ihn eigentlich observieren. Ihn, den Herrn Paulsen und die Frau Busch."

„Könnte schwierig werden, wenn er im Ferrari durch ganz Deutschland fährt."

„Auch wieder wahr."

„Soll ich hinterher?", fragte Till und zog sich schon die Jacke über.

„Ja, bleib dran. Wenn du ihn nicht mehr kriegst, funke die Streifen in der Umgebung an. Im Feierabendverkehr kommt er auch im Ferrari nicht so schnell vom Fleck. Irgendeinem Streifenwagen wird so ein gelber Ferrari schon auffallen."

Till verließ im Eiltempo das Büro.

„Vergiss morgen das Babysitten nicht", rief Siebels ihm noch lauthals hinterher. Dann steckte er sich eine Zigarette an und überlegte, wie es nun weitergehen sollte. Am liebsten hätte er eine Abhöraktion beantragt, da er aber Jensen immer noch keinen reinen Wein eingeschenkt hatte, bestand da vorerst wenig Hoffnung. Er blies den Rauch gegen die Decke und dachte an Timm. Kurzentschlossen rief er ihn an. Timm nahm nach dem ersten Klingeln das Gespräch entgegen. Die beiden plauderten kurz, bevor Siebels zur Sache kam.

„Wir haben gerade angefangen, ein wenig Druck auf die Paulsen-Bande auszuüben. Ich vermute, Herr Paulsen wird in der nächsten Zeit einige interessante Telefongespräche führen. Der Verfassungsschutz hört nicht zufälligerweise seine Gespräche mit?"

„Natürlich tut er das", gab Timm unumwunden zu. „Aber Herr Paulsen ist ein sehr vorsichtiger Mensch. Seine Telefonate haben uns bisher nicht weitergebracht."

„Vielleicht ändert sich das ja bald. Ich hätte großes Interesse an Gesprächen, die er mit Jochen Trutz und Nadine Busch führt."

„Das lässt sich machen. Ich werde veranlassen, dass Sie von solchen Gesprächen umgehend Kopien bekommen. Die sollten

Sie dann aber nicht offen im Büro liegen lassen. Besorgen Sie sich einen Tresor."

„Außerdem wird es allerhöchste Zeit, dass ich den Staatsanwalt in alle Ermittlungen integriere. Da gehört auch World Consulting dazu. Ich befürchte, mein Mordfall und Ihre Ermittlungen bezüglich der Organisierten Kriminalität bei Paulsen lassen sich nicht trennen."

„Ich hätte gerne eine Kopie von dem Bericht, den der Staatsanwalt bekommt."

„Nur mit ausdrücklicher Genehmigung der Staatsanwaltschaft."

„Kein Problem. Sagen Sie Herrn Jensen, dass er mich kontaktieren soll, wenn er Ihren Bericht gelesen hat. Haben Sie etwas gegen Paulsen in der Hand?"

„Noch nicht. Wie gut wissen Sie über die Recherchen von Sven Müller Bescheid?"

„Sven Müller ist ein unbeschriebenes Blatt bei uns. Sonst würden wir nicht mit Ihnen zusammenarbeiten."

„Es gibt Hinweise, dass er Informationen über Organisierte Kriminalität bei Paulsen und Partner gesucht und gefunden hat."

„Das ist gut, aber Sie sind nicht zuständig. Sie überführen nur seinen Mörder oder seine Mörderin."

„Der Mörder oder die Mörderin könnte der Hauptakteur bei den krummen Geschäften von Paulsen gewesen sein. Jemand, der im schwarzen Büro gearbeitet hat."

„Gibt es eine Aussage von Frau Lehmann?"

„Keine, die wir zum jetzigen Zeitpunkt ernst nehmen könnten. Nichts, was bei einer Gerichtsverhandlung verwendbar wäre."

„Wenn sich das ändert, müssen wir darüber nachdenken, Frau Lehmann ins Zeugenschutzprogramm aufzunehmen."

„Das halte ich für vernünftig."

„Bringen Sie Jeremy nicht in Gefahr."

„Ich glaube, der tritt auf der Stelle."

„Er muss seine Arbeit als Partner machen. Da bleibt leider kaum Zeit, um nach einem schwarzen Büro zu suchen."

„Morgen schreibe ich den Bericht für den Staatsanwalt. Am Montag hören Sie von ihm. Oder von mir."

„Schönes Wochenende."

„Gleichfalls."

24

Till steuerte den zivilen Astra gerade aus dem Hof vom Präsidium, als er den gelben Ferrari vorbeifahren sah. Trutz fuhr auf der Miquelallee Richtung Autobahn. Till hängte sich dran. Bis er vom Hof rauskam, befanden sich vier Wagen zwischen ihm und Trutz. Kurz vor der Autobahnauffahrt zog Trutz nach rechts und nahm die Abbiegerspur Richtung Innenstadt. Till hatte jetzt nur noch zwei Wagen zwischen sich und dem Ferrari. Trutz fuhr aber nicht Richtung Innenstadt, sondern bog gleich wieder rechts ab. Jetzt war Till direkt hinter ihm. Kurz darauf parkte Trutz. Till gab Gas, fuhr an dem Ferrari vorbei und blieb hundert Meter weiter am Straßenrand stehen. Er rief Siebels an und gab seinen Standort durch.

„Dann besucht er gerade Paulsen. Behalte die Villa im Auge und melde dich, wenn irgendwas passiert."

„Was soll passieren? Hier ist es totenstill."

„Mein Bauch sagt mir, dass im Hause Paulsen jetzt Unruhe aufkommt. Vielleicht taucht ja noch interessanter Besuch auf."

„Wie lange soll ich denn hier bleiben? Es ist kalt."

„Ich versuche, dir eine Ablösung zu schicken. Wenn es sich machen lässt, will ich das Haus bis Montag unter Beobachtung halten. Ich melde mich gleich noch mal."

Till stieg aus dem Wagen und lief ein paar Schritte auf dem Bürgersteig der gegenüberliegenden Straßenseite. Ein älterer Herr führte seinen Hund spazieren. Till war langweilig. Er starrte auf die beleuchtete Villa, aber von außen konnte man nicht erkennen, was drinnen vor sich ging. Er fing an nachzudenken. Über Johanna und über die Diskrepanzen, die es zwischen ihnen gab. Dann fragte er sich, ob er sich für so Gelegenheiten wie diese nicht mal eine Packung Zigaretten anschaffen sollte. Schließlich brummte sein Handy. Siebels hatte die Kollegen Kulmbacher und Geiger geschickt, damit die sich die Nacht vor der Villa Paulsen um die Ohren schlagen konnten. Till hatte bei anderen Fällen schon mit Kulmbacher zusammengearbeitet. Er konnte ihn ganz gut leiden. Peter Geiger kannte er nur vom Sehen. Der war noch ziemlich neu bei der Truppe.

Till überlegte, ob er sich bei Siebels mal ein oder zwei Zigaretten für Notfälle schnorren sollte, da kam ein Porsche angefahren und hielt direkt hinter dem gelben Ferrari. Nadine Busch stieg aus und ging zielstrebig auf die Villa zu. Till war jetzt heilfroh, dass er bei dem Rendezvous mit ihr gerade noch die Kurve gekriegt hatte. Sie trug einen hellen Pelzmantel. Als die Haustür sich öffnete, konnte Till eine Frau erkennen. Nadine Busch begrüßte sie mit zwei Küsschen auf die Wange. Dann schloss sich die Tür wieder und Till fror auf seiner Parkbank. Er fror noch weitere zehn Minuten, bevor er Kulmbacher und Geiger heranfahren sah. Die beiden stellten ihren Astra hinter dem von Till ab. Till ging zu den beiden und setzte sich auf die Rückbank.

„Na Jungs, habt ihr auch genug heißen Tee dabei?"

„Das ist ja eine aufregende Gegend", sagte Kulmbacher. „Das wird eine lange Nacht."

„Ihr müsst ja nicht die ganze Zeit zu zweit im Auto sitzen", schlug Till vor. „Dahinten ist die Bockenheimer Warte und die Leipziger Straße. Sind vielleicht fünf Minuten zu laufen. Da kann einer von euch mal runter gehen und Döner besorgen."

„Das klingt gut. Siebels hat gesagt, du gibst uns noch Instruktionen. Gibt's noch mehr zu wissen, außer dem Weg zur Dönerbude?"

Till zeigte den beiden die Villa, deutete auf den Ferrari und den Porsche. „Wir wollen wissen, wer da in der nächsten Zeit noch ein- und ausgeht. Habt ihr die Videokamera dabei?"

„Klar", sagte Geiger.

„Gut. Alles aufnehmen, wenn sich was tut. Nummernschilder notieren und Uhrzeiten. Hier ist ja kein Verkehr, ist also ein einfacher Job. Wenn ein Porsche naht, wird es höchstwahrscheinlich heiß."

Kulmbacher schaute sich die Gegend an. „Hier stehen bestimmt einige Porsche in den Garagen."

„Die interessieren uns dann nicht. Nur die, deren Fahrer in diese eine Villa da wollen. Alles klar?"

„Wann kommt die Ablösung?"

„Das musst du Siebels fragen."

Till öffnete die Wagentür und wollte gerade aussteigen, als auf dem Gelände der Villa die Außenbeleuchtung anging. Jochen Trutz und Nadine Busch kamen gemeinsam heraus. Vor dem Porsche von Nadine Busch blieben sie stehen und wechselten noch ein paar Worte. Dann stiegen die beiden in ihre Sportwagen und fuhren davon.

„Denen fahre ich jetzt noch mal hinterher", sagte Till und sprang aus dem Wagen.

Als Siebels nach Hause kam, lag Sabine auf dem Sofa und schaute fern. Dennis lag auf ihrem Bauch und schlief. Siebels setzte sich neben Sabine und betrachtete sich seinen Sohn.

„Du bist spät dran", bemerkte Sabine.

„Ich liebe dich", flüsterte Siebels.

„Ich liebe dich auch. Aber du stinkst wie eine Räucherkammer."

„Dann gehe ich mal duschen."

„Zähne putzen nicht vergessen!"

„Ich reibe mich auch mit Babyöl ein, dann kannst du mich knuddeln."

„Oh ja, mach das mal. Aber wehe du kommst auf die Idee und ziehst dir auch noch Windeln an."

„Das kommt erst später. Aber wenn es mal so weit ist, in ein paar Jahren, dann musst du mich pflegen."

„Das kannst du vergessen. Dann schicke ich dich in ein Altenheim und gehe mit unserem Sohn auf Weltreise."

„So weit wird es nicht kommen. Jeder Tag, an dem ich mit dir zusammenlebe, macht mich einen Tag jünger."

„Dann steckst du aber trotzdem irgendwann wieder in Windeln."

„Nix da. Jünger als zwanzig werde ich nicht mehr."

„Bleib, wie du bist. Aber gehe vorher duschen. Ich bringe unseren Kleinen ins Bett. Und dann will ich knuddeln."

Eine halbe Stunde später lag der kleine Dennis in seinem Bettchen und der geduschte Siebels bei seiner Sabine. Die beiden knuddelten auf der Couch wie zwei verliebte Teenager. Siebels kitzelte Sabine und Sabine versuchte, ihrem Brummbär einen Knutschfleck auf den Hals zu knutschen. Die Knuddelei ging in eine sanfte Streichelei über. Aus den ausgedehnten Streicheleinheiten erwuchs eine beiderseitige Begierde, die sich in hemmungslosen Sextrieb verwandelte. Zwischen das atemlose Keuchen von Siebels und das ungehemmte Stöhnen von Sabine mischte sich das schrille Wimmern aus dem Babyphon.

„Was will er?", keuchte Siebels.

„Wahrscheinlich kein Geschwisterchen", raunte Sabine.

Siebels rollte sich erschöpft vom Körper seiner Geliebten. „Wollen wir ihm eins auswischen?"

„Ein Schwesterchen für den kleinen Schreihals?"

„Vielleicht ist er dann beleidigt und gibt Ruhe?"

„Und wenn es dann noch so einen Schreihals gibt?"

„Dann erschieße ich mich."

Der gelbe Ferrari fuhr über die Bockenheimer Landstraße, gefolgt von einem Porsche, dahinter ein ziviler Astra. Als der Ferrari vor dem Opernplatz rechts abbog, dachte Till sich schon, wo die Fahrt hinging. Er folgte den beiden durch die Stadt und über den Main bis nach Sachsenhausen. Der Ferrari stoppte im Sachsenhäuser Landwehrweg vor der Wohnung von Nadine Busch. Der Porsche wurde in die Garage gefahren. Till blieb etwa fünfzig Meter vor dem Haus stehen und schaltete den Motor aus. Er fragte sich, warum die beiden nicht in die zweite Wohnung von Nadine Busch gefahren waren. Dort, wo er sich nicht aus dem Taxi getraut hatte. Eigentlich hatte er gedacht, dass Nadine Busch dort ihr Liebesnest untergebracht hatte.

Trutz wartete am Hauseingang auf Nadine Busch. Sie kam aus der Garage und lief zu Trutz. Der hatte seine Arme schon ausgebreitet, schlang sie um Nadine Busch, drückte sie fest an sich und küsste sie. Mehrere Minuten blieben die beiden eng umschlungen vor dem Hauseingang stehen, bevor sie aus der Kälte ins Haus flohen. Till beobachtete, wie die Lichter in der Wohnung angingen. Durch die Fenster nahm er die beiden schemenhaft wahr. Das Licht wurde gedämpft, kurz darauf ging eine neue Lichtquelle an. Ein Computer war hochgefahren worden. Till konnte erkennen, wie die zwei vor dem Computer saßen. Sie blieben dort etwa eine Stunde sitzen. Till hatte das Auto verlassen und stand frierend hinter einem Baumstamm. Dann wurde der Computer heruntergefahren. Kurz darauf ging das Licht im Schlafzimmer an. Sehen konnte Till dort aber nichts. Etwa eine weitere Stunde später verließ Trutz wieder das Haus. Er stieg in seinen Ferrari und fuhr los. Till entschloss sich spontan, ihm weiter zu folgen.

Kulmbacher und Geiger saßen im Wagen und langweilten sich. Seit über drei Stunden hatte sich nichts gerührt. Um Punkt 23.00 Uhr ging dann plötzlich die Außenbeleuchtung an der Villa an. Kulmbacher stieß Geiger den Ellenbogen in die Rippen. Geiger griff zur Videokamera und wartete ab. Das Garagentor öffnete sich elektrisch. Kulmbacher hatte schon sein Handy in der Hand und rief Siebels an. Aus der Garage rollte ein Rolls-Royce. Geiger filmte und Kulmbacher erzählte Siebels, dass gerade jemand das Haus verließ, obwohl zuvor niemand mehr gekommen war. Siebels war gerade am Einschlafen gewesen und benötigte einen Moment, bis er seine Sinne zusammenhatte. Der Rolls-Royce fuhr an den beiden vorbei. Siebels gab Kulmbacher die Anweisung, ihm zu folgen und den Halter über das Nummernschild zu identifizieren. Siebels wartete am Telefon, bis Geiger die Information bekam. Der Wagen war auf Joachim Paulsen zugelassen. Siebels gab die Anweisung, weiter dran zu bleiben. Der Rolls-Royce hatte getönte Scheiben, es war nicht auszumachen, ob sich mehr als eine Person darin befand. Kulmbacher folgte ihm bis zum Messeturm. Dort fuhr der Rolls-Royce in die Tiefgarage.

Till hatte gedacht, Trutz würde zu seinem Haus nach Kronberg in den Taunus fahren. Stattdessen fuhr er aber zurück in die Stadt. Till folgte ihm bis zum Messeturm, wo der Ferrari in der Tiefgarage verschwand. Neben der Einfahrt entdeckte Till den Astra seiner Kollegen. Er stellte seinen Wagen hinter ihnen ab und stieg bei Kulmbacher und Geiger ein. Die beiden berichteten Till, warum sie hier waren. Till rief bei Siebels an, der in dieser Nacht zum zweiten Mal aus dem Schlaf gerissen wurde.

„Fahr du jetzt mal nach Hause", meinte er nach kurzem Überlegen zu Till. „Kulmbacher und Geiger sollen an der Ausfahrt warten, bis der Rolls-Royce wieder rausfährt. Ich will wissen, wie lange diese nächtliche Sitzung im Messeturm dauert. Wenn der Rolls wieder bei Paulsen in der Garage steht, können die beiden die Observierung beenden. Wenn er noch wo anders hinfährt, will ich wissen, wohin. Kulmbacher soll sich mal vorsichtig umschauen. Vielleicht bekommt er ja raus, wo die Herrschaften sich im Messeturm hinbegeben. Ansonsten prüfen wir am Montag, wer da alles niedergelassen ist. Alles klar?"

„Alles klar", sagten Till, Kulmbacher und Geiger im Chor.

25

Samstag, 14. Februar 2009

Als Till in der Nacht nach Hause gekommen war, hatte er auf dem Küchentisch eine Nachricht von Johanna vorgefunden. Sie hatte bis nach Mitternacht auf ihn gewartet und war schließlich in ihre Wohnung gefahren. Till hatte sich ins Bett gelegt und war auf der Stelle eingeschlafen. Um kurz nach neun klingelte sein Telefon. Johanna war dran.

„Ich habe gestern stundenlang auf dich gewartet", warf sie ihm vor.

„Tut mir leid. Da kam in letzter Minute noch eine Observation auf mich zu. Das hat dann die halbe Nacht gedauert."

„Warum hast du nicht mal angerufen und Bescheid gesagt?"

„Gestern Abend ging alles drunter und drüber. Ich kam einfach nicht dazu."

„Aha. Sonst beklagst du dich immer, dass du bei solchen Gelegenheiten stundenlang rumsitzt und dich langweilst."

Till bekam ein schlechtes Gewissen. Er hatte auch gestern stundenlang vor dem Haus von Nadine Busch ausgeharrt und außer frieren nichts zu tun gehabt. Er hatte daran gedacht, bei Johanna anzurufen, aber er hatte keine Lust dazu gehabt. „Ich hatte einfach den Kopf nicht frei", versuchte er sich rauszureden. „Klappt das heute Mittag mit unserem Besuch bei Steffen und Sabine?"

„Willst du mich denn überhaupt dabei haben?"

„Natürlich. Was ist das für eine komische Frage?"

Johanna schwieg. Till schwieg auch. Als das Schweigen unerträglich wurde, fing Till wieder an zu sprechen. „Ich hole dich ab, um kurz vor vier."

„Ist gut. Bis dann."

Till legte den Telefonhörer auf und blieb eine ganze Weile regungslos sitzen. Das Thema mit dem Kind hing wie ein Damoklesschwert über ihnen.

Siebels wurde morgens um kurz vor sieben durch einen Anruf von Kulmbacher geweckt. Kulmbacher berichtete, dass die Observierten ungefähr zwei Stunden im Messeturm verbracht hatten. Um kurz vor Mitternacht kamen sie herausgefahren, der Rolls-Royce fuhr wieder zur Villa Paulsen und verschwand dort in der Garage. Kulmbacher war kurz nach der Ankunft am Messeturm ins Foyer gegangen und hatte sich dort umgeschaut. An den Positionsanzeigen der Fahrstühle konnte er ausmachen, dass ein Aufzug von der Tiefgarage in den fünfzehnten Stock gefahren ist. Kulmbacher hatte sich dann am Empfang im Foyer eine Mieterliste aushändigen lassen. Im fünfzehnten Stockwerk lag das Büro von Dr. Herbert Dornfeld, Repräsentant von WC Cargo International. Direkt daneben lagen die Räume des Architekturbüros Jefferson und Seidler, Frankfurt, New York, Tokio. Den Rest der Etage hatte die WC Immobilien Ltd. gemietet.

Sabine badete den kleinen Dennis, Siebels ging im Bademantel aus dem Haus und rauchte auf der Straße eine Zigarette. Dann ging er wieder hoch und setzte sich vor seinen Rechner. Er rief Google auf und gab Jefferson und Seidler Architekturbüro als Suchbegriff ein. Er kam auf die Homepage der Architekten, wählte seine Landessprache aus und informierte sich über die laufenden Projekte. Jefferson und Seidler hatte den Zuschlag für die architektonische Gestaltung des Terminal 3 bekommen. Das moderne Terminal, für jährlich 25 Millionen Passagiere geplant, sollte spinnenförmig auf dem östlichen Areal der ehemaligen US Air Base entstehen. Den Spinnenkörper markierte eine zentrale Halle, die den Check-in, die Sicherheitskontrollen und einen Einkaufsbereich beherbergen sollte. Rund um diese Halle schlossen sich die Gates als Spinnenbeine an.

Siebels druckte sich die Seiten aus und suchte anschließend nach Informationen zu Dr. Herbert Dornfeld, dem Repräsentanten von WC Cargo International. Diese Suche gestaltete sich schon schwieriger. Dr. Herbert Dornfeld schien keine eigene Internetpräsenz zu haben. Siebels bekam eine lange Trefferliste zu allen möglichen Frachtfluggesellschaften. Er klickte sich durch die verschiedenen Seiten, ohne dabei auf diesen Dr. Dornfeld zu stoßen. Er wollte seine Bemühungen schon einstellen, als er auf der Seite von South African Airways Cargo auf den Namen Dornfeld stieß. Der Name war verlinkt und Siebels folgte dem Link. Es handelte sich um ein geschäftliches Kurzprofil von Dr. Dornfeld. Um die hinterlegten Daten abzurufen, musste man aber ein Passwort eingeben.

Siebels rief kurzentschlossen bei Charly an. Nach dem zehnten Klingeln ging der auch ans Telefon.

„Ich glaube, du spinnst", begrüßte er Siebels.

„Hast du etwa noch geschlafen?", fragte Siebels unschuldig.

„Ich habe bis heute morgen um fünf Uhr an Müllers Daten gesessen und sie auf Hinweise nach den Träumen von der Lehmann durchforstet. Irgendwann muss ich auch mal schlafen. Wer bezahlt mir eigentlich die ganzen Überstunden?"

„Hast du noch was rausgefunden?"

„Ich glaube schon, ja."

„Ach was. Na erzähl schon."

„Sie reitet im Brautkleid ins Stadion und knallt die Spieler alle ab."

„Und die Schiedsrichter", ergänzte Siebels.

„Genau. Müller hat die Spielpläne der letzten fünf Jahre von allen europäischen Fußballklubs aus den ersten drei Ligen abgespeichert. Mit allen Ergebnissen, den Angaben der Torschützen und einer Liste der Spielertransfers. Dazu hat er sich von jedem Spiel die Wettquoten notiert."

„Du meinst, er war einer Wettmanipulation bei Fußballwetten auf der Spur?"

„Genau. Auf den ersten und zweiten Blick kann man auf seinen Listen nichts erkennen, was auf Manipulation schließen lässt. Aber wenn man ins Detail geht, und Müller ist ins Detail gegangen, erkennt man ein Muster. Jedenfalls in den osteuropäischen Ligen. Dort gib es immer wieder merkwürdige Ergebnisse. Und immer sind die gleichen Spieler beteiligt. Da es sich um sehr viele Mannschaften handelt, fällt das erst mal nicht auf. Wenn man das aber dann mit den Wettquoten vergleicht, kann man ein System erkennen. Ein weiteres Indiz ist, dass die auffälligen Spieler überproportional häufig den Verein wechseln. Die bleiben eine halbe Saison oder bestenfalls eine ganze Saison, dann ziehen sie weiter. Und weißt du, was das Beste ist?"

„Was ist das Beste?"

„Diese Spieler haben alle den gleichen Spielerberater."

„Wissen wir auch was über diesen Spielerberater?“

„Nicht viel. Er heißt Igor Rentroff. Ein Russe. Als Spielerberater ist er 2002 auf der Bildfläche erschienen. Bis 1994 hat er selbst aktiv in Russland gespielt. Von 1999 bis 2001 hat er sich angeblich in den USA aufgehalten. Von dort ging er erst nach Polen und dann nach Moskau. Das hat Müller jedenfalls in einem Steckbrief hinterlegt.“

„Dieser Müller war richtig gut“, stellte Siebels fest.

„Vielleicht hat seine Freundin im Schlaf gesprochen, wenn sie geträumt hat?“

„Da könnte was dran sein. Andererseits könnte das immer noch alles Zufall sein. Die reitende Braut, die mit der Maschinenpistole die Spieler beider Mannschaften niedermetzelt, ist nun nicht unbedingt ein ernst zu nehmender Hinweis auf Wettbetrug.“

„Stimmt schon. Aber es könnte noch mehr dahinter stecken. Vielleicht werden die betroffenen Spieler bedroht oder erpresst. Wenn du das Spiel nicht verlierst, könnte deiner Tochter was passieren. Verstehst du?“

„Ja. Aber was hat Sabine Lehmann damit zu tun?“

„Keine Ahnung. Der Zusammenhang zwischen ihr, Paulsen und diesen Spielmanipulationen ist mir auch schleierhaft.“

Siebels räusperte sich. „So leid es mir tut, aber ich habe schon wieder neue Arbeit für dich.“

Charly stöhnte und Siebels notierte ihm die Internetadresse, auf der das Profil von Dr. Herbert Dornfeld abgespeichert war.

„Nur das Passwort knacken, das machst du doch mit Leichtigkeit.“

„Ich melde mich, wenn ich es geknackt habe“, versprach Charly.

Zu guter Letzt begab sich Siebels noch auf die Suche nach WC Immobilien Ltd. Hier wurde er wieder schnell fündig. Das Unternehmen war auf Büro- und Gewerbeimmobilien in europäischen Ballungsgebieten spezialisiert. Die Firma war in London ansässig und managte in Europa einen eigenen Immobilienbestand im Wert von sechs Milliarden Euro. Auch mehrere geschlossene Immobilienfonds gehörten zum Portfolio. Siebels klickte sich zu den aufgeführten Projekten durch. Dort erfuhr er, dass

WC Immobilien Ltd. ein Hauptinvestor für die neu geplanten Einkaufsflächen auf dem Gelände des Frankfurter Flughafens war.

Sabine kam ins Zimmer, Dennis schlief in ihren Armen. „Schon wieder am Arbeiten?"

„Ja, dieser Fall macht mich noch fix und fertig. Je tiefer ich mich in das Umfeld von dieser Sabine Lehmann einarbeite, desto verwirrender wird die Geschichte. Wo ich hingreife, erwische ich Banken, Investmentgesellschaften, Immobilienriesen oder den Flughafen. Irgendwo dazwischen haben wir jetzt noch Waffenschmuggel und Wettmanipulation aufgedeckt. So einen großen Sumpf kann es eigentlich gar nicht geben. Lass mich mal den Kleinen nehmen."

Sabine reichte Siebels den schlafenden Dennis. Siebels schaukelte ihn leicht in seinen Armen.

„Vielleicht siehst du einfach den Wald vor lauter Bäumen nicht?"

„Genau das Gefühl habe ich", stöhnte Siebels. „Das Problem ist der Flughafen. Es gibt einfach zu viele Ansatzpunkte. Ich befürchte, 99 Prozent der Informationen, die ich in den letzten Tagen bekommen habe, sind für meinen Fall einfach irrelevant. Aber die wenigen Informationen, die relevant sind, bekomme ich aus dem großen Ganzen nicht rausgesiebt."

Dennis wachte auf und strahlte seinen Vater an. Sein Vater strahlte stolz zurück. „Ich habe immer noch keinen blassen Schimmer, wer Bockelmann über den Haufen gefahren hat. Vielleicht hat das mit dem Fall Müller gar nichts zu tun. Das ist alles zum Kotzen."

„Was sagt denn dein berühmtes Bauchgefühl?", wollte Sabine wissen und tätschelte Siebels Bauch.

„Hunger, sagt mein Bauch."

„Na dann komm mal mit in die Küche. Kaffee ist fertig und die Brötchen sind aufgebacken."

Siebels bemerkte einen unangenehmen Duft. Er roch an den Windeln von Dennis. „Puuuh. So ein kleiner Stinker. Das gibt's doch gar nicht."

„Du stinkst auch schon wieder, und zwar nach Qualm. Puuuh, zwei Stinker in einem Raum."

„Nur eine klitzekleine Zigarette. Die habe ich gebraucht. Soll ich den jungen Mann wickeln?"

Sabine wollte diesen Vorschlag gerade freudig aufnehmen, als das Telefon klingelte. Siebels gab ihr das Kind und griff zum Hörer. Charly verkündete stolz, dass er das Passwort schon geknackt hatte. Er gab Siebels das Passwort und verabschiedete sich mit dem Hinweis, dass die Seite sehr interessante Informationen enthalte. Siebels legte auf, setzte sich an den Computer und rief die Seite von Dr. Herbert Dornfeld auf. In das Passwortfeld gab er Platinum ein. Die Seite mit den persönlichen Daten von Dornfeld öffnete sich. Oben rechts erschien sein Porträt. Dornfeld trug einen Vollbart und eine Brille. Siebels überflog die Informationen zu seiner Person.

Geboren 1956 in Hamburg. Studium der Betriebswirtschaft. 1982 promoviert. Spezialisiert auf Infrastrukturen für internationale Logistik. Von 1985 bis 1996 Vertriebsmanager bei Lufthansa Cargo. Von 1996 bis 2000 Management Development bei World Consulting, New York.

Siebels pfiff durch die Zähne. Endlich hatte er jemanden aufgegabelt, den er zweifelsfrei mit World Consulting in Verbindung bringen konnte. „Was genau heißt eigentlich Management Development?", rief er zu Sabine ins Badezimmer.

„Das heißt so viel wie Geschäftsentwicklung. Oder auch Ausbau von Geschäftsbeziehungen", rief Sabine.

„Danke", rief Siebels laut zurück und las weiter.

Mitglied bei World Consulting mit Platinum Status seit Mai 2000. Seit Januar 2001 offizieller Repräsentant von World Consulting, Geschäftsbereich WC Cargo International.

Schwerpunkte: Ausbau der Geschäftsbeziehungen zwischen World Consulting und den Frachtfluggesellschaften Lufthansa Cargo, Singapore Airlines Cargo, SAS Cargo, Japan Airlines Cargo, Nippon Cargo Airlines, Cathay Pacific Cargo, South African Airways Cargo und andere.

Darunter stand seine Büroadresse im Frankfurter Messeturm sowie eine E-Mail-Adresse.

Siebels druckte sich alles aus. Dann rief er wieder die Seite von WC Immobilien Ltd. auf. Dort suchte er nach den verantwortlichen Personen der Gesellschaft mit Sitz im Messeturm. Nach einigen Mausklicken wurde er fündig. Sören Petersen war als geschäftsführender Direktor angegeben. Siebels klickte sich wieder auf die Seite von Dr. Herbert Dornfeld. Er änderte die Adresszeile, entfernte H. Dornfeld und gab stattdessen S. Petersen ein. Es öffnete sich eine neue Seite. Wieder musste ein Passwort eingegeben werden. Siebels tippte Platinum ein und bestätigte seine Eingabe. Vor ihm öffnete sich die Seite von Sören Petersen.

„Kommst du frühstücken?“, fragte Sabine.

„Es gibt sie also doch“, rief Siebels erstaunt aus. „Die sind aber saublöd.“

„Wer ist saublöd?“

„Die Platinum Mitglieder von World Consulting.“

„Die können nicht saublöd sein. Ich habe die Artikel in diesen amerikanischen Magazinen gelesen, die du mitgebracht hast.“

Siebels drehte sich um und schaute Sabine an. „Mensch, das hatte ich ganz vergessen. Stand da noch was Interessantes drin?“

„Also in den älteren Heften stand auch nur das, was ich schon in dieser Zusammenfassung aus den Internetartikeln geschrieben hatte. Aber in dem neueren Heft gab es noch einen interessanten Bericht. Das war ein Fachmagazin für Psychologen. Von dem Obermacker von World Consulting, Tom Snyder, war ein Interview abgedruckt. Das erste und bis dato einzige Interview, das er gegeben hat. Darin hat er seine Methoden zur Persönlichkeitsentwicklung als das Non-plus-ultra in der angewandten Psychologie angepriesen. Seine Kernaussage war, dass man durch seine Trainings in wenigen Jahren den Platinum-Status erreichen kann und damit zur Weltelite gehört. Ein Platinum-Mitglied hat nämlich alle Eigenschaften, die man benötigt, um sich in jeder Führungsposition durchzusetzen.“

„Stand da auch drin, ob diese Leute auch außerhalb der USA tätig sind?“

„Ja, in ganz Europa wären sie angeblich aktiv. Nach Aussage von Snyder sind seine elitären Berater ein wesentlicher Grund für den Erfolg der Europäischen Union und den wirtschaftlichen Aufstieg der osteuropäischen Länder.“

„Charly hat fünf Minuten gebraucht, um das Passwort von denen zu knacken. Die haben auch noch alle das gleiche Passwort. Platinum. Wenn das die Weltelite ist, dann gute Nacht.“

„Kommst du jetzt frühstücken?"

„Sofort, lass mich nur noch einen Blick auf die Seite von diesem Elitemenschen hier werfen."

Das Porträt von Sören Petersen zeigte einen Mann Mitte vierzig mit schütterem blonden Haar und spitzer, langer Nase. Siebels überflog seinen Steckbrief.

Geboren 1967 in Kopenhagen. Studium der Wirtschaftswissenschaften in Hamburg. Von 1995 bis 1997 Assetmanager mehrerer europäischer Immobilienfonds. 1998-1999 geschäftsführender Gesellschafter bei ZVG Investment, Berlin. 2000 bis 2002 Weiterbildung zum Platinum-Berater bei World Consulting.

Seit November 2002 offizieller Repräsentant von World Consulting, Geschäftsbereich Immobilienentwicklung.

Siebels triumphierte innerlich. Er verstand das System augenblicklich. World Consulting arbeitete in Deutschland nach dem gleichen Schema wie in den USA. Es gab zwei Ebenen. Auf der ersten Ebene war die Organisation Paulsen und Partner angesiedelt. Eine große Anzahl scheinbar selbstständiger Berater beeinflusste eine Vielzahl von deutschen Unternehmen. Auf der zweiten Ebene agierten die Platinum-Berater im direkten Auftrag von World Consulting. Nicht als Angestellte, aber als Repräsentanten. In dieser Funktion konnten sie offiziell vermutlich die Herkunft ihres Arbeitgebers verschleiern. Im Kopf von Siebels arbeitete es auf Hochtouren. Die Leute, die im Messeturm saßen, Dornfeld und Petersen, waren die eigentlichen Drahtzieher bei dem Flughafenprojekt. Sabine Lehmann machte die Feldarbeit auf der unteren Ebene. Die Repräsentanten im Messeturm stellten die Weichen für die Unterwanderung der Wirtschaft durch World Consulting. Der Flughafenausbau schien auch für World Consulting ein lukratives Geschäft zu sein, der Ausbau musste auf jeden Fall durchgesetzt werden. Platinum-Berater haben das größtmögliche Maß an Durchsetzungsfähigkeit, erinnerte Siebels sich und malte eifrig auf einem Blatt Papier herum. Er skizzierte die beiden Beraterebenen auf. Auf der einen Seite die deutsche Variante, auf der anderen Seite die amerikanische. Auf der amerikanischen Seite gab es Bill Dwight. Der steuerte den Informationsfluss zwischen den Beratern und den Platinum-

Beratern. Die Platinum-Berater gaben die Richtung vor, die Berater sorgten für die strikte Umsetzung. Sabine Lehmann bekam Fraport als Kunden zugeschustert und setzte alles daran, die Wünsche der Herren aus dem Messeturm durchzusetzen. Siebels ging davon aus, dass Sabine Lehmann keine Kenntnis von diesen Leuten hatte. Ein Dritter gestaltete den Informationsfluss zwischen den Büros vom Messeturm und dem Büro von Sabine Lehmann. Siebels war sich sicher, dass Jochen Trutz dieser Mann sein musste. Der manipulierte die Partner von Paulsen und drängte sie in die Richtung, die von den Platinum-Beratern vorgegeben wurde. Auf diese Weise bekam World Consulting mächtigen Einfluss auf die deutsche Wirtschaft, ohne dabei selbst in Erscheinung zu treten.

Siebels klatschte vor Freude in die Hände. Er war sich sicher, endlich den Durchbruch in diesem verzwickten Fall geschafft zu haben.

„Kommst du heute noch zum Frühstücken?", rief Sabine erneut.

Siebels hatte trotz der neuen Erkenntnisse noch großen Hunger und ging in die Küche. Zufrieden, aber innerlich aufgekratzt, setzte er sich zu Sabine an den Küchentisch und schmierte sich ein Brötchen.

„Verrätst du mir endlich, was du heute Abend vorhast?", fragte Sabine.

Siebels dachte an den Messeturm, an Platinum-Berater, an Jochen Trutz und an Sabine Lehmann. „Vielleicht sollten wir das besser um eine Woche verschieben", murmelte Siebels und biss in sein Brötchen.

„Ich dachte, Till und Johanna kommen nachher zum Babysitten vorbei?"

Siebels kaute nervös und versuchte seine Gedanken zu sortieren. Eigentlich wollte er Sabine heute Abend ganz feierlich einen Heiratsantrag machen. Jetzt war ihm gar nicht mehr danach zumute.

„Till brauche ich jetzt für den Fall. Du könntest doch mit Johanna was unternehmen?"

„Klar, wir könnten ins Kino gehen. Passt ihr zwei dann auf Dennis auf?"

„Ähm. Wie wäre es, wenn ihr euch eine DVD anschaut?"

„Ice Age?"

„Genau. Den habe ich extra besorgt."

„Also pass auf, großer Polizeimeister. Heute Abend mache ich es mir hier mit Johanna gemütlich. Aber der nächste Samstagabend gehört nur uns beiden. Was auch immer wir dann mit diesem Abend anstellen werden. Ist das ein Deal?"

„Okay, großes Polizeimeisterehrenwort." Siebels trank hastig seinen Kaffee aus und ging dann zurück in sein Arbeitszimmer. Er loggte sich wieder ins Internet ein und rief die Seite von Sören Petersen auf. In der Adresszeile ersetzte er S. Petersen durch die Namen der Architekten aus dem Messeturm. Er bekam eine Fehlermeldung angezeigt, die gesuchten Namen wurden als unbekannt bezeichnet. Dann versuchte er es mit J. Trutz. Seine Vermutung wurde umgehend bestätigt. Siebels wurde nach dem Passwort gefragt. Er tippte es ein und eine neue Seite öffnete sich. Das Porträt von Jochen Trutz erschien. Siebels atmete tief durch und las dann das Kurzprofil.

Geboren 1958 in Hamburg. Studium der Psychologie bei der Bundeswehr. 1992 bis 1996 Berater der obersten Heeresführung. 1996 bis 1998 Vertriebsdirektor – Viktoria Versicherung. 1998 bis 1999 Vertriebsdirektor Megacom, USA. 1999 bis 2001 Personal Trainer, World Consulting, New York. Seit 2001 interner Platinum-Berater, Aufbau und Verantwortung der Personalstruktur in Deutschland.

Siebels druckte auch diese Seite aus und versuchte es anschließend mit J. Paulsen. Zu seiner Verwunderung war Joachim Paulsen im System der Platinum-Berater eine unbekannte Person. Demnach schien Paulsen ausschließlich der Chef auf der normalen Beraterebene zu sein. Siebels begriff immer deutlicher, wie das System zu funktionieren schien. Er probierte es mit Sabine Lehmann. Auch sie war eine unbekannte Person. Siebels versuchte es auch mit Nadine Busch und Silvia Förster. Auch die beiden Damen wurden als unbekannte Personen ausgewiesen. Siebels schloss die Augen und dachte nach. Er hatte eine Idee, aber er hatte Angst, dass an seiner Idee etwas dran sein könnte. Er verließ das Arbeitszimmer, zog sich Jacke und Schuhe an und ging hinunter auf die Straße. Er rauchte eine Zigarette, lief dabei ein paar Schritte auf und ab und ging dabei den ganzen Fall noch einmal in

Gedanken durch. Trotz seiner neuen Erkenntnisse hatte er noch immer keinen blassen Schimmer, ob Sabine Lehmann tatsächlich die Mörderin von Sven Müller war. Genauso wenig konnte er sich einen Reim auf die Träume von Sabine Lehmann machen. Das weiße Brautkleid blieb ihm trotz gewagter Gedankensprünge ein unergründliches Rätsel. Er schnippte den Zigarettenstummel in den Rinnstein und ging wieder zurück in die warme Wohnung. Sabine spielte mit Dennis auf dem Fußboden. Siebels setzte sich zu ihnen und gab Sabine einen Kuss auf die Wange.

„Du hast es schon wieder getan", sagte sie mit gespielt vorwurfsvoller Stimme.

„Ich bin ein böser Junge, ich weiß."

Sabine gab ihrem bösen Jungen einen Klaps auf den Po. „Nimm dir ein Beispiel an diesem wohlerzogenen Jungen hier", sagte sie und knuddelte mit Dennis.

„Ich kümmere mich jetzt erst mal um die wirklich bösen Jungs. Tut mir leid, wenn ich euch schon wieder alleine lassen muss."

„Wir kommen schon ganz gut klar", sagte Sabine und kitzelte ihren braven Jungen. Siebels setzte sich wieder an den PC. Er gab J. Boyle als Platinum-Berater ein und hoffte, keine böse Überraschung zu erleben. Erleichtert atmete er auf, als Jeremy Boyle als unbekannte Person ausgewiesen wurde. Als Nächstes prüfte er Jens Timm. Auch der Verfassungsschützer konnte nicht als Platinum-Berater gefunden werden. Der Vollständigkeit halber gab Siebels noch P. Bockelmann ein. Verblüfft schaute er auf den Bildschirm. Er wurde nach dem Passwort gefragt. Er gab Platinum ein und bestätigte. Aber anstatt der erwarteten Seite eines Platinum-Beraters bekam Siebels eine Fehlermeldung angezeigt. Das System erkannte das Passwort nicht an. Siebels versuchte es erneut und bekam die gleiche Antwort. Diesmal mit dem Hinweis, dass zwei von drei Versuchen bereits gescheitert seien. Siebels rief Charly an und teilte ihm das Problem mit. Charly versprach, sich sofort darum zu kümmern. Anschließend wählte Siebels Tills Nummer.

„Hast du Ice Age besorgt?", brachte Till seine Sorgen gleich auf den Punkt.

„Habe ich. Ist es schlimm, wenn Johanna den Film allein mit Sabine anschaut?"

„Und wir zwei gehen zusammen in ein romantisches kleines Restaurant?"

„Genau. Ich dachte an das Dr. Flotte, die Kneipe an der Bockenheimer Warte."

„Und was willst du mit mir da Flottes machen?"

„Da würde ich gern ganz flott den Fall aufklären. Ich bringe auch Verstärkung mit."

„Charly?"

„Ja, und wenn es sich machen lässt auch unseren geschätzten Herrn Staatsanwalt Jensen und Herrn Timm vom Verfassungsschutz."

„Oha, großer Bahnhof am Samstag. Was ist passiert?"

„Das erkläre ich dir, wenn du nachher mit Johanna hier auftauchst. Einen Kaffee können wir ja trotzdem noch zusammen trinken."

„Johanna fragt, ob sie Apfelkuchen mitbringen soll."

„Unbedingt. So gegen 16.00 Uhr. Ich versuche unser großes Kneipentreffen dann auf 19.00 Uhr zu legen. Bis später."

„Johanna bringt Apfelkuchen mit", rief Siebels quer durch die Wohnung.

„Bringt sie auch Till mit?", kam es zurückgerufen.

„Ja", rief Siebels und suchte nach der Telefonnummer von Timm. Er fand sie schließlich bei der Schmutzwäsche in einer Hosentasche. Eine viertel Stunde später hatte er Timm davon überzeugt, am Abend im Dr. Flotte zu erscheinen. Dann wollte er Jensen anrufen, konnte sich aber nicht überwinden. Er wusste einfach nicht, wie er dem Staatsanwalt die ganze Entwicklung im Fall Müller mit wenigen Worten begreiflich machen sollte. Schließlich setzte er sich wieder an seinen Computer und fing an, einen chronologischen Bericht über die Ermittlungsergebnisse zu verfassen. Vier Stunden und fünf Zigarettenpausen später war er auch damit fertig. Auf ein Mittagessen hatte er verzichtet, Till, Johanna und der Apfelkuchen mussten aber jeden Moment eintreffen. Siebels nahm den Telefonhörer zur Hand, um Jensen anrufen, aber er brachte es immer noch nicht fertig. Stattdessen wählte er wieder die Nummer von Timm.

„Ich habe einen Bericht für unseren Staatsanwalt geschrieben", erklärte ihm Siebels. „Den wollten Sie sich doch vorab durchlesen.

Soll ich ihn faxen oder mit E-Mail schicken?"

Timm gab ihm seine E-Mail-Adresse durch und Siebels schickte den Bericht schon los, als er mit Timm noch telefonierte.

„Vielleicht wäre es besser, wenn Sie Herrn Jensen zu unserem Treffen heute Abend einladen", schlug Siebels dann vor.

Timm ging darauf ein und schlug vor, auch Jeremy Boyle einzuladen. Siebels hatte nichts dagegen und beendete das Gespräch. Kaum hatte er aufgelegt, klingelte es an der Tür. Till und Johanna kamen mit einem nach Apfelkuchen duftenden Paket herein. Johanna und Sabine fielen sich in die Arme und Till drückte Siebels den Apfelkuchen in die Hand. Dennis fing fröhlich an zu schreien und das Handy von Siebels brüllte im gleichen Tonfall los. Siebels stapfte mit dem Apfelkuchen in sein Arbeitszimmer und nahm das Gespräch entgegen. Charly war dran.

„Ich komme nicht weiter", stöhnte er. „Das Passwort für die Seite von Bockelmann ist ein ganz anderes Kaliber als das normale Passwort."

„Und jetzt?", fragte Siebels leicht verwirrt.

„Ich habe meinen Kumpel gerade angerufen. Du weißt schon wen. Der hackt sich jetzt bei World Consulting ein. Wenn er was findet, melde ich mich wieder."

„Der soll sich bloß nicht erwischen lassen."

„Der passt schon auf. Ich frage mich ja nur, warum ich so einfach auf die Seiten dieser Elitemenschen von World Consulting kam und bei unserem Herrn Bockelmann jetzt auf so ein ausgeklügeltes Sicherheitssystem stoße."

„Das frage ich mich allerdings auch", gestand Siebels. „Bockelmann scheint große Geheimnisse gehabt zu haben. Ich bin sehr gespannt, was uns da erwartet."

„Wir knacken ihn schon", versprach Charly und beendete das Gespräch.

Siebels wollte endlich den Apfelkuchen auspacken, als sein Handy sich erneut mit Babygeschrei bemerkbar machte.

„Ich brauche dringend einen neuen Klingelton, sonst werde ich noch verrückt", schrie Siebels durch die Wohnung und nahm das Gespräch an.

„Hier hat gerade der Verfassungsschutz angerufen", meldete sich ein aufgeregter Staatsanwalt Jensen.

„Ich weiß", versuchte Siebels ihn zu beruhigen.
„Dann ist ja gut, wenn Sie das wissen. Was wissen Sie denn noch alles, von dem ich nichts weiß?"
„Ich habe heute einen umfassenden Bericht geschrieben."
„Ja, ja. Und den haben Sie dann an den Verfassungsschutz geschickt. Ich bin anscheinende der Letzte, der hier informiert wird."
„Tut mir leid. Das war Anweisung von ganz oben."
„Papperlapapp. Der Verfassungsschutz ist eine Behörde wie jede andere auch. Die können doch nicht über meinen Kopf hinweg über meine Fälle entscheiden. Diesen Timm werde ich mir heute Abend zur Brust nehmen."
„Die ganze Sache hat eine gewisse Eigendynamik bekommen", versuchte Siebels Jensen zu beruhigen.
„Meine Anweisung war doch glasklar formuliert. Bringen Sie ein Geständnis von dieser Frau Lehmann bei und fertig. Aber nein, der Herr Siebels gräbt wieder Leichen aus, die auf völlig fremden Friedhöfen begraben sind."
„Haben Sie denn meinen Bericht schon gelesen?"
„Ja wie denn, wenn Sie ihn nicht mir, sondern dem Verfassungsschutz schicken?"
„Was hat Herr Timm Ihnen denn gesagt?"
„Leider nicht viel. Der Fall würde übergeordnete Interessen berühren, meinte dieser Mensch. So ein Quatsch. Da erschlägt eine Frau ihren Liebhaber in ihrer Küche mit einer Weinflasche und soll damit eine Gefahr für die Republik ausgelöst haben, oder wie? Stochern Sie etwa schon wieder in längst vergessenen RAF-Geschichten herum, Siebels?"
„Nein, das kann ich ganz klar ausschließen. Ich denke, Herr Timm wird Ihnen meinen Bericht bald zukommen lassen. Dann sind Sie über alles im Bilde."
„Wo ist denn diese Kneipe eigentlich?"
Siebels erklärte dem Staatsanwalt den Weg.
„Und wer kommt alles zu diesem konspirativen Treffen?"
„Meine Kollegen Charly Hofmeyer und Till Krüger, Herr Timm und Herr Boyle."
„Herr Boyle? Wer ist das denn schon wieder?"
„Herr Boyle ist für den Verfassungsschutz tätig und arbeitet

als verdeckter Ermittler. Er wurde als Partner bei Paulsen und Partner eingeschleust."

„Ach du lieber Himmel", stöhnte Jensen. „Gibt es einen Zusammenhang mit dem Fall Bockelmann?"

„Wir sind noch dabei, das zu klären. Aber es spricht alles dafür."

„Gibt es noch weitere Überraschungen, auf die ich mich vorbereiten sollte?"

Siebels dachte angestrengt nach. „Der Fall Wurmbach", sagte er dann.

„Und was ist das für ein Fall, wenn ich fragen darf?"

Siebels erklärte dem Staatsanwalt in wenigen Worten, was es mit Wurmbach auf sich hatte. Jensen stöhnte noch mehrmals und beendete dann das Gespräch. Siebels brachte den Apfelkuchen in die Küche und deckte den Tisch.

26

Als Siebels und Till um kurz vor sieben das Dr. Flotte betraten, saß Charly schon am Tresen und trank ein Bier. Die drei begrüßten sich und setzten sich an einen runden großen Tisch.

„Gibt es was Neues von deinem Kumpel?“, erkundigte sich Siebels bei Charly.

„Leider nicht. Ich habe vorhin noch kurz mit ihm gesprochen. Das Bockelmann-Profil ist eine ganz harte Nuss. Aber er meint, dass er es bis morgen geknackt hat.“

„Sieht so aus, als hätten wir den Bockelmann völlig falsch eingeschätzt“, sagte Till. „Alle, mit denen wir gesprochen haben, haben nur gut über den Bocki geredet.“

Die Bedienung kam. Siebels bestellte ein Bier, Till eine Cola. Dann betrat Jensen das Lokal. Er hängte seinen Mantel an einen Garderobenhaken und schmiss einen Schnellhefter auf den Tisch. Siebels erkannte seinen Bericht.

„Guten Abend, meine Herren“, sagte Jensen und bestellte bei der Bedienung einen Rotwein.

„Guten Abend, Herr Staatsanwalt“, kam es im Chor.

Im gleichen Moment betraten Timm und Boyle die Kneipe. Siebels stellte die Herrschaften einander vor. Timm setzte sich neben Jensen und flüsterte ihm etwas ins Ohr. Jensen nickte und machte einen zufriedenen Eindruck. Als auch Timm und Boyle ihre Getränke bestellt hatten, begann Siebels damit, alle Anwesenden auf den aktuellen Stand der Dinge zu bringen. Er skizzierte die zwei Ebenen, auf denen World Consulting arbeitete und wies auf die Gemeinsamkeiten mit der amerikanischen Struktur hin. Als er seine Ausführungen beendet hatte, meldete sich Jeremy Boyle zu Wort.

„So, wie Sie es darstellen, hat Paulsen und Partner gar keinen direkten Bezug zu World Consulting. Sie sagen, die Berater von Paulsen werden von Jochen Trutz manipuliert, damit sie im Sinne von den Platinum-Beratern agieren. Herr Paulsen und seine Partner sind nach Ihrer Definition also völlig ahnungslos.

Das kann ich nicht glauben. Bei Ihren Ermittlungen sind Sie auf Fotos gestoßen, die Herrn Paulsen in New York mit den Führungskräften von World Consulting zeigen. Diese Fotos wurden aufgenommen, kurz bevor Herr Paulsen sein Unternehmen gegründet hat. Wir können also davon ausgehen, dass er es im Auftrag von World Consulting gegründet hat."

„Das will ich gar nicht abstreiten", sagte Siebels. „Aber momentan gehe ich davon aus, dass Herr Paulsen nur eine Marionette ist und an den Fäden von Jochen Trutz zappelt. Allerdings haben wir gestern beobachtet, wie Herr Paulsen und Herr Trutz die Büros im Messeturm besucht haben. Das lässt den Schluss zu, dass Herr Paulsen in das System eingeweiht ist. Aber wie gesagt, meiner Meinung nach zieht Trutz die Fäden und Paulsen ist nur sein Werkzeug."

„Wenn das wahr sein sollte, wären meine Bemühungen der letzten Jahre ja völlig umsonst gewesen", sagte Jeremy Boyle und sah verzweifelt Timm an.

„Ich befürchte fast, dass dem so ist", stellte Timm klar. „Wir haben keine brauchbaren Ergebnisse bei Paulsen erzielt. Es gab immer nur Vermutungen, die sich nie beweisen ließen, die aber auch nie ausgeräumt werden konnten. Allerdings glaube ich auch nicht, dass es mit Jochen Trutz nur einen Mann gibt, der in das ganze System eingeweiht ist und es am Laufen hält. Wenn Trutz ausfallen würde, wäre ja die zweite Ebene mit den Platinum-Beratern von der Ebene mit den Paulsen-Beratern abgeschnitten."

„Das stimmt", gab Siebels zu. „Aber wir wissen bislang nicht, wie viele von diesen Platinum-Beratern es bereits gibt und wie viele noch ausgebildet werden sollen. Ich vermute, dass Trutz sofort durch einen anderen Mann ersetzt werden könnte, wenn es nötig sein sollte."

Charly trank mit einem großen Schluck sein Bier aus und ergriff das Wort. „Es dürfte nicht so schwierig sein herauszufinden, wie viele Platinum-Berater auf dieser Website registriert sind. Das sollten wir als Nächstes in Angriff nehmen. Dann wissen wir auch, über welche Dimensionen wir überhaupt sprechen."

„Das klingt gut", bestätigte Timm.

Jeremy Boyle konnte immer noch nicht glauben, dass er jahrelang als verdeckter Ermittler in die falsche Richtung gelaufen sein sollte. „Was ist mit dem schwarzen Büro?“, fragte er und schaute Timm an.

„Schwarzes Büro?“, fragte Jensen verwirrt.

Timm schaute in die Runde. Als niemand etwas sagte, brach er das Schweigen. „Der Verfassungsschutz beschäftigt sich mit Herrn Paulsen, weil wir ihn als Unterorganisation von World Consulting ausgemacht haben und weil World Consulting die Weltherrschaft anstrebt. Wir sahen bisher eigentlich keine wirkliche Gefahr in dieser Organisation und beobachten sie auch nur mit einem minimalen personellen Aufwand. Jeremy und ich sind die einzigen Personen beim Verfassungsschutz, die sich mit World Consulting und Paulsen und Partner beschäftigen. Ich stehe aber auch im regen Austausch mit europäischen Kollegen von Ländern, in denen sich Unternehmen wie Paulsen und Partner ausbreiten. Unternehmen, die als Unterorganisationen von World Consulting ausgemacht wurden. Aus ganz Europa gibt es Hinweise, dass diese Unternehmensberatungen auch mit der Organisierten Kriminalität zusammenarbeiten. Aber es konnte noch nie etwas Konkretes bewiesen werden. Die Spuren verlaufen immer im Sand. Wir haben daher die Theorie von dem schwarzen Büro entwickelt. Wir sind davon ausgegangen, dass die vielen Partner von Herrn Paulsen sauber arbeiten, dass es aber mindestens eine Niederlassung gibt, die sich hauptsächlich mit Beratungsdienstleistungen für kriminelle Organisationen verdingt. Natürlich war unsere Annahme, dass Herr Paulsen persönlich diesem Büro vorsteht. Weiter sind wir davon ausgegangen, dass das schwarze Büro die sauberen Niederlassungen überwacht und versucht, von dort ein bestimmtes Klientel in die Organisierte Kriminalität zu überführen. Bei Vermögensberatungen reicher, aber zwielichtiger Leute könnte das zum Beispiel Anstiftung zum Steuerbetrug sein. Letztendlich gibt es Verdachtsmomente gegen Paulsen und Partner in allen kriminellen Machenschaften. Angefangen beim Steuerbetrug, über Geldwäsche, Menschenhandel, Waffenhandel, Drogenhandel und andere Delikte. Seit einiger Zeit stehe ich im regen Kontakt mit dem Bundeskriminalamt. Auch dort häufen sich Hinweise. Tatsächlich haben wir aber nicht einen stichhaltigen Beweis. Daher halte ich die Theorie von den zwei völlig getrennt arbeitenden

Beraterebenen für sehr schlüssig. Wenn die Partner von Herrn Paulsen nur zur Unterstützung und nur bei Bedarf in einer bisher unbekannten Ebene eingesetzt werden und wenn sie selbst nicht wissen, dass sie von einer übergeordneten Ebene gesteuert werden, dann bewegen sie sich als Einzelpersonen im legalen Bereich."

„Dann machen wir dem Spuk doch einfach mal ein Ende", polterte Jensen plötzlich los. „Meine Leute haben ja anscheinend in wenigen Tagen mehr herausbekommen, als Sie in Jahren. Unser Ausgangspunkt bleibt aber nach wie vor der Mord an Sven Müller. Herr Müller hatte als Journalist anscheinend Informationen über diese Platinum-Berater, die seine Freundin Sabine Lehmann vom Messeturm aus gesteuert haben. Damit stehen diese Herrschaften im Verdacht, einen Mord begangen oder dazu angestiftet zu haben. Für mich Grund genug, in deren Büros eine Durchsuchung anzuordnen. Das Gleiche gilt für die Privaträume von diesem Herrn Trutz. Da fackeln wir jetzt nicht lange, das machen wir gleich am Montagmorgen."

„Endlich kommt mal Schwung in die Angelegenheit", gab Till seine Zustimmung zu diesem Unterfangen kund.

„Ich glaube zwar nicht, dass wir dort belastendes Material im Fall Sven Müller finden werden, aber wir können mit so einer Aktion Druck aufbauen. Wenn diese Platinum-Berater nervös werden, könnte uns das in die Hände spielen", resümierte Siebels.

„Das ist Ihr Ding", sagte Timm trocken. „Sie ermitteln in einem oder in zwei Mordfällen. Das geht uns nichts an. Ich würde aber vorschlagen, wir arbeiten nach dem gleichen System wie World Consulting, nämlich auf zwei Ebenen. Die Mordkommission macht ihren Job und wird vom Verfassungsschutz gesteuert."

„Oder umgekehrt", antwortete Siebels lächelnd.

„Hauptsache, wir haben beide was von unserer Zusammenarbeit", gab Timm zurück.

Die Männerrunde tauschte noch verschiedene Informationen und Standpunkte über den Fall aus und bestellte noch die eine und andere Runde. Jensen und Timm waren nach einigen Gläsern Rotwein plötzlich per Du und Charly erzählte Jeremy Boyle freimütig, dass er sich beim Verfassungsschutz eingehackt hatte, um Timm zu überprüfen. Jeremy Boyle war beeindruckt. Till war mit seinen Gedanken bei der Familienplanung und saß meist unbeteiligt am Tisch. Kurz vor Mitternacht verließen die Männer die Kneipe und konnten es kaum erwarten, bis es am Montag mit den Hausdurchsuchungen losging.

Sonntag, 15. Februar 2009

Siebels genoss den Sonntagvormittag mit Sabine und Dennis bei einem ausgedehnten Frühstück. Sabine erzählte von ihrem gestrigen Abend mit Johanna. Die beiden hatten kein Ice Age geschaut, sondern zwei Flaschen Rotwein getrunken und sich stundenlang unterhalten. Dabei hatte Johanna klargestellt, dass sie zwar ein Kind haben wollte, ein zweites dann aber mit Sicherheit kein Thema mehr werden würde. Wenn Till damit nicht klarkäme, wäre das nicht ihr Problem, hatte sie verkündet.

„Die beiden sollten sich besser trennen“, sagte Siebels daraufhin.

„Darauf wird es wohl hinauslaufen, wenn Till sich nicht mit Johannas Zukunftsplänen abfindet. Ich befürchte, dass Johanna sowieso lieber einen Arzt als Partner hätte.“

„Läuft da schon was?“, fragte Siebels neugierig.

„Nicht wirklich. Aber sie nimmt wohl schon den einen oder anderen Kandidaten unter die Lupe. Aber sag Till nichts davon, dass müssen die beiden schon unter sich ausmachen.“

„Der war gestern den ganzen Abend wie weggetreten. Wenn das noch schlimmer wird, werde ich mal ein Wörtchen mit ihm reden. Die beiden quälen sich doch nur, wenn sie so weitermachen. Diese Beziehung stand ja von Anfang an unter keinem guten Stern.“

„Johanna war ja auch nur zweite Wahl. Till hat sich damals doch genauso in mich verknallt wie du.“

„Hat er dir den Hof gemacht?“

„Er hat mich angehimmelt. Sag bloß, du hast das nicht bemerkt?“

„Nicht wirklich. Er hat zwar ein paar Andeutungen gemacht, dass diese blonde Halbschwedin ein steiler Zahn ist, aber solche Bemerkungen macht er ja ständig, wenn ihm ein Rock über den Weg läuft.“

„Damals war er eigentlich lange Zeit mein Favorit. Für dich habe ich mich erst ziemlich spät entschieden", säuselte Sabine und verließ die Küche, um sich ans Bügeln zu machen. Siebels legte sich auf die Couch und dachte darüber nach, wie Sabine damals in sein Leben getreten war. Sie war damals Polizistin bei der Sitte und klärte ihn und Till über die betrügerischen Machenschaften von Sexhotlines mit 0190er-Nummern auf. Jetzt fiel ihm wieder ein, dass Till damals gleich Feuer und Flamme für Sabine gewesen war. Er fragte sich, was wohl aus ihm geworden wäre, wenn Till und Sabine zueinander gefunden hätten und fand keine Antwort darauf. Sein Grübeln wurde durch einen Anruf von Charly unterbrochen.

„Wir haben das Passwort für die Seite von Bockelmann geknackt", kam Charly gleich zur Sache.

Siebels vergaß auf der Stelle seine Gedankenspiele und sprang auf.

„Bridegroom-in-black", verriet Charly ihm das Passwort.

„Ist das englisch?"

„Korrekt. Bräutigam in schwarz, heißt es auf deutsch."

„Aha", stammelte Siebels. „Wie schreibt man das auf englisch?"

Charly buchstabierte und Siebels schrieb mit.

„Passt doch gut zum weißen Brautkleid von Sabine Lehmann", schlug Charly vor.

„Oder zum schwarzen Büro. Was gibt es auf Bockelmanns Seite zu sehen?"

„Nicht viel. Schau es dir am besten selbst an. Ich bin gerade bei meinem Kumpel, der das Passwort geknackt hat. Wir versuchen jetzt noch sämtliche Platinum-Berater aufzulisten. Vielleicht sollten wir auch prüfen, wie viele schwarze Bräutigame es gibt?"

„Das ist eine gute Idee. Je mehr wir wissen, desto besser."

Siebels ging zu seinem Rechner, fuhr in hoch, lud die Internetseite von Bockelmann und tippte das Passwort ein. Die Seite öffnete sich. Es erschien aber kein Porträt von Bockelmann, so wie es bei den Platinum-Beratern der Fall war. Siebels betrachtete sich verdutzt die Seite.

Peter Bockelmann, Leitung WC Büro für besondere Angelegenheiten, Deutschland.
Beratung, Vermittlung und Steuerung von Geschäftsanbahnungsprozessen.
Kontakt: Haus der Hochzeit, Frankfurt am Main.
Code: Weiße Hochzeit in schwarz
Tel. + 49 69 998 998 998 - 99

Siebels druckte sich die Seite aus und rief wieder bei Charly an.

„Hast du die Nummer schon angerufen?“, fragte er ohne Umschweife.

„Nein, das wollte ich mal lieber dir überlassen. Außerdem ist heute Sonntag.“

„Schwarzer Bräutigam, weißes Brautkleid, Haus der Hochzeit, Weiße Hochzeit in schwarz, Geschäftsanbahnungsprozesse. Der Bockelmann und die Lehmann. Ich glaube, wir sind ganz nah dran. Ich rufe da jetzt an.“.

„Die Lehmann wird nicht rangehen und der Bockelmann auch nicht. Wir sollten jetzt nichts übereilen und nicht unnötig die Pferde scheu machen.“

„Ich muss wissen, wo das Haus der Hochzeit ist. Das ist mit Sicherheit das schwarze Büro. Wenn wir morgen Hausdurchsuchungen machen, sollten wir da zuallererst reinmarschieren. Ich rufe da jetzt an.“

„Viel Glück. Sag mir Bescheid, wenn du was rausfindest.“

Siebels beendete das Gespräch und wählte die Nummer.

Nach dreimaligem Läuten sprang eine Bandansage an:

Herzlich willkommen beim Haus der Hochzeit. Bitte nennen Sie nach dem Signalton den Code.

„Weiße Hochzeit in schwarz“, sagte Siebels, nachdem ein Piepen ertönt war, und hielt die Luft an.

„Vielen Dank“, ertönte es nach einigen Sekunden vom Band. „Bitte hinterlassen Sie jetzt Ihre Rufnummer. Wir werden uns binnen 24 Stunden mit Ihnen in Verbindung setzen.“

Siebels sagte seine Handynummer und legte dann auf. Er fluchte innerlich, weil er befürchtete, einen Fehler gemacht zu haben. Seine Nummer wurde nun bestimmt überprüft und wer auch immer hinter dieser Bandansage steckte, wusste bestimmt bald, dass die Polizei angerufen hatte. Siebels lief nervös in seinem Zimmer umher und versuchte nachzudenken. Seine Gedanken drehten sich im Kreis. Er zog sich Jacke und Schuhe an und machte sich auf den Weg zu Sabine Lehmann in die U-Haft.

Jeremy Boyle lag den ganzen Sonntagvormittag im Bett und starrte an die Decke. Seit Jahren hatte er sich den Luxus des Ausschlafens nicht mehr gegönnt. Seit Jahren rackerte er vom frühen Morgen bis zum späten Abend als Partner von Paulsen und versuchte dabei vergeblich hinter das Geheimnis von World Consulting zu kommen. Wort für Wort ließ er sich die gestrigen Gespräche beim Treffen im Dr. Flotte durch den Kopf gehen. Wenn Siebels Recht hatte, war er die ganze Zeit auf dem Holzweg gewesen. Wie gelähmt lag er in seinem Bett. Er weigerte sich, die Version von Siebels zu glauben. Paulsen war der Mann, der die Fäden zog, nicht Trutz. Er musste jetzt seinen eigenen Weg gehen, bevor Siebels seine jahrelange Arbeit zunichte machte. Er hatte bloß keine Idee, wie er Paulsen überführen konnte. Während er angestrengt darüber nachdachte, klingelte es an seiner Tür. Er sah auf die Uhr. Es war zwanzig nach elf. Es klingelte erneut. Boyle stand auf, zog sich einen Bademantel über und öffnete die Tür. Zu seiner Überraschung bekam er Besuch von Nadine Busch.

„Hallo Jeremy."

„Hallo Nadine. Was machst du hier?"

„Dich besuchen. Darf ich hereinkommen?"

„Natürlich. Möchtest du einen Kaffee?"

„Gerne."

„Gehe doch schon mal in die Küche. Ich ziehe mir nur schnell etwas an."

„Nein."

„Nein?"

„Zieh dir nichts an, du siehst gut aus im Bademantel. Bisher habe ich dich nur im Anzug gesehen."

Jeremy zuckte mit den Schultern und ging etwas verwirrt in die Küche. Er füllte die Kaffeemaschine mit Kaffeepulver und Wasser und spürte in seinem Rücken die Blicke von Nadine. Als er sich zu ihr herumdrehte, hatte sie ihren Pelzmantel abgelegt.

Sie trug eine Bluse und einen Rock und lächelte ihn an. Ihre große Handtasche aus weißem Leder mit dem Gucci-Emblem stellte sie auf einem Stuhl ab.

„Gibt es einen besonderen Grund für deinen Besuch?", fragte Jeremy und klang dabei verunsichert.

„Wann hast du das letzte Mal mit einer Frau geschlafen?", fragte Nadine frei heraus und schaute ihn mit ihren rehbraunen Augen an.

„Lange her", stammelte Boyle und schaute verlegen in seine Küche.

„Zieh den Bademantel aus", verlangte Nadine mit leiser Stimme und schaute Jeremy direkt in die Augen.

„Jetzt? Hier in der Küche?"

„Jetzt. Zieh ihn aus. Ich will dich betrachten."

Jeremy kam sich völlig hilflos vor. Er zögerte, versuchte die Situation einzuordnen, konnte aber keinen klaren Gedanken fassen.

„Was ist los? Genierst du dich? Oder stehst du nicht auf Frauen?" Nadine ging langsam auf ihn zu und blieb dicht vor ihm stehen. Jeremy rührte sich nicht. Nadine öffnete seinen Bademantel. „Du schaust gut aus. Wie ein richtiger Mann."

Jeremy gab jeden Widerstand auf. Er schaute jetzt Nadine direkt an und ließ seinen Bademantel zu Boden fallen. Nadine lächelte triumphierend. Sie benetzte ihren Mittelfinger an ihren Lippen und ließ ihn dann sanft über die behaarte Brust von Jeremy streifen. Jeremy konnte seine Erregung nicht verbergen. Nadines Hände fuhren sanft über seine nackte Haut. Jeremy erschauderte leicht, als er die zärtlichen Berührungen auf seiner Brust, seinem Bauch und seinem Hintern verspürte. Nadine rückte dichter an ihn, stellte sich auf die Zehenspitzen und neckte mit ihrer Zungenspitze spielerisch Jeremys geschlossene Lippen. Als Jeremy seine Lippen leicht öffnete, zog sie ihre Zunge zurück und schenkte ihm ein verschmitztes Lächeln.

„Was willst du?", presste Jeremy hervor.

Nadine packte mit beiden Händen seine Pobacken. „Ich will dich", hauchte sie und ließ ihre Zunge langsam über Jeremys Hals gleiten.

„Und wenn ich dich nicht will?" Jeremy versuchte die Situation in den Griff zu bekommen, aber seine zitternde Stimme verriet seine Unterlegenheit. Anstatt einer Antwort bekam er Nadines Hand zwischen seinen Beinen zu spüren.

„Dann wäre er wohl nicht so wahnsinnig hart, oder?", raunte sie und drückte fester zu. Jeremy stöhnte vor Lust. „Komm mit." Nadine ließ von Jeremy ab und ging in sein Schlafzimmer. Jeremy folgte ihr. Er beobachtete sie bei jedem Schritt und seine Erregung wuchs von Sekunde zu Sekunde.

„Jetzt habe ich meine Tasche in der Küche vergessen", sagte Nadine, als sie im Schlafzimmer war. „Leg dich ins Bett, ich komme gleich wieder."

„Was willst du mit deiner Tasche?"

„Sei still und leg dich ins Bett. Und dass dein kleiner Freund schön stehen bleibt, ich bin gleich wieder da."

Jeremy nickte und legte sich ins Bett. Kurz darauf kam Nadine mit ihrer Handtasche zurück. Sie setzte sich neben Jeremy auf die Bettkante, ließ ihren Finger über seine nackte Haut wandern und betrachtete sich Jeremys Erregung.

„Willst du dich nicht ausziehen?", fragte Jeremy ungeduldig.

„Gleich. Erst will ich dich ein wenig genießen. Du fühlst dich gut an. Schließ die Augen und rühre dich nicht."

Jeremy folgte ihren Anweisungen. Nadines Finger spielten mit Jeremys Erregung. Jeremy atmete schwer. Nadine zog ihre Finger langsam von ihm zurück. Aus ihrer Handtasche nahm sie die Handschellen, mit denen sie Jeremys Hände am Bettgestell festkettete. Jeremy ließ sich auf ihr Spiel ein.

„Schau mich an", sagte Nadine und Jeremy öffnete seine Augen. Nadine stellte sich vor das Bett und öffnete langsam die Knöpfe ihrer Bluse. Jeremy schaute erregt zu. Er vergaß alles um sich herum, er gierte nach dem fraulichen Körper von Nadine.

„Gefalle ich dir?"

Jeremy nickte nur. Seine Kehle fühlte sich ausgetrocknet an. Nadine ließ ihre Bluse zu Boden fallen.

„Soll ich meinen BH auch ausziehen?", fragte sie kokett.

Jeremy nickte wieder.

„Ja? Wie heißt das Zauberwort?"

„Bitte", brachte Jeremy trocken hervor. „Bitte ziehe deinen BH aus."

„Aber gerne“, säuselte Nadine und ließ ihren BH zu Boden fallen. Jeremy starrte auf ihre prallen Brüste.

„Schade, dass du sie jetzt nicht berühren kannst“, neckte Nadine ihn. Sie ließ ihre Fingerspitzen über ihre Brustwarzen gleiten. „Meine Nippel sind schon ganz hart, siehst du es?“

„Oh ja“, presste Jeremy hervor und rüttelte an seinen Handschellen.

Nadine schlüpfte aus ihren Schuhen. „Bleib schön brav liegen. Dann ziehe ich vielleicht auch meinen Rock noch aus.“

„Bitte“, flehte Jeremy. „Bitte ziehe ihn aus.“

„Aber nur, weil du so gut bestückt bist.“ Nadine wartete noch einen Moment, lächelte Jeremy an und genoss ihre Macht über ihn. Dann stieg sie aus ihrem Rock. Sie trug halterlose Strapse. „Bist du geil auf mich?“, fragte sie.

„Du machst mich wahnsinnig geil“, entfuhr es Jeremy.

„Schön.“ Nadine rollte ihre Strapse ab und warf sie durch das Zimmer. Sie ging auf die andere Seite vom Bett. Jeremys Augen folgten ihr. „Den Slip auch noch?“, fragte sie provozierend.

Jeremy brachte kein Wort heraus. Er war Nadine ausgeliefert und konnte es nicht mehr erwarten, dass sie nackt zu ihm ins Bett stieg.

„Schade, dass du ihn mir jetzt nicht ausziehen kannst“, seufzte Nadine und betrachtete den nackten Jeremy. „Wahrscheinlich würdest du ihn mir wild herunterreißen, oder?“

„Komm zu mir“, flehte Jeremy.

Nadine rollte ihren Slip langsam an ihren Beinen herunter und hielt ihren Blick unbeirrt auf Jeremys vor Lust verzerrtes Gesicht. Sie genoss es, ihn immer weiter zu erregen. Als sie nackt vor ihm stand, rüttelte Jeremy an den Handschellen.

„Hey, bockst du etwa? Vielleicht sollte ich dich zureiten, mein wilder Hengst?“

Jeremy rüttelte wieder an seinen Handschellen. Nadine setzte sich auf die Bettkante und streichelte über die Innenseiten von Jeremys Oberschenkeln. Jeremy spürte einen innerlichen Druck, den er kaum noch aushalten konnte. Er ignorierte, dass an seiner Haustür jemand klingelte und hoffte, dass Nadine ihn bald erlösen würde.

„Anscheinend bekommen wir Besuch“, kommentierte Nadine das Klingeln.

„Ich erwarte niemanden, lass es klingeln, komm zu mir."

Nadine ließ ihre Fingerspitzen um Jeremys Bauchnabel kreisen. „Ich schau mal lieber nach", sagte sie und ging splitternackt aus dem Schlafzimmer. Jeremy schaute ihr verwundert hinterher. Er hörte, wie Nadine die Tür öffnete. Kurz darauf kam sie wieder ins Schlafzimmer.

„Schau mal, wen ich mitgebracht habe", sagte sie lächelnd.

Jeremy traute seinen Augen nicht, als hinter Nadine Jochen Trutz sein Schlafzimmer betrat.

„Hallo Jeremy", sagte er und gab Nadine einen Klaps auf den nackten Po.

27

Siebels saß wieder in dem kleinen Zimmer, ihm gegenüber hatte Sabine Lehmann ihren gewohnten Platz eingenommen.

„Sie wollten doch am Wochenende nicht kommen. Hatten Sie etwa Sehnsucht nach mir?"

„So kann man es auch nennen. Ich denke, es ist an der Zeit, dass Sie endlich reden."

„Warum sind Sie so ungeduldig? Ich kann Ihnen doch nicht weglaufen."

„Sie nicht. Aber vielleicht andere. Wir sind gerade dabei, die Platinum-Berater von World-Consulting zu identifizieren. Morgen durchsuchen wir die Büros von Dr. Herbert Dornfeld und Sören Petersen im Messeturm. Diese Leute kennen Sie doch, oder?"

Sabine Lehmann schien nicht sonderlich beeindruckt. „Und was glauben Sie, dort zu finden?"

„Unterlagen, die beweisen, dass Ihre Beratungsleistungen hinsichtlich des Flughafenausbaus von dort gesteuert wurden." Siebels zündete sich eine Zigarette an. „World Consulting profitiert gewaltig am Luftfrachtgeschäft, wenn der Ausbau wie geplant abläuft."

„Ich dachte, Sie ermitteln in einem Mordfall?"

„Das tue ich. Wenn Sven Müller Informationen hatte, die das Flughafengeschäft für World Consulting vermasseln konnten, dann hatte er mächtige Feinde. Feinde, die Ihnen die Richtung vorgaben, in die Sie als Partnerin von Paulsen gelaufen sind. Haben Sie diesen Leuten Ihren Freund ans Messer geliefert?"

„Sven wurde doch erschlagen. Mit einer leeren Weinflasche. In meiner Küche. Wie stellen Sie sich das vor?"

„Das frage ich Sie. Vielleicht war noch jemand in Ihrer Küche?"

„Wer soll das gewesen sein? Ein hochrangiger Berater aus dem Messeturm?"

Siebels zog nachdenklich an seiner Zigarette und blies den

Rauch an die Decke. „Ich dachte an Peter Bockelmann."

Sabine Lehmann schaute Siebels einen kurzen Moment lang erschrocken an. Dann schaute sie auf die Tischplatte. „Bockelmann? Ist er wirklich tot?"

„Ja, er ist wirklich tot. Hatten Sie Angst vor ihm?"

„Nein. Ich hatte höchstens Angst vor mir."

„Warum? Was hat es mit Ihren Träumen auf sich? Welche Rolle spielten Sie wirklich in dieser Geschichte? Was ist das Haus der Hochzeit?"

„Oh, das Haus der Hochzeit. Sie sind ja schon ganz nah dran. Es ist heiß, Herr Siebels, furchtbar heiß. Verbrennen Sie sich nicht die Finger."

„Sorgen Sie sich nicht um meine Finger, sondern lieber um Ihren Gerichtsprozess. Und um Ihren Vater, der macht sich nämlich Sorgen um Sie."

„Lassen Sie meinen Vater aus dem Spiel", fauchte Sabine Lehmann Siebels an. Es war das erste Mal, dass Sie Ihre Fassung verlor, wenn sie mit Siebels sprach.

„Wenn die Bombe platzt, wird Ihr Vater vielleicht von der Presse belagert. Wollen Sie das zulassen?"

Sabine Lehmann hob ihren Kopf und sah Siebels in die Augen. Siebels sah, wie sie mit den Tränen kämpfte.

„Das Haus der Hochzeit", drängte Siebels. „Bockelmann war der Bräutigam in schwarz. Er war der Mittelsmann bei World Consulting für Geschäfte mit der Organisierten Kriminalität. Habe ich Recht? Was verbindet Sie mit Bockelmann? Ist das weiße Brautkleid ein Symbol für Ihre illegalen Machenschaften bei World Consulting?"

„Waren meine Träume denn nicht deutlich genug?" Sabine Lehmann klang nicht mehr so sicher und unbefangen wie in den Gesprächen zuvor. Sie wirkte fahrig und unkonzentriert.

„Ihre Träume sind mir ein Rätsel", seufzte Siebels.

„Ist nicht das ganze Leben ein Rätsel? Wenn es vorbei ist, sehen wir manchmal die Lösung, aber dann ist es zu spät."

„Seien Sie doch nicht so melancholisch. Erzählen Sie mir einfach, was es mit der ganzen Sache auf sich hat."

„Noch nicht. Aber bald. Haben Sie Ihr Aufnahmegerät nicht dabei? Ich möchte Ihnen von einem Traum erzählen."

Jochen Trutz hatte eine Videokamera dabei. Er nahm sich einen Stuhl und setzte sich auf die Schwelle zum Schlafzimmer. Jeremy rüttelte energisch an seinen Handschellen und sah Nadine jetzt wütend an. „Was soll die Scheiße", fluchte er laut.

„Jeremy, Jeremy, bleib ganz cool", gab ihm Trutz zur Antwort. „Du weißt doch, dass ich immer im Bilde bin und die lieben Partner nie aus dem Auge verliere. Vergiss mich einfach und amüsiere dich mit Nadine."

„Wollt ihr mich danach aufhängen? So wie ihr es mit Wurmbach gemacht habt?"

Nadine legte sich neben Jeremy auf das Bett und presste ihre Lippen auf seine. „Küss mich", forderte sie ihn auf und drückte ihm ihre Zunge in den Mund. Trutz filmte die beiden auf dem Bett. Nadine drückte ihren Körper auf Jeremys Körper, rieb sich an ihm, küsste ihn wild, ließ ihm keine Luft zum Atmen.

Trutz stand auf und lief mit laufender Kamera langsam um das Bett herum. Er sagte kein Wort. Nadine setzte sich breitbeinig auf Jeremy. Trotz der Anwesenheit von Trutz hatte sie ihn wieder stark erregt. Sie ritt auf Jeremy, ließ ihn langsam in sich eindringen und wippte rhythmisch auf ihm auf und ab. Trutz filmte und Jeremy stöhnte.

„Mach dir keine Sorgen, Jeremy, niemand will dich aufhängen." Trutz filmte das Gesicht von Jeremy in Nahaufnahme und zoomte dann wieder zurück, bis Nadine auf ihm zu sehen war. „Du wolltest doch immer noch einen Schritt weiterkommen bei Paulsen, habe ich Recht? Vielleicht ist es jetzt bald so weit. Wir brauchen noch einen guten Mann. Jemanden, der skrupellos ist. Jemanden, auf den ich mich verlassen kann."

Nadine bewegte sich schneller auf Jeremy, sie fing an zu stöhnen und grub ihre Fingernägel tief in Jeremys Brust.

„Wenn du Nadine gut fickst, hast du gute Chancen auf einen geilen Job." Trutz plauderte vor sich hin, als würde er über seinen letzten Urlaub sprechen. „Also zeig mir, dass du ein ganzer Kerl bist."

Nadine bewegte sich jetzt langsam auf Jeremy, aber sie ließ ihn immer wieder tief in sich eindringen. Jeremy versuchte die Worte von Trutz zu deuten. Anscheinend hatte er gerade die

Chance bekommen, in die Geheimnisse von Paulsen und Partner und World Consulting eingeweiht zu werden. Trutz hatte ihm ein Angebot gemacht. Darauf hatte er seit Jahren hingearbeitet. Dass er auf diese Weise in den inneren Zirkel aufgenommen würde, hätte er sich im Traum nicht vorstellen können. Aber die Aussicht darauf, dass seine Bemühungen endlich von Erfolg gekrönt waren, beflügelten ihn. Er versuchte die Anwesenheit von Trutz zu verdrängen und sich ganz auf Nadine zu konzentrieren. Er fing an, sein Becken zu bewegen, ihr entgegen zu kommen, wenn sie sich auf ihm niederließ. Seine Bemühungen quittierte Nadine mit einem leisen Seufzen.

„Fickt er dich gut?", hörte Jeremy Trutz fragen.

„Er fängt an, sich Mühe zu geben", seufzte Nadine und bewegte sich schneller auf Jeremy auf und ab.

„Das ist aber noch zu wenig, Jeremy. Wer nur bemüht ist, der schafft es nie nach ganz oben. Wie oft hast du denn schon davon geträumt, Nadine mal ordentlich zu vögeln? Hm? Schon oft, oder?"

„Tausendmal", presste Jeremy hervor und schloss die Augen, um sich ganz auf den Körper von Nadine konzentrieren zu können.

„Soll ich die Handschellen öffnen?", fragte Nadine und ritt noch intensiver auf Jeremy.

Jeremy war überrascht. Was sollte er tun, wenn sie ihn wirklich befreite? Sich wehren? Nadine aus dem Bett schmeißen und auf Trutz losgehen? Oder sollte er sich fügen und auf das Angebot von Trutz eingehen?

„Ich mache dich los", sagte Trutz. „Aber komme nicht auf dumme Gedanken. Denk nur ans Ficken und an das, was dich danach erwartet."

Jeremy spürte, wie Trutz die Handschellen löste, während er weiter mit geschlossenen Augen unter Nadine lag und versuchte, ihr mit seinen Stößen entgegenzukommen.

Siebels lehnte sich auf seinem Stuhl zurück und zündete sich noch eine Zigarette an. Das Aufnahmegerät stand wieder auf dem Tisch. Sabine Lehmann erzählte einen neuen Traum und sie machte den Eindruck, als befände sie sich in Trance.

Ich trage eine fleckige Jeans und einen verwaschenen Pullover und laufe durch einen Wald. Ich habe mich verlaufen und laufe immer weiter in den Wald hinein. Der Himmel ist grau und bewölkt. Es ist kalt und ich friere. Ich habe Hunger und bin müde. Ich rufe laut nach Hilfe, aber niemand hört mich. Ich bin verzweifelt und laufe immer weiter. Meine Füße schmerzen, meine Hände sind schmutzig und feucht. Ich habe Angst und Tränen laufen meine Wangen herunter. Der Wald wird immer dichter, die Zweige springen mir ins Gesicht. Ich habe mich noch nie so verlassen gefühlt. Ich fange an zu rufen. Erst ganz leise, dann immer lauter und verzweifelter. Papa. Papa, wo bist du. Papa, hol mich hier raus. Ich bin plötzlich wieder ein kleines Mädchen, aber ich stecke im Körper einer erwachsenen Frau. Papa, rufe ich. Papa, hilf mir. Plötzlich kommt eine Frau hinter einem Baum hervor. Sie ist wunderschön, sie trägt ein weißes Brautkleid. Dein Papa ist zu Hause, sagt sie mit strenger Stimme. Er liegt betrunken auf dem Sofa. Du musst selbst für dich sorgen, ermahnt sie mich. Dann ist sie wieder verschwunden. Meine Tränen trocknen und meine Angst verfliegt. Trotzig laufe ich weiter in den dunklen Wald hinein. Ein Rabe fliegt zwischen den Bäumen hindurch. Ich falle hin und lande in einer Pfütze. Als ich wieder aufstehe, bin ich mit Schlamm beschmutzt. Ich laufe weiter und denke an die schöne Frau in dem weißen Brautkleid. Sie war schön wie eine Prinzessin und kalt wie ein Eiszapfen. Ich laufe schneller. Ich laufe über Hügel und springe über Baumstämme, der Rabe fliegt dicht über mir. Plötzlich steht hinter einer Wegbiegung ein junger Mann vor mir. Er trägt nur einen Lendenschurz und seine Haut ist weiß und glatt wie Elfenbein. Goldenes Haar hängt ihm lockig bis auf die Schultern. Ich bleibe vor ihm stehen und starre ihn ehrfürchtig an. Noch nie habe ich so einen schönen Mann gesehen. Auch er sieht mich an, aber er betrachtet mich mit einem angewiderten Blick. Ich gehe vor ihm auf die Knie und flehe ihn an: Hilfst du mir? Ich habe mich verlaufen. Er sieht mich von oben herab an. Du bist aber eine hässliche, schmutzige Frau, sagt er abschätzig und geht weiter. Ich schaue ihm hinterher, aber er dreht sich nicht mehr nach mir um. Der Rabe fliegt über mir im Kreis. Ich fühle mich wie eine Aussätzige und habe nur noch den Wunsch zu sterben. Da spricht plötzlich der Rabe mit mir. Der schöne Mann sucht die schöne Frau im weißen Brautkleid, sagt er zu mir. Es gibt viele schöne und junge Männer, die eine solche Frau suchen. Aber nur wenige schöne Frauen, die auch im schmutzigen Wald so ein reines, weißes Brautkleid tragen können. Möchtest du so eine Frau sein? Ja, so eine Frau will ich sein, sage ich aus tiefster Überzeugung. Dann folge mir, sagt der Rabe. Ich führe dich zum Brautmacher. Glücklich über diese Wendung in meinem Leben folge ich dem Raben. Er führt mich immer tiefer in den Wald hinein. Unterwegs treffe ich noch auf mehrere Männer. Einer ist schöner als der andere. Jeder von ihnen betrachtet mich mit abschätzigen Blicken. Enttäuscht laufen sie weiter, auf der Suche nach der reinen Frau im weißen Brautkleid. Plötzlich fließt ein kleiner Bach vor mir. Aber es ist kein Wasser, das in dem Bach fließt, es ist Milch. Ziehe dich aus und lege dich in den Bach, ruft der Rabe mir zu. Bleibe darin liegen, bis der Brautmacher kommt und dich abholt, ermahnt mich der Rabe und fliegt davon. Ich kann es kaum erwarten, endlich den Brautmacher zu treffen. Schnell ziehe ich mich aus und steige nackt in den Bach. Zu meiner Überraschung ist die Milch schön warm. Ich lege mich in den Bach und genieße die wohltuende Milch, die um meinen Körper fließt. Ich werde immer müder und schlafe nach kurzer Zeit ein. Eine Stimme weckt mich aus meinem tiefen Schlaf. Ich schaue nach oben und erkenne den Brautmacher. Obwohl ich ihn noch nie gesehen habe, weiß ich sofort, dass er es ist. Er streckt mir seine Hand entgegen und zieht mich aus dem Bach. Nackt stehe ich vor ihm und bin glücklich. Er betrachtet mich von Kopf bis Fuß und nickt bedächtig. Du möchtest schön und erhaben sein?, fragt er mich. Rein und makellos? Ein weißes Brautkleid tragen, das auch im tiefsten Wald nicht schmutzig wird? Ja, rufe ich laut. Ja, das ist mein größter Wunsch.

Der Brautmacher legt seine Hände auf meine Schultern. Er fühlt sich kalt an. Seine Hände wandern über meinen Körper. Über meine Schultern, an meinem Rücken herunter, über meine Pobacken, meine Schenkel, meine Waden. Eisige Kälte überträgt sich von seinen Händen auf mich. Ich lasse es geschehen und zittere leicht. Dann spüre ich seine kalten Hände auf meinem Bauch und auf meinen Brüsten. Ich bleibe ganz still stehen. Du bist sehr warm, sagt er. Du trägst viel zu viele Gefühle mit dir herum. Eine wahre und makellose Braut muss kalt sein. Kalt und rein wie Eisenerz. Kalt und unberührbar. Kalt und unbarmherzig. Kalt und rücksichtslos. Wie ein Eiskristall musst du werden. Kalt, aber schön. Schön und anziehend. Schön und erregend. Schön und unnahbar. Willst du so werden?

Ja, sage ich. Ja, das will ich.

Jeremy wusste nicht, was ihn mehr anmachte. Der Sex mit Nadine oder die Aussicht darauf, endlich in den erlauchten Zirkel der aufgeklärten Partner von Paulsen zu gelangen. Die Anwesenheit von Trutz störte ihn mittlerweile gar nicht mehr. Im Gegenteil, er wollte ihm beweisen, dass er Manns genug war, Nadine ordentlich zu ficken. Manns genug, um ganz an die Spitze von World Consulting vorzudringen. Als seine Hände befreit waren, rollte er sich auf Nadine. Sie wölbte ihren Körper unter ihm und streckte sich ihm wollüstig entgegen. Jeremy drang unbeherrscht in sie ein, ließ seinen Trieben freien Lauf, stieß seine Manneskraft ungezügelt in die laut aufstöhnende Nadine. Nadine schlang ihre Beine um Jeremy und krallte sich mit ihren Fingernägeln in seinem Rücken fest.

„Du fickst ja wie ein Weltmeister", gab Trutz seinen Kommentar ab und lief filmend um das Bett herum. „Wie ist er, Nadine?"

„Er fickt fantastisch", keuchte Nadine. Sie wand sich unter Jeremy wie eine Schlange. Sie hinterließ tiefe, blutige Kratzer auf seinem Rücken und packte mit ihren Händen begierig seine Pobacken.

„Jeremy, sag doch auch mal was", forderte Trutz. „Wie fickt Nadine? Komm, lass es raus."

Jeremy hatte nur selten Sex, und wenn, dann genoss er ihn ohne große Worte. Er wusste, dass er jetzt über seinen Schatten springen musste.

„Nadine ist der Fick meines Lebens", presste er mühsam heraus.

„Das sehe ich", freute sich Trutz.

„Fick mich härter", forderte Nadine ihn auf.

„Die kleine Nutte braucht aber mehr von dir, Jeremy", heizte Trutz ihn an. Jeremy schwitzte und stöhnte. Er war kurz davor aufzugeben. Für einen kleinen Moment dachte er daran, einfach still liegen zu bleiben und das Spiel nicht mehr mitzumachen. Doch dann stieg plötzlich eine ungekannte Wut in ihm auf. Wenn Nadine die harte Tour haben wollte, dann sollte sie sie auch bekommen. Mit unbändiger Kraft rammte er seine Lust zwischen ihre weit gespreizten Schenkel. Nadine schrie auf und Jeremy stieß jetzt schnell und heftig zu. Immer wieder. Dabei knetete er mit festem Griff ihre Brüste. „Zeig mir, wie geil du bist, du kleine Schlampe", keuchte Jeremy ihr ins Ohr. „Ich sollte dich jeden Tag so lange ficken, bis du um Gnade bettelst."

„Ja, Jeremy. Ja, bitte. Hör nicht auf, mich zu ficken", stöhnte Nadine und wand sich unter Jeremys harten Stößen.

„Na also. Das sieht doch schon ganz gut aus", kommentierte Trutz die Situation. „Wie wäre es denn zur Abwechslung mal mit einer anderen Stellung?"

Jeremy ging sofort darauf ein. Er zog sich von Nadine zurück und packte sie an den Hüften. „Ich will dich auf allen vieren vor mir haben", zischte Jeremy ihr zu. Nadine erfüllte seinen Wunsch ohne Umschweife. Sie kniete sich auf alle viere und drückte ihr Kreuz durch. Jeremy kniete sich hinter sie, packte sie an den Hüften und rammte wieder seine harte Männlichkeit in Nadines feuchten Unterleib. Nadine drückte ihm ihr Becken bei jedem seiner harten Stöße willig entgegen. Sie keuchten und stöhnten im Takt und Trutz filmte jede Sequenz.

„Lass es knallen, Jeremy", peitschte Trutz ihn weiter an und lachte dreckig. Jeremy ließ es knallen. Nicht nur seine heftigen Stöße in Nadine knallten im Schlafzimmer, er ließ dabei auch seine flache Hand auf ihr Hinterteil knallen. Nadine quittierte jeden Hieb mit einem dankbaren Aufstöhnen.

Jeremy bearbeitete Nadine nach allen Regeln der Kunst und Nadine forderte ihn, bis ihre verschwitzten Körper bebten und zuckten und innerlich explodierten. Schnaufend blieben sie nebeneinander liegen. Trutz stand am Fuße des Bettes und schaltete lächelnd die Kamera ab.

28

Siebels saß im Auto und dachte über den neuen Traum nach. Die Träume der Sabine Lehmann waren für ihn wie Seifenblasen. Sie sahen erst schön aus und zerplatzten dann. Wenn er glaubte, etwas Greifbares in der Hand zu haben, entschwand es ihm bei längerem Nachdenken wieder. Jetzt war es ein Rabe und ein Brautmacher. Für Siebels stand es außer Frage, dass damit Trutz und Bockelmann gemeint waren. Aber wer war der Rabe und wer der Brautmacher? Was hatte es mit den schönen jungen Männern auf sich, die auf der Suche nach einer kalten Braut waren? Je länger Siebels darüber nachdachte, desto weiter entfernte er sich von seiner sonst so ausgeprägten logischen Denkweise. Was ihm blieb, war sein berühmtes Bauchgefühl. Und das sagte ihm, dass er mehr von Sabine Lehmann wissen musste. Irgendwo in ihrem Leben gab es einen Wendepunkt. Diesen Punkt musste er ausfindig machen. Den Punkt, wo sie von der Studentin zur Partnerin von Paulsen avanciert war. In diesem Zeitraum musste sie auch zur Braut mutiert sein. Bockelmann und Trutz waren in ihr Leben getreten. Aber was hatten die beiden mit ihr angestellt? Siebels fuhr zum Präsidium.

Im Büro durchblätterte Siebels die Akte Lehmann und fand darin, was er suchte. Die Adresse und Telefonnummer von Simone Trakehner, der einzig bekannten Freundin von Günther Lehmanns Tochter aus der Universität. Charly hatte die Adresse ausfindig gemacht und auf Siebels Schreibtisch hinterlassen. Siebels hatte es zur Kenntnis genommen und den Zettel abgeheftet, weil andere Dinge vordergründiger erschienen. Jetzt stand diese Simone Trakehner in Siebels Prioritätenliste ganz oben. Er wählte ihre Nummer und bekam sie gleich an den Apparat.

Simone Trakehner hatte Zeit und Siebels machte sich auf den Weg zu ihr. Sie lebte als Single in einer Dreizimmerwohnung in der Wittelsbacher Allee, ganz in der Nähe vom Zoo. Als Siebels einen Parkplatz suchte, fiel ihm ein, dass er mit Frau und Kind auch den Besuch im Zoo schon seit Wochen vor sich herschob.

Als er endlich eine Parklücke fand, kam ihm der Gedanke, dass er Sabine seinen Heiratsantrag ja auch im Zoo machen könnte. Dann hätte er zwei Fliegen mit einer Klappe geschlagen. Vielleicht im Affenhaus? Die Idee gefiel ihm. Er rauchte noch eine Zigarette und überlegte, ob die Pinguine eine Alternative zum Affenhaus sein könnten. Er mochte die kleinen watschelnden Viecher, die im eiskalten Wasser mit ungeahnter Beweglichkeit abtauchten. Siebels trat seine Zigarettenkippe aus, verdrängte die Gedanken an Affen und Pinguine, konzentrierte sich wieder auf die junge Studentin, die irgendwann zu einer kalten Braut mutiert sein musste und klingelte bei Trakehner. Er musste über die Treppen bis in das vierte Stockwerk laufen und nahm sich schnaufend beim dritten Stockwerk fest vor, seinen Nikotinkonsum endlich einzuschränken. Als Simone Trakehner ihn mit brennender Zigarette an der Tür empfing, wusste er, dass er in wenigen Minuten wieder gegen seinen guten Vorsatz verstoßen würde.

Sabine Lehmanns alte Freundin nahm ihm die Jacke ab und führte ihn in die Küche, wo er sich dankend einen Kaffee servieren ließ.

„Der Vater von Sabine Lehmann hat mir erzählt, dass Sie mit seiner Tochter zu Studienzeiten gut befreundet waren", eröffnete Siebels das Gespräch.

„Ja, das stimmt", sagte Simone Trakehner und lächelte dabei melancholisch. Lange, schwarze Locken fielen ihr ins Gesicht, die sie sich dann mit einem Gummiband zu einem Pferdeschwanz band. „Eine Zeit lang waren wir unzertrennlich. Wie Geschwister. Nachdem ihre Mutter gestorben war, haben wir auch mal einen gemeinsamen Urlaub bei ihrem Vater in Gießen verbracht. Danach hat sie sich dann aber irgendwie verändert. Unsere Freundschaft war nicht mehr so dick wie zuvor. Das war ein allmählicher Prozess, in dem wir uns auseinandergelebt haben. Einen Grund gab es dafür eigentlich nicht. Sie haben am Telefon gesagt, Sabine sitzt in Untersuchungshaft. Was ist passiert?"

Siebels erzählte mit wenigen Worten von dem Mordfall Sven Müller. „Kannten Sie Herrn Müller?"

„Nein, den muss Sabine erst nach dem Studium kennen gelernt haben. Ich kann mich ehrlich gesagt an gar keine Männergeschichten von ihr erinnern."

„Ist das nicht etwas ungewöhnlich? Als junge Studentin, die allein in der Großstadt lebte und nicht gerade unattraktiv war, hat sie doch bestimmt das eine oder andere Angebot zum Ausgehen bekommen, oder?"

„Ja, das hat sie ganz bestimmt. Sie hatte sogar ziemlich viele Verehrer, aber die hat sie meines Wissens alle abblitzen lassen."

„Gab es dafür einen Grund? Fühlte sie sich vielleicht eher zum weiblichen Geschlecht hingezogen?"

Simone Trakehner lachte leise. „Nein, bestimmt nicht. Das hätte ich gewusst. Aber es gab da mal einen Mann in ihrem Leben. Das muss allerdings zu Beginn ihres Studiums gewesen sein, da kannte ich sie noch nicht. Sie hat auch nie viel darüber gesprochen. Für Sabine war es wohl die ganz große Liebe. Und endete in der ganz großen Enttäuschung. Sie hat ab und an mal Andeutungen gemacht. Irgendwann konnte ich mir zusammenreimen, was passiert ist. Sie hat ihn in flagranti mit einer anderen erwischt. Das Übliche eben. Aber für Sabine ist anscheinend nicht nur ihre heile Welt zusammengebrochen. Ihre Seele hatte seitdem einen wunden Punkt, der wohl niemals verheilt ist. Männer waren jedenfalls tabu. Sie konzentrierte sich auf ihr Studium und ging später voll und ganz in ihrem Job auf. Jedenfalls hatte sie für mich überhaupt keine Zeit mehr, seit sie Unternehmensberaterin war. Daher wundert es mich auch, dass sie überhaupt einen Lebenspartner hatte. Aber wenn sie ihn erschlagen hat, wurde sie vielleicht wieder betrogen? Konsequent ist sie jedenfalls immer gewesen."

Siebels dachte an Sabine Lehmann. An das kleine Mädchen, das sich im Wald verlaufen hat. An das Mädchen, dessen Papa betrunken auf der Couch lag, als es im dunklen Wald umherirrte. An das Mädchen, das sich vorgenommen hatte, eine kalte, unnahbare Braut zu werden.

Simone Trakehner zündete sich eine Zigarette an und Siebels konnte nicht widerstehen, es ihr gleich zu tun.

„Ich bin mir nicht sicher, ob sie ihn wirklich erschlagen hat", murmelte Siebels vor sich hin und dachte an die Braut, die in der Wüste einen Jeep der UN in die Luft jagte. An die Braut, die die Alten an die Raubtiere im Zoo verfütterte und die Fußballspieler im Stadion mit einem Maschinengewehr niederschoss. Sabine Lehmann war die Braut, aber Sven Müller war nicht der Bräutigam.

Der Brautmacher hatte einen anderen Bräutigam für sie ausgewählt. Einen schwarzen Bräutigam. Peter Bockelmann. Die Ehe musste von Trutz arrangiert worden sein. Siebels zog an seiner Zigarette. Seine Gedanken irrten ziellos durch sein Gehirn und fanden keine Bahn, auf der sie geordnet auf ein Aha-Erlebnis zubrausen konnten. Sabine Lehmann war vor ihrem Einstieg als Partnerin von Paulsen mit Trutz für einige Wochen in der Versenkung verschwunden. Als sie wiederkam, musste die Geschichte mit Wurmbach passiert sein. Siebels dachte an die Fotos. Nadine Busch, Sabine Lehmann, Detlev Wurmbach. Der Brautmacher Trutz hatte die Bilder geschossen. Gefunden hatte er sie aber beim Bräutigam Bockelmann. Pornografische Fotos, schoss es Siebels durch den Kopf und seine Gedanken flogen zu dem Traum vom Pornokino. Die Braut war heiß, aber die Freier hielten die Reihenfolge nicht ein und mussten sterben. Einer nach dem anderen. Hatte Wurmbach die Reihenfolge nicht eingehalten? Siebels fing an, die Version der Geschichte von Nadine Busch zu bezweifeln. Er hatte Fotos von dieser Nacht bei Bockelmann und bei Müller gefunden. Bei Bockelmann gab es aber mehr Bilder. Vielleicht gab es noch mehr Bilder. Bilder, auf denen auch andere Teilnehmer der Orgie zu sehen waren. Bockelmann, der schwarze Bräutigam, bekam in dieser Nacht von Trutz seine Braut geschenkt. Eine kalte Braut, die heiß war. Wurmbach hatte Sex mit ihr, Nadine Busch hatte Sex mit ihr. War auch Bockelmann mit von der Partie gewesen? War Nadine Busch auch eine Braut im weißen Brautkleid? Siebels verwarf den Gedanken über einen Zusammenhang zwischen der Orgie bei Wurmbach und dem Traum vom Pornokino wieder. Er versuchte sich auf das Wesentliche zu konzentrieren. Der schwarze Bräutigam war die Kontaktperson zur Unterwelt, da war sich Siebels ganz sicher. Aber was wollte Sabine Lehmann ihm mit ihren ganzen verworrenen Träumen erzählen? Siebels Gedanken prallten wieder gegen seine Gehirnwände und wirbelten, wie schon so oft in diesem Fall, in alle Richtungen und völlig ohne Zusammenhang durch seinen Kopf.

„Geht es Ihnen gut?", unterbrach Simone Trakehner seine Gehirnakrobatik.

„Hat Ihnen Sabine Lehmann mal etwas über merkwürdige Träume erzählt?"

„Merkwürdige Träume? Nein. Wie kommen Sie darauf?"
Siebels winkte ab. „Vergessen Sie es. Wann hatten Sie denn das letzte Mal Kontakt zu ihr?"

„Lassen Sie mich überlegen. Wir haben noch einige Male telefoniert, nachdem wir uns nach dem Studium eigentlich schon aus den Augen verloren hatten. Unser letztes Gespräch führten wir an dem Tag, an dem Sabine den Partnervertrag bei Paulsen unterschrieben hat. Da haben wir am Abend noch stundenlang gequatscht."

„Hat sie Ihnen auch erzählt, wie es dazu gekommen ist? Meines Wissens hat sie kurz vor der Vertragsunterzeichnung ein ganz spezielles Partnertraining durchlaufen. Hat Frau Lehmann davon etwas erwähnt?"

„Ja, stimmt. Jetzt erinnere ich mich wieder. Das war schon etwas merkwürdig. Aber genau kann ich das nicht wiedergeben. In meinen Ohren klang das ziemlich verworren."

„Versuchen Sie es bitte", bat Siebels.

Simone Trakehner schloss die Augen und versuchte sich zu erinnern. „Sie hat gesagt: Ich habe endlich gelernt, meine Gefühle zu beherrschen. Gefühle sind Hindernisse. Hindernisse muss man überwinden. Noch besser ist es, wenn man sie ganz aus dem Weg räumt. Wer sich von Gefühlen leiten lässt, ist angreifbar und verletzlich. Ich bin zwei Mal verletzt worden, das reicht. Jetzt weiß ich, wie man so einen Mist verhindert." Simone Trakehner sah Siebels mit großen Augen an. „Ich dachte damals, dass sie diesen Quatsch auf einem Seminar eingetrichtert bekam und bald wieder vergessen würde."

„Ich befürchte, sie wurde damals psychisch massiv manipuliert. Warum ist sie denn zwei Mal verletzt worden?"

„Beim ersten Mal war es die große Liebe, von der ich Ihnen gerade erzählte. Dass zweite Mal war es ihr Vater. Er hat seinen Job verloren und wurde Alkoholiker, nachdem Sabines Mutter gestorben war. Das war wieder etwas, das so gar nicht in die heile Welt passte, die sie sich eigentlich erträumt hatte. Ich denke, dass die zwei wichtigsten Menschen in ihrem Leben versagt haben. Erst ihre große Liebe und später dann ihr Vater."

„Mit ihrem Vater hat sie sich wieder versöhnt", fügte Siebels hinzu. „Hat sie Ihnen auch erzählt, wie sie ihre Gefühle überwinden oder aus dem Weg räumen wollte?"

„Das habe ich sie auch gefragt. Da hat sie nur gelacht und gesagt, dass ich das nicht verstehen würde. Ich habe zwar weiter gebohrt, aber sie hat sich dazu nicht geäußert."

„Hat sie auch den Selbstmord von einem Detlev Wurmbach erwähnt?", fragte Siebels.

Simone Trakehner blies den inhalierten Rauch ihrer Zigarette geräuschvoll in die Luft. „Einen Selbstmord? Nein, davon hat sie nichts gesagt. Sie hat aber etwas von einem Kollegen erzählt. Ich meine mich zu erinnern, dass er Wurmbach hieß."

„Was hat sie über ihn gesagt?", drängte Siebels.

Simone Trakehner schloss wieder ihre Augen und versuchte sich zu konzentrieren. „Es gibt da einen Partner von Paulsen, der heißt Wurmbach", fing Simone Trakehner an zu zitieren. „Der trägt seinen Namen zu Recht. Der sieht nicht nur aus wie ein Wurm, der benimmt sich auch wie einer. Wie ein Wurm in einem Bach voller Gefühle. Ein Wurmbach." Simone Trakehner sah Siebels an und zuckte mit den Schultern. „Darüber hat sie gelacht und dann hat sie noch erwähnt, dass dieser Wurm von Wurmbach als Köder für einen ganz großen Fisch benutzt wurde. Für einen Fisch, der viel zu groß für den kleinen Wurm war. Damit meinte sie irgendein Projekt, das bei Paulsen und Partner lief. Dieses Projekt sollte sie übernehmen, hat sie mir dann ganz stolz verraten. Um was es dabei ging, weiß ich aber nicht. Ansonsten haben wir hauptsächlich über alte Zeiten gesprochen. Über Seminare und Professoren, über lange Abende in schrulligen Kneipen und über Zicken, mit denen wir während des Studiums im Clinch lagen."

Siebels ging die damaligen Ereignisse im Geist noch einmal durch. Als Sabine Lehmann ihren Partnervertrag unterschrieben hatte, war Wurmbach schon tot. Als sie damals mit Trutz auf der verspäteten Weihnachtsfeier der Frankfurter Partner erschien, kannte Sabine Lehmann außer Trutz noch niemand. An diesem Abend stellte Trutz Sabine Lehmann den anderen Partnern vor. Dann folgte die Orgie bei Wurmbach, die mit dessen Tod endete. Sabine Lehmann hatte ihren Partnervertrag erst wenige Tage nach diesem Ereignis unterschrieben. Entweder war sie dabei, als Wurmbach bei der Orgie starb und machte sich einige Tage danach bei dem Telefonat mit ihrer Freundin noch lustig über ihn oder sie wusste gar nicht, dass er diese Nacht nicht überlebt hatte. Dann hatte Nadine Busch entweder ein Märchen erzählt oder zumindest einiges verschwiegen. Siebels nahm sich vor, noch einen Abstecher zu Nadine Busch zu unternehmen.

„Du bist ja doch ein ganzer Kerl", sagte Trutz anerkennend. Jeremy kam wieder zu Sinnen und fragte sich, was mit ihm geschehen war. Nadine lag zufrieden lächelnd neben ihm und kraulte mit ihren Fingerspitzen sanft über seine behaarte Brust.

„Gehe du mal duschen", forderte Trutz Nadine auf. Nadine folgte seiner Anweisung ohne Widerrede. Sie erhob sich und schlenderte nackt aus Jeremy Schlafzimmer. Jeremys Blick folgte ihr. Trutz gab ihr einen freundschaftlichen, aber festen Klaps auf den Po, als sie das Schlafzimmer verließ.

Trutz lief im Schlafzimmer auf und ab und ließ dabei Jeremy nicht aus den Augen. Jeremy setzte sich auf, bedeckte seinen entblößten Körper mit dem Bettlaken und erwiderte irritiert den Blick von Trutz.

„Wir brauchen frisches Blut an der Spitze der Organisation", begann Trutz einen Monolog. „Bocki ist tot und die Lehmann sitzt im Knast. Da sind jetzt Lücken, die gefüllt werden müssen. Dazu brauche ich Leute, denen ich vertrauen kann. Leute, die was drauf haben. Dass du ein guter Berater bist, hast du in den letzten Jahren bewiesen. Aber das langt nicht. An der Spitze brauchen wir Leute, die aus hartem Holz geschnitzt sind. Leute, die hemmungslos sind. Leute, die ihre Ziele skrupellos verfolgen und auch erreichen." Trutz machte eine kurze Pause und sah Jeremy eindringlich an. „Schaffst du das?"

Jeremy holte tief Luft und blähte seinen Brustkorb auf. „Klar schaffe ich das."

„Gut", sagte Trutz. „Du musst das Leben ficken, so wie du Nadine eben gefickt hast. Immer Vollgas geben. Nicht fragen, was die anderen wollen, sondern den eigenen Willen durchsetzen. Geld machen. Mehr Geld machen und noch mehr Geld machen. Nur das Geschäft zählt. Wer gut fickt, macht auch gute Geschäfte, das ist unser Motto." Trutz lachte laut.

„Worum genau geht es dann?", wollte Jeremy wissen.

„Nicht so voreilig“, nahm Trutz ihm den Wind aus dem Segel. „So schnell bekommt man einen Platz an der Spitze nun auch nicht. Die Nummer mit Nadine war ein erster Test. Den hast du bestanden. In den nächsten Tagen werden wir dich noch auf die Probe stellen. Wenn du keinen Mist baust, hast du es bald geschafft.“

„Ich bin bereit“, sagte Jeremy mit fester Stimme. „Ich will dabei sein. Ganz oben. An der Spitze.“

„Wir werden sehen“, brummte Trutz vor sich hin.

„Wer ist denn wir?“, wollte Jeremy wissen. „Ist Paulsen der Chef an der Spitze?“

„Paulsen ist lediglich der Lizenzgeber deiner Beratungsagentur. Nicht mehr und nicht weniger. Wenn du so funktionierst, wie wir es von dir erwarten, dann werden die Umsätze aus deinen Beratungsleistungen als Partner von Paulsen in Zukunft stark heruntergefahren. Das ist dann nur noch eine Alibitätigkeit. Damit der Schein gewahrt wird, du verstehst?“

„Ich glaube schon, ja.“

„Ich kümmere mich um neue Partner, die einen Großteil deiner Kunden übernehmen werden. Bis es so weit ist, dauert es aber noch ein paar Tage. Vorerst machst du so weiter, wie bisher. Noch bist du nicht dabei. Nadine ist dein Mentor. Sie kümmert sich um dich und berichtet an mich. Also sei lieb zu ihr und lege dich ins Zeug, wenn sie dich fordert. Das gilt für alle Lebenslagen, nicht nur für das Bett.“

Jeremy nickte und Trutz war zufrieden. Nadine kam wieder ins Zimmer, die Haare hingen ihr nass über den Schultern. Sie war noch nackt und fragte, ob alles geklärt sei.

„Wir sind uns einig geworden“, bestätigte Trutz. Er griff nach Nadines Hand, setzte sich auf die Kante von Jeremys Bett und zog Nadine auf seinen Schoß. Er legte seine Hand auf ihre Brust und massierte sie. „Du bist eine klasse Braut“, flüsterte er ihr ins Ohr. Nadine legte einen Arm um Trutz und gab ihm einen Kuss auf die Wange, während er weiter ihre Brust bearbeitete. Dann schaute er auf seine Uhr und stieß Nadine von seinem Schoß. „Ich muss los, ich habe noch einen wichtigen Termin.“ Er hob die Hand zum Abschied, verließ dann Jeremys Wohnung.

„Schön, dass du dabei bist“, sagte Nadine und sammelte ihre

Klamotten zusammen. Jeremy blieb im Bett sitzen und beobachtete Nadine dabei, wie sie sich wieder anzog.

„Das war echt gut mit dir, das können wir öfter machen“, sagte Jeremy und fragte sich, ob er jetzt als verdeckter Ermittler sprach oder ob er gerade dabei war, ins feindliche Lager zu wechseln. Er hatte die Kontrolle über sich und die Situation verloren und kam sich hilflos vor.

„Du warst auch gut“, sagte Nadine beiläufig und knöpfte ihre Bluse zu. „Du musst aber immer gut sein, wenn du an die Spitze willst. Immer und überall. Wir werden sehen, wie gut du wirklich bist.“

Jeremy kam sich vor wie ein Schüler, der seiner Lehrerin gefallen will. Nadine wirkte plötzlich kühl und distanziert.

„Habt ihr Wurmbach damals auch auf die Probe gestellt? War er auch ein Kandidat für die Spitze gewesen? Musste er sterben, weil er die Probe nicht bestanden hat?“, wollte Jeremy wissen.

Nadine schaute ihn ernst an. Sie wollte gerade etwas sagen, als von draußen das laute Quietschen von Autoreifen in die Wohnung drang. Kurz darauf war ein dumpfer Knall zu hören und dann ein lautes Motorengeräusch. Jeremy und Nadine schauten sich einen Moment sprachlos an. Dann sprang Jeremy aus dem Bett, lief zum Wohnzimmer und schaute aus dem Fenster. Er erschauderte, als er auf die Straße sah.

„Oh nein“, stieß Nadine hervor, als sie neben Jeremy stand. Jochen Trutz lag mit unnatürlich verrenkten Armen und Beinen auf dem Asphalt. Eine Blutlache breitete sich um seinen leblosen Körper aus.

29

Siebels stand vor dem Hauseingang der Wohnung von Nadine Busch und klingelte vergebens. Sie war nicht da. Auch seine Anrufe auf ihrem Handy wurden nicht entgegengenommen. Siebels wartete noch eine halbe Stunde im Wagen und rauchte dabei zwei Zigaretten. Während er wartete, versuchte er wieder Ordnung in sein Gedankenchaos zu bekommen. Er konzentrierte sich auf Bockelmann. Dessen niedrige Umsätze aus der Beratungstätigkeit hatten anscheinend ganz andere Gründe, als die, die er Siebels aufgetischt hatte. Dass er als Partner von Paulsen ein Mann der ersten Stunde war, bezweifelte Siebels nicht. Dass er eine Sonderstellung bei den Partnern innehatte, bezweifelte Siebels ebenso wenig. Dass er aber seit einiger Zeit weniger aktiv war und sich auf den Ausstieg vorbereitete, hielt Siebels mittlerweile für ein Märchen. Bockelmann stand zweifelsohne auf einer hohen Ebene im System von World Consulting. Seine wirkliche Tätigkeit als schwarzer Bräutigam übte er im Untergrund aus, seine Agentur als Partner war nur eine Scheinidentität. Siebels fragte sich, ob Paulsen überhaupt in die Tätigkeiten von Bockelmann eingeweiht war. Der schwarze Bräutigam leitete das schwarze Büro. Siebels schrieb das in seinen Notizblock. Darunter malte er ein großes Fragezeichen. Die Bezeichnung vom schwarzen Bräutigam stammte aus der Internetpräsenz von Bockelmann im Register von World Consulting. Die Bezeichnung vom schwarzen Büro stammte aber von Jeremy Boyle. Siebels notierte sich seine Gedanken: Schwarzes Büro gleich Haus der Hochzeit gleich Kontaktadresse für die Organisierte Kriminalität. Siebels schrieb weiter: World Consulting arbeitet auf drei Ebenen. Unterste Ebene: Paulsen und Partner, national und legal. Mittlere Ebene: Platinum-Berater von World Consulting. Steuerung der unteren Ebene zur Durchsetzung der wirtschaftlichen und politischen Interessen von Word Consulting. National und international. Verschleierung illegaler Machenschaften. Oberste Ebene: Schwarzer Bräutigam vertritt Interessen der Organisierten

Kriminalität. Steuerung der Platinum-Berater, um internationale Infrastruktur im Sinne der Organisierten Kriminalität aufzubauen. Beispiel: Ausbau Frankfurter Flughafen.

Siebels überflog seine Notizen und lächelte zufrieden. In seinen Augen machte das Sinn. Aber es warf auch weitere Fragen auf. Welche konkreten Interessen der Organisierten Kriminalität sollten über die drei Ebenen von World Consulting beim Ausbau des Flughafens gesteuert werden? Ging es nur um die Vergabe von lukrativen Aufträgen oder sollte gar die Zollkontrolle von World Consulting unterwandert werden? Siebels dachte an den Auftritt von Till bei Nadine Busch. Sicherheitstransporte vom und zum Flughafen sowie Lagerung von sensibler Ware hatte sie in ihrem Beratungsgespräch erwähnt. Siebels dachte an illegale Waffentransporte, Menschenhandel und an Koffer voller Bargeld oder Drogen. Und dann dachte er an die Worte von Jens Timm. World Consulting strebt die Weltherrschaft an, hatte der Verfassungsschützer gesagt. Siebels hielt mittlerweile alles für möglich. Unschuldige Babyschreie unterbrachen seine frisch geordneten Gedankengänge über apokalyptische Szenarien krimineller Weltherrschaft. Charly hatte Neuigkeiten.

„Was gibt es?", erkundigte sich Siebels.

„Ich habe eine vollständige Liste aller Platinum-Berater sowie eine von allen schwarzen Bräutigamen aus dem Internet zusammengestellt."

„Super", freute sich Siebels. „Lass hören."

„In Deutschland gibt es fünfzehn Platinum-Berater. Außer den zweien, die wir identifiziert haben, gibt es noch drei in Bayern, vier in Nordrhein-Westfalen, einen in Berlin, einen in Thüringen, einen in Sachsen, zwei in Baden-Württemberg und einen in Niedersachsen. Die Jungs sind also auf ganz Deutschland verteilt."

„Achtzig Partner und fünfzehn Platinum-Berater", grübelte Siebels laut. „Und wie viele Bräutigame treiben ihr Unwesen?"

„Nur einer. Einer für Deutschland. Andere europäische Länder haben aber auch ihren schwarzen Bräutigam. Es gibt aber immer nur einen pro Land. Platinum-Berater gibt es im europäischen Durchschnitt genau sieben. Wir sind mit unseren fünfzehn also schon an einer Spitzenposition. Nur die Franzosen haben mehr, da gibt es neunzehn von der Sorte."

„Die bauen in ganz Europa ihre Pyramiden auf. Die Pyramiden klopfen sie aber mit der Spitze nach unten in den Boden. Ganz unten an der Spitze sitzt der schwarze Bräutigam unsichtbar für die Welt und nimmt die Wünsche aus der Unterwelt entgegen. Die Platinum-Berater sitzen in der Mitte der Pyramide. Auch die sitzen noch im Verborgenen, aber nicht ganz so tief wie der Bräutigam. Diese Leute empfangen vom Bräutigam die Wunschliste aus der Unterwelt und erarbeiten das Konzept, mit dem diese Wünsche in Erfüllung gebracht werden sollen."

Charly vollendete die Metapher. „Und oben auf unserer schönen Welt werden die Partner von Paulsen entsprechend instruiert und manipuliert und dann in die Unternehmen geschickt, um alles in die Wege zu leiten."

„Exakt", bestätigte Siebels. „So läuft das."

„Und wie funktioniert der Informationsfluss durch die Pyramide vom Bräutigam über die Platinum-Berater zu den Leuten von Paulsen?"

„Vielleicht ist das die Aufgabe der Braut. Die flitzt im weißen Brautkleid durch die Pyramide. Oben ist sie als Partnerin von Paulsen getarnt. Genauso wie der schwarze Bräutigam. Der kann sich also auch oben sehen lassen."

„Mann, Mann, Mann", stöhnte Charly. „Wie willst du diesen Quatsch denn Jensen schmackhaft machen? Bräute, die durch die Pyramide flitzen, um die Bedürfnisse der Mafia zu befriedigen. Dieser Fall wird ja immer schlimmer. Wenn das so weitergeht, bist du bald reif für die Klapsmühle."

„Sag mir lieber, wo das Haus der Hochzeit ist."

„Standesamt", erklärte Charly lapidar. „Im Römer, das solltest du als alter Frankfurter aber wissen."

„Im Haus der Hochzeit bahnt der schwarze Bräutigam seine Geschäftsbeziehungen an", klärte Siebels seinen Kollegen auf.

„Ich glaube, das ist zu viel des Guten für meinen kleinen Beamtenschädel. Apropos Schädel. Du sollst einfach nur klären, wer den Schädel von Sven Müller eingeschlagen hat. Und das war wohl Sabine Lehmann. Da kannst du Pyramiden ausbuddeln, bis du schwarz wirst, das ändert nichts an der Tat."

„Ich gehe mal davon aus, dass Sven Müller sterben musste, weil er es vor mir schon geschafft hat, diese Pyramide auszubuddeln."

„Dann pass auf, dass dein Schädel nicht auch noch eingeschlagen wird. Wir haben es hier ja anscheinend nicht mit normalen Mördern zu tun."

„Ich passe schon auf mich auf. Im Moment stehe ich vor der Wohnung von Nadine Busch und friere mir den Hintern ab. Ich befürchte, die trägt auch manchmal ein weißes Brautkleid."

„Wolltest du deiner Sabine nicht einen Heiratsantrag machen? Kann es vielleicht sein, dass dich der Gedanke an eine bevorstehende Hochzeit psychisch überfordert?"

„Ach Charly, ich bin der glücklichste Mann auf Gottes Erden. Mache dir da mal keine Sorgen."

„Na dann bin ich ja beruhigt. Morgen früh stürmen wir mit Jensen ja die Bude bei den Platinum-Beratern. Vielleicht kommt dann endlich etwas Licht ins Dunkel?"

„Ja, ein paar stichhaltige Beweise bei der Geschichte wären zur Abwechslung mal ganz nett. Ich fahre jetzt zu Mary. Die muss ich mir noch mal zur Brust nehmen."

„Wer ist Mary?"

„Die Freundin von Bockelmann."

„Okay, viel Glück. Bis morgen."

Till zappte sich gelangweilt durch das Fernsehprogramm. Er wartete auf Johanna, die mittlerweile über eine Stunde Verspätung hatte und auch nicht ans Telefon ging. Er hatte im Krankenhaus angerufen, aber dort hatte sie vor über zwei Stunden ihren Dienst beendet und das Krankenhaus verlassen. Auf VIVA lief ein Video von Lady Gaga. Till schaute es sich lustlos an und grübelte darüber nach, auf welche Art und Weise er eigentlich gerne seine freien Sonntage verbringen würde. In Gedanken war er mit Frau und drei Kindern im Zoo und fütterte die Giraffen. Er schoss Fotos von seinen tobenden Kindern und seiner Eis schleckenden Frau. In seinem Traum war es Sommer. Und seine Frau hatte kein Gesicht. Jedenfalls konnte er Johannas Gesicht nicht sehen. Er war gerade dabei, über seinem Traum vom Familienglück einzuschlafen, als er Johanna kommen hörte.

„Hallo Schatz", rief er leicht verschlafen durch die Wohnung. Er bekam aber keine Antwort. Kurz darauf betrat Johanna das Zimmer. Sie trug einen dicken Mantel und setzte sich damit auf den Sessel.

„Alles klar?“, fragte Till und sah sie an. „Warum bist du so spät dran?“

„Tut mir leid“, murmelte Johanna und sah auf ihre Füße. „Ich muss dir was sagen.“

Till schaltete den Fernseher ab. „Hast du einen Unfall gebaut?“

„Einen Unfall? Nein, nicht wirklich. Ich habe jemanden kennen gelernt.“

„Aha. Wie meinst du das jetzt?“

Johanna stand auf und lief zum Fenster. Sie schaute hinaus und drehte Till den Rücken zu, während sie weitersprach. „Mit uns beiden, das ist doch nicht so optimal. Wir leben uns mehr und mehr auseinander. Vielleicht sollten wir das jetzt einfach beenden, bevor es schlimmer wird.“

Till sah verwirrt zu Johanna. Er war froh, dass sie ihr Gesicht von ihm abwendete. „Wie lange geht das schon mit dem anderen?“

„Er ist Arzt. Ich habe ihn im Krankenhaus kennen gelernt.“

„Das war aber nicht die Antwort auf meine Frage.“

„Ein paar Tage.“

„Ein paar Tage? Ein paar Tage, in denen wir noch versucht haben, ein Kind zu zeugen? Bist du eigentlich total bescheuert? Was ist, wenn du jetzt schwanger bist?“ Till wurde immer lauter und zorniger.

„Ich bin nicht schwanger“, flüsterte Johanna.

„Wie kannst du dir so sicher sein?“ Jetzt klang Till verzweifelt.

„Weil ich die Pille nicht abgesetzt habe.“

Till ballte seine Fäuste. „Du hast mich also die ganze Zeit verarscht. Schön, dass du mich jetzt aufklärst. Danke.“

„Ach, Till. Ich wusste doch auch nicht, was ich wollte.“ Johanna drehte sich um und kam einen Schritt auf Till zu. „Wir haben doch völlig unterschiedliche Vorstellungen von der Zukunft. Glaubst du, ich bin froh über diese Entwicklung? Wir hatten ein paar ganz tolle Jahre. Aber jetzt ist es halt vorbei.“

„Hast du mit deinem Arzt die gleichen Diskussionen geführt wie mit mir? Das glaub ich ja wohl nicht. Hast du ihn gefragt, wie viele Kinder er will? Gibt er sich mit einem zufrieden und ist daher der Mann deiner Träume? Du bist doch total fertig."

„Mensch, Till, jetzt werd nicht kindisch. Ich glaube, ich liebe ihn."

„Na dann hau doch ab. Wartet er unten schon auf dich?"

Till sprang auf und lief zum Fenster. Aber er konnte auf der Straße niemanden ausmachen.

„Ich dachte, wir könnten uns im Guten trennen", seufzte Johanna.

„Wir können uns trennen. Schluss und vorbei. Was soll daran gut sein? Leg einfach den Schlüssel auf den Tisch, nimm deine Klamotten aus dem Schrank und mach die Fliege."

„Schade", sagte Johanna. Sie warf ihren Wohnungsschlüssel auf den Tisch und stapfte ins Schlafzimmer. Till schaltete den Fernseher wieder an und drehte ihn auf volle Lautstärke. Es lief ein Konzertausschnitt von Robbie Williams. Im Kopf von Till war es völlig leer. Ein paar Minuten später stand Johanna mit gepackten Tüten an der Zimmertür. Till schaltete den Fernseher wieder aus.

„Lass uns die Tage noch mal telefonieren", sagte Johanna.

„Ja, ja", sagte Till und schaute auf den Bildschirm. Kurz darauf hörte er die Wohnungstür ins Schloss fallen. Johanna war weg.

Mary hatte für Siebels eine heiße Schokolade gekocht. Siebels, der von der Warterei auf Nadine Busch immer noch kalte Füße hatte, schlürfte dankbar aus seiner Tasse und spürte eine tiefe Müdigkeit in sich aufsteigen. Mary saß ihm gegenüber und kraulte die Katze, die es sich auf ihrem Schoß gemütlich gemacht hatte.

„Gibt es etwas Neues?", wollte sie wissen.

„Leider haben wir noch keine heiße Spur", bedauerte Siebels. „Deswegen bin ich noch mal hier. Ich möchte noch mehr über Herrn Bockelmann erfahren. Ich vermute, dass sein Tod etwas mit seiner beruflichen Tätigkeit zu tun hat."

„Wie meinen Sie das?"

„Hat er denn viel gearbeitet?"

Mary sah Siebels verständnislos an. „An manchen Tagen hat er sehr viel gearbeitet. An anderen Tagen hat er sich Zeit für uns genommen."

„Hat er immer in der Wohnung hier gearbeitet?"

„Nein. Hier hat er nur morgens zwei oder drei Stunden an seinem Computer gesessen. Er war viel unterwegs. Manchmal kam er erst nach Mitternacht nach Hause."

„Hat er da Kunden besucht? Oder hatte er noch ein anderes Büro?"

„Warum wollen Sie das wissen?"

„Weil ich wissen will, warum er getötet wurde. Also, hatte er noch ein zweites Büro?"

Mary kraulte schweigend die Katze. Sie vermied es, Siebels anzuschauen.

„Wenn es noch ein Büro gibt, dann gibt es auch noch einen Computer", sagte Siebels. „Dort könnten Hinweise auf seinen Mörder hinterlegt sein."

„Es gibt noch eine Adresse", sagte Mary leise. „Peter hat mir davon aber nie erzählt. Ich weiß es nur, weil ich beim Aufräumen mal einen Ordner mit Rechnungen gefunden habe. Rechnungen für Möbel. Die Lieferadresse stand darauf."

Siebels hörte sein Herz pochen. Er war sich ganz sicher, dass er gleich die Adresse vom Haus der Hochzeit erfahren würde. Seine Müdigkeit war wie weggeblasen. „Wo ist diese Adresse?"

„Ich bin hingefahren und habe mir das angeschaut. Ich weiß nicht, was es damit auf sich hat. Es ist ein großes altes Wohnhaus in der Holzhausenstraße."

Siebels kniff die Augenbrauen zusammen. Die Holzhausenstraße war nur ein paar Gehminuten vom Polizeipräsidium entfernt. Der schwarze Bräutigam residierte fast auf Augenhöhe mit dem Polizeipräsidenten. Siebels nahm einen großen Schluck der nicht mehr ganz so heißen Schokolade und fragte Mary nach der Hausnummer.

„Nummer 15. Glauben Sie wirklich, dass Sie dort etwas Wichtiges finden?"

„Da bin ich mir sogar ziemlich sicher." Siebels rieb sich zufrieden die Hände. Am liebsten wäre er sofort dorthin gefahren. Aber ein Blick auf die Uhr belehrte ihn eines Besseren. Zu Hause wartete Sabine, die er den ganzen Sonntag wieder alleine gelassen hatte. Am nächsten Morgen musste er außerdem früh raus.

„Hat Herr Bockelmann eigentlich ein Testament hinterlassen?"

Siebels ging davon aus, dass der schwarze Bräutigam über ein beträchtliches Vermögen verfügt hatte.

Mary nickte. „Davon habe ich aber auch erst heute morgen erfahren. Ein Anwalt hat mich angerufen. Morgen soll ich bei ihm zur Testamentseröffnung vorbeikommen."

„Am Sonntagmorgen hat ein Anwalt angerufen?"

„Ja. Ich habe mich auch gewundert. Erst hielt ich es für einen üblen Scherz. Aber der Mann ist wirklich Anwalt. Der Anwalt von Peter. Ich habe einige Briefe von ihm bei den Unterlagen von Peter gefunden. Er hat sich anscheinend auch um einige Geschäfte von Peter gekümmert."

„Wie heißt der Anwalt?"

„Tannenberg. Robert Tannenberg."

„Und wann sollen Sie morgen bei ihm sein?"

„Morgen Abend um 18.00 Uhr."

„Wissen Sie, ob sonst noch jemand zur Testamentseröffnung erscheint?"

„Nein. Davon hat er nichts gesagt."

„Wenn Sie nichts dagegen haben, warte ich morgen Abend auf Sie. Wo ist denn die Kanzlei?"

„Im Westend. In der Schubertstraße."

Siebels notierte sich den Namen und die Adresse des Anwalts. Morgen hatte er wieder volles Programm. Die Hausdurchsuchungen, das Haus in der Holzhausenstraße, die Testamentseröffnung. Und vielleicht blieb auch noch Zeit für Sabine Lehmann. Zeit für einen neuen Traum.

„Möchten Sie noch eine heiße Schokolade?"

Siebels wollte einen erneuten Blick auf seine Uhr werfen, aber aus seiner Jackentasche vernahm er das Babygeschrei, das er heute eigentlich zu Hause hätte hören sollen. Er nahm das Gespräch entgegen. Jensen war dran und erzählte völlig aufgelöst, dass Jochen Trutz von einem Auto überfahren worden sei.

30

Montag, 16. Februar 2009

Als Siebels um 8.00 Uhr in seinem Büro eintraf, wartete dort schon ein aufgewühlter Staatsanwalt auf ihn.

„Dieser Trutz wurde genau vor der Haustür von Jeremy Boyle überfahren", erzählte Jensen aufgeregt.

„Guten Morgen. Warten Sie schon lange hier?"

„Ja, ja, guten Morgen. Ich warte bereits seit einer Stunde. Aber die Herren Kommissare scheinen den Schlaf der Gerechten zu schlafen. Wir haben heute Hausdurchsuchungen durchzuführen. Sie erinnern sich?"

Siebels setzte sich auf seinen Stuhl und zündete sich eine Zigarette an. Es war seine erste an diesem Tag. Genüsslich blies er den Rauch in Richtung Staatsanwalt. „Haben Sie den Papierkram schon erledigt?"

Jensen wedelte mit einem großen Umschlag. „Selbstverständlich. Die Staatsanwaltschaft ist halt immer im Dienst. Wo bleibt denn ihr werter Herr Kollege?"

Siebels warf einen Blick auf die Uhr. „Der müsste jeden Moment eintreffen. Bei Jochen Trutz können wir uns ja jetzt Zeit lassen. Gibt es schon irgendwelche Erkenntnisse?"

„Das ist die Frage, die ich Ihnen stellen sollte. War dieser Trutz nicht Ihr Hauptverdächtiger?"

„Trutz und Bockelmann stehen ganz oben auf meiner Liste. Anscheinend hatte aber noch jemand die beiden auf seiner Liste. Gab es im Fall Trutz Zeugen?"

„Ein schwarzes Auto soll es gewesen sein. Vielleicht ein BMW, vielleicht auch ein Mercedes. Ein Audi taucht in einem der Protokolle auch auf. Sie wissen ja, wie das ist."

„Und was sagt Jeremy Boyle? Kam Trutz aus seinem Haus, als es passiert ist?"

Staatsanwalt Jensen lief im Büro auf und ab und hielt dabei seine Hände verschränkt hinter dem Rücken. „Herr Boyle sagt gar nichts. Er war in seiner Wohnung nicht anzutreffen und auch sonst nicht zu erreichen. Halten Sie ihn für verdächtig?"

„Eigentlich nicht. Aber ehrlich gesagt, habe ich keine Ahnung, wer es auf Trutz und Bockelmann abgesehen hat. Meine einzige Verdächtige hat ein lupenreines Alibi. Sie sitzt in Untersuchungshaft." Siebels berichtete von seinen neuesten Ermittlungsergebnissen. Mit todernster Miene erzählte er dem sprachlosen Jensen vom Haus der Hochzeit in der Holzhausenstraße. Jensen rieb sich die Stirn, als er hörte, dass dort der schwarze Bräutigam residierte und im Auftrag von World Consulting die Geschäfte mit der Organisierten Kriminalität betreute. Auf eine Erläuterung seines Pyramidenmodells verzichtete Siebels aber zunächst.

„Haben Sie auch Beweise für Ihre abstrusen Behauptungen?"

„Nicht wirklich. Aber wir müssen uns schnellstens im Haus der Hochzeit umsehen. Dort werden wir bestimmt fündig."

„Noch eine Hausdurchsuchung?"

„Wir müssen prüfen, wem das Haus oder die Wohnung gehört. Wenn es auf den Namen von Bockelmann läuft, kommen wir auch so rein. Wir suchen ja seinen Mörder. Ich rufe gleich mal bei Charly an, der soll sich darum kümmern."

Während Siebels die Durchwahl von Charly wählte, kam Till durch die Tür. Er sah ziemlich mitgenommen aus und setzte sich wort- und grußlos auf seinen Stuhl. Jensen musterte ihn neugierig, sagte aber nichts. Siebels trug Charly sein Anliegen vor und beendete das Gespräch. Till lehnte sich zurück, legte die Füße auf den Schreibtisch und betrachtete seinen ausgeschalteten Bildschirm.

„Soll ich Ihnen eine Schutzpolizistin besorgen, die Ihnen den Nacken krault?", fragte Jensen.

Till schaute zu Jensen. „Das würden Sie wirklich für mich tun?"

Jensen holte tief Luft. Siebels kam ihm aber zuvor und fragte, ob das Team für die Hausdurchsuchung schon bereitsteht.

„Die warten nur auf uns."

„Na dann los. Till, du übernimmst das Büro von WC Immobilien Ltd. Ich kümmere mich um WC Cargo und Herrn Dornfeld. Die Büros liegen ja direkt nebeneinander, da können Sie die Aufsicht über beide Aktionen führen, Herr Staatsanwalt."

Das Trio verließ entschlossen das Büro. Das Team wartete im Innenhof des Präsidiums. Mit zwei Mannschaftsbussen fuhr man zum Messeturm.

Jeremy Boyle saß ratlos in der Wohnung von Nadine Busch. Nachdem Trutz überfahren worden war, hatte Nadine ihn zur Flucht gedrängt. Zusammen hatten sie das Haus über den Hinterhof verlassen und waren von der eintreffenden Polizei unentdeckt zu Nadines Porsche gelangt. Nadine war zu ihrer Wohnung in Sachsenhausen gefahren und hatte während der Fahrt kein Wort verloren. Angespannt saß sie am Steuer und Jeremy spürte, wie es in ihrem Kopf arbeitete. In ihrer Wohnung hatte sie einige Telefonate geführt, blieb dabei aber allein in ihrem Arbeitszimmer. Kurz darauf hatte sie die Wohnung wieder verlassen und von Jeremy verlangt, dass er auf sie wartete. Sie war die ganze Nacht über weggeblieben. Jeremy zerbrach sich den Kopf darüber, was er nun tun sollte. Mehrmals hatte er den Telefonhörer in der Hand gehabt. Erst wollte er bei Siebels anrufen, dann bei Timm, dann beim Staatsanwalt Jensen. Er überlegte es sich immer wieder anders, weil er die Situation nicht einschätzen konnte. Auch die Idee, bei Paulsen anzurufen, verwarf er wieder. Er wusste immer noch nicht, welche Rolle Trutz bei World Consulting eigentlich spielte. Dass Nadine eine wichtige Rolle zu spielen schien, hatte ihn überrascht. Er war so nah dran gewesen, er wollte das Spiel jetzt weiterspielen und sich an Nadine halten. Bloß wusste er nicht, wo sie war und was sie trieb. Jeremy ging in die Küche. Er hatte seit gestern Morgen nichts mehr gegessen. Nadine hatte eine noble Designerküche, im Kühlschrank fand er aber nur drei Flaschen Champagner. Jeremy öffnete die Schränke, die Schiebetüren glitten sanft zur Seite. Er fand Edelstahl-Kochtöpfe, die scheinbar noch nie benutzt worden waren. Ein Mixer stand noch original verpackt auf dem Schrankboden. Jeremy ließ die nächste Schiebetür zur Seite gleiten. Der Mülleimer schwebte wie von Geisterhand aus dem Schrankinneren. Drei leere Pizzakartons lagen darin. Jeremy suchte verzweifelt nach Nahrung, fand aber nichts dergleichen. Er wusste zwar, dass Nadine oft in Restaurants verkehrte, dass sie aber überhaupt keine Lebensmittel im Haus hatte, verblüffte ihn. In einer Schublade fand er mehrere Tütchen mit Kokain. Er öffnete eine weitere Schublade und fand eine Karte vom Pizzaservice. Als er gerade dort anrufen wollte, um endlich an Nahrung zu kommen, kam Nadine zurück.

„Wo warst du?", fragte Jeremy gereizt.

„Es gab einiges zu erledigen", erwähnte Nadine beiläufig. Sie ging in ihr Schlafzimmer und ließ Jeremy in der Küche stehen. Jeremy schaute auf den Zettel vom Pizzaservice. Sein Magen knurrte wie verrückt. Er überlegte, ob er für Nadine auch eine Pizza bestellen sollte und ging zum Schlafzimmer, um sie zu fragen. Nadine kam gerade wieder aus dem Zimmer. Sie war nackt.

„Was hast du vor?", wollte Jeremy wissen.

„Ich gehe duschen."

„Ich habe Hunger. Soll ich dir auch eine Pizza bestellen?"

„Gib mir das Telefon. Ich rufe an und bestelle. Ich habe dort eine Kundennummer."

Jeremy reichte ihr das Telefon. Nadine ging damit in die Küche. Nackt wie sie war, setzte sie sich vor Jeremy auf den Küchentisch und wählte die Nummer. „Was willst du haben?"

„Pizza Vier Jahreszeiten", sagte Jeremy und beobachtete Nadine, die am Telefon flirtete, bevor sie die Bestellung abgab. Jeremy fragte sich, mit wie vielen Männern Nadine schon im Bett war.

„Pizza kommt in einer halben Stunde", sagte Nadine und verschwand unter der Dusche. Jeremy folgte ihr.

„Wer hat Trutz über den Haufen gefahren?", fragte er im Badezimmer. Nadine stand schon unter der Dusche und seifte sich ein.

„Wahrscheinlich der, der auch Bockelmann umgefahren hat."

„Und wer hat Bockelmann überfahren?"

Nadine massierte sich Shampoo ins Haar. „Das wüsste ich auch gerne. Und nicht nur ich. Einige Leute machen sich große Sorgen. Das sind mächtige Leute. Irgendwas ist völlig aus dem Ruder gelaufen."

„Was sind das für Leute? Was war das gestern für eine Show mit Trutz? Was wollte er von mir? Was willst du von mir?"

Nadine blieb noch einen Moment unter der heißen Dusche stehen, drehte dann das Wasser ab und stieg aus der Wanne. Sie nahm sich ein Handtuch und rieb sich trocken. Dann schaute sie Jeremy an, der direkt neben ihr stand. „Kann ich dir vertrauen?"

„Klar kannst du mir vertrauen."

„Du musst die Kamera von Trutz besorgen. Und zwar schnell."

Jeremy hatte die halbe Nacht lang wach auf der Couch von Nadine gelegen und an den Film gedacht, den Trutz gestern aufgenommen hatte. Die kurzen Gespräche, die er mit Trutz führte, während er mit Nadine Sex hatte, entlasteten ihn seiner Meinung nach. Ganz sicher war er sich aber nicht, was die Polizei und der Verfassungsschutz von dem Filmmaterial halten würden. Er wusste noch nicht einmal, ob Trutz überhaupt diese kurzen Gespräche mit aufgezeichnet hatte. Entweder musste er den Film tatsächlich schnellstens aus dem Polizeigewahrsam stehlen, oder er musste ein offenes Gespräch mit Timm und den Polizisten führen. Beides behagte ihm nicht sonderlich.

„Bekommst du das hin?", wollte Nadine wissen.

„Was ist, wenn nicht?"

„Dann macht es jemand anderes. Aber du bist dann erledigt."

Siebels stürmte mit einem Trupp Beamter humorlos in das Büro von Dr. Herbert Dornfeld und hielt dem bärtigem Mann den Durchsuchungsbefehl unter die Nase. Dornfeld war sichtlich irritiert und bevor er reagieren konnte, machten sich die Beamten über die Aktenschränke und Schubladen in seinem Büro her. Außer Dornfeld saßen noch zwei Sekretärinnen und ein Besucher in dem Büro. Die Damen schauten sich ratlos an, der Besucher wollte das Büro verlassen und Dornfeld griff zum Telefonhörer.

„Können Sie sich bitte ausweisen?", fragte Siebels den Besucher. Der Mann schaute verlegen zu Dornfeld, doch der sprach hektisch mit seinem Anwalt.

„Ihren Ausweis bitte", wiederholte Siebels sein Anliegen.

„Ich bin nur hier zum Sprechen mit Dr. Dornfeld", stotterte der Mann in gebrochenem Deutsch.

„Siebels hielt dem Mann seine geöffnete Hand entgegen. „Ihren Ausweis. Passport, please."

Der Mann griff zögerlich in sein Sakko und reichte Siebels seinen Ausweis.

„Mr. Daniels from Singapur?“, vergewisserte sich Siebels, nachdem er das Dokument betrachtet hatte.

„Ja. Das ich bin. Kann ich bitte verlassen jetzt das Büro? Ich habe anderen Termin einzuhalten.“

„Worüber wollten Sie mit Dr. Dornfeld sprechen?“

„Nur geschäftliches Gespräch. Wegen Luftfracht von Asien nach Frankfurt. Ich bin interessiert an logistischen Lösungen für Luftfrachtgeschäfte.“

„Wie lange sind Sie noch in Frankfurt?“

„Noch drei Tage. Dann ich fliegen weiter nach New York.“

„Ich muss mit Ihnen sprechen. Morgen Vormittag im Polizeipräsidium. Ihren Ausweis behalte ich so lange bei mir. Morgen bekommen Sie ihn zurück.“ Siebels gab Mr. Daniels seine Karte.

„Ist das wirklich notwendig? Ich habe viele Termine in Frankfurt.“

„Jetzt haben Sie noch einen mehr. Auf Wiedersehen. Bis morgen.“

Mr. Daniels nickte traurig und verließ dann schnell das Büro.

„Sind Sie für diesen Überfall verantwortlich?“, brüllte Dr. Dornfeld Siebels an.

„Kriminalhauptkommissar Siebels“, stellte Siebels sich vor. „Sie sind Dr. Dornfeld?“

„Der bin ich. Und ich werde mich an allerhöchster Stelle über Ihre Methoden beschweren.“

„Sie arbeiten als Platinum-Berater für World Consulting?“

Dr. Dornfeld hatte schon zu einem neuen Protest angesetzt, verstummte aber ganz plötzlich. Kleine Schweißperlen bildeten sich auf seiner Stirn.

„Ich bin Berater, ja“, stammelte er dann.

„Sie sind im internationalen Luftfrachtgeschäft tätig?“

„Ja. Können Sie mir endlich sagen, was Sie hier wollen?“

„Ich bin von der Mordkommission und ermittle im Todesfall Sven Müller.“

„Mordkommission? Keine Steuerfahndung? Warum Mordkommission? Wer ist Sven Müller?“ Dornfeld schaute Siebels mit großen Augen an.

„Sie kennen Frau Sabine Lehmann?“

„Nein. Wer soll das sein?"

„Wenn wir in diesem Büro auch nur einen Fetzen Papier oder eine Datei auf ihrem Computer finden, wo der Name Sabine Lehmann auftaucht, nehme ich Sie fest. Es sei denn, Sie kennen die Dame vielleicht doch."

Dr. Dornfeld wurde immer unsicherer. „Wie sagen Sie, heißt die Dame?"

„Lehmann. Sabine Lehmann."

Dr. Dornfeld sah zu einer seiner Sekretärinnen. „Frau Schulze, haben wir Kontakt zu einer Frau Sabine Lehmann?"

Siebels sah Frau Schulze eindringlich an. Frau Schulze schaute verzweifelt zu Dr. Dornfeld, doch der schaute genauso verzweifelt zurück.

„Ist das nicht die junge Frau, die uns als Beraterin von Paulsen und Partner zur Seite gestanden hat?", fragte sie dann unsicher.

„Lehmann?", überlegte Dr. Dornfeld laut. „Genau. Sie haben Recht, Frau Schulze. Sabine Lehmann, jetzt fällt es mir wieder ein. Wir haben sie als externe Beraterin für ein Projekt hinzugezogen."

„Ich benötige alle Unterlagen zu diesem Projekt", sagte Siebels.

„Das geht nicht", wehrte Dr. Dornfeld ab.

„Wir haben was gefunden", rief einer der Beamten.

„Alles einpacken", befahl Siebels.

„Stopp", schrie Dr. Dornfeld wütend. „Das sind sehr sensible geschäftliche Unterlagen. Die können Sie nicht einfach beschlagnahmen. Mein Anwalt muss jeden Moment hier eintreffen. Bis dahin verlässt nichts mein Büro."

„Wird Ihr Anwalt von World Consulting bezahlt?", wollte Siebels wissen.

„Das geht Sie gar nichts an. Ich vermute, hier handelt es sich um ein großes Missverständnis und ich werde mich über Sie beschweren."

„Den Rechner nehmen wir auch mit", wies Siebels einen Beamten an. Drei große Kartons mit Unterlagen hatten sich mittlerweile angesammelt. „Wissen Sie etwas über die Umstände, die zum Tod von Sven Müller geführt haben?" Siebels schaute Dr. Dornfeld eindringlich an.

„Wer zum Teufel ist Sven Müller?" schrie Dr. Dornfeld.

Siebels schaute zu Frau Schulze. Die zuckte aber nur mit den Schultern.

„An wen berichten Sie bei World Consulting? Von wem erhalten Sie Ihre Anweisungen?" Siebels stand dicht vor Dr. Dornfeld und sprach laut auf ihn ein.

Dr. Dornfeld sah auf seine Uhr. „Mein Anwalt kommt jeden Moment. Ohne ihn sage ich kein Wort mehr."

„Was wissen Sie über den Tod von Peter Bockelmann?", drängte Siebels weiter. Er bemerkte, wie die Mundwinkel von Dornfeld leicht zuckten, als er den Namen Bockelmann ausgesprochen hatte. Dornfeld schwieg.

„Haben Sie schon gehört, dass Jochen Trutz gestern ermordet wurde?", bohrte Siebels weiter. Dornfeld wurde sichtlich nervös. Er lockerte seinen Krawattenknoten und öffnete seinen obersten Hemdknopf.

„Ihre Leute sterben wie die Fliegen. Stehen Sie auch auf der Liste des Killers?" Siebels sprach jetzt leise und betont freundlich.

„Ich weiß nicht, wovon Sie reden", stammelte Dornfeld und sah aus dem Fenster. Er blickte über das weitläufige Messegelände und war nicht mehr in der Lage, einen einzigen klaren Gedanken zu fassen.

„Wir haben so weit alles zusammen", gab einer der Beamten Auskunft. „Alle Unterlagen, die auf einen Zusammenhang mit dem Flughafenausbau hinweisen. Viel übrig geblieben ist nicht."

„Das bleibt alles hier", stotterte Dornfeld.

„Wir unterhalten uns besser ganz in Ruhe auf dem Präsidium", sagte Siebels und legte seine Hand behutsam auf Dornfelds Schulter.

31

Jeremy erschauerte, als er in die kalten Augen von Nadine sah. Diese Augen konnten so viel Wärme ausstrahlen, wenn Nadine ihr freundliches Gesicht zeigte. Jetzt aber zeigte sie das Gesicht einer zu allem entschlossenen Frau und Jeremy glaubte, in einen Eisschrank zu blicken.

„Was hat Trutz mit dir gemacht?“, fragte er leise.

„Er hat mich zu dem gemacht, was ich bin. Gefällt es dir nicht? Im Bett hatte ich jedenfalls den Eindruck, dass ich dir sehr gut gefalle. Oder habe ich mich da getäuscht?“

Jeremy fühlte, wie sich seine Persönlichkeit spaltete. Der eine Jeremy wollte wieder mit Nadine ins Bett und würde alles dafür tun. Der andere Jeremy wollte das Böse entlarven und dem Guten zum Sieg verhelfen. Er wusste, dass der gute Jeremy nur gewinnen konnte, wenn er dem bösen Jeremy jetzt allen Raum zur Entfaltung ließ.

„Was passiert mit der Kamera, wenn ich sie habe?“

„Du gibst sie mir. Um den Rest kümmere ich mich.“

„Und wenn ich sie behalte? Oder den Film vernichte, was dann?“, fragte Jeremy provokativ.

„Du musst dich jetzt entscheiden, mein lieber Jeremy“, säuselte Nadine. Sie stand immer noch nackt vor Jeremy im Badezimmer. Sie hob ihre Hand und streichelte sanft Jeremys Wange. „Entweder du willst mitspielen bei dem ganz großen Spiel, dann machst du besser genau das, was ich dir sage. Oder du verlässt auf der Stelle meine Wohnung. Dann werden andere Leute entscheiden, wie es mit dir weitergeht. Also, wo stehst du?“

„Ich bin bei dir. Gib mir zwei Stunden, dann hast du die Kamera.“

„Und den Film“, ergänzte Nadine.

„Und den Film“, bestätigte Jeremy.

„Wenn diese Sache geklärt ist, haben wir noch einige andere Probleme aus dem Weg zu räumen. Wenn du jetzt richtig zupackst, hast du eine steile Karriere vor dir. Und verdammt viel guten Sex." Nadine lächelte ihn an, verließ das Badezimmer und ging ins Schlafzimmer, um sich anzuziehen. Jeremy verließ die Wohnung und machte sich auf den Weg, um die Kamera zu besorgen.

Till war nach der Trennung von Johanna hin- und hergerissen. Mal trauerte er seinen Träumen vom Familienglück hinterher, mal sah er ganz neue Möglichkeiten, die sich ihm als Single nun wieder auftaten. Als er neben Staatsanwalt Jensen im Wagen saß und zum Messeturm fuhr, ging er im Kopf alle Frauen durch, auf die er in der letzten Zeit ein Auge geworfen hatte. Viele waren es nicht. Johanna war der Mittelpunkt seines Lebens gewesen. Bei seinem Zahnarzt gab es eine attraktive brünette Zahnarzthelferin. Im Präsidium lief ihm regelmäßig Simone über den Weg. Die junge Streifenpolizistin mit dem hellblonden Haar erinnerte ihn an Sabine Karlson. Dann fiel ihm sein Kollege Kulmbacher ein, mit dem er eigentlich abends mal durch die Kneipen ziehen wollte.

Jetzt durchstöberte Till konzentriert das Büro von Sören Petersen, dem geschäftsführenden Direktor von WC Immobilien Ltd. Petersen hatte gelassen reagiert, als Jensen mit Till und fünf weiteren Beamten sein Büro betrat. Den Durchsuchungsbefehl überflog er nur kurz. Dann setzte er sich hinter seinen Schreibtisch und beobachtete die Beamten bei ihrer Arbeit. Jensen stand mit hinter dem Rücken verschränkten Armen an der Schwelle der Eingangstür und behielt den unbekümmerten Petersen im Auge.

„Wonach suchen Sie eigentlich?", fragte Petersen, als Till die Papiere auf seinem Schreibtisch in Augenschein nahm.

„Nach Beweismaterial", antwortete Till lapidar.

„Jeder Beleg, den Sie hier finden, ist ein Beweis für einen geschäftlichen Vorgang. Wenn Sie etwas konkreter werden, kann ich Ihnen vielleicht behilflich sein?"

Till schaute Petersen an. „Gibt es ein schriftliches Dokument, das Sie als Platinum-Berater von World Consulting ausweist?"

Petersen schaute für einen Augenblick irritiert, fing sich aber sofort wieder. „Nicht in diesem Büro. Gibt es ein Problem mit World Consulting?"

„World Consulting ist ein Problem", seufzte Till theatralisch.

„Für wen?"

„Für die Mordkommission. Wir ermitteln im Mordfall Sven Müller. Kannten Sie Herrn Müller?"

Petersen kratzte sich am Kinn. „Nein, tut mir leid. Vielleicht haben Sie sich in der Adresse geirrt? Hier sind Sie mit Sicherheit falsch."

„Meinen Sie, wir sollten besser gegenüber bei WC Cargo suchen? Keine Sorge, die Kollegen sind schon dabei, das Büro von Dr. Dornfeld auseinanderzunehmen."

„Ich weiß wirklich nicht, worauf Sie hinauswollen."

„Macht ja nix. Hauptsache wir wissen, was wir wollen. Sie hatten am letzten Freitag noch ziemlich spät Besuch von Herrn Trutz. Was wollte der denn hier?"

Petersen stand nun auf und stellte sich vor das Fenster. „Ist das ein Verhör? Sollte ich besser meinen Anwalt einschalten?"

„Aber nicht doch", wiegelte Till ab. „Wir sind hier doch an der völlig falschen Adresse. Sagten Sie das nicht gerade?"

„Ja, das sagte ich. Polizeiwillkür gibt es anscheinend aber nicht nur in der Dritten Welt, sondern auch mitten in Deutschland. Ich rufe jetzt meinen Anwalt an."

Petersen nahm sein Handy und hielt es sich ans Ohr.

„Herr Trutz wurde übrigens auch ermordet", erwähnte Till beiläufig. „Wo waren Sie denn gestern Mittag?"

Petersen starrte Till an. Sein Anwalt schien das Gespräch nicht anzunehmen. „Trutz ist tot?", presste Petersen verwirrt heraus.

„Er wurde vorsätzlich überfahren. Am helllichten Tag, mitten im Westend. Genauso wie Herr Bockelmann."

Petersen setzte sich wieder hin und zündete sich eine Zigarette an.

„Hier haben wir einen ganzen Ordner mit Korrespondenz zwischen Herrn Petersen und Frau Lehmann", rief einer der Beamten.

„Einpacken", befahl Jensen von der Türschwelle aus.

„Was wollen Sie denn damit?", stöhnte Petersen.

„Warum musste Sven Müller sterben?", fragte Till.

„Den Mann kenne ich nicht."

„Er war der Lebenspartner von Sabine Lehmann", klärte Till ihn auf. „Und ein guter Journalist. Ein sogenannter Enthüllungsjournalist.

Er war Ihnen auf den Fersen. Die Machenschaften von World Consulting geben bestimmt eine gute Story her, oder?"

Petersen hatte wieder sein Handy am Ohr. „Michael, endlich. Hier ist Sören. Du musst sofort in mein Büro kommen. Die Polizei ist hier und stellt alles auf den Kopf. Angeblich geht es um Mord. Wann kannst du hier sein?"

„Den Computer nehmen wir komplett mit", gab Jensen Anweisung.

Petersen hatte das Gespräch wieder beendet. „Mein Anwalt parkt gerade unten in der Garage. Er wird jeden Moment hier sein. Bis dahin verlässt nichts dieses Büro."

„Der ist aber fix, Ihr Anwalt."

„Er vertritt auch Dr. Dornfeld und der hatte ihn schon verständigt."

„Ist er ein Platinum-Anwalt?"

„Er gehört zur Familie."

„Und somit zur Elite", bemerkte Till mit einem ironischen Unterton.

„Ich befürchte, Sie werden demnächst wieder Uniform tragen und Streife fahren", drohte Petersen.

Till schaute ihn mit hochgezogenen Augenbrauen an und wurde angriffslustig. „Stimmt es eigentlich, dass Sie bei World Consulting die Weltherrschaft anstreben?"

Petersen verschränkte die Arme vor der Brust. „Wir sind nur beratend tätig, aber die Welt ist gut beraten, wenn sie unsere Vorschläge in die Tat umsetzt."

„Sie sagen jetzt nichts mehr", dröhnte es vom Eingang des Büros. Ein kleiner, dicker Mann mit einer Aktentasche stürmte herein. „Mein Name ist Oswald Orlander. Ich bin der Anwalt von Herrn Petersen und auch der von Herrn Dr. Dornfeld. Sind Sie der Staatsanwalt?" Orlander schaute Till an.

„Sehe ich etwa so aus?", fragte Till überrascht und schaute verlegen zu Jensen.

„Ich bin der Staatsanwalt, Jensen mein Name. Guten Tag."

Orlander schnaufte und wendete sich Jensen zu.

„Was geht hier vor?"

„Eine Hausdurchsuchung."

„Mit welcher Begründung?"

„Verdacht auf Mord, auf Beihilfe zum Mord, auf Anstiftung zum Mord und auf Organisierte Kriminalität. Den Rest können wir gerne in meinem Büro besprechen, wir sind hier fertig."

Siebels kam nun auch in das Büro von Petersen. Die Beamten schleppten einige Kartons mit Unterlagen und Computern heraus.

„Wir sind drüben fertig", sagte Siebels. „Alles fertig zum Abmarsch?"

„So geht das nicht, meine Herren", warf Orlander ein.

„Gehen wir", befahl Jensen und marschierte aus dem Büro. Orlander lief ihm mit hochrotem Kopf hinterher. „Das wird Konsequenzen haben. Wir leben hier in einem Rechtsstaat."

„Vielleicht sollten wir die Pressefritzen benachrichtigen und unten vor dem Messeturm ein Statement abgeben", überlegte Jensen laut.

„Warum sind wir da nicht viel früher draufgekommen?", fragte Siebels und nahm sein Handy.

„Warten Sie, verdammt noch mal", brüllte Orlander. „Besprechen wir die Sache doch erst einmal in Ruhe in Ihrem Büro, Herr Staatsanwalt."

Die Aufzugstüren öffneten sich. Die Beamten trugen die Kartons herein.

„Ich erwarte Sie um 17.00 Uhr", sagte Jensen. Dann schloss sich die Aufzugstür und Jensen fuhr nach unten.

„Wir müssen unverzüglich New York informieren", rief Dr. Dornfeld von seinem Büro aus. Orlander drehte sich in seine Richtung. „Sie sollen die Klappe halten, hatte ich gesagt."

Siebels und Till stiegen in den nächsten Aufzug und verließen die aufgebrachten Platinum-Berater.

Jeremy saß bei Charly im Büro. Nachdem weder Siebels noch Till im Präsidium anzutreffen waren, war Charly seine letzte Hoffnung gewesen. „Ich habe es geschafft. Ich bin drin", hatte Jeremy aufgeregt erzählt.

„Hast du einen Computer gehackt?", fragte Charly neugierig nach.

„Keinen Computer. Das schwarze Büro. Ich habe Zutritt."

„Wow. Hast du Trutz umgefahren und ihm dann den Schlüssel zum schwarzen Büro abgenommen?"

„Damit habe ich nichts zu tun", wehrte Jeremy ab. „Aber Trutz war bei mir gewesen. Er hat mir angeboten, ganz oben mitzumischen. Als er wieder gegangen ist, wurde er vor meiner Haustür überfahren. Ich habe den Aufprall bis in meine Wohnung gehört. Aus dem Fenster habe ich ihn dann liegen sehen."

„Das Auto hast du aber nicht gesehen?"

„Nein. Das war schon weg. Aber es gibt ein Problem. Trutz hat das Gespräch mit mir gefilmt. Ich brauche den Film, sonst fliege ich als verdeckter Ermittler auf."

„So, so. Warum filmt Trutz so ein belastendes Gespräch?"

„Damit er gegen mich was in der Hand hat. Wenn der Film jetzt in die falschen Hände gerät, ist die ganze Aktion gegen World Consulting gefährdet. Verstehst du das?"

„Nein. Das verstehe ich nicht. Wenn dem so ist, dann muss sich Timm um die Sache kümmern. Weiß der denn überhaupt Bescheid?"

„Dazu war keine Zeit. Jetzt zählt jede Minute. Ich brauche diesen verdammten Film."

„Sorry, ich kann dir da nicht weiterhelfen. Warte, bis Siebels und Till wieder da sind."

Jeremy stand auf und ging zum Fenster. Plötzlich drehte er sich ruckartig herum und griff sich Charlys Schusswaffe, die im Halfter an seinem Stuhl hing. Bevor Charly reagieren konnte, hielt ihm Jeremy die Waffe gegen den Hals. „Ruf jemanden an und lass die Kamera hierherbringen."

„Mach doch keinen Quatsch", flehte Charly.

„Ich sage es dir nicht noch einmal."

„Du würdest mich mitten im Polizeipräsidium erschießen? Hast du dir das gut überlegt?"

„Ich brauche den Film, egal wie." Jeremy drückte den Lauf der Waffe fester gegen Charlys Hals.

Charly griff zum Hörer und tippte eine Schnellwahltaste. „Hi, Charly hier. Sag mal, habt ihr die Sachen von Jochen Trutz bei euch? Der wurde gestern im Westend überfahren." Charly wartete einen Moment stumm am Telefon und Jeremy drückte ihm die Waffe noch fester in den Hals. „Habt ihr auch seine Kamera? Die wird hier benötigt und zwar schnell. Kann die jemand in mein Büro bringen?"

Charly legte wieder auf. „Die Kamera ist in der Gerichtsmedizin. Ein Bote holt sie ab und bringt sie her. Das dauert aber bestimmt eine Stunde."

Jeremy fluchte innerlich. Das dauerte zu lange. Jetzt konnte er aber keinen Rückzieher mehr machen. Er fragte sich, warum er nicht selbst auf die Idee gekommen war, sein Glück zuerst in der Gerichtsmedizin zu versuchen.

„Willst du mir das Ding jetzt die ganze Zeit in den Hals drükken? Manchmal kommen auch Kollegen in mein Büro. Das sieht dann vielleicht nicht so gut aus."

Jeremy ließ die Waffe sinken, blieb aber neben Charly stehen. „Tut mir leid, aber ich muss das Ding jetzt durchziehen. Auf diese Chance habe ich schon zu lange gewartet."

Charly atmete erleichtert auf, als der Lauf der Waffe nicht mehr auf ihn gerichtet war. „Irgendwas läuft gerade mächtig schief", sagte er leise.

„Wenn ich den Film in Sicherheit gebracht habe, kläre ich alles auf", beschwichtigte ihn Jeremy. „Mach dir keine Sorgen."

„Ich mach mir aber große Sorgen, und zwar um dich. So läuft das nicht. Verfassungsschutz hin oder her."

„Ruf da noch mal an, wir beide fahren jetzt hin und holen die Kamera ab."

Charly seufzte, rief an, erklärte sein Anliegen und machte sich dann mit Jeremy auf den Weg.

Kurz nachdem Jeremy ihre Wohnung verlassen hatte, war auch Nadine wieder losgefahren. Sie hatte in der Nacht zuvor kein Auge zugetan, weil so viel zu erledigen war. Sie war allerdings nicht müde, sondern aufgekratzt. Eine erneute Prise Kokain hatte sie wieder auf Trab gebracht. Sie steuerte ihren Porsche zum Hotel Maritim an der Messe, genau gegenüber vom Messeturm. Vor dem Eingang hielt sie und gab einem Bediensteten ihren Wagenschlüssel. Der Porsche wurde in die Tiefgarage gefahren und Nadine Busch ging zielstrebig ins Hotel. Sie lief an der Rezeption vorbei, ging direkt zum Aufzug und fuhr in die fünfte Etage. Zimmer 505. Sie klopfte leise an. Die Tür wurde geöffnet. Nadine ging hinein. Für Nadine war es der dritte Besuch in diesem Zimmer. Am Tag von Sabine Lehmanns Verhaftung, war sie das erste Mal hierher beordert worden. Das war nun gerade mal zwei Wochen her, aber Nadine kam es mittlerweile wie eine Ewigkeit vor. So viel war passiert in diesen zwei Wochen. Damals wurde sie von Jochen Trutz begleitet. Sie hatte es schon oft mit ihm getrieben und hatte gedacht, dass es wieder wie gewöhnlich ablaufen würde. Trutz war ein guter Liebhaber gewesen. Zu ihrer Überraschung trafen sie in dem Zimmer dann aber auf sie. Sie saß mit übereinandergeschlagenen Beinen auf dem roten Sessel und betrachtete Nadine minutenlang, ohne ein Wort zu sagen. Dann wandte sie sich an Jochen Trutz. „Sie sieht so brav aus", sagte sie und ließ ihre Zweifel an der Eignung von Nadine erkennen.

„Das täuscht", antwortete Trutz. „Sie ist ein kleiner Teufel."

Nadine hatte keine Ahnung gehabt, was in diesem Zimmer vor sich ging, aber sie spürte die Atmosphäre des Verdorbenen und war fasziniert davon. Sie hatte die Frau schon öfter gesehen, aber nie wäre ihr in den Sinn gekommen, dass Jochen Trutz sich ihr unterordnete.

„Zieh dich aus, wir müssen reden", sagte die Frau und ihre Stimme verriet, dass sie weder Widerrede noch Aufschub duldete. Nadine war fasziniert. Sie stand in dem Zimmer zwischen der Frau und Jochen Trutz und begann sich auszuziehen. Die Frau beobachtete sie dabei regungslos. Nadine genoss es, dieser Frau zu gehorchen. Als sie aus ihrem Slip gestiegen war, blieb sie aufrecht und nackt im Zimmer stehen. Die Frau betrachtete ihren Körper und in ihrem Rücken spürte Nadine die Blicke von Jochen Trutz. Dann begann die Frau zu erzählen. Sie sprach über Joachim Paulsen und dessen Unternehmen Paulsen und Partner. Sie sprach über die Auswahlkriterien, mit denen die Partner rekrutiert und über die Methoden, mit denen sie manipuliert wurden. Nadine stand nackt vor der Frau und dachte an ihren eigenen Werdegang als Partnerin von Paulsen. Die Frau erzählte ihr, dass Joachim Paulsen sein Unternehmen auf Anweisung von außen führte. Dass es bei Paulsen und Partner einen Zirkel gäbe, der sich dem Auf- und Ausbau besonderer Beratungsleistungen verpflichtet habe. Nadine spürte, wie der Adrenalinspiegel in ihrem Körper anstieg. Sie war dazu auserkoren worden, in diese kleine Eliteeinheit aufgenommen zu werden und sie wusste, dass sie dafür alles tun würde. Dann erfuhr Nadine, dass Sabine

Lehmann eine wichtige Rolle gespielt hatte. Sie konnte sich Sabine Lehmann in diesem auserkorenen Kreis gar nicht vorstellen, aber dann wurde sie darüber informiert, dass ihre Kollegin unter Mordverdacht stand und sich in Polizeigewahrsam befand. Die Frau erzählte, dass Sabine Lehmann von Jochen Trutz intensiv auf ihre Aufgabe vorbereitet worden sei. Für Nadine gab es diese Vorbereitungszeit nicht. Sie bekam nur ein paar Stunden in dem Hotelzimmer, in denen sie ihre Eignung unter Beweis stellen konnte. Die Frau forderte Nadine auf, sich in das Bett zu legen und sich zu entspannen. Die Frau betrachtete Nadine eine Weile im Bett liegend, dann legte sie sich dazu. Sie behielt ihr enges graues Kostüm an und legte auch ihre hochhackigen Schuhe nicht ab. Nadine schloss die Augen und spürte die Hand der Frau auf ihrem Körper. Die Frau berührte Nadine sachte mit ihren Fingerspitzen, spielte an ihren Brüsten und zwischen ihren Schenkeln. Nadine genoss die Berührungen und hörte dabei zu, was die Frau ihr zu sagen hatte. Die Frau sprach von Willensstärke, von Durchsetzungsfähigkeit, von Skrupellosigkeit und von der führenden Elite in der Gesellschaft. Sie sprach, als würde sie einem kleinen Kind ein Märchen vorlesen. Ihre sanften Berührungen gingen dabei allmählich in schmerzhafte Handlungen über. Sie kniff Nadine fest in die Brustwarzen, biss und kratzte sie blutig und ließ sich von Trutz eine lange Nadel reichen, mit der sie Nadine malträtierte, während sie im sanften Ton weitersprach. Nadine genoss auch die Schmerzen, die ihr zugefügt wurden und erfuhr dabei immer mehr Einzelheiten über World Consulting und deren Methoden. Nach zwei Stunden fühlte sich Nadine völlig erschöpft. Abwechselnd wurde sie mit Schmerzen und Streicheleinheiten überhäuft und durfte dabei keinen Laut von sich geben. „Sie ist eine wunderbare kalte Braut", sagte die Frau dann zufrieden. „Ein Braut, die nach außen allen zu gefallen weiß, aber innen kalt wie Eis ist", erklärte Jochen Trutz. Die Frau schaute Nadine zufrieden an und setzte sich dann wieder auf den Sessel. Sie nahm sich ein Handy und telefonierte kurz. „Sie ist so weit", sagte sie. Zu Nadines großer Überraschung erschien kurz darauf Peter Bockelmann in dem Zimmer. „Dein Bräutigam ist da", erklärte die Frau. „Er wird dir sagen, was zu tun ist." Plötzlich verstand Nadine, was damals bei Detlev Wurmbach tatsächlich passiert war. Aber jetzt war keine Zeit darüber nachzudenken. Nadine durfte sich wieder ankleiden und Bockelmann erzählte ihr von einigen Projekten, die sie ab sofort unter seiner Aufsicht als Nachfolgerin von Sabine Lehmann betreuen sollte. „Beim Fußball werden weltweit gigantische Summen in Wettbüros umgesetzt", begann Bockelmann das Projekt „kalte Braut im Stadion" zu erläutern. „Es gibt in allen Ländern Fußballspiele in unterschiedlichen Ligen, auf die man wetten kann. Nach dem Spiel ist vor dem Spiel. Kaum ist ein Spiel vorbei, denken alle Beteiligten schon an das nächste Spiel. Manche Mannschaften gewinnen, andere verlieren. Manche Spieler gewinnen ihre Wetten, andere verlieren sie. Wir sorgen dafür, dass die richtigen Mannschaften verlieren und die richtigen Spieler gewinnen. Wir konzentrieren uns auf die zweiten und dritten Ligen in Osteuropa. Dort sind die Menschen es noch gewohnt, dass die Welt nicht gerecht ist. Familienangehörigen von Fußballspielern passiert manchmal ein Unglück, wenn die Fußballer falsche Ergebnisse liefern. Wenn die Fußballer das wissen, steigen die Chancen unserer Kunden, richtig zu wetten. Dein Job ist es, regelmäßig kleine Unglücke bei den Familien der Fußballer auszulösen. Dafür stehen dir Leute zur Verfügung, die sich um die Drecksarbeit kümmern. Diese Leute warten auf deine Anweisungen. Die genaue Vorgehensweise erkläre ich dir später", hatte Bockelmann seine Erläuterungen zu diesem Projekt damit beendet.

Gleich am nächsten Tag wurde Nadine von Bockelmann in die Geheimnisse vom Haus der Hochzeit eingeweiht. In einer großen Altbauwohnung in der Holzhausenstraße beherbergte Bockelmann im Auftrag von World Consulting seine Zentrale. Von hier aus nahm er Kontakte zur Unterwelt auf und handelte Verträge mit seiner Kundschaft aus. Er war weltweit mit anderen sogenannten schwarzen Zentralen vernetzt. Sabine Lehmann hatte sich bisher um die Ausführung der kriminellen Machenschaften gekümmert. Nach außen hin war sie wie Bockelmann als Partnerin von Paulsen tätig gewesen. Allerdings mit wesentlich geringerem Arbeitsaufwand und ausgewiesenem Umsatz, als es bei gewöhnlichen Partnern der Fall war. Auch Nadine hatte über Nacht fast alle ihre bisherigen Kunden verloren. Trutz hatte bereits zwei neue Partner bei Paulsen installiert, die das Geschäft von

Nadine übernahmen. Nadine erbte von Sabine Lehmann neben den Aufgaben der kalten Braut aber auch den Flughafenbetreiber Fraport als Kunden. Bockelmann erklärte Nadine, dass der Ausbau des Frankfurter Flughafens das erste interne Projekt von World Consulting in Europa sei. Bei dem Projekt wurden alle von World Consulting installierten Ebenen vernetzt und aktiviert, um die Interessen der Organisation auf legale Weise umzusetzen. Sämtliche Entscheidungen bei dem Prozess des Flughafenausbaus in Politik, Wirtschaft und Öffentlichkeit wurden massiv beeinflusst. Über Paulsen und Partner wurde Sabine Lehmann bei den Entscheidern von Fraport installiert. Ihre dort erbrachten Beratungsleistungen wurden im Messeturm von den Platinum-Beratern ausgearbeitet. Deren Zielvorgabe war es, den Ausbau des Frankfurter Flughafens zu nutzen, um die optimale Infrastruktur für die schwarzen europäischen Zentralen von World Consulting in Europa zu schaffen. Die Platinum-Berater erhielten ihre Vorgaben von Peter Bockelmann. Sein Ziel war es, sämtliche Bauvorhaben am Flughafen von Firmen durchführen zu lassen, die mit Beratern von Paulsen und Partner infiltriert waren. Die neu zu errichtenden Immobilien sollten durch Tochterfirmen von World Consulting verwaltet werden. Neu abzuschließende Verträge mit Luftfrachtgesellschaften sollten über Dr. Dornfeld beeinflusst werden. Peter Bockelmann wollte die größtmögliche Kontrolle über den Frankfurter Flughafen erhalten, um seiner Kundschaft optimale Voraussetzungen für Waffen-, Drogen- und Menschenhandel anbieten zu können. Für World Consulting war dieses Projekt ein strategisches Zwischenziel auf dem Weg zur Weltherrschaft.

Nadine war wie berauscht, als sie diese Informationen von Peter Bockelmann in dessen Zentrale in der Holzhausenstraße erfuhr. Sie erkannte, dass es für sie keine Moral mehr gab. Euphorisch arbeitete sie sich die ganze Nacht durch die gespeicherten Daten auf den Hochleistungsrechnern in Bockelmanns Zentrale und lernte eine neue Welt kennen. Eine Welt ohne Moral. Die Welt von World Consulting.

Aber schon zwei Tage später wurde Peter Bockelmann überfahren. Die Welt von World Consulting war ins Wanken geraten und

Nadine Busch wurde gemeinsam mit Jochen Trutz wieder in das Hotelzimmer 505 bestellt.

Bei diesem Treffen wurde Nadine bereits als vollwertiges Mitglied in dem kleinen elitären Kreis anerkannt. Die Frau war über Bockelmanns Ableben schockiert und wirkte zerstreut. Auch Jochen Trutz wirkte unschlüssig und zeigte Schwächen, die Nadine zuvor an ihm nicht gesehen hatte. Die beiden stellten Mutmaßungen über die Vorkommnisse an, kamen aber zu keinem Ergebnis. Nadine saß zwischen ihnen am Tisch und gierte nach Informationen. Sie erfuhr, dass man in New York sehr besorgt über die Lage in Deutschland war. Die Frau schien unter großem Druck zu stehen und Trutz war ihr in dieser Situation keine große Hilfe. Nadine begriff, dass mit dem Ausfall von Peter Bockelmann und Sabine Lehmann sämtliche Projekte, die von der Holzhausenstraße aus gesteuert wurden, auf Eis lagen. Die Geschäfte mit der Organisierten Kriminalität könnten sich für World Consulting als Bumerang erweisen. Die Mafia verstand keinen Spaß, wenn Probleme auftauchten. Nadine hatte in der kurzen Zeit zwar nur einen kleinen Einblick in Bockelmanns Netzwerk bekommen, aber das reichte ihr, um die Tragweite der Situation richtig einzuschätzen. Sie fragte, ob es Probleme bei einem der Projekte gegeben hatte und die Mafia für Bockelmanns Tod verantwortlich sein könnte. Weder Trutz noch die Frau glaubten an einen Racheakt von seiten der Mafia. Bockelmann hatte stets saubere Arbeit abgeliefert. Trutz verdächtigte den israelischen Mossad, weil Bockelmann auch Waffenlieferungen für die Palästinenser organisiert hatte, aber davon wollte die Frau nichts wissen. Sie war der Meinung, dass man davon in New York wüsste, wenn dem so wäre. „Wir müssen Bockelmann ersetzen, und zwar sofort", lenkte die Frau das Gespräch dann in eine neue Richtung.

„Ich konnte noch keinen Ersatzmann adäquat ausbilden", blockte Trutz ab.

Die Frau schaute zu Nadine. „Unsere neue Braut haben wir auch ins kalte Wasser geschmissen. Da hattest du auch keine Bedenken. Wir müssen jetzt improvisieren."

„Was ist mit Jeremy?", fragte Nadine. „Ich glaube, der wäre ein guter Mann für diese Position."

Die Frau schaute Nadine an. „Jeremy Boyle? Wie kommst du auf ihn?“

„Er ist hochintelligent, zeigt keine Gefühlsregungen und hat sich als Partner immer bewährt. Was spricht gegen ihn?“

„Ich traue diesem Kerl nicht“, sagte Trutz.

„Wir können ihn testen“, schlug Nadine vor.

„Hast du einen besseren Vorschlag?“ Die Frau schaute Trutz an.

„Es gibt noch einen Mann in Berlin. Thomas Geyer. Der hat auch das Zeug dazu.“

„Wir probieren es mit Jeremy Boyle“, entschied die Frau. „Wenn er versagt, versenkt ihr ihn im Main.“

„Dann fällt schon wieder ein wichtiger Partner in Frankfurt aus“, gab Trutz zu bedenken.

„Die Partner können wir ersetzen“, winkte die Frau ab. „Du bist mir in letzter Zeit ein wenig zaghaft, mein lieber Jochen. Nadine soll das mit Jeremy klären. Da kann sie gleich mal eine Arbeitsprobe abliefern.“

„Ich bin bereit“, erklärte Nadine selbstbewusst.

„Dann erkläre ich die Sitzung hiermit für beendet.“ Nadine und Trutz verließen das Hotelzimmer. Am folgenden Tag überlegte sich Nadine, wie sie Jeremy gewinnen konnte. Sie orientierte sich an den Methoden, die sie bereits von Trutz und Bockelmann kennen gelernt hatte und nahm sich vor, diese Methoden noch genauer zu studieren.

Jetzt befand sie sich zum dritten Mal im Zimmer 505. Die Leiche von Trutz lag in der Gerichtsmedizin und Jeremy war noch nicht unter Kontrolle. Nadine hatte in der schwarzen Zentrale eine Nachricht abgerufen, die von Hauptkommissar Siebels stammte. Alles war außer Kontrolle geraten. In der letzten Nacht hatte die Frau die Entscheidungen getroffen und Nadine hatte sie in die Tat umgesetzt. Wie ein Schweizer Uhrwerk hatte Nadine funktioniert und sie hatte schnell verstanden, dass sie jetzt ganz oben mitspielen würde, wenn sie keine Fehler machte.

„Läuft alles nach Plan?“, fragte die Frau.

„Jeremy gehorcht mir“, sagte Nadine lapidar. „Alles andere habe ich geregelt.“

Die Frau nickte zufrieden. Dann sah sie Nadine eindringlich an.

„Du bist doch schon im Bilde, seitdem die Sache mit Wurmbach passiert ist. Hast du das alles geplant?"

„Was?"

„Die Verhaftung von Sabine Lehmann. Den Tod von Bockelmann. Den Tod von Trutz."

„Und zum Schluss deinen Tod?", fragte Nadine und erwiderte den kalten Blick der Frau.

32

Staatsanwalt Jensen verteilte im Präsidium die Beute vom Messeturm. Die Rechner der Platinum-Berater wurden bei Charly auf den Tisch geknallt. Von Charly war weit und breit nichts zu sehen. Die schriftlichen Unterlagen wurden in einem Büro bei der Abteilung Wirtschaftskriminalität abgestellt. Jensen hatte aus dieser Abteilung ein Team zusammengestellt, das die Unterlagen prüfen und abschließend berichten sollte. Siebels und Till schlenderten durch die Gänge des Präsidiums. Siebels hatte Lust auf ein Frühstück und Till schaute seinen weiblichen Kolleginnen hinterher. Sein Jagdinstinkt war wieder aktiviert. Johanna rumorte aber noch mächtig in seinem Unterbewusstsein. Auf allen anderen Bewusstseinsebenen leistete er gute Verdrängungsarbeit.

„Ich hole mir in der Kantine noch ein belegtes Brötchen und dann schauen wir uns das Haus der Hochzeit mal aus der Nähe an."

„Wann ist denn jetzt eigentlich Hochzeit?", wollte Till wissen.

„Meine oder deine?"

Till blieb stehen. „Ich bin seit gestern wieder glücklicher Single."

Siebels blieb ebenfalls stehen. „Was ist passiert?"

„Johanna hat ihre Sachen bei mir gepackt und das Weite gesucht. Wäre wohl doch nicht das Optimale mit uns beiden, hat sie gesagt. Und weg war sie."

„Tut mir leid."

„Kein Problem. Ich glaube, ich gehe heute Abend mal auf den Schießstand. Montagabends übt Simone immer."

„Welche Simone?"

„Die ist seit ein paar Wochen bei der Streife. Letzten Monat hat sie doch den Streifenwagen mit Tatütata gegen die Straßenbahn gefahren. Erinnerst du dich?"

„Ach, die ist das. Stimmt es, dass sie dem Straßenbahnfahrer Handschellen angelegt hat, weil er sie eine taube Nuss genannt hat?"

„Stimmt", bestätigte Till. „Die ist voll süß, die Simone."

Die beiden schlenderten wieder durch die Gänge und erreichten die Kantine. Siebels nahm sich Kaffee und Brötchen, Till griff zur Cola. „Du willst ihr doch nur ins Ohr flüstern, dass sie ein taubes Nüsschen ist, damit sie dir die Handschellen anlegt." Siebels lachte herzhaft über seinen Scherz.

„Vielleicht. Wer weiß, was sie sonst noch alles drauf hat. Beim Schießen soll sie nicht so der Hit sein. Vielleicht kann ich ihr ja ein paar Kniffe beibringen?"

„Schneider legt euch beiden Handschellen an, wenn du ihr zeigst, wie man Oma bin Laden und Jensen el Virus abknallt."

„Genau das habe ich vor." Till grinste über beide Backen. „Und im Gegenzug soll sie mir beibringen, wie man Straßenbahnen entert."

Siebels schüttelte verzweifelt den Kopf. „Auf geht's, jetzt entern wir erst mal das Haus der Hochzeit. In die Holzhausenstraße können wir laufen. Frische Luft tut dir jetzt gut."

Jeremy war mit Charly in die Gerichtsmedizin gefahren, wo Charly ohne Probleme die Kamera von Trutz ausgehändigt bekam. Als die beiden das Gebäude wieder verließen, klammerte Jeremy sich an der Kamera fest. Die beiden stiegen wieder in den zivilen Dienstwagen, den Charly sich aus dem Fuhrpark genommen hatte.

„Wohin soll die Reise jetzt gehen?", erkundigte sich Charly.

„Zu meiner Wohnung im Westend."

Charly fuhr los. Jeremy starrte geistesabwesend aus dem Beifahrerfenster. „Was ist da drauf?", wollte Charly wissen und zeigte auf die Kamera.

„Meine Reifeprüfung", antwortete Jeremy leise.

„Ich glaube, du steckst ziemlich tief in der Scheiße." Charly fuhr auf der Kennedyallee stadteinwärts und fädelte sich auf der linken Abbiegerspur in Richtung Hauptbahnhof ein.

„Ich brauche jetzt eure Deckung. Trutz hat einen Film von mir und Nadine gemacht. Vom Prinzip lief es wohl so ähnlich ab, wie damals bei Wurmbach."

Charly pfiff leise durch die Zähne. Er fuhr am Baseler Platz vorbei. Ihm fiel ein, dass die wilde Simone hier den Crash mit der

Straßenbahn verursacht hatte. Mindestens sechs Kollegen hatten ihm die Geschichte erzählt. Sechs verschiedene Versionen hatte er gehört.

„Früher mussten V-Leute noch Leute verprügeln und andere schlimme Dinge tun, wenn sie im Milieu eintauchen wollten. Bist du sicher, dass du bei World Consulting eindringen kannst, nur weil du gut vögelst?"

„Ich weiß, dass das blöd klingt. Aber es ist wohl so. Jedenfalls gehörte das zu den Ritualen von Trutz. Der wollte sehen, dass seine Schützlinge alle Hemmungen fallen lassen. Vermutlich hatte er noch andere Schweinereien mit mir vor. Aber das hat sich nun ja erledigt."

„Wie ist sie denn?"

„Wer?"

„Na diese Nadine."

Jeremy lächelte verlegen. „Sie ist hundert Prozent hemmungslos. Nach dem Tod von Trutz scheint sie jetzt noch höher in der Hierarchie zu stehen. Sie will mich in alles einweihen. Ich muss jetzt am Ball bleiben. Wenn bei euch rauskommt, was auf dem Film ist, habe ich keine Chance mehr."

Charly nickte. „Du musst das mit Timm klären. Ohne Deckung aus Wiesbaden können wir dir nicht den Rücken freihalten."

„Ich weiß. Ich rede heute noch mit Timm."

Siebels und Till liefen durch das Holzhausenviertel, die gleichnamige Straße zählte zu den besten Adressen im Frankfurter Nordend. Die 1891 entstandene Straße wies bis in die Gegenwart eine weitgehend geschlossene gründerzeitliche Bebauung mit zahlreichen denkmalgeschützten Häusern auf. Siebels und Till bogen von der Eschersheimer Landstraße in die Holzhausenstraße ab und liefen an den altehrwürdigen Villen vorbei. Vor dem Haus Nummer 16 betrachteten die beiden den Stolperstein für Magda Spindel. Die Stolpersteine waren in den Gehweg eingelassene Gedenktafeln, die an das Schicksal von durch Nationalsozialisten ermordete Menschen erinnern sollten. Die jüdische Magda Spindel wohnte im Haus Nr. 16. Sie wirkte seit 1917 als Altistin an der Frankfurter Oper. 1941 wurde ihr die Wohnung in dem arischen Haus gekündigt.

Die Familie von Holzhausen war davon nicht betroffen. Mit dem Tod von Adolph von Holzhausen war 1923 der Frankfurter Zweig der Familie ausgestorben. Bis dahin war die Adelsfamilie seit 1245 in Frankfurt ansässig gewesen und stellte im Laufe der Jahrhunderte mit über dreißig Familienangehörigen mehr als siebzig Mal den Bürgermeister von Frankfurt.

Mit einem kalten Wind wehte Siebels und Till ein Hauch von Geschichte um die Ohren, als sie vor dem Haus der Hochzeit standen. Die Gründerzeitvilla war 1895 erbaut worden. Ein schmiedeeisernes Tor versperrte den Weg vom Bürgersteig zum Hauseingang. Es war nicht verschlossen und quietschte laut, als Siebels es öffnete. Lockere Steinplatten führten zum Hauseingang. Es gab nur eine Klingel. „Haus der Hochzeit" stand in kleiner Schrift auf dem Klingelschild. Siebels ließ seinen Blick über die Fassade des Hauses gleiten. Die Videokameras waren kaum auszumachen und fachmännisch installiert worden. Im Haus nebenan öffnete sich ein Fenster. Eine ältere Dame schaute heraus.

„Die Herrschaften sind mitten in der Nacht ausgezogen", rief sie Siebels zu.

„In der letzten Nacht?", vergewisserte sich Siebels und ging ein paar Meter näher zum Nachbarhaus.

„Ja. Mit Mann und Maus. Zwei Lastwagen haben die vollgeladen. Morgens zwischen zwei und fünf Uhr. Wer zieht denn um diese Zeit um?"

„Kannten Sie die Leute, die hier gewohnt haben?"

„Die haben nie viel geredet. Ein stilles Pärchen war das. Aber wenn sie mir über den Weg gelaufen sind, haben sie mich immer freundlich gegrüßt. Bei dem Umzug heute Nacht waren die aber nicht dabei." Die Frau schlug sich plötzlich mit der flachen Hand auf die Stirn. „Herr im Himmel. Vielleicht war das ja eine Diebesbande heute Nacht. Da sollte ich mal besser die Polizei rufen."

Siebels und Till zückten ihre Ausweise. „Wir sind die Polizei. Wir gehen jetzt da rein. Können wir uns später noch unterhalten?"

„Ich bin 92 Jahre alt. Ich laufe Ihnen nicht weg. Um was geht es denn? War das tatsächlich eine Diebesbande heute Nacht? Das waren bestimmt Rumänen. Das kennt man ja."

Siebels ging kommentarlos zum Eingang vom Haus der Hochzeit zurück. Er betrachtete sich das Schloss. Es war ein Sicherheitsschloss.

„Soll ich es aufschießen?“, fragte Till lapidar.

Siebels schaute ihn kopfschüttelnd an. „Willst du Pluspunkte bei der wilden Simone sammeln?“

Till zuckte mit den Schultern. „Du kannst die Tür ja noch eine Weile betrachten, vielleicht öffnet sie sich dann von ganz allein?“

Siebels seufzte, ging einen Schritt zurück, holte Schwung und trat wie ein Karatekämpfer gegen die Tür. Die Tür blieb unversehrt und Siebels kämpfte gegen den Schmerz in seinem Fußknöchel an, den er sich mit voller Wucht am Türknauf angestoßen hatte.

„Ich könnte schießen“, bot Till erneut an.

„Halt die Klappe“, presste Siebels hervor. Entnervt nahm er seine Pistole in die Hand, stellte sich mit den Füßen auf das Gitter vom Kellerfenster und schlug mit dem Griff seiner Dienstwaffe die Fensterscheibe im Erdgeschoss ein. Er hielt die Luft an und wartete auf das Aufheulen einer Alarmanlage. Aber es blieb still. Die Nachbarin schaute dem Treiben aus ihrem Fenster neugierig zu. Siebels zertrümmerte den Rest des Fensterglases und versuchte in die Wohnung einzusteigen. Till winkte dem Taxifahrer auf der Straße zu, der angehalten hatte und den beiden mit dem Handy am Ohr zuschaute.

„Hilf mir doch mal“, beschwerte sich Siebels, der mit halbem Oberkörper im Fensterrahmen hing und nicht weiterkam.

„Ich glaube, wir erregen Aufsehen“, kommentierte Till die Situation. Er ließ Siebels im Fenster hängen und ging zu dem Taxifahrer. Er wollte sich als Polizist ausweisen, aber als er näher kam, gab der Taxifahrer Gas.

„Was ist denn da los?“, regte sich der im Fenster zappelnde Siebels auf.

„Ich schätze mal, dass gleich ein paar Kollegen vorbeikommen. Irgendwie sieht das saublöd aus, wie du da im Fenster hängst. Vielleicht sollte ich besser im Nachbarhaus warten, bis die Situation wieder unter Kontrolle ist.“

„Wenn du mir nicht gleich hier rein hilfst, machst du die nächsten zehn Jahre Schreibtischarbeit", brüllte Siebels und zog sich einige Zentimeter weiter durch den Fensterrahmen. Dabei ritzte er sich seine Hose an einem Glassplitter am Fensterrahmen auf. Till zeigte ein Einsehen und schob Siebels an den Unterschenkeln nach oben. Siebels rutschte ein Stück weiter in die Wohnung hinein. Dann musste er seine Bemühungen einstellen. Von der Straße her kam das Kommando, dass sich niemand mehr bewegen solle.

„Die Bullen sind da", sagte Till.

„Hauptkommissar Siebels" schrie Siebels. „Ich bin im Einsatz."

„Keine Bewegung, Polizei", kam prompt die Antwort.

„Kannst du das mal bitte regeln?", fragte Siebels genervt.

„Der hat gesagt, er wäre auch von der Polizei", rief die Nachbarin aus dem Fenster nebenan.

Der erste Beamte stand nun mit gezogener Waffe zwei Meter von Till entfernt. Der zweite Beamte stand noch am Bürgersteig und gab seinem Kollegen Deckung. „Ach, ihr seid das", sagte der Polizist, als er Till erkannte. „Was soll das denn werden?"

„Wir stürmen das Haus der Hochzeit", verriet ihm Till und legte einen Zeigefinger auf seine Lippen. „Aber psst. Das ist ein geheimer Einsatz. Alles topsecret."

Der Beamte nickte verwirrt und betrachtete sich den Hintern von Siebels, der zappelnd aus dem Fensterrahmen schaute.

„Vielleicht solltet ihr das in einer Sporthalle üben, bevor ihr in der Öffentlichkeit so viel Aufsehen erregt", überlegte der Beamte laut. Siebels hatte ihn nun an der Stimme erkannt. Es war Polizeiobermeister Meier, den er bereits seit über zehn Jahren kannte.

„Meier, noch ein Wort und ich drehe dir den Hals um", schimpfte Siebels, der sich weiter in das Innere der Wohnung kämpfte.

Mittlerweile war auch der zweite Beamte näher gekommen. „Das SEK ist schon unterwegs", sagte er schüchtern.

Till lachte laut los. „Das Siebels-Einsatz-Kommando holt dich da gleich raus", rief er Siebels zu. Vielleicht sollten wir auch noch die Feuerwehr alarmieren?"

„Arschlöcher", brüllte Siebels und verschwand mit einem lauten Knall hinter dem Fenster.

„Hast du dir wehgetan?", fragte Till

Auf der Straße hielt ein Mannschaftswagen. Drei Beamte mit Schutzwesten und Gesichtsmasken sprangen aus dem Bus. Till grinste über beide Backen. Siebels tauchte wieder am Fenster auf. „Könnt ihr die Tür öffnen?", rief er den Leuten vom SEK zu.

Die hatten mittlerweile bemerkt, dass die beiden Streifenpolizisten entspannt bei Till standen. Polizeiobermeister Meier ging zu den Männern und klärte sie auf.

„Wie viele kommen denn da noch?", rief die Nachbarin.

„Wir sind jetzt vollzählig", rief Till zurück.

„Hans Bremer", stellte sich der Einsatzleiter vom SEK vor. Till schüttelte ihm die Hand. Siebels nickte ihm vom Fenster aus zu.

Till gab ihm einen kurzen Lagebericht. Bremer schaute zu Polizeiobermeister Meier. Der zuckte mit den Schultern. Bremer gab daraufhin zweien seiner Männer ein Zeichen, die Tür aufzubrechen. Kurz darauf kamen sie mit schwerem Werkzeug und hebelten die Tür aus den Angeln.

„Na also. Geht doch", gab Siebels seinen Kommentar ab.

Bremer pfiff seine Leute wieder zurück und blies zum Abmarsch. Siebels gab Polizeiobermeister Meier die Anweisung, den Hauseingang zu bewachen, bis er wieder rauskommen würde. Till ging durch die aufgebrochene Haustür. „Hast du gut gemacht", sagte er zu Siebels im Hausflur. „Ohne das SEK hätten wir die Tür nie aufgekriegt."

Siebels überhörte den ironischen Kommentar von Till. „Riech mal."

„Stinkt nach Reinigungsmitteln."

„Und nach Desinfektionsmitteln", ergänzte Siebels. Im Haus standen alle Türen offen. Die beiden betrachteten sich die beiden Wohnungen im Erdgeschoss. Sie fanden nur leer stehende Räume.

„Hier finden wir kein Staubkorn und keinen Fingerabdruck", sagte Siebels. „Die müssen heute Nacht saubere Arbeit geleistet haben."

„Du meinst, die wussten, dass wir kommen?"

„Ich habe mich telefonisch angekündigt", gestand Siebels und berichtete Till von seinem Anruf beim Haus der Hochzeit. „Ich hatte schon ein blödes Gefühl, als ich den Hörer wieder aufgelegt hatte. Da habe ich Mist gebaut."

„Aber wer hat deinen Anruf abgehört? Bockelmann scheidet aus, Sabine Lehmann scheidet aus, Jochen Trutz scheidet aus."

Babygeschrei erfüllte die leeren Räume. „Oh Mann", stöhnte Till. „Ich dachte schon für einen Moment, die hätten ein Baby zurückgelassen."

Siebels nahm das Gespräch entgegen. Es war Charly. Er berichtete von seinem Ausflug mit Jeremy Boyle.

„Das kann doch wohl alles nicht wahr sein" schimpfte Siebels. „Nadine Busch wird jetzt zur Fahndung ausgeschrieben. Sofort! Kümmerst du dich bitte darum. Dann will ich wissen, wem das Haus hier in der Holzhausenstraße gehört." Siebels klappte sein Handy wieder zu und erzählte Till von der neuesten Wendung im Fall.

Till pfiff durch die Zähne. „Nadine Busch. Die Frau hat Feuer, das habe ich ja gleich gesagt. Jetzt wissen wir auch, wer hier heute Nacht so ordentlich geputzt hat. Die Frau ist auch eine ausgezeichnete Putze. Ich sollte mich doch noch mal mit ihr treffen."

„Die Frau ist jetzt zur Fahndung ausgeschrieben, an der wirst du nicht mehr viel Freude haben. Lass uns oben noch mal nachschauen."

Till folgte Siebels über eine knarrende und frisch geputzte Holztreppe in das erste Stockwerk. Das Treppengeländer roch nach Zitrone.

„Alles blitzeblank. Hier war die schrubbende Braut auch am Werk", kommentierte Till die leer stehenden Räume.

„Warten wir mal ab, vielleicht findet die Spurensicherung ja doch noch etwas." Siebels rief auch gleich bei der Spurensicherung an und beorderte einen Trupp in die Holzhausenstraße.

„Es gibt ja noch zwei Etagen, lass uns mal weiter nach oben gehen."

„Ich würde ja zu gerne wissen, was die hier alles rausgeräumt haben", sagte Siebels und ging zur nächsten Etage voran.

„Ich würde gerne wissen, wo sie das jetzt alles hingeräumt haben", überlegte Till.

„In das Haus von Jochen Trutz?"

„Oder in die Räume in der Akademie."

„Oder in die Villa von Paulsen?

„Vielleicht in die Zelle von der Lehmann?"

Siebels schaute Till an. „So viel passt nicht in ihre Zelle."

Auch die Wohnungen in den oberen Etagen waren leergeräumt und steril. Nur weiße Wände und nach Reinigungsmittel stinkendes Parkett.

Die beiden gingen wieder nach unten. Siebels schickte Polizeiobermeister Meier und dessen Kollegen wieder auf Streife. Er betrachtete sich das Fenster, durch das er geklettert war und kam zu dem Entschluss, dass er ein paar Kilo abnehmen sollte.

„Haben Sie was gefunden?", rief die alte Dame aus dem Nebenhaus.

Siebels zündete sich eine Zigarette an. „Nein. Leider nicht. Können Sie die Leute beschreiben, die heute Nacht hier alles ausgeräumt haben?"

„Das waren alles junge Männer. Jedenfalls haben sie sich bewegt, wie junge Männer sich bewegen. Und schwere Kisten haben sie geschleppt. Die waren alle schwarz angezogen. Da konnte ich nichts erkennen. Aber die Frau, die habe ich erkannt. Das war so ein hübsches Ding. Aber aufgeführt hat sie sich wie ein Feldwebel."

„Hatte sie schwarze gelockte lange Haare?", erkundigte sich Till

„Ja. Und einen Pelzmantel hat sie getragen."

„Nadine Busch", sagten Siebels und Till im Chor.

Der Wagen von der Spurensicherung hielt vor dem Haus. Siebels wies den Chef der Truppe ein. Kurz darauf verschwand der Trupp in weißen Schutzanzügen im Haus der Hochzeit.

„Wir nehmen uns jetzt das Haus von Trutz vor, danach fahren wir zu Paulsen und anschließend zu Sabine Lehmann", erläuterte Siebels seinen weiteren Tagesplan.

„Und Mittagessen?", fragte Till.

„Fällt aus. Ich habe gerade beschlossen, dass ich abnehmen muss."

„Wir können uns ja erst den Hausschlüssel von Trutz besorgen, dann musst du dich nicht wieder durch ein Fenster quetschen."

„Ich quetsche mich nicht, ich schlüpfe. Wie ein Aal gleite ich durch jedwede Öffnung, und sei sie noch so klein."

„Meier kann es bestätigen", feixte Till.

33

„Wo ist die Kamera?", fragte Nadine.

„An einem sicheren Ort", antwortete Jeremy.

Die beiden saßen auf einer Parkbank im Grüneburgpark, nur ein paar Meter von der Villa Paulsen entfernt. Es war kalt, aber die Sonne schien aus einem klaren blauen Himmel.

„Sicher ist sie nur bei mir. Ich will sie haben. Mit dem Film." Nadines Tonfall ließ keine Widerrede zu.

„Ich gebe sie dir nachher. Wie geht es jetzt weiter?"

„Wir haben ein Problem. Das müssen wir lösen. Je schneller, desto besser."

„Was für ein Problem?"

„Bist du sicher, dass du dich auf das alles einlassen willst? Noch kannst du mir die Kamera geben und dich in dein altes Leben zurückziehen. Wenn du jetzt aber weitermachst, gibt es kein Zurück mehr für dich." Nadine sah Jeremy mit kalten Augen an.

Jeremy blickte einem Jogger hinterher, der im Park seine Runden drehte.

„Ich habe lange darauf gewartet. Ich wusste schon immer, dass es hinter Paulsen noch etwas gibt. Etwas Geheimnisvolles. Etwas, das mich fasziniert." Jeremy schaute Nadine an. „Du und ich, wir sind ein unschlagbares Team. Lass uns tun, was getan werden muss."

„Sabine Lehmann muss sterben."

Jeremy schluckte. Er hatte immer noch keine Ahnung, mit wem er eigentlich welches Spiel spielte. „Sie sitzt in Untersuchungshaft, wie soll das gehen?"

„Lass dir was einfallen. Sie sitzt dort und spricht über Dinge, über die sie nicht sprechen sollte. Sie muss von der Bildfläche verschwinden. Und zwar schnell."

„Okay, ich kümmere mich darum."

„Das ist gut. Wir treffen uns in einer Stunde im Hotel Maritim. Zimmer 505. Bis dahin solltest du eine gute Idee haben, wie wir Sabine schnell los werden. Und vergiss nicht, den Film mitzubringen."

Siebels traute seinen Augen nicht, als er in Kronberg auf das Grundstück von Jochen Trutz zusteuerte. Die Villa von Trutz war bis auf die Grundmauern niedergebrannt. In den Trümmern liefen noch zwei Polizisten mit Spürhunden herum. Am Rande standen zwei Feuerwehrmänner und rauchten. Siebels stellte den Motor ab.

„Hier hat es wohl gebrannt", bemerkte Till lapidar.

„Zum Putzen ist anscheinend keine Zeit mehr gewesen. Ich habe das Gefühl, dass wir immer einen Schritt hinterherhinken."

„Das ist kein Gefühl, das ist die bittere Wahrheit."

„Dann sollten wir mal einen Schritt zulegen. Wir sind ihnen ja schon dicht auf den Fersen."

„Ich habe aber Hunger."

„Gegessen wird später, jetzt wird ermittelt." Siebels stieg aus dem Wagen und ging zu den Feuerwehrmännern. Till folgte ihm mit knurrendem Magen.

Siebels stellte sich als Hauptkommissar aus Frankfurt vor und fragte, was passiert sei.

„Gasexplosion", sagte einer der Feuerwehrleute.

Siebels nickte und zündete sich eine Zigarette an. „Gibt es Hinweise auf Brandstiftung?"

„Ein Unfall war es mit Sicherheit nicht. Wer auch immer das gewesen ist, er hat keinen großen Wert darauf gelegt, seine Tat zu vertuschen. Da ist aus mindestens zehn Propanflaschen Gas ausgeströmt, bevor es geknallt hat. Mit Brandbeschleuniger wurde auch nicht gespart. Da wollte jemand ganz sicher gehen."

„Gab es Zeugen? Wurde jemand im oder am Haus gesehen, bevor hier alles in die Luft ging?"

„Das fragen Sie besser Ihre Kollegen. Die zwei da drüben haben die Hoffnung noch nicht aufgegeben, irgendetwas zu finden. Menschen waren aber anscheinend nicht im Haus."

Siebels lief zu den Polizisten. Till erkundigte sich bei der Feuerwehr, ob es in Kronberg einen McDonald's gäbe.

„Von Zeugen weiß ich nichts", sagte einer der Polizisten. Heute morgen um kurz vor fünf gingen etliche Notrufe ein. Der Feuerball war im ganzen Vordertaunus zu sehen."

„Gab es auch Vorkommnisse in der Akademie?", fragte Siebels und zeigte auf das Schulungszentrum von Paulsen, das nur wenige Meter von der niedergebrannten Villa entfernt lag.

Die Polizisten schüttelten die Köpfe. „Nein, warum fragen Sie?"

„Weil der Hausbesitzer dort als Dozent tätig war", sagte Siebels geistesabwesend. Er fragte sich, ob es Sinn machte, die Akademie aus der Nähe zu betrachten. Aber wenn es dort in der letzten Nacht keine besonderen Vorkommnisse gegeben hatte, würde er damit jetzt nur Zeit verschwenden. Dann war dort nichts zu finden.

„Können Sie das noch überprüfen und mir Bescheid geben, falls dort jemand eingedrungen ist?"

„Das können wir machen. Aber nicht auf Anweisung der Frankfurter Polizei", sagte einer der Beamten und zuckte bedauernd die Schultern.

Siebels rief bei Jensen an.

„Wo treiben Sie sich denn rum, zum Kuckuck", schimpfte Jensen. „Der Anwalt von den Messeturm-Leuten fährt schweres Geschütz auf und ich bekomme hier von allen Seiten Feuer. Sogar der Innenminister hat schon angerufen."

„Schicken Sie eine Streife in die Frauenlobstraße. Die sollen die Villa von Paulsen im Auge behalten", erwiderte Siebels.

„Ist das die Antwort, die ich dem Innenminister geben soll?"

Siebels berichtete, in welchem Zustand die Villa von Trutz sich nun befand und erzählte auch von der nächtlichen Säuberungsaktion in der Holzhausenstraße.

„Soll das etwa heißen, dass die Villa von Paulsen jeden Moment in die Luft gesprengt werden kann?" Jensen klang hysterisch. „Die steht im Diplomatenviertel. Wissen Sie eigentlich, was das bedeutet? Da sind die Konsulate der halben Welt vertreten."

„Ich glaube nicht, dass die Villa Paulsen in die Luft fliegt, aber ich kann es nach Lage der Dinge auch nicht ausschließen. Ein Streifenwagen vor der Tür kann bestimmt nichts schaden. Ich werde Herrn Paulsen auch gleich noch einen Besuch abstatten. Danach ist die Lage vielleicht etwas übersichtlicher."

„Die Lage ist völlig außer Kontrolle. Ich schicke drei Streifenwagen dahin. Was macht eigentlich unser Freund vom Verfassungsschutz? Den versuche ich auch schon den ganzen Tag zu erreichen."

Siebels bekam ein flaues Gefühl im Magen. Die Aktion von Jeremy konnte er noch nicht richtig einschätzen, von Timm hatte auch er nichts mehr gehört. „Keine Ahnung", sagte Siebels und brachte seinen Wunsch zum Ausdruck, dass die Kollegen aus Kronberg die Akademie noch in Augenschein nehmen sollten. Nach einer erneuten Schimpfkanonade versprach Jensen, sich darum zu kümmern.

Jeremy klopfte an die Zimmertür von Zimmer 505. Nadine öffnete ihm. „Hast du die Kamera dabei?"

„Ja." Jeremy öffnete seine Ledertasche, holte die Kamera heraus und reichte sie Nadine.

„Der Film ist auch drin?"

„Ja. Er ist in der Kamera."

„Komm rein."

Jeremy betrat das Zimmer. Zu seiner Überraschung saß dort eine Frau, mit der er hier nie gerechnet hätte.

„Hallo Jeremy", begrüßte sie ihn. „Wir haben uns ja schon lange nicht mehr gesehen."

„Ich hätte auch nicht gedacht, dass wir uns heute hier sehen", stammelte Jeremy verwirrt.

„Ja, das Leben ist manchmal voller Überraschungen. Ich habe gehört, du hast uns einen schönen Film mitgebracht. Leider haben wir jetzt keine Zeit, um uns damit zu vergnügen. Aber einen kleinen Ausschnitt wollen wir uns doch anschauen. Setze dich doch." Die Frau bot ihm den Sessel ihr gegenüber an.

Nadine schloss die Kamera an das Fernsehgerät an, spulte den Film einige Minuten vor und ließ ihn dann laufen.

„Du fickst ja wie ein Weltmeister", ertönte die Stimme von Trutz im Hotelzimmer. Jeremy starrte verlegen auf den Bildschirm. Die zwei Frauen im Zimmer schauten entspannt zu, wie Jeremy seine Triebe ausgelebt hatte.

„Fickt er wirklich so gut, wie es aussieht?", fragte die Frau.

Nadine drehte sich zu ihr herum und schenkte Jeremy dabei ein Lächeln. „An dem Tag hat er es jedenfalls sehr gut gemacht, ich hatte hinterher keinen Grund, mich zu beschweren."

„Er fickt fantastisch", hörte man Nadine im Film keuchen.

Die Frau legte ihre Hand auf Jeremys Schulter. „Das sieht gut aus. Das möchte ich bei Gelegenheit am eigenen Leibe erfahren", sagte sie und klang dabei sehr sachlich.

Jeremy verstand immer weniger, was um ihn herum geschah. Er kam sich fast vor, als wäre er in einem Albtraum gelandet.

„Ich sollte dich jeden Tag so lange ficken, bis du um Gnade bettelst", hörte sich Jeremy selbst und sah zu, wie er seine animalische Gier mit Nadine befriedigte.

Die Frau nahm die Fernbedienung in die Hand und schaltete den Film ab. „Leider sind wir nicht zum Vergnügen hier", sagte sie bedauernd und sah Jeremy eindringlich an. „Wir brauchen jetzt einen Mann, der hart durchgreifen kann. Schaffst du das, Jeremy?"

Jeremy nickte. Stoisch saß er neben der Frau und wartete auf den Befehl, Sabine Lehmann in der Haftanstalt umzubringen.

„Sabine Lehmann muss sterben", sagte sie dann auch ohne Umschweife. „Eigentlich ist das sehr schade, wir haben uns das Mädchen nach allen Regeln der Kunst dressiert", erzählte die Frau in einem unbekümmerten Plauderton. „Sie kam gerade aus der Uni und hat sich bei Paulsen und Partner beworben. So kam sie unter die Fittiche von Jochen. Der gute Jochen hat gleich erkannt, was für einen Schatz er da vor sich hatte. Sie war die erste kalte Braut, die wir in Europa nach den neuesten Methoden aus den USA herangezüchtet haben. Trutz hat Urlaub mit ihr gemacht. Die beiden waren ganz allein. Einen Bauernhof haben wir für unsere Zwecke entsprechend umgebaut und eingerichtet. Sabine bekam ein schönes, gemütliches Zimmer. Sie hatte das Zimmer ganz für sich allein. Eine Woche blieb sie in ihrem Zimmer. Eine Woche, in der sie völlig isoliert in ihrem Zimmer gelebt hat. Es war ein weißes Zimmer. Weiße Wände, weißer Boden, weiße Bettlaken, weiße Kleider. Sie durfte nur Brautkleider tragen. Eine Woche lang hörte sie kein einziges Geräusch. Ihre Mahlzeiten bekam sie durch eine Luke gereicht. In ihrem Zimmer leuchtete Tag und Nacht ein helle Neonröhre. Ihre Mahlzeiten bekam sie in unregelmäßigen Abständen. Sie verlor in kürzester Zeit jedes Gefühl für Zeit und Raum. Sabine hatte sich freiwillig für dieses Experiment zur Verfügung gestellt. Sie wusste, dass es ein Teil ihrer Ausbildung sein sollte. Und trotzdem war sie kurz davor, verrückt zu werden. Sie sprach mit sich selbst, sang Kinderlieder und sagte Gedichte auf. Sie weinte still und lachte hysterisch. Es war ein Vergnügen, dabei zuzusehen, wie sie sich veränderte. Nach wenigen Tagen sehnte sie sich nach einem Menschen, wie nie zuvor in ihrem Leben. Sie sehnte sich nach dem Klang einer Stimme, egal was sie sagen würde. Nach der Berührung durch einen anderen Menschen, auch wenn er ihr wehtun würde. Aber sie blieb allein in dem hellen Raum. Eine ganze Woche lang hatte sie nur ihre Gedanken, mit denen sie sich beschäftigen konnte."

„Warum erzählen Sie mir das alles?", fragte Jeremy.

„Du sollst sie töten. Du hast ein Recht darauf, es zu erfahren. Außerdem musst du es verstehen. Wenn wir die Lage wieder in den Griff bekommen haben, müssen wir neue kalte Bräute ausbilden. Unser Geschäft wächst und gedeiht, unsere Kunden verzeihen aber keine Fehler und dulden keinen Aufschub. Wir müssen handeln und zwar schnell und konsequent. Weder du noch Nadine wurden nach unseren Richtlinien ausgebildet. Trotzdem habt ihr jetzt die Chance, in der Organisation ganz oben einzusteigen. Ihr solltet diese Chance nutzen. Eine andere bekommt ihr nämlich nicht mehr."

„Wir sind zu allem bereit", sagte Nadine mit fester Stimme.

„Wer führt die Organisation?", wollte Jeremy wissen.

„Der Kopf der Organisation ist in New York angesiedelt. Ich bin für die Struktur in Deutschland zuständig. Jochen Trutz, Peter Bockelmann und Sabine Lehmann bildeten meine Speerspitze. Sie waren die erste Generation. Sie haben Pionierarbeit geleistet. Das Schicksal hat euch beide nun dazu auserkoren, die zweite Generation anzuführen. Eine stärkere Generation, eine vollkommenere Generation. Ihr sollt die zweite Generation ausbilden und sie führen als Speerspitze einer neuen Elite. Die Organisation ist wie ein Krake. Ihre Arme reichen in alle gesellschaftlichen Bereiche. Überall auf der Welt. Wir sind vernetzt und spinnen unser Netz täglich größer. Niemand kann uns aufhalten."

Jeremy lief ein kalter Schauer über den Rücken. Die Frau meinte jedes Wort todernst. Sie war völlig verrückt. „Wer hat Bockelmann und Trutz auf dem Gewissen?", wollte Jeremy wissen.

Die Frau schnaufte verächtlich aus. „Die beiden waren zu schwach, um überleben zu können." Der Blick der Frau blieb auf Nadine haften. „Sie wurden aus dem Weg geräumt, um einer stärkeren Generation Platz zu machen."

Nadine zeigte keine Reaktion. Jeremy überlegte fieberhaft, was er davon halten sollte. Nadine war bei ihm gewesen, als Trutz überfahren worden war. Sie konnte es nicht selbst gewesen sein. Hatte die Frau es getan? Hatte sie ihre eigenen Leute umgebracht, damit der Weg für Nadine frei wurde? Jeremy versuchte einen abgeklärten Eindruck zu machen, aber tief in seinem Inneren zitterte er. Jahrelang hatte er darauf hingearbeitet, in die Strukturen von World Consulting einzudringen. Nun war er mittendrin und verstand nicht, wie er da hineingeraten war. Warum hatten sie ihn erwählt? Alles, was er vorzuweisen hatte, war der Fick mit Nadine. Oder gab es da noch etwas anderes? Etwas, das ihn in diese Situation gebracht hatte. Er wusste es nicht.

„Was habt ihr mit Sabine denn noch alles angestellt?", wollte er wissen.

34

Es wurde bereits dunkel, als Siebels seinen BMW in der Frauenlobstraße abstellte. Tatsächlich standen im Abstand von jeweils etwa 100 Metern drei Streifenwagen im Umfeld der Villa Paulsen. Ansonsten war es hier sehr ruhig. Auf der Straße war keine Menschenseele zu sehen, das Diplomatenviertel schlief seinen gerechten Schlaf.

„Wenn wir hier fertig sind, muss ich zu meinen Schießübungen“, quengelte Till.

„Wirst du auch irgendwann mal erwachsen?“, fragte Siebels und zündete sich eine Zigarette an.

„Ich bin schon viel zu sehr erwachsen, ich muss mich jetzt wirklich um die wichtigen Dinge im Leben kümmern.“

„Oh je, jetzt bekommt er Torschlusspanik. Wie wäre es mit Sabine Lehmann? Die Frau hat wenigstens noch Träume.“

„Ha ha. Die wartet bestimmt schon auf dich. Bevor du zu ihr fährst, setzt du mich aber im Präsidium ab.“

„Mache ich doch glatt. Ich bin schon ganz gespannt auf den heutigen Traum.“

„Die Frau sollte langsam mal Klartext reden. Dass sie in ihrem Brautkleid als Mafiabraut unterwegs war, kann sie ja nicht mehr leugnen. Die hat doch mindestens 500 Jahre Knast vor sich.“

„Oder sie wird Kronzeugin, bekommt eine neue Identität und verschwindet im Land der Träume.“

„Ich befürchte, sie wird eher von einem Auto über den Haufen gefahren. Wahrscheinlich schafft sie keine drei Schritte, wenn sie aus dem Knast kommt.“

„Da könntest du Recht haben. Wer fährt die ehrenwerten Mitglieder der Hochzeitsgesellschaft bloß alle um? Da kann ich mir noch gar keinen Reim drauf machen.“

„Vielleicht Nadine Busch?“

„Die war angeblich in der Wohnung von Jeremy, als Trutz umgenietet wurde.“

„Wir haben aber sonst keine Verdächtigen.“

„Paulsen ist jetzt mein Verdächtiger. Vielleicht wollte der sich von Trutz und Bockelmann trennen. Wenn er wirklich außen vor war, bei der ganzen Geschichte mit dem Haus der Hochzeit, dann haben sie ihn zum Suppenkasper im eigenen Unternehmen degradiert."

„Na dann fragen wir ihn doch einfach mal."

Siebels nahm einen letzten Zug Nikotin zu sich, ging zu einem der Streifenwagen, stellte sich vor und erkundigte sich, ob etwas Besonderes vorgefallen wäre. Die Beamten langweilten sich zu Tode. Sie hatten sich die Kennzeichen aller Fahrzeuge notiert, die an der Villa Paulsen vorbeigefahren waren. In der letzten halben Stunde waren es drei. Siebels warf einen Blick auf die notierten Kennzeichen. Er konnte nichts Auffälliges feststellen. Er machte die Beamten noch einmal darauf aufmerksam, dass sie ein besonderes Augenmerk auf Porschefahrer haben sollten und notierte ihnen auch noch das Kennzeichen von Nadine Busch. Wenn die auftauchen sollte, wollte er sofort Bescheid wissen. Dann überquerte er die Straße und klingelte bei Paulsen. Zu seiner Verwunderung öffnete nicht Astrid Lotz die Tür, sondern Paulsen persönlich.

„Was wollen Sie denn schon wieder?", fragte Paulsen unhöflich. Er hatte sich heute noch nicht rasiert und roch nach Alkohol.

„Uns nach Ihrem Wohlbefinden erkundigen. Dürfen wir hereinkommen?"

Paulsen trat einen Schritt zur Seite und ließ die beiden eintreten.

„Wo ist denn Frau Lotz heute?"

„Hier ist sie jedenfalls nicht."

„Sie arbeitet aber noch für Sie, oder?"

„Natürlich. Warum fragen Sie?"

„Weil in Ihrem Umfeld so viele merkwürdige Dinge geschehen."

Siebels marschierte in das Arbeitszimmer von Paulsen. Till folgte ihm. „Jochen Trutz wurde gestern überfahren und ist tot. Kurz darauf flog seine Villa in Kronberg in die Luft. Was passiert da?"

Paulsen ließ sich schwerfällig auf seinen Stuhl fallen. Auf seinem Schreibtisch stand ein Glas Cognac. Die Flasche daneben war fast leer.

„Sagen Sie es mir. Sie sind doch die Polizei."

„Ich sage es Ihnen. Ihre Verbindungen und Machenschaften mit World Consulting laufen völlig aus dem Ruder. Die Agentur, die Bockelmann im Namen von Paulsen führte, war nur Fassade. Er war der Verbindungsmann von World Consulting zur Mafia und betreute die Geschäfte für die Organisierte Kriminalität und deren Operationen auf deutschem Boden. Sabine Lehmann war seine Erfüllungsgehilfin. Auch sie hat ihre Agentur nur zum Schein geführt. Jochen Trutz betreute nicht nur Ihre Partner, sondern hielt auch die Fäden in dem Netz von World Consulting zusammen. Er unterhielt die Kontakte zu den Platinum-Beratern und unterstützte deren Ziele, indem er ihre Partner ganz gezielt manipulierte."

„Mit diesen Leuten habe ich nichts zu tun", erwiderte Paulsen mit kläglicher Stimme.

„Sie waren letzte Woche dort. Zusammen mit Jochen Trutz. Wir haben beobachtet, wie Sie Ihren Rolls-Royce im Untergeschoss des Messeturmes geparkt haben."

„Da irren Sie sich. Den Rolls-Royce fährt meistens das Weib. Ich bevorzuge den Jaguar."

„Das wird sich bald herausstellen. Wir haben heute die Büros dieser Leute im Messeturm durchsucht und alle Unterlagen mitgenommen, die auf eine Zusammenarbeit mit Sabine Lehmann beim Projekt Flughafenausbau hinweisen. Unsere Fachleute werten diese Unterlagen gerade aus."

„Ich dachte, Sie ermitteln im Mordfall von diesem Journalisten?" Paulsen klang resigniert.

„Sven Müller hat wahrscheinlich Wind von der ganzen Geschichte bekommen und arbeitete an einer brisanten Story über die Verflechtungen zwischen Ihren Partnern, World Consulting und der Organisierten Kriminalität. Habe ich Ihnen nun genug gesagt oder möchten Sie noch mehr hören, Herr Paulsen?"

Paulsen saß leichenblass und regungslos auf seinem Stuhl. Dann griff er zu seinem Cognacglas. Seine Hand zitterte, als er sich das Glas zum Mund führte.

„Übrigens scheint Nadine Busch jetzt die treibende Kraft in Ihrer Mafia-Agentur zu sein", setzte Till noch einen obendrauf.

„Nadine Busch?", fragte Paulsen verwirrt.

„Sie haben richtig gehört", antwortete Siebels in einem scharfen Ton. „Nach dem Tod von Jochen Trutz muss jemand seine Villa in die Luft gejagt haben. In der gleichen Nacht wurde die Zentrale von Bockelmann gesäubert. Da gab es kein Staubkörnchen mehr zu finden. Nadine Busch räumt auf und das macht sie sehr gründlich."

„Und was wollen Sie jetzt von mir?"

Siebels zündete sich eine Zigarette an. „Vor Ihrem Haus stehen drei Streifenwagen. Das hat der Staatsanwalt angeordnet. Er hat ein wenig Sorge, dass auch Ihr Haus bald in die Luft fliegt. Das könnte für internationale Irritierung sorgen, schließlich befinden wir uns hier im Diplomatenviertel."

Paulsen schaute Siebels mit großen Augen an. Er griff zu der Flasche, goss sich den letzten Rest von dem Cognac in sein Glas und trank es mit einem Zug aus. „Warum? Warum sollte jemand mein Haus in die Luft jagen? Ich habe mit der ganzen Sache gar nichts zu tun."

„Machen Sie sich mal keine Sorgen um Ihr Haus. Ich vermute, dass das sicher ist, solange Sie nicht überfahren worden sind."

„Wollen Sie vielleicht eine Aussage machen?", fragte Till betont freundlich.

„Ich sagte doch gerade, dass ich mit der Sache nichts zu tun habe. Ich sollte wohl besser meinen Anwalt benachrichtigen."

„Wir haben Fotos gefunden. Fotos von Ihrem Besuch in New York. Fotos, auf denen Sie mit der Führungsspitze von World Consulting zu sehen sind."

„Soll das ein Beweis sein?", fragte Paulsen verächtlich.

„Einer von vielen. Und es werden immer mehr. Soll ich Ihnen mal ein Geheimnis verraten?"

„Sie verraten mir doch schon die ganze Zeit Geheimnisse, auf eines mehr kommt es jetzt auch nicht mehr an."

„Bei Ihren Partnern hat sich nicht nur die Mafia eingenistet. Eine Agentur wird auch direkt vom Verfassungsschutz geführt", sagte Siebels süffisant. „Sie stehen nicht erst seit dem Mord an Sven Müller unter Beobachtung. Sie stehen schon seit Jahren unter Beobachtung."

Paulsen stand plötzlich auf und griff nach der Cognacflasche. Wütend schmiss er sie über die Köpfe von Siebels und Till durch sein Büro. Krachend flog sie gegen die Wand und zersplitterte. „Ich brauche was zu trinken", sagte Paulsen. Er ging zu einem Wandschrank und holte eine volle Flache Cognac heraus. „Möchten Sie auch etwas?"

„Ein Geständnis hätten wir gerne."

Paulsen knallte mit Wucht die Flasche auf seinen Schreibtisch. „Dann lassen Sie mich in Ruhe und suchen dieses verrückte Weib", schrie Paulsen. Kleine Speicheltropfen flogen über seinen Schreibtisch. „Sie hat das alles hinter meinem Rücken veranstaltet. Dieses elende Miststück hat mich all die Jahre zu einem Vollidioten gemacht. Sie ist verrückt. Verrückt und gefährlich. Verhaften Sie dieses elende Weibsstück. Ich will die Nutte nie wiedersehen. Nie wieder. Haben Sie mich verstanden?" Paulsen brüllte wie ein Wahnsinniger auf Siebels und Till ein. „Sie ist der Satan in Menschengestalt", brüllte Paulsen weiter. Er trank den Cognac jetzt direkt aus der Flasche. „Der Kopf der Bande. Verschwinden Sie hier und suchen Sie das hinterfotzige Weib." Paulsen sank auf seinem Stuhl zusammen und fing hemmungslos zu weinen an.

Siebels und Till schauten sich ratlos an. Mit dieser Wendung hatten sie nun gar nicht gerechnet.

„Sprechen Sie etwa von Astrid Lotz?", fragte Siebels vorsichtig nach.

„Ihr Mädchenname ist Trutz", flüsterte Paulsen. „Astrid Trutz. Sie ist die Schwester von Jochen Trutz."

Siebels pfiff leise durch die Zähne. „Dann wird sie wohl kaum ihren Bruder überfahren haben."

„Sie ist zu allem fähig", erwiderte Paulsen und zuckte dabei mit den Schultern.

„Mit wem ist sie denn verheiratet?", wollte Till wissen.

Paulsen schaute ihn lächelnd an. „Da gibt es wohl doch einiges, was Sie noch nicht wissen. Sie war gerade mal 18 Jahre alt, als sie Hubert Lotz heiratete. Hubert Lotz ist Psychologe. Er war früher für die Bundeswehr tätig. Dort hat er Jochen Trutz kennen gelernt. Die beiden sind gute Freunde geworden. Wussten Sie, dass Trutz bei der Bundeswehr rausgeflogen ist? Gemeinsam mit seinem Spezi Hubert Lotz. Die beiden haben mit Rekruten experimentiert. Psychologische Experimente, nannten die beiden das. In Wirklichkeit haben sie Foltermethoden ausprobiert.

Gehirnwäsche war ihr Spezialgebiet. Angefangen hat alles mit einer schriftlichen Ausarbeitung zu dem Thema. Damit waren sie von der Heeresführung beauftragt worden. Doch die beiden wollten ihr theoretisches Wissen auch in der Praxis ausprobieren. Innerhalb kürzester Zeit haben sich aber drei Soldaten, die von den beiden als Versuchskaninchen benutzt wurden, das Leben genommen. Es gab eine Untersuchung. Die beiden sind aufgeflogen und still und heimlich entlassen worden. Bei der Bundeswehr wollte man um jeden Preis verhindern, dass der Fall an die Öffentlichkeit gelangt. Jochen Trutz ist dann für einige Jahre für Versicherungen tätig gewesen. Hubert Lotz hat die Schwester von Jochen Trutz geheiratet und ist mit ihr nach Amerika gegangen. Hubert hat dort einen Job bei World Consulting gefunden. Er hat sich um die Ausbildung von Unternehmensberatern gekümmert. Dort konnte er plötzlich ganz ungezwungen seine Experimente an jungen Universitätsabsolventen durchführen. Er arbeitete eng mit Tom Snyder, einem der Führer von World Consulting, zusammen. Snyder ist auch Psychologe und aus dem gleichen Holz geschnitzt wie Trutz und Lotz. Er hat sich das ganze perfide System von World Consulting ausgedacht. Als sie in Amerika großen Erfolg damit hatten, haben sie ihr System in einer überarbeiteten und verfeinerten Form nach Europa transferiert. Sie bauten in verschiedenen Ländern Unternehmensberatungen auf. In Deutschland haben Sie Peter Bockelmann zum Führungsoffizier auserkoren. Bockelmann hatte bereits eine hohe Position bei einer internationalen Unternehmensberatung inne, als er Lotz bei einem von World Consulting organisierten Kongress in New York kennen lernte. Bockelmann lernte die Ideen von Lotz und Snyder kennen und war fasziniert von den Möglichkeiten, die sich durch das System von World Consulting eröffneten. Er blieb für eine Weile in den USA und kam dann nach Deutschland zurück, um die Infrastruktur für World Consulting zu schaffen. Ich war damals in dem gleichen Unternehmen beschäftigt wie Bockelmann. Er hat mich dann davon überzeugt, Paulsen und Partner zu gründen. Ich bekam alle Kosten von World Consulting zinslos vorfinanziert. Geld spielte keine Rolle. Es war ein verlokkendes Angebot. Ich musste nur unterschreiben, dass der Name World Consulting in meinem Unternehmen nicht auftaucht. Das war eine strikte Vorgabe. Und natürlich musste ich alle geschäftlichen Details gegenüber Peter Bockelmann offenlegen. Als ich die ersten Partneragenturen unter Vertrag hatte, tauchte Jochen Trutz plötzlich auf. Er kam auf Empfehlung von Hubert Lotz und Bockelmann sorgte dafür, dass Trutz schalten und walten konnte, wie es ihm beliebte. Die Akademie in Kronberg war sein Werk. Ich bin noch nie dort gewesen. Trutz wollte das nicht. Ich machte weiter meine Arbeit und baute neue Leute auf. Meine Partner agierten sehr erfolgreich, ich konnte in ganz Deutschland neue Partneragenturen installieren. Dann passierte die Geschichte mit Detlev Wurmbach. Ich weiß noch immer nicht, was damals wirklich vorgefallen ist. Aber ich wusste sofort, dass es bei seinem Tod nicht mit rechten Dingen zugegangen war. Trutz und Bockelmann wirkten beide sehr nervös. Ich stellte Fragen und bekam keine Antworten. Ich fing an, das Treiben der beiden etwas genauer zu beobachten und fand bald heraus, dass Bockelmann Kontakte zu allerhand zwielichtigen Gestalten hatte. Damit wollte ich nichts zu tun haben. Ich fand auch heraus, dass Trutz in der Akademie psychologische Experimente mit meinen Partnern durchführte. Mir wurde das alles zu viel. Ich wollte aussteigen. Meinen Laden verkaufen. Ich sprach mit Bockelmann und Trutz darüber. Die haben mir ganz unverhohlen gedroht. Drei Tage später kam Bockelmann mit Astrid Lotz in mein Büro. Sie haben sie aus den USA geholt und als Wachhund vor meine Tür gesetzt. Seitdem dieses perverse Weib hier ist, habe ich keine ruhige Minute mehr."

Paulsen saß wie ein Häufchen Elend auf seinem Stuhl und schien richtig erleichtert zu sein, nachdem er sich all seinen Kummer von der Seele gesprochen hatte. Er schraubte die Cognacflasche zu, stellte sie wieder in den Wandschrank, zog sich eine Jacke über und stellte sich vor Siebels. „Gehen wir. Ich vermute, ich muss das alles noch im Präsidium zu Protokoll geben."

Siebels und Till schauten sich überrascht an. „Warum ist Frau Lotz pervers?", fragte Siebels nach und stand ebenfalls auf.

„Sie hat mich sexuell missbraucht", bekannte Paulsen freimütig und ging den beiden voraus zur Eingangstür.

Siebels beorderte einen der Streifenwagen, Till und Paulsen zum Präsidium zu fahren. Siebels wollte einen letzten Besuch bei Sabine Lehmann machen.

35

Jeremy hörte weiter fassungslos zu, wie die Frau ihm mit vergnügter Stimme über das Experiment mit Sabine Lehmann berichtete.

„Nachdem unser Küken nach einer Woche weißer Isolation in eine Art Schockstarre zu fallen drohte, haben wir sie mit einem Reiz wieder ins Leben zurückgeholt. Zu ihrem Zimmer gab es einen Nebenraum. Die Wand zwischen den Räumen war aus Glas, aber im Zimmer von Sabine hing eine Jalousie davor. Wir öffneten die Jalousie und schenkten Sabine Lehmann einen Blick ins Nebenzimmer. Dieses Zimmer war völlig in Rot gestaltet. Wie ein kleines Mädchen stand Sabine vor der Glasscheibe und starrte in das rote Zimmer. Dann ging die Tür in dem roten Zimmer auf und ein junger Mann kam herein. Sabine winkte ihm freudig zu, doch er sah sie nicht. Für ihn gab es kein anderes Zimmer nebenan. Er fing an, sich auszuziehen. Sabine schaute ihm verschämt zu. Der Mann sah sehr gut aus. Er zog sich ganz aus und betrachtete seinen nackten Körper in einem Spiegel. In Sabine wuchs das Verlangen nach einer menschlichen Berührung. Ihre Fingerspitzen glitten über die Glaswand und zeichneten die Konturen des Mannes nach. Dann schloss sich die Jalousie wieder. Sabine wirkte danach stundenlang todunglücklich."

Die Frau lachte leise und gehässig. „Am nächsten Tag haben wir das Spiel wiederholt. Als die Jalousie sich öffnete, stürmte Sabine zu der Glaswand wie ein Hund zu seinem Fressnapf. Aber diesmal kam der junge Mann in Begleitung einer jungen Frau. Die beiden zogen sich gegenseitig aus und liebten sich dann auf dem roten Bett. Sabine stand regungslos vor der Glaswand und schaute zu. Sie presste ihre Hände verlangend auf die Glaswand und beobachtete das Paar beim Liebesakt. Als die Jalousie sich wieder zuzog, legte Sabine sich auf ihr weißes Bett und masturbierte ganz ungeniert. Am nächsten Tag durfte Sabine Fernsehen gucken. Wir zeigten ihr einen kleinen Film. Der Film zeigte mehrere Männer, die vor einem Fernseher saßen. Die Männer sahen zu, wie Sabine masturbierte. Dann ließen wir Sabine wieder zwei Tage völlig isoliert in ihrem weißen Zimmer. Am dritten Tag wiederholten wir das Spiel mit dem Liebespaar im Nebenzimmer. Und was soll ich sagen. Sabine masturbierte dieses Mal ganz ungeniert vor der Glasscheibe. Obwohl sie wusste, dass sie gefilmt wurde und mehrere ihr unbekannte Männer dabei zuschauten. Es war ihr egal. Sie hatte ihre Hemmungen verloren. Sie folgte nur noch ihren Trieben. Wir ließen sie dann wieder zwei Tage in völliger Isolation vor sich hin darben. Dann kam das große Finale. Wir nahmen Kontakt zu ihr auf. Wir stellten ihr in Aussicht, dass der junge Mann zu ihr in das weiße Zimmer kommen würde. Allerdings musste sie zuvor erst eine Aufgabe erledigen. Sie musste die Geliebte des Mannes töten. Sie haderte erst ein wenig mit sich und ihrer Aufgabe. Aber als wir ihr zu verstehen gaben, dass sie ihr weißes Zimmer erst verlassen könne, wenn sie darin eine Liebesnacht mit dem jungen Mann verbracht habe, gab sie sich einen Ruck. Sie willigte ein. Wir machten es ihr einfach. Die Jalousie öffnete sich und sie sah ihre Rivalin friedlich schlafend in dem roten Bett liegen. Wir hatten ihr ein Schlafmittel gegeben. Wir sind ja human." Die Frau brach wieder in ihr gehässiges Lachen aus. „Dann öffnete sich die bisher verschlossene Glastür in der Glaswand. Sabine ging zielstrebig in das rote Zimmer und drückte der schlafenden Rivalin ein Kissen ins Gesicht. Sie zeigte keinerlei Gewissensbisse, als sie das junge Ding tötete. Es war eine Nutte, die wir uns aus Tschechien geholt hatten. Als sie tot war, kam der junge Mann und führte Sabine zurück in ihr weißes Zimmer. Dort erlebte sie die lang ersehnte Liebesnacht und sie kostete sie voll aus. Ihr war keine Spur von Reue anzumerken. Nur die pure Lust an der Liebe. Sie hatte die Grenze überschritten. Sie war unser Werk. Sie funktionierte. Sie war unsere erste kalte Braut. Sie ging über Leichen, um ihr Ziel zu erreichen. Sie setzte in den Jahren danach all das um, was Bockelmann ihr aufgetragen hatte. Sie organisierte Waffenlieferungen an aufständische Rebellen in den Irak und es machte ihr nichts aus, als herauskam, dass durch diese Lieferung UN-Soldaten ums Leben gekommen waren. Sie bedrohte die Familien von Profifußballern, damit die Fußballer Spiele zugunsten der Wettmafia manipulierten. Es machte ihr nichts aus, wenn ein unkooperativer Sportler seine

Frau oder seine Tochter bei einem tragischen Unfall verlor. Sie verkuppelte deutsche Männer mit asiatischen Frauen und es war ihr egal, wenn die Frauen nicht so schön und so jung waren, wie sie zuvor von den Männern aus dem Katalog ausgesucht worden waren. Sie verkaufte noble Altersruhesitze auf den Kanaren an deutsche Rentner. Es war ihr egal, wenn sich die alten Leute dann in rostigen Blechhütten oder von im Rohbau stehenden Suiten wiederfanden. Sie hatte einen ausgezeichneten Ruf bei Ärzten, denen wegen kleiner Nachlässigkeiten der eine oder andere Kunstfehler passiert ist. Mit ihrer rigorosen Beratung in den Krankenhäusern hat sie die leidtragenden Nörgler unter den Patienten ruhiggestellt. Bei einigen großen Krankenkassen hat unsere kalte Braut sogar hochrangige Beamte korrumpiert und ihrer Klientel, den unfähigen Ärzten, immer wieder den Rücken freigehalten. Diesen Geschäftszweig hat sie übrigens ganz eigenständig ausgebaut. Es kamen immer mehr Ärzte, die ihre Hilfe benötigten. Ja, unsere Sabine war schon etwas ganz Besonderes. Sag, Jeremy, kannst du dich noch daran erinnern, wie im letzten Jahr einige Besitzer von Pornokinos umgebracht wurden?"

Jeremy erinnerte sich. Die Sache hatte Schlagzeilen gemacht. In verschiedenen deutschen Großstädten waren die Leichen der Besitzer von Pornokinos gefunden worden. Soweit Jeremy wusste, wurde keiner der Fälle jemals aufgeklärt. „Ja, ich erinnere mich. Sabine?"

„Richtig, unsere kleine Sabine steckte hinter den Pornomorden. Es gab hinter den Kulissen einige Unstimmigkeiten bei den Betreibern der Kinos und den Verleihern der Filme. Es ging um Lizenzgeschäfte. Einer der Hintermänner in dem Gewerbe hat sich an uns gewandt. Bockelmann hat Sabine freie Hand gelassen und Sabinchen hat sich fleißig ausgetobt bei den Pornofritzen. Für die Drecksarbeit hatte sie ja normalerweise gut ausgebildetes Personal zur Hand. Aber bei den Pornoleuten hat sie alles selbst erledigt. Das war ihr Herzenswunsch gewesen. Und sie hat wirklich saubere Arbeit geleistet. In keinem der Fälle fand die Polizei auch nur den Hauch einer Spur."

„So viel Fleiß und Ehrgeiz hätte ich ihr nie zugetraut", sagte Jeremy und versuchte dabei, seine Bewunderung zum Ausdruck zu bringen.

„Ja, sie war sehr fleißig und zielstrebig. Sechzehn Stunden und mehr am Tag hat das arme Kind geackert. Aber es kam immer mehr Arbeit auf sie zu. Sie genoss einen ausgezeichneten Ruf, immer mehr Mandanten wollten von ihr vertreten werden. Wir benötigten viel mehr kalte Bräute von ihrer Sorte, aber leider bekamen wir dafür keine Genehmigung aus den USA. Denen ging das zu schnell voran bei uns, die hatten Angst. Wir haben trotzdem einige Versuche unternommen, die eine oder andere zusätzliche kalte Braut auszubilden. Sabine hat die Messlatte aber zu hoch gehängt. Alle unsere Probanden sind gescheitert. Obwohl einige vielversprechende Studentinnen dabei gewesen sind. Aber Sabine war mit keiner zufrieden. Sie hatte dann auch eine viel bessere Idee. Sie hat das Ausbildungsprogramm von Jochen überarbeitet und es für zwölf- bis vierzehnjährige Kinder konzipiert. Das hat sich als sehr erfolgreiches Modell herausgestellt. Das Programm ist längerfristig angelegt und läuft gerade auf Hochtouren. Wir machen es in der Ukraine. Da ist es einfacher, an die begabten Kinder heranzukommen. Nadine, du musst nächste Woche unbedingt dorthin und dir einen Überblick verschaffen. Das ist der Nachwuchs, das ist die Zukunft. Wir haben dort zwei ausgezeichnete Psychologen, die sich um die Kinder kümmern."

„Das mache ich doch mit dem größten Vergnügen", erwiderte Nadine. Jeremy glaubte, an Nadines Stimme erste Anzeichen von Zweifel erkannt zu haben, er war sich aber nicht ganz sicher. Was er hier zu hören bekam, hatte er sich in seinen kühnsten Fantasien über die Hintergründe von World Consulting nicht auszumalen vermocht. Er vermutete, dass es Nadine ähnlich gehen musste, aber sie behielt ihr aufgesetzt freundliches Gesicht bei und hörte der Frau entspannt zu.

„So viel kriminelle Energie hätte ich ihr nie zugetraut", fasste Jeremy seinen Eindruck von dem Gehörten zusammen.

„Sie hat sich einfach damit abgefunden, dass das Leben so ist, wie es ist. Nur die Elite ist überlebensfähig und wir sind die Speerspitze der Elite. Das hat Sabine eindrucksvoll mit ihrem Meisterstück bewiesen. Soll ich euch davon auch noch erzählen?"

„Ich bitte darum", sagte Jeremy erwartungsvoll und konnte sich nicht vorstellen, was jetzt noch kommen sollte.

„Anfang diesen Jahres hat sich unsere kriminelle Sabine bis in die höchsten Etagen von Staat und Gesellschaft hervorgearbeitet. Sie bekam einen Beratervertrag bei einem großen Lobbyisten der Automobilbranche und damit Zutritt zu den höchsten politischen Entscheidungsträgern. Nach intensiven Beratungen entschied sich die Regierung doch tatsächlich für die Umweltprämie zum Abwracken von Altautos. Wie ihr ja sicher wisst, hat sich ganz Deutschland auf dieses Modell gestürzt. Es gab bei diesem Spektakel aber noch einen zweiten Mandanten, von dem weiß aber niemand etwas. Ein Autoproduzent aus China saß noch mit im Boot und hat ordentlich Geld und Einfluss in unsere Lobbyarbeit gepumpt. Die Chinesen wollen nämlich ihre billigen Autos in Schwarzafrika unter die Leute bringen. Der kleine Einbruch im afrikanischen Geschäft mit Altwagen aus Deutschland kommt den Chinesen da sehr gelegen."

Die Frau beendete ihre Ausführungen und erhob sich von ihrem Sessel. „So, mein lieber Jeremy, nun verstehst du bestimmt auch, warum du unserer kalten Braut das Licht ausblasen musst. Jochen und Bockelmann waren ihre einzigen Bezugspersonen. Wenn sie erfährt, dass die beiden tot sind, könnte sich das ungünstig auf ihren psychologischen Zustand auswirken. Sie könnte auf die Idee kommen, ein paar Geheimnisse auszuplaudern. Das dürfen wir nicht zulassen. Auf gar keinen Fall. So leid es mir auch tut. Sabine muss sterben."

„Ich erledige das", versprach Jeremy und verließ mit Nadine das Zimmer 505.

Siebels saß wieder einmal nachdenklich in seinem Wagen und fuhr über die A5 Richtung Darmstadt-Weiterstadt, während Till mit Paulsen im Büro saß und dessen Aussage jetzt auf Band aufnahm. Paulsen hatte jeglichen Widerstand aufgegeben und leierte seine Geschichte noch einmal brav herunter. Till hörte nur mit halbem Ohr zu, seine Gedanken wanderten zwischendurch immer wieder zu der wilden Simone, die in diesen Minuten mit ihren wöchentlichen Schießübungen anfing. Paulsen hatte sich aber vorgenommen, endgültig einen Schlussstrich zu ziehen und redete wie ein Wasserfall und das konnte noch dauern. Till unterbrach ihn nur ab und zu, wenn es darum ging, bestimmte

Ereignisse einem Zeitpunkt zuzuordnen. Paulsen gab sich alle Mühe und ließ sich auch nicht davon beirren, dass Till alle fünf Minuten heimlich auf die Uhr schielte. Als Paulsen eine weitere halbe Stunde lang detailgetreu von seinem letzten Aufenthalt in New York berichtete, gab Till seine Hoffnung auf, heute noch mit der wilden Simone anzubandeln. Er konzentrierte sich wieder ganz auf den aussagefreudigen Paulsen.

„Warum sind Sie eigentlich plötzlich so kooperativ?", unterbrach Till ihn.

Paulsen stockte und schaute Till verlegen an. „So lange Trutz und Bockelmann noch am Leben waren, war die Lage irgendwie unter Kontrolle. Aber jetzt? Was ist, wenn das verrückte Weib die beiden umgefahren hat? Bin ich dann der Nächste? Ich habe keine Ahnung, was da im Moment abläuft und ich will es auch gar nicht wissen. Ich will einfach nur raus aus dem ganzen Schlamassel."

Till nickte verständnisvoll. „Sie sagten vorhin, dieses Weib hätte Sie sexuell belästigt. Können Sie das etwas genauer spezifizieren?"

„Spezifizieren? Was gibt es da zu spezifizieren? Es gibt nichts, zu was diese Frau nicht fähig ist. Am Anfang musste ich es mit ihr treiben. In meinem Büro. Morgens, mittags, abends. Irgendwann konnte ich nicht mehr, es ging einfach nicht. Dann hat sie sich neue Sachen einfallen lassen. Fesselspielchen. Würgespielchen. Am liebsten machte sie es, kurz bevor ich wichtigen Besuch erwartete. Sie ist sadistisch veranlagt. Sie liebt es, andere Menschen zu quälen. Psychisch und physisch. Nadeln, Peitsche, Plastiktüte über den Kopf. Wenn ich weiterrede, muss ich gleich kotzen."

„Ersparen Sie uns die Einzelheiten. Verraten Sie mir lieber, warum Sie das mit sich haben machen lassen. Hat sie Sie bedroht? Wurden Sie von ihr erpresst?"

Paulsen wippte leicht mit seinem Oberkörper vor und zurück. Er saß vornübergebeugt an dem Tisch, sein Kinn wippte dicht an der Tischkante auf und ab. „Erpresst hat sie mich nicht, nein. Aber bedroht hat sie mich. Das fing ja alles an, kurz nachdem die Geschichte mit Wurmbach passiert ist. Eines Tages hat sie mir Fotos von ihm gezeigt. Wie er da an der Decke baumelte. Seine Zunge hing heraus. Ich weiß nicht, was das für Fotos waren, die müssen gemacht worden sein, bevor man ihn offiziell gefunden hat. Das Weib fand diese Bilder jedenfalls sehr amüsant. Ich hielt also diese ekelhaften Bilder in der Hand, da fing sie an, ein Lied zu trällern: Zehn kleine Partnerlein, die wollten hoch hinaus. Den einen hat die Braut erhängt, da waren es nur noch neun."

Till zog erstaunt die Augenbrauen hoch, als Paulsen den Vers vor sich hin trällerte. „Ist nicht wahr?"

„Leider doch. Seitdem hatte ich Angst vor ihr. Sie hatte volle Rückendeckung von Trutz und Bockelmann. Ich war dieser Bande hilflos ausgeliefert. Ich habe nie daran gezweifelt, dass die mich genauso aufknüpfen, wie sie es mit Wurmbach getan haben, wenn ich mich querstelle."

„Hat Wurmbach sich quergestellt?"

„Ich weiß nicht, was er getan hat und warum er sterben musste. Ich weiß nur, dass die ganze Bande darin verwickelt war."

„Wenn die Braut ihn erhängt hat, dann ist damit Sabine Lehmann gemeint. Hatten Sie vor ihr auch Angst?"

„Sabine Lehmann? Mit der hatte ich nichts zu tun. Ich musste ihr den Vertrag für die Agentur geben und dafür sorgen, dass die Agentur geringe Umsätze machte. Das habe ich getan. Das war ein Tabuthema, da verstand man keinen Spaß. Bockelmann und Trutz reagierten sehr gereizt, wenn ich sie auf Sabine Lehmann angesprochen habe. Ich habe die Existenz dieser Frau in den letzten Jahren einfach verdrängt und mich um meine richtigen Partner gekümmert."

„Zum Beispiel um Jeremy Boyle?"

„Ja, Jeremy ist ein guter Mann. Warum fragen Sie? Steckt er etwa mit denen unter einer Decke?"

„Er wurde vom Verfassungsschutz in Ihrem Laden eingeschleust", verriet Till und erntete einen ungläubigen Blick.

Siebels befand sich kurz vor der Ausfahrt von Weiterstadt, als Charly ihn anrief. Siebels schaltete die Freisprechanlage an. „Charly, was gibt es?"

„Unerhörte Sachen passieren hier", plauderte Charly drauf los. „Unser ganzes beschlagnahmtes Material aus den Büros vom Messeturm ist weg."

„Wie weg? Was soll das denn heißen?"

„Bundeskriminalamt. Die sind vor einer halben Stunde hier

einmarschiert und haben alles einkassiert. Mit höchstrichterlicher Genehmigung. Anscheinend haben wir mit unserer Aktion schlafende Hunde geweckt. Und jetzt bellen sie."

Siebels suchte nervös nach seinen Zigaretten und steckte sich dann gierig eine an. „Das gibt's doch gar nicht. Was sagt Jensen?"

„Jensen ist ein wenig nervös. Der glaubt, dass Timm hinter der ganzen Aktion steckt, aber Timm ist wie vom Erdboden verschluckt."

„Gibt es was Neues von Jeremy?"

„Nein, der ist abgetaucht."

„Wo führt das bloß alles hin?", überlegte Siebels laut.

„Das führt wohl dahin, das wir den Fall los sind."

„So schnell gebe ich den Fall jetzt nicht mehr aus der Hand. Ich bin gleich in Weiterstadt. Vielleicht erfahre ich ja mal was Neues von Frau Lehmann?"

„Ich habe auch noch Neuigkeiten. Ich habe rausgefunden, wem das Haus in der Holzhausenstraße gehört."

„Na dann raus mit der Sprache."

„Offizieller Eigentümer ist die Firma Psychostar Ltd. Das ist eine Tochtergesellschaft der Psychomotorik GmbH und deren alleiniger Geschäftsführer ist ein gewisser Hubert Lotz, wohnhaft in New York mit Zweitwohnsitz in Frankfurt."

„Aha", entfuhr es Siebels. Er berichtete Charly von seinen neuen Erkenntnissen über Hubert Lotz, dem alten Kumpel von Jochen Trutz. „Hubert Lotz ist mit der Schwester von Jochen Trutz verheiratet und die sitzt als Empfangsdame in der Villa Paulsen. In Wirklichkeit passt sie aber auf, dass Paulsen keine Dummheiten macht. Die gehört anscheinend auch zum engeren Kreis der Hochzeitsgesellschaft."

„Und was macht sie da? Ist sie die Brautjungfer?"

„Das sollten wir herausfinden. Till soll sie zur Fahndung ausschreiben. Der müsste gerade mit Paulsen im Büro sein."

„Ich sage ihm Bescheid. Nadine Busch ist übrigens auch noch verschollen."

„Die finden wir schon. Besitzt Hubert Lotz denn noch andere Häuser in Frankfurt?"

„Das tut er in der Tat. Er besitzt noch ein Haus in der Siesmayerstraße, gleich am Palmengarten."

„Gib das sofort an Till und Jensen weiter. Jede Wette, dass dort jetzt das ganze Inventar vom Haus der Hochzeit aus der Holzhausenstraße gelandet ist. Nadine Busch hält sich bestimmt auch dort auf. Macht euch gleich auf die Socken."

„Ich sagte doch gerade BKA. Schon wieder vergessen?"

„Wissen die etwas von dem Haus in der Siesmayerstraße?"

„Von mir nicht."

„Dann belassen wir es dabei. Wir wollen doch nur den Fall Sven Müller aufklären. Soll sich das BKA mit den Unterlagen vom Messeturm beschäftigen."

„Ob Jensen das auch so sieht?"

„Jensen vertraut mir blind, das weißt du doch."

„Wie konnte ich das vergessen? Ich gehe erst mal zu Till rüber, ich weiß gar nicht, wo Jensen sich jetzt aufhält."

„Gebt mir gleich Bescheid, wenn ihr das Haus in der Siesmayerstraße gestürmt habt."

„Stürmen? So wie du das Haus in der Holzhausenstraße gestürmt hast? Till hat mir erzählt, wie du mit deinem dicken Hintern im Fenster stecken geblieben bist."

„Ich muss jetzt Schluss machen, ich verlasse mich auf euch."

Siebels konnte sich lebhaft vorstellen, wie Till überall im Präsidium diese Geschichte zum Besten gab. Er brauchte jetzt dringend ein Erfolgserlebnis. Etwas Heldenhaftes musste vollbracht werden.

Paulsen erzählte gerade von Astrid Lotz' sadistischer Ader, als Jensen ins Büro kam.

„Was machen Sie denn hier?"

„Herr Paulsen macht eine Aussage", kommentierte Till sachlich.

„Herr Paulsen macht hier gar keine Aussage", widersprach Jensen.

„Doch, das tut er", sagte Till und schaute den Staatsanwalt verwirrt an.

„Nein, das tut er nicht, zum Kuckuck. Hat Ihnen denn noch niemand verraten, dass das BKA übernommen hat? Menschenskinder, ist das ein Durcheinander in dem Laden hier."

„Das BKA?“, fragte Paulsen erstaunt.

„Wieso das BKA?“, fragte Till nach.

„Ja, was fragen Sie mich denn, mir sagt doch keiner was. Die haben vorhin alle Unterlagen vom Messeturm abgeholt und den Fall an sich genommen. Die Anweisung kam von ganz oben. Herrn Paulsen wollten Sie aber nicht haben. Der kann entweder nach Hause fahren oder nach Wiesbaden und seine Aussage beim BKA machen.“

„Beim BKA sage ich nicht aus.“

„Ja, dann fahren Sie halt heim“, fuhr Jensen Paulsen an.

Till kratzte sich am Kopf und versuchte die neue Situation zu analysieren. Da kam Charly ins Büro.

„Siesmayerstraße, da sollen wir stürmen, sagt Siebels.“

„Wo ist der Siebels überhaupt“, fragte Jensen, bevor er verarbeiten konnte, was Charly gesagt hatte.

„In Weiterstadt.“

„Der braucht den nächsten Traum“, ergänzte Till.

„Kann ich gehen?“, fragte Paulsen kleinlaut.

„Was sollen wir stürmen?“, fragte Jensen jetzt endlich nach.

„Das Haus der Hochzeit. Es ist wohl umgezogen, von der Holzhausenstraße in die Siesmayerstraße. Nadine Busch hält sich eventuell auch dort auf“, gab Charly sein Wissen preis.

„Na dann nix wie los“, entschied Till.

„Sie bleiben hier“, raunzte Jensen Paulsen an.

„Wir brauchen noch ein paar Leute“, sagte Till. „Ich fordere die wilde Simone an.“

„Wir sollten besser das BKA informieren“, überlegte Jensen laut.

„Es geht doch nur um den Fall Sven Müller“, warf Charly ein. „Der Meinung ist Siebels jedenfalls. Außerdem sollen wir die Frau Lotz auch zur Fahndung ausschreiben.“

„Das ist doch endlich mal eine gute Idee“, klatschte Paulsen erfreut in die Hände.

Jensen lief mit kurzen schnellen Schritten im Büro auf und ab und blieb dann abrupt stehen. „Na dann machen wir das jetzt einfach mal so, wie der Herr Siebels das geplant hat. Krüger, stellen Sie ein Team zusammen, ich kümmere mich um den offiziellen Teil. In einer Stunde rücken wir aus.“

„Und was ist mit mir?“, fragte Paulsen.

„Was ist mit ihm?“, fragte auch Jensen und schaute Till

fragend an.

„Ich kümmere mich um ihn", versprach Till und bugsierte Jensen aus seinem Büro.

36

Siebels rauchte noch eine Zigarette, bevor er sich am Besuchereingang anmeldete. Die wachhabenden Beamten kannten ihn bereits. Siebels betrat den Wachraum und hielt seinen Ausweis vor die Glasscheibe.

„Tut mir leid, dass ich mich vorher nicht angemeldet habe, aber ich muss dringend noch mal mit Frau Lehmann sprechen."

Einer der wachhabenden Beamten kam zur Scheibe. „Die Frau Lehmann? Da kommen Sie aber zu spät. Die ist vor einer halben Stunde abgeholt worden."

„Abgeholt? Frau Lehmann?" Siebels war völlig verblüfft und schaute den Mann hinter der Glasscheibe wie einen Außerirdischen an.

„Abgeholt. Frau Lehmann, ganz genau", versicherte der Wachhabende mit einem gut gemeinten Kopfnicken.

„Und wer hat sie abgeholt?"

„Der Verfassungsschutz. Hat alles seine Ordnung. Mit Stempel und Siegel und höchstrichterlicher Genehmigung. Ihr sprecht euch wohl untereinander nicht ab, was?"

„Wie viele Leute vom Verfassungsschutz waren denn da?"

„Nur einer. Mehr hätten in den Porsche auch nicht reingepasst. Jedenfalls nicht, nachdem die Frau Lehmann drin war."

„Ein schwarzer Porsche?"

„Schwarz wie die Nacht, genau."

„Und der Mann sprach mit amerikanischem Akzent?"

„Stimmt. Das hat mich auch gewundert. Aber seine Papiere waren so echt wie sein Porsche schwarz war."

„Hat er gesagt, was er mit Frau Lehmann vorhat?"

„Er hat nur gesagt, dass sie in ein Zeugenschutzprogramm aufgenommen wird und daher nach Wiesbaden gebracht werden soll."

„Hat Frau Lehmann Widerstand geleistet oder ist sie anstandslos mit ihm gegangen?"

„Sie hat keinen Widerstand geleistet. Sie hat ihn anscheinend sogar gekannt. Sie hat gesagt: Du kleiner, schleimiger Wichser bist tatsächlich vom Verfassungsschutz? Da haben Bocki und Trutz aber ganz schön Mist gebaut. Respekt."

Siebels schaute den Wachhabenden verträumt an. Er dachte an die vielen Stunden, die er Sabine Lehmann gegenübergesessen hatte. Er wusste immer noch nicht, ob sie Sven Müller nun erschlagen hatte oder nicht und wie es aussah, würde er es auch nie erfahren.

„Haben Sie etwa ein Baby dabei?", fragte der Wachhabende erstaunt und stellte sich auf die Zehenspitzen, um durch die Scheibe an Siebels heruntersehen zu können.

Jetzt bemerkte auch Siebels das aufkommende Babygeschrei. Er zog sein Handy aus der Tasche. „Klingelton", erklärte er dem Mann und deutete auf sein Handy. „Das erinnert mich immer an meinen kleinen Sohn. Den sehe und höre ich leider viel zu selten."

Das Geschrei wurde lauter und Siebels nahm das Gespräch entgegen. Till war dran.

„Es ist schon wieder passiert", sagte er ganz aufgeregt.

„Was ist schon wieder passiert?"

„Ein Mord. Dieses Mal wurde Astrid Lotz über den Haufen gefahren."

„Das gibt es doch nicht", stöhnte Siebels. „Wann? Wo? Wie?"

„Vor dem Haus in der Siesmayerstraße. Wir sind vor fünf Minuten angekommen. Da standen schon die Streifenwagen und Rettungsfahrzeuge mit Blaulicht auf der Straße. Ein schwarzer Wagen soll es gewesen sein, mehr konnte ich noch nicht erfahren. Und ein Zeuge hat beobachtet, wie kurz nach dem Aufprall eine Frau aus dem Haus gerannt kam. Die hat sich die überfahrene Frau kurz aus der Nähe angeschaut und ist dann mit einem roten Porsche davon gefahren."

„Nadine Busch. Als Todesfahrerin scheidet sie also definitiv aus. Wer verdammt noch mal ist unser Automörder?"

„Keine Ahnung. Paulsen kann es auch nicht sein, der sitzt im Präsidium in einer Ausnüchterungszelle in Schutzhaft."

„Warum sitzt der in Schutzhaft?"

„Weil er Angst vor dem Weib hat. Aber das ist ja nun tot. Da wird Paulsen sich freuen."

„Was haben wir da bloß übersehen?", fragte Siebels verzweifelt.

„Jetzt kommt eigentlich nur noch unser Freund Jeremy infrage", überlegte Till.

„Der scheidet auch aus. Der war kurz vor mir hier in Weiterstadt und hat Sabine Lehmann aus dem Knast geholt. Wir haben jetzt gar nichts mehr. Keine Zeugen, keine Verdächtigen. Nur einen Haufen überfahrener Leute. Das kann doch alles nicht wahr sein."

„Nur gut, dass ich den Paulsen eingesperrt habe, den haben wir noch."

„Aber nur, weil den sonst keiner will. Wir müssen jetzt Nadine Busch finden. Jensen und Charly sollen das Haus in der Siesmayerstraße sichern. Du machst Jagd auf den roten Porsche. Die ganze Fahndung richtet sich jetzt auf Nadine Busch. Ich komme zurück und fahre direkt in die Siesmayerstraße. Dann sehen wir weiter."

„Alles klar. Ich hole mir den roten Porsche. Herr Jensen hätte dich auch gern mal gesprochen."

Siebels hatte beim Telefonieren die Haftanstalt verlassen und ging zu seinem Wagen. Er steckte sich eine Zigarette an und bekam Jensen ans Ohr.

„Mensch Siebels, wie konnte ich nur so blöd sein und auf Sie hören. Jetzt stehe ich vor der nächsten Leiche. Wir hätten gleich das BKA herschicken sollen, dann hätten wir jetzt Feierabend und der Fall wäre erledigt. Was sage ich denn jetzt dem BKA?"

„Herr Jensen, wir müssen jetzt Ruhe bewahren. Sichern Sie mit Charly Hofmeyer das Haus. Da drin sind mit Sicherheit alle Unterlagen, die die Zusammenarbeit von World Consulting mit kriminellen Organisationen dokumentieren."

„Das befürchte ich allerdings auch. Und genau deswegen sollte da besser das BKA reingehen. Oder der Verfassungsschutz oder die Jungs, die gegen die Organisierte Kriminalität ermitteln oder wer auch immer. Aber doch nicht wir. Wir bekommen nur Ärger."

„Wir suchen lediglich Beweismaterial im Fall Sven Müller", beschwichtigte Siebels den aufgeregten Staatsanwalt.

„Den hat die Lehmann erschlagen. Was wollen Sie denn

da noch für Beweise finden?"

„Vertrauen Sie mir. Gehen Sie rein. Charly soll sich die Computer anschauen, falls es welche gibt. Das BKA können wir immer noch informieren. Jetzt sind wir am Zug."

„Wenn das schief geht, dann sind Sie der Nächste, der über den Haufen gefahren wird. Und zwar von mir, auf dem Hof im Präsidium. Das wird eine öffentliche Hinrichtung, das verspreche ich Ihnen, Siebels."

„So machen wir das. Ich bin in einer halben Stunde da."

Jensen fluchte und Siebels gab Gas.

Till fuhr Richtung Sachsenhausen und hatte Funkkontakt zu allen Streifenwagen in Frankfurt. Er hatte noch mal die Beschreibung von Nadine Busch durchgegeben. Es dauerte nicht lange, da bekam er die Meldung, dass der rote Porsche im Kettenhofweg im absoluten Halteverbot geparkt worden sei. Till gab den Beamten Anweisung, dort auf ihn zu warten. Das war ganz in der Nähe von Jeremys Wohnung. Till rief bei Siebels an und gab ihm die Information weiter. Siebels verabredete sich mit Till vor Jeremys Wohnung und vergaß Jensen in der Siesmayerstraße.

Sabine Lehmann saß in Jeremys Wohnzimmer auf dem Sofa. Jeremy hatte im Sessel gegenüber Platz genommen und bedrohte sie mit einer Pistole.

„Was soll das werden, wenn es fertig ist?", wollte Sabine Lehmann wissen. Sie klang selbstbewusst, keine Spur von Angst in ihrer Stimme.

„Die Chefin hat beschlossen, dass du sterben sollst."

„Die Chefin? Wovon redest du?"

„Astrid Lotz. Sie ist die einzige Überlebende in der Bande. Außer dir natürlich. Aber das soll ich ja jetzt ändern."

Sabine Lehmann lachte spöttisch. „Astrid Lotz bezeichnest du als Chefin? Von ihr lässt du dir Befehle erteilen? Ich dachte, du bist vom Verfassungsschutz? Treibst wohl ein doppeltes Spiel? Egal, macht gar nichts. Astrid Lotz ist jedenfalls keine Chefin. Sie ist ein Psychofreak. Die wurde von frühester Kindheit an von ihrem Bruder als Versuchskaninchen für dessen perverse

Psychopraktiken benutzt. Die ist fix und fertig."

„Wer ist ihr Bruder?"

„Ach, das weißt du gar nicht? Sie ist die kleine Schwester von Jochen Trutz. Als sie ein kleines Mädchen war und Jochen ein junger Student, hat er ein lustiges Spiel mit ihr gespielt. Es hieß Gehirnwäsche. Sie war zwölf, als Jochen ihr eingeimpft hat, dass sie eine abgebrühte Nutte sei."

„Ist das wahr?" Jeremy dachte an das Treffen im Hotelzimmer 505 und es war eigentlich unverkennbar, dass Astrid Lotz nicht ganz richtig im Kopf war.

„Ja, das ist wahr. Aber das ist noch nicht alles. Jochen hatte einen Kumpel, einen Sinnesgenossen. Hubert Lotz. Er studierte auch Psychologie und war genauso schräg drauf wie Jochen. Lotz hat Astrid geheiratet und fröhlich weiter an ihr experimentiert. Er hat sie zur Elite-Nutte geformt und schließlich bei Paulsen installiert. Als Aufseherin."

Jeremy betrachtete nachdenklich Sabine Lehmann, als es an seiner Tür klingelte.

„Erwartest du Besuch?"

„Ich dachte mir, wir machen eine kleine Party. Einen flotten Dreier. Das magst du doch, oder?" Jeremy verließ das Wohnzimmer und kam kurz darauf mit Nadine zurück.

„Sie lebt ja noch", kommentierte Nadine die Anwesenheit von Sabine Lehmann.

„Hallo Nadine. Schön, dich zu sehen. Ich habe gehört, du machst Karriere."

„Warum hast du sie noch nicht abgeknallt?", fragte Nadine und ignorierte die Begrüßung durch Sabine Lehmann. „Die Lotz ist tot. Jemand hat sie über den Haufen gefahren. Genauso wie bei Bockelmann und Trutz."

„Na so etwas", kommentierte Sabine Lehmann. „Jetzt seit ihr zwei ja ganz allein."

„Halt die Klappe", fauchte Nadine. „Ich habe alles aus dem Haus der Hochzeit in Sicherheit gebracht. Wir machen jetzt zu zweit weiter. Knall sie endlich ab, Jeremy."

Jeremy richtete seine Waffe gegen Sabine Lehmann. Sabine Lehmann schaute ihn an und rührte sich nicht. Plötzlich drehte sich Jeremy ruckartig zu Nadine und hielt die Waffe auf sie gerichtet. „Was ist damals bei Wurmbach wirklich passiert? Erzähle es mir."

„Bist du jetzt völlig übergeschnappt?", fauchte Nadine ihn an.

„Das Spiel ist aus, Nadine. Ich will wissen, was mit Detlev Wurmbach passiert ist."

„Frag sie doch", zischte Nadine und zeigte auf Sabine Lehmann.

„Ich erzähle es dir gerne, wenn du möchtest", sagte Sabine Lehmann betont freundlich.

Jeremy hielt die Waffe weiter auf Nadine gerichtet. „Dann erzähle du es mir."

„An dem Abend, als ich mit Trutz bei euch in der Kneipe erschienen bin, hatte ich meinen ersten freien Tag nach meiner Ausbildung. Bockelmann, Trutz und seine Schwester haben mich zur kalten Braut gemacht. Vier Wochen lang war ich ihren psychischen Experimenten ausgeliefert gewesen. Ich wollte es so haben, ich habe mich freiwillig gemeldet, ich kann mich nicht beschweren. Als sie mit mir fertig waren, war ich eine Mörderin. Ich war kalt, hatte keine Gefühle mehr in mir und kannte keine Moral mehr. Ich kannte keine Schwächen, war unverletzbar und zu allem bereit, um meine Ziele zu erreichen. Trutz war ganz stolz auf sein Werk und wollte mich bei einem ersten Feldversuch in freier Wildbahn testen. Bockelmann war wieder in die Rolle des unbedarften Partners geschlüpft und hat sich unter seinen Kollegen als ihresgleichen gegeben. So hatten sie die Lage am besten unter Kontrolle. Dachten sie jedenfalls. Detlev Wurmbach war als Partner von Paulsen bei Fraport im Geschäft. Das war das große Projekt von Bockelmann. Die Leute von World Consulting waren gerade im Messeturm in Stellung gebracht worden und sollten die Ausbaupläne für den Frankfurter Flughafen strategisch begleiten. Detlev Wurmbach sollte die operative Arbeit machen und als Berater dafür sorgen, dass alle politischen Widerstände gegen die Ausbaupläne scheitern sollten. In erster Linie sollte er sich um wohlgefällige Gutachten kümmern. Aber Wurmbach war der Sache nicht gewachsen. Er war nicht skrupellos genug, um Messdaten fälschen zu lassen und Gutachter zu bestechen oder zu bedrohen. Also wollte Trutz ihn ein wenig manipulieren. Nadine war mit von der Partie, weil sie eine sexbesessene Nymphomanin ist."

„Das muss ich mir von der Schlampe nicht gefallen lassen“, rief Nadine dazwischen.

„Halt die Klappe“, sagte Jeremy und hielt ihr weiter die Waffe vor den Kopf. „Und du red weiter“, forderte er Sabine Lehmann auf.

„Sylvia Förster hat Bockelmann abgewimmelt, die war ein Risiko. Und dich, lieber Jeremy, wollte Trutz auf keinen Fall dabei haben. Er konnte dich nicht leiden. Also bin ich Nadine und Wurmbach als nette, junge, unschuldige Studentin vorgestellt worden, die mal Partnerluft bei Paulsen schnuppern wolle. Trutz hat uns in die Wohnung von Wurmbach gelotst. Bockelmann hat sich ausgeklinkt und wollte nachkommen. Wir waren kaum in der Wohnung von Wurmbach angekommen, da ging es auch schon los. Trutz sorgte mit Anzüglichkeiten, Alkohol und Drogen für die richtige Stimmung. Nadine war sofort bei der Sache. Sie machte erst mit Trutz rum. Ich kümmerte mich um Detlev. Mein Auftrag lautete, ihn richtig scharf zu machen und nach allen Regeln der Kunst zu vögeln. Er sollte sich als unschlagbarer Sieger fühlen. Einer, dem alles gelingt. Es entwickelte sich eine hübsche Orgie. Nadine trieb es mit Trutz und ich machte es mit Detlev. Trutz ließ dann irgendwann von Nadine ab und fing an, Fotos von uns zu schießen. Nadine war voll dabei, sie machte es mit mir und mit Wurmbach und Trutz schoss ein Foto nach dem anderen. Aber Nadine trieb es zu weit mit Detlev. Er war plötzlich ganz auf sie fixiert und ließ mich links liegen. Ich saß da und schaute zu, wie Detlev es mit Nadine trieb. In allen Stellungen machten sie es und Trutz gab zu allem seinen Kommentar ab. Ich versuchte auch wieder ins Spiel zu kommen, aber Detlev beachtete mich nicht mehr. Er trieb es immer heftiger mit Nadine. Ich kam mir wieder vor wie das kleine Mädchen, um das sich keiner kümmert. Das kleine Mädchen, das alleine durch den Wald irrt und von niemandem an die Hand genommen wird. Das kleine Mädchen, das nur missbilligend zur Kenntnis genommen wird. Nadine wurde aber begehrt. Das war falsch. Das war nicht das, was ich bei Trutz gelernt hatte. Da brannte bei mir eine Sicherung durch. Ich war die kalte Braut. Ich bekam, was ich wollte, ich musste es mir nur nehmen.“

„So, wie du dir den jungen Mann in dem roten Zimmer genommen hast?“, fragte Jeremy leise.

„Oh, du kennst das rote Zimmer und das weiße Zimmer?“
„Ja. Ich habe davon gehört. Astrid Lotz hat es uns erzählt.“
„Na dann weißt du ja, wie es in mir aussah. Ich schubste Detlev von Nadine herunter. Er war mein Mann. Ich bekam eine schallende Ohrfeige von Nadine und Detlev wälzte sich wieder auf sie drauf. Ich hörte das schallende Gelächter von Trutz. Nimm ihn dir, rief er. Ich unternahm einen neuen Versuch, doch Detlev wehrte mich ab. Da stürzte ich mich auf Detlev und würgte ihn. Er lag auf Nadine und machte es ihr und ich hing an seinem Hals und drückte zu. Immer fester, ich ließ nicht mehr los. Bis er in sich zusammensackte. Als Nadine merkte, was eigentlich los war, war es schon zu spät. Trutz hat dabei Fotos geschossen. Er hätte es verhindern können, aber er nahm billigend in Kauf, dass ich Detlev erwürgte. Ihn hat das angemacht. Plötzlich war Bockelmann da. Als er sah, was wir angerichtet hatten, ist er auf Trutz losgegangen. Es gab eine heftige Auseinandersetzung zwischen den beiden, dann kehrte Ruhe ein. Bockelmann hat Nadine aus der Wohnung geschmissen und sie nach Hause geschickt. Dann hat er gemeinsam mit Trutz den Selbstmord vorgetäuscht und Wurmbach an die Decke geknüpft. Als Detlev da hing, hat sich Bockelmann wieder beruhigt. Trutz hat ihm erklärt, was passiert ist. Die Kleine ist wirklich gut, sagte Bockelmann und nahm mich dann mit zu sich. Am nächsten Tag habe ich angefangen für ihn zu arbeiten.“
„Ich war wohl besser“, sagte Nadine spöttisch.
„Dumm fickt gut, das stimmt“, erwiderte Sabine Lehmann gelassen.

„Da bist du ja endlich“, sagte Till erleichtert, als Siebels vor dem Hauseingang von Jeremy auftauchte.
„Was geht hier vor sich?“, wollte Siebels wissen.
„Keine Ahnung. Wir sollten reingehen und zwar schnell.“
Die Haustür stand offen. Till hatte sie blockiert, als ein Hausbewohner das Haus verlassen hatte. Mit gezogenen Waffen stiegen die beiden die Treppen hoch und blieben angespannt vor Jeremys Wohnungstür stehen. „Soll ich klopfen?“, fragte Till.
„Warum nicht. Stürmen können wir immer noch.“
Till klopfte an die Tür. Kurz darauf öffnete Jeremy.

„Hallo Jeremy, wie geht's?"

„Kommt rein."

Siebels und Till betraten das Wohnzimmer. Sabine Lehmann saß auf dem Sofa und Nadine Busch stand am Fenster.

„Hallo Frau Lehmann. Treffe ich Sie heute also doch noch, wie schön."

„Guten Abend, Herr Siebels. Das ist aber eine Überraschung. Mit Ihnen hätte ich gar nicht mehr gerechnet."

„Darf ich vorstellen, das ist mein Kollege. Kommissar Till Krüger."

„Ach, du bist also doch noch Bulle", höhnte Nadine Busch.

„Habe es mir anders überlegt. In deinem Laden verrecken die Leute ja wie die Fliegen. Das ist mir zu gefährlich."

Nadine bedachte Till mit einem gehässigen Blick.

„Was hat das hier alles zu bedeuten?", wollte Siebels von Jeremy wissen.

„Das ist eine lange Geschichte. Timm hat heute Mittag Anweisung gegeben, Frau Lehmann aus dem Gefängnis zu holen. Wir kooperieren mit dem BKA. Frau Lehmann soll als Zeugin gegen World Consulting aussagen."

„Das kann Sie gerne machen, aber vorher brauche ich ihre Aussage im Fall Sven Müller."

„Tut mir leid, das wird wohl nichts mehr. Timm wird jeden Moment hier sein und sie abholen."

„Wie wäre es mit einem Deal?", fragte Siebels.

„Was für ein Deal?"

„Ich bekomme Frau Lehmann bis morgen Abend und dafür sage ich Ihnen, wo jetzt das Haus der Hochzeit zu finden ist. Das schwarze Büro."

„Tut mir leid. Keine Chance. Das BKA dürfte jeden Moment in der Siesmayerstraße eintreffen. Nadine war bereits so freundlich, es mir zu verraten."

„Du elender Bastard, wer bist du eigentlich", schimpfte Nadine.

„Ich bin Jeremy, vom Verfassungsschutz. Ich habe den Auftrag, die Demokratie vor dem Umsturz durch die Weltelite von World Consulting zu schützen."

„Ist das alles, was von dieser Weltelite übrig geblieben ist?", fragte Till und zeigte auf Nadine Busch.

„Na ja, sie gehört eigentlich gar nicht wirklich dazu. Sie ist da irgendwie reingeraten, nachdem Bockelmann und Trutz überfahren worden sind."

„Wer hat die beiden und die Lotz denn nun eigentlich über den Haufen gefahren? Wir haben außer Sven Müller auch noch diese drei ungeklärten Mordfälle."

„Keine Ahnung", gestand Jeremy. „Es gibt wohl noch eine unbekannte Größe in diesem Spiel."

Siebels schaute Sabine Lehmann an und wusste, dass sie es wusste. Bevor er sie fragen konnte, stand aber plötzlich Jens Timm mit vier weiteren Männern in der Wohnung.

„Hallo Herr Siebels. Tut mir leid, dass ich Ihnen in die Suppe spucken muss, aber die beiden Damen muss ich jetzt leider entführen. Im Auftrag des Staates." Kaum hatte er es ausgesprochen, schnappten seine Männer sich Sabine Lehmann und Nadine Busch und verschwanden mit ihnen.

Siebels und Till standen sprachlos in Jeremys Wohnzimmer.

„Ich bin hundemüde, ich muss jetzt schlafen", sagte Jeremy. „Ich wünsche Ihnen noch eine gute Nacht. Vielleicht sieht man sich ja mal wieder."

Siebels und Till verließen wie zwei begossene Pudel das Haus. Auf der Straße zündete sich Siebels eine Zigarette an. Nach zwei Zügen meldete Babygeschrei einen Anruf von Jensen.

„Siebels, zum Teufel. Wo stecken Sie? Ich stehe hier wie ein Depp in der Siesmayerstraße in der Kälte und muss von draußen zuschauen, wie drinnen das BKA alles auf den Kopf stellt."

„Machen wir Feierabend. Ich stehe genauso dumm auf der Straße rum. Wir sehen uns morgen, grüßen Sie Charly von mir." Siebels beendete das Gespräch und schaltete sein Handy aus.

„Dumm gelaufen", sagte Till.

„Ich hätte auf Jensen hören sollen. Nur ein Geständnis abholen und den Fall zu den Akten legen. Jetzt legen wir den Fall halt ohne Geständnis zu den Akten."

Dienstag, 17. Februar 2009

Siebels erschien nach einer schlaflosen Nacht erst gegen 10.00 Uhr im Büro. Lustlos betrat er seinen Dienstraum und begrüßte Till und Charly mit einem Murren. Die beiden unterhielten sich über die Abläufe des vorangegangenen Abends.

„Guten Morgen, großer Ermittler", begrüßte Charly ihn.

„Der nächste heikle Fall kommt bestimmt", versuchte Till ihn aufzumuntern.

Siebels hängte seine Jacke in den Schrank und stellte sein Diktiergerät auf Tills Schreibtisch. „Abtippen."

„Abtippen? Was ist das denn?"

„Ein Traum. Der ist anders, als die anderen. Der klingt fast wie ein Märchen."

„Und warum soll ich den jetzt noch abtippen?"

„Für die Traumakte. Ich möchte den Fall sauber beenden. Jedenfalls so gut, wie es eben möglich ist."

Till schaute ratlos zu Charly.

„Hau rein", sagte Charly. „Dann bekomme ich wenigstens noch einen Traum zu lesen. Ich bin ganz verrückt nach diesen Träumen."

Till verzog sein Gesicht, nahm das Diktiergerät und fing an zu tippen. Ein Bote kam ins Büro und brachte die Post vorbei. Siebels nahm sie entgegen und warf sie achtlos auf seinen Schreibtisch.

„Man munkelt, dass das gestern eine europaweite Aktion war", gab Charly sein neuestes Wissen preis. Anscheinend wurden in mehreren Ländern die schwarzen Bräutigame hochgenommen und von den Platinum-Beratern wurden auch viele vorübergehend festgenommen. Die Schweden haben die Lawine wohl ins Rollen gebracht, die haben den Anfang gemacht. In Italien sind den Kollegen sogar gleich zwei Mafiabosse mit ins Netz gegangen. England, Frankreich, Spanien und Griechenland haben mitgezogen, die haben alle gestern Abend zugeschlagen. In einigen anderen Ländern sind für heute und morgen auch noch Aktionen geplant. Es sieht so aus, als hätte Europa World Consulting erst mal vertrieben. Und du bist mittendrin gewesen, das ist doch was. Das kannst du mal deinen Enkeln erzählen."

„Ich habe vier ungeklärte Mordfälle", brummte Siebels. „So

schlecht bin ich noch nie aus einem Fall rausgekommen. Wenn du Jeremy nicht die Kamera überlassen hättest, könnte ich jetzt vielleicht noch einen Deal mit denen aushandeln. Wenigstens noch ein Gespräch mit Sabine Lehmann, um wenigstens den Fall Sven Müller zu klären."

„Der hat mir eine Knarre an den Kopf gehalten. Mitten im Präsidium. Was hätte ich tun sollen? Außerdem hattest du ja wohl genug Gelegenheiten, um mit der Lehmann zu sprechen."

„Schon gut, Charly. Ohne dich wären wir sowieso nie so weit gekommen."

„Soll ich das als Lob verstehen?"

„Sollst du. Und Porsche gefahren bist du auch, das dürfen wir nicht vergessen."

„Stimmt, die Fahrt im Porsche war toll."

„Was für eine Fahrt im Porsche?", wollte Till wissen.

„Nix für dich. Da standest du noch unter Quarantäne. Der Virus el Jensen. Du erinnerst dich?"

„Ich erinnere mich lieber nicht", seufzte Till und tippte ganz langsam weiter.

„Was ist denn das?" Siebels nahm einen Umschlag in die Hand, den er bei seiner Post gefunden hatte. „Ein Brief aus Weiterstadt. Da bin ich ja mal gespannt." Siebels riss den Umschlag auf und holte einen Zettel und einen Brief heraus. Er las zuerst den Zettel.

Guten Tag Herr Siebels,
mein Name ist Ellen Baumeister. Sie erinnern sich? Ich bin die Mitgefangene von Sabine Lehmann. Wir haben uns kurz unterhalten. Im Auftrag von Sabine soll ich Ihnen den beiliegenden Brief schicken. Sie hat sehr großen Wert darauf gelegt, dass Sie ihn erhalten. Ich hätte Ihnen den Brief gern persönlich gegeben, aber ich werde in wenigen Tagen nach Hamburg verlegt. Also schicke ich ihn mit der Post.
Ellen Baumeister

Siebels wollte gerade den Brief von Sabine Lehmann öffnen, als Till sich zu Wort meldete.

„Du bist aber auch ein Spezialist. Hast du denn richtig

zugehört, als sie dir diesen Traum erzählt hat?"

„Klar habe ich zugehört. Warum?"

„Weil sie uns einen Hinweis gibt."

„Was für einen Hinweis denn?"

„Einen Hinweis auf den Mörder von Trutz, Bockelmann und dieser Astrid Lotz."

„Das glaube ich nicht, das wäre mir doch aufgefallen."

„Also pass auf: Sie fühlt sich wie ein kleines Kind, sie hat die Orientierung verloren, sie irrt durch den Wald. Sie ruft: Papa. Papa, hol mich hier raus. Dann kommt die Braut. Sie sagt: Dein Papa ist zu Hause. Er liegt betrunken auf der Couch. Das ist der Knackpunkt. Papa hat versagt. Erst dann entschließt sie sich, eine kalte Braut zu werden."

„Ja und?", fragte Siebels verwirrt.

„Mensch, Siebels, denk doch mal nach. Papa war wieder da, als sie im Knast saß. Du hast ihn doch angeschleppt. Wahrscheinlich hat sie ihm die ganze Geschichte im Klartext erzählt. Das, was Trutz, Bockelmann und die Lotz mit ihr angestellt haben und was dann aus ihr geworden ist. Und Papa hat getan, was getan werden musste. Er hat die ganze Bande über den Haufen gefahren."

„Günther Lehmann? Oh Mann, ja. Das macht Sinn. Scheiße, warum bin ich da nicht früher drauf gekommen?"

„Die Frau hat dich mit ihren Träumen völlig kirre gemacht. Aber der Papa ist es gewesen, jede Wette."

Charly klatschte in die Hände. „Der Till hat den Fall gelöst. Bravo."

„Der Till ist gar nicht so blöd, wie er manchmal tut", musste auch Siebels bewundernd zugeben.

„Der Till ist ein ganz gewiefter", sagte Till und klopfte sich auf seine Schulter.

„Ich habe hier noch den Brief von Sabine Lehmann. Vielleicht gibt es ja noch eine Überraschung?"

„Heute tippe ich keinen Traum mehr ab", wehrte Till ab.

„Musst du nicht, ich lese ihn vor." Till und Charly setzten sich gespannt vor Siebels und Siebels begann zu lesen.

Der letzte Traum

Der Brautmacher hat mich zur Braut gemacht. Zur kalten Braut. Er hat mich in den weißen Raum gesperrt und mich darin gelassen, bis die Gefühle in mir nach und nach abgestorben waren. Von Tag zu Tag wurde ich kälter und kälter. Der Rabe war auch dabei und hat zugeschaut. Der Rabe war die Schwester vom Brautmacher. Sie ließen mich allein in dem weißen Raum, sie sperrten den Tag aus und ließen die Nacht nicht herein. Gleißendes Licht schien von der Decke, kaltes Licht, Stunde für Stunde. Es kam mir vor wie eine Ewigkeit. Ich sprach mit mir selbst, aber ich hörte mir nicht zu. Es gab nichts, was ich mir zu sagen hatte. Ich rief nach Papa, aber Papa kam nicht. Ich wurde kleiner und kleiner, wurde wieder ein kleines Kind, vergaß die Welt um mich herum, wusste gar nicht mehr, dass sie noch existierte. Es gab nur noch mich. Mich allein. Ich war der Mittelpunkt im Universum und das Universum erschien im gleißenden Licht. Alles war weiß. Ich fing wieder an zu wachsen. Ich wuchs zu einer kalten Braut heran. Ich trug das weiße Brautkleid. Ich wurde größer und größer und wuchs über mich hinaus. Ich konnte alles haben, ich musste es mir nur nehmen. Ich konnte schweben, ich schwebte im gleißenden Licht. Das Universum öffnete seine Schleusen und ich schwebte in das rote Zimmer. Ich war kalt wie Eis und tötete ohne Reue. Dann schmeckte ich die süße Liebe. Sie schmeckte wunderbar.

Der Rabe war froh und der Brautmacher bestaunte sein Werk. Die Braut war bereit. Bereit für die Hochzeit. Der schwarze Bräutigam erwartete mich schon sehnsüchtig. Ich wohnte fortan mit meinem schwarzen Bräutigam im Haus der Hochzeit. Es war eine kalte Zeit. Und es gab viel zu tun. In meinem weißen Brautkleid wandelte ich unbarmherzig über die Leichen, die meinen Weg pflasterten. Es wurden immer mehr, stumm sahen sie mich an. So viele Kläger, aber keine Anklage.

Aber dann trat er in mein Leben. Zuerst nahm ich ihn nur als willkommene Abwechslung wahr. Er kam ganz unverhofft und ich rechnete nicht damit, dass er länger blieb. Doch er blieb. Wie ein dünner warmer Strahl im kalten Eis blieb er an meiner Seite.

Er fühlte meine Kälte nicht, weil er selbst voller Wärme war. Er war die Hoffnung, die längst in mir gestorben war. Doch er kam mir zu nah. Viel zu nah. Sein warmer Strahl ließ die Kanten meiner Konturen schmelzen. Ich wurde unvorsichtig und nachlässig und verkannte die Gefahr. Sein warmer Strahl bohrte sich unablässig durch das harte, kalte Eis. Er erweckte die abgestorbenen Gefühle in mir wieder zum Leben, das Eis bröckelte und zerfloss. Meine Gefühle wucherten plötzlich wieder in mir und ich bekam sie nicht mehr unter Kontrolle. Das zarte Pflänzchen der Liebe durchbrach alle Eisschichten, es kämpfte sich an die Oberfläche und ließ mich wieder Wärme verspüren. Bis ich ihm mein aufgetautes Herz öffnete und ihm alles erzählte. Ich erzählte ihm von der kalten Braut, die ich gewesen war und nicht mehr sein konnte. Ich erzählte ihm vom Brautmacher und vom Raben und vom schwarzen Bräutigam. Ich erzählte ihm von der erstickten Frau im roten Zimmer und vom erwürgten Detlev. Ich erzählte ihm vom Haus der Hochzeit, von Erpressung, Mord und Betrug. Ich erzählte ihm von den Kindern, die ich zu kalten Bräuten machte, von den alten Leuten, die ich um ihr Lebenswerk betrog, von den Sportlern, denen ich die Ehre, von den Pornogrößen, denen ich das Leben nahm. Ich erzählte ihm zu viel. Er wollte mir nicht glauben. Er konnte mir nicht glauben. Er hielt mich für verrückt.

Ich war ja auch verrückt. Sie hatten mich verrückt gemacht, noch verrückter, als sie es selbst waren. Die Tage vergingen und das Eis war endgültig gebrochen. Die Wahrheit musste ans Licht. Ich zeigte ihm Bilder. Bilder von mir und von Nadine und von Detlev. Bilder, die der Teufel gemacht hatte. Die Bilder, die alles zeigten und nichts verbargen. Er betrachtete sich die Bilder und wollte mir immer noch nicht glauben. Da erzählte ich ihm vom Flughafen. Von meinem großen Projekt. Das Projekt, das die Welt vereinen sollte. Die kalte Welt. Die Welt der Gierigen, die Welt der Unbarmherzigen, die Welt der Mörder und Betrüger. Endlich ahnte er etwas von der Kälte, in der ich gefangen war. Er fing an, Fragen zu stellen. Ich gab ihm Antworten. Sein Weltbild geriet ins Wanken. Er stellte Nachforschungen an und begab sich auf eine Expedition in die Eiswüste. Plötzlich sah er das Eis und spürte die Kälte. Und dann glaubte er mir.

Ich war glücklich und wollte mit ihm fliehen. Ich wollte den Rest meines Lebens mit ihm verbringen. Ich wollte die Wärme und die Liebe spüren, die ich als kleines Mädchen verspürte, wenn ich bei meinem Papa war. Doch er wollte nicht. Er wollte mich ausliefern. Mich ins Gefängnis werfen lassen, mich meine Schuld sühnen lassen. Doch meine Schuld war viel zu groß. Ich habe ihn angefleht, habe mich ihm zu Füßen geworfen, ihn um Vergebung gebeten und ihm meine Liebe geschworen. Doch nun war er kalt wie Eis. Alles, was er jetzt noch wollte, war die Geschichte von der kalten Braut. Die Geschichte, die dem Journalisten großen Ruhm bescheren würde. Er hat versagt. Er war nicht besser als die anderen. Auch er hat nur an sich gedacht. An Ruhm und an Reichtum. Also habe ich ihn erschlagen.

Lieber Herr Siebels,
haben Sie vielen Dank für die Zeit, die Sie sich für mich genommen haben. Und für die Geduld, die Sie mit mir und meinen Träumen hatten. Ich werde Sie immer in guter Erinnerung behalten. Was auch passiert.
Ihre Sabine Lehmann.

P.S. Grüßen Sie meinen Vater. Ich liebe ihn.

Siebels ließ den Brief auf seinen Schreibtisch fallen. Till und Charly blieben andächtig und sprachlos sitzen. Minutenlang herrschte absolute Ruhe im Büro. Erst als Jensen wieselflink hereinspaziert kam, änderte sich das.

„Was ist denn hier los?", wollte er wissen.

„Wir haben ein Geständnis von Sabine Lehmann. Sie hat Sven Müller erschlagen."

„Aha. Na, das predige ich Ihnen doch schon von Anfang an."

„Das ist jetzt aber ein ganz exklusives Geständnis", verriet Charly dem Staatsanwalt. „Das hat sie nur für Siebels gemacht, aus ganz persönlichen Gründen."

„Sie mag ihn wirklich sehr", ergänzte Till.

„Wie soll ich das denn jetzt wieder verstehen?", blaffte Jensen.

„Als ganz großes Lob für unseren Hauptkommissar Siebels", sagte Charly, stand auf und fing an, Beifall für Siebels zu klatschen. Till erhob sich ebenfalls und klatschte freudig mit.

„Also ich gehe dann mal wieder", sagte ein sichtlich verwirrter Staatsanwalt.

„Jetzt hört aber auf mit dem Quatsch", sagte Siebels verlegen.

„Das hast du dir verdient", entgegnete Till. „Du bist aber noch nicht fertig, wir brauchen jetzt auch das Geständnis von Günther Lehmann."

„Ja", seufzte Siebels. „Das bringen wir am besten gleich hinter uns."

„Jetzt? Willst du nach Gießen fahren?"

„Nein. Ich glaube nicht, dass er zu Hause in Gießen ist. Ich denke, er ist die ganze Zeit über hier im Hotel geblieben. Lass uns zum Hotel Continental fahren."

„Ich habe zu tun", sagte Charly. „Bis später. Wir können bei Gelegenheit ja mal wieder ein Bier im Dr. Flotte trinken."

„Gute Idee. Vielleicht kommt ja auch Jeremy mal mit und plaudert noch ein wenig mit uns über Sabine Lehmann."

„Mit dem trinke ich kein Bier, der hat mir die Knarre an den Kopf gehalten", sagte Charly und verschwand.

Günther Lehmann saß mit Mantel und Hut und gepacktem Koffer auf einem Sessel in der Hotelhalle. „Da sind Sie ja endlich", sagte er, als Siebels und Till das Hotel betraten. „Ich warte schon auf Sie."

Siebels ging auf ihn zu und reichte ihm die Hand. „Guten Tag, Herr Lehmann. Dann lassen Sie es mich kurz machen. Haben Sie Peter Bockelmann, Jochen Trutz und Astrid Lotz vorsätzlich mit einem Auto überfahren?"

„Ja, das habe ich. Ich musste es tun."

„Dann begleiten Sie mich bitte zum Präsidium."

Samstag, 21. Februar 2009

Siebels saß endlich mit seiner Sabine in dem gemütlichen, kleinen, italienischen Restaurant. Sie hatten ein vorzügliches Abendessen genossen und tranken nun noch die Flasche Wein aus.

„Meinst du, der Till schafft das den ganzen Abend mit unserem kleinen Schreihals", überlegte Sabine.

„Der schafft das. Er hat ja Verstärkung mitgebracht. Die wilde

Simone hat die zwei Kerle bestimmt gut im Griff."

„Ist das etwas Ernstes zwischen den beiden?"

Siebels zuckte mit den Schultern. „Keine Ahnung. Das werden wir ja bald merken." Siebels trank einen kräftigen Schluck Rotwein und sah seiner Sabine dann tief in die Augen. „Ich muss dich mal was fragen."

„Bitte, ich höre."

„Hast du zufälligerweise in der letzten Woche öfter mit deinem Cousin aus Schweden telefoniert?"

„Das kann schon sein", antwortete Sabine grinsend.

„Und du hast ihm da nicht zufälligerweise von meinen ganz geheim geführten Ermittlungen erzählt?"

„Ach, die waren geheim? Na, wenn ich das gewusst hätte."

„Und du hast ihm dann auch von den Platinum-Beratern erzählt? Und von dem schwarzen Bräutigam? Und davon, wie das ganze System von World Consulting aufgebaut war?"

„Ich glaube, ich habe so etwas in der Richtung am Rande erwähnt."

„Dass die Schweden mir die Show gestohlen haben, habe ich dann also dir zu verdanken?"

„Vielleicht bist du einfach zu langsam gewesen", überlegte Sabine nachdenklich.

„Das ist natürlich möglich", gab Siebels grübelnd zu. „Eine Frage hätte ich aber noch."

„Welche?"

„Willst du mich heiraten?"

„Der Schnellste bist du wirklich nicht", lachte Sabine. „Aber ja. Ja, ich will."

Wie hat Ihnen dieses Buch gefallen?
Sagen Sie mir Ihre Meinung:
Stefan.Bouxsein@Traumwelt-Verlag.de

Bücher mit Signatur/Widmung vom Autor können Sie auch versandkostenfrei unter **www.traumwelt-verlag.de** bestellen.

ISBN 978-3-939362-01-2
371 Seiten; 12,00 EURO
Autor: Stefan Bouxsein

Die verlorene Vergangenheit

Eigentlich hatte sie im Leben alles erreicht. Nach der internationalen Karriere als Top-Model folgte die Heirat mit dem erfolgreichen Multi-Unternehmer. Doch dann wird sie entführt. Der Entführer treibt ein sonderbares Spiel mit ihrem Ehemann.

Siebels und Till ermitteln und stoßen dabei auf einen ungeklärten Mordfall aus dem Jahr 1975. Scheinbar gibt es aber keinen Zusammenhang zwischen dem alten Mordfall und der aktuellen Entführung.

ISBN 978-3-939362-02-9
360 Seiten; 12,00 EURO
Autor: Stefan Bouxsein

Die böse Begierde

Eigentlich war sie als Nachfolgerin in der Führungsspitze des familiengeführten Konzerns vorgesehen. Doch dann wird sie ermordet. Neben der Leiche findet die Polizei einen schweigsamen Mönch.

Siebels und Till ermitteln bei den Angehörigen der Industriellenfamilie sowie im Benediktiner-Orden. Scheinbar gibt es aber keinen Zusammenhang zwischen dem Kloster und dem Konzern.